140

DAMIA

Du même auteur

La Rowane, Olivier Orban, 1992.

Anne McCaffrey

DAMIA

Traduit de l'anglais
par
SIMONE HILLING

PLON
76, rue Bonaparte
PARIS

Publié aux Éditions Putnam, États-Unis,
sous le titre original :

DAMIA

Ouvrage publié
sous la direction de
Jacques Goimard

© 1992 by Anne McCaffrey
© Librairie Plon, 1993, pour la traduction française
ISBN 2-259-02622-2

I

Afra sentit le toucher mental de sa sœur et dit à sa mère que Goswina venait de rentrer de Capella. Cheswina regarda son fils, six ans, avec son ineffable sérénité.

— Merci, Afra. Tu as toujours entendu Goswina mieux et de plus loin que nous. Mais pas d'intrusion mentale, s'il te plaît, ajouta-t-elle, voyant Afra tout fébrile dans son impatience d'entrer en contact avec sa sœur bien-aimée. La Méta de Capella voudra la débriefer après son stage de formation à la Tour d'Altaïr. Tu peux continuer tes exercices.

— *Mais Goswina est tout excitée au sujet de quelque chose. De quelque chose qui me concerne, moi !* insista Afra, car il voulait être sûr que sa mère *l'entendait.*

— N'oublie pas, Afra, que tu as une langue *et* une voix, dit sa mère, brandissant un index sévère. Sers-t'en. Personne ne pourra reprocher à ta famille d'avoir élevé un Doué grossier et malappris. Tu as tes leçons à étudier et tu ne dois pas communiquer par empathie avec ta sœur avant qu'elle ne franchisse cette porte.

Afra fronça les sourcils, parce que, quand sa sœur franchirait la porte, il n'aurait plus besoin de l'empathie.

— Tu ne seras jamais choisi pour servir une Tour si tu ne sais pas obéir, poursuivit Cheswina. Cesse de faire la tête, s'il te plaît.

Afra n'avait pas entendu ces admonestations une fois, mais des milliers. Pourtant, il réprima sa contrariété, car ce qu'il désirait plus que tout au monde, c'était de travailler dans la Tour d'un Méta, membre du vaste réseau organisant les communications et les transports entre les systèmes stellaires composant la Fédération. Ses parents, son frère aîné et ses sœurs, ou bien en faisaient déjà partie, ou bien travaillaient en vue de s'y intégrer.

Sa famille avait aussi la chance de vivre dans le Complexe de la

7

Tour. Tout bébé, c'étaient les vibrations des énormes générateurs avec lesquels la Méta formait la gestalt pour effectuer ses transports quasiment miraculeux qui lui avaient servi de berceuses. A quatorze mois, premier exploit mental, il avait joyeusement salué la Méta de Capelle, communément appelée Capella, du nom de sa planète. En fait, c'était au Méta de la Terre que s'adressait le « bonjour » de la Capella, mais Afra l'avait si clairement entendu dans sa tête qu'il y avait répondu. Ses parents avaient été fort choqués de son impudence.

– Mais non, ce n'était pas de l'impudence, les avait rassurés Capella en riant, réaction chez elle des plus rares. C'était plutôt charmant au contraire, d'être accueillie par ce « bonjour » doux et gazouillant. Charmant. Nous encouragerons un jeune Doué si puissant. Mais il faudrait lui faire comprendre qu'il ne doit pas m'interrompre.

Cheswina était une télépathe émettrice de niveau D-8, et son mari, Gos Lyon, un kinétique de niveau D-7. Tous leurs enfants avaient un Don, mais celui d'Afra semblait non seulement le plus précoce, mais aussi le plus puissant; et c'était peut-être aussi un Don double – télépathie et téléportation. Cela n'empêchait pas ses parents d'être considérablement embarrassés par la précocité de leur cadet. C'est pourquoi ils prirent immédiatement des mesures pour modérer sa spontanéité sans inhiber ses facultés potentielles.

Tous les matins, le père, la mère, ou Goswina, l'aînée des enfants, faisaient en sorte de se réveiller avant Afra, pour l'empêcher de renouveler cet exploit. Pendant plusieurs mois, cela fut un nouveau jeu très amusant pour le bambin : essayer de se réveiller le premier pour gazouiller « bonjour » à la voix de velours qui envahissait son esprit... Capella. Celui qui s'occupait de lui ce jour-là devait détourner son attention sur une autre activité – manger, par exemple. Car le jeune Afra adorait manger.

Pourtant, ça ne se voyait pas. Comme le reste de sa famille, Afra était sain et vigoureux, mais très mince, ectomorphe, avec un métabolisme qui brûlait activement les calories. Il suffisait de lui mettre une biscotte ou un fruit dans la main pour le distraire. Comme la plupart des tout-petits, il avait une attention très limitée et ces stratagèmes suffirent jusqu'au jour où il fut assez grand pour comprendre que ses « bonjour » devaient se limiter à sa famille.

Goswina, sœur aimante et attentionnée, n'avait pas une once de mesquinerie, et ne prit jamais cela comme une corvée. Elle adorait son petit frère, qui le lui rendait bien, et un lien très fort s'établit entre eux. Les exercices mentaux par lesquels Gossie distrayait l'attention de son dégourdi de petit frère eurent un effet salutaire sur son propre Don, et elle fut promue au niveau D-6 dès ses seize ans, ce qui fit d'elle une candidate possible au cours de formation spéciale que le Méta de la Terre, Reidinger, instaurait sur Altaïr.

Avantage qui n'allait pas sans inconvénients, car l'adolescente avait beaucoup d'inclination pour un D-5, Vessily Ogdon, et les deux familles pensaient sérieusement à une alliance. Toutefois, on demanda à Goswina de renoncer temporairement à ses projets pour profiter du cours d'Altaïr. Seul Afra sut à quel point ce choix fut douloureux pour Goswina. Car Gos Lyon ayant invoqué l'honneur familial, Goswina s'était inclinée, affichant une obéissance qui semblait sincère – sauf pour son frère qui sanglota bruyamment à son départ.

Afra souffrait beaucoup de l'absence de cette sœur si douce et si gentille. Altaïr était si éloigné qu'il ne pouvait pas maintenir le léger contact mental qui le rassurait durant ses épreuves quotidiennes. Afra n'était pas naturellement conformiste et les ennuis semblaient le poursuivre à l'école, et même à la maison. Il n'était pas aussi docile que son frère et ses sœurs et ses parents trouvaient pénibles son impétuosité et son comportement souvent « fantasque » ou « agressif ».

Conscient des problèmes du jeune Afra, le Chef de Station de Capella, Hasardar, chargeait l'enfant de faire pour lui des « petits boulots » auxquels les parents ne pouvaient pas s'opposer car ils avaient pour but de développer son potentiel. Afra faisait volontiers ces « courses », ravi qu'on le considère – pour une fois – capable de faire quelque chose correctement.

C'est ainsi qu'il fut amené à porter un paquet au capitaine d'un grand cargo. Afra grillait d'impatience de rencontrer des astronautes. Il avait vu des vaisseaux arriver et repartir toute sa courte vie, mais il n'avait jamais rencontré des hommes d'outre-planète.

Trottinant vers l'écoutille ouverte, il vit de grands gaillards bronzés à l'intérieur. Il entendit aussi des bavardages qui n'avaient aucun sens pour ses oreilles, mais dont son esprit comprit le sens.

– Pour les perms, ici, c'est zéro, les gars. Raides comme la justice, les mecs. Tous méthodistes, si vous voyez ce que je veux dire.

– Et comment, chef. On drague pas, on boit pas, on fume pas. Tiens, qu'est-ce que c'est que ça ? Un verdelet haut comme une chope ! Ils les font pas de taille normale, par ici ?

– Ah, c'est un gosse, dit l'un d'eux descendant la rampe en souriant. Bonjour, dit-il en bon Basic.

Afra leva les yeux sur lui.

– Tu as un paquet pour le capitaine, petit ? Le Chef de Station a dit qu'il me le ferait livrer en main propre.

Afra continua à le fixer, lui tendant le paquet à deux mains, perplexe à l'audition de cet étrange langage, et surtout de sa description personnelle.

– S'il vous plaît, monsieur, qu'est-ce que ça veut dire « un verdelet haut comme une chope » ?

9

Afra tressaillit à l'éclat de rire jailli du sas, puis sous le regard furibond que le chef darda sur son équipage.

– Fais pas attention, petit, dit le chef avec bienveillance. Il y a des astronautes mal élevés. Tu comprends autre chose que le Basic ?

Afra ne sut trop quoi répondre. Il savait bien que certaines personnes n'étaient pas télépathes, mais il ne savait pas que de très nombreuses langues étaient parlées dans la galaxie. Toutefois, comme sa famille attendait de lui qu'il donne une réponse courtoise à une question amicale, il hocha la tête.

– Je comprends ce que vous dites, répondit Afra. Mais je ne comprends pas « verdelet haut comme une chope ».

Le chef s'accroupit près de lui, comprenant qu'il serait malavisé d'offenser un indigène, fût-ce un gosse. Et un gosse avait beaucoup plus de chances de répéter ce qu'il avait entendu au Chef de Station. De plus, pour tous les équipages, il était de bonne politique d'être en bons termes avec tous les Chefs de Station.

– Regarde, petit, dit-il roulant sa manche et découvrant une peau brune, puis montrant la main d'Afra. Ma peau est brune, ta peau est verte. Je suis un chocolat, et toi, tu es un verdelet, poursuivit-il, ignorant les huées moqueuses de ses hommes. Simple question de couleur de peau. Maintenant « haut comme une chope », ça veut dire petit. Moi, je suis bien plus grand et gros que toi, et on pourrait dire que je suis « haut comme un bidon ». Tu comprends ?

– Ça serait plutôt le genre tonneau, chef! rigola un astronaute en des termes inconnus d'Afra, qui comprit cependant les commentaires non formulés.

Afra regarda le chef en penchant la tête, remarquant d'autres différences entre lui, qui était Capellien, et ces visiteurs. L'homme avait la peau brune, des cheveux gris et des yeux noisette. C'était l'homme le plus large qu'Afra eût jamais vu, avec des avant-bras deux fois gros comme ceux de son père, ou même du Chef de Station Hasardar.

– Merci pour les explications, chef. C'était très gentil de votre part, dit Afra, s'inclinant respectueusement.

– Pas de problème, petit. Tiens, voilà pour ta peine, dit le chef, mettant quelque chose de métallique dans la petite main d'Afra. Mets ça de côté pour un jour de pluie. S'il pleut sur Capella.

Afra considéra l'objet rond, glanant dans l'esprit du chef qu'il s'agissait d'un demi-crédit, en récompense de sa livraison. Il n'avait encore jamais vu de pièces, mais il en aima la sensation dans sa paume. Il vit dans l'esprit du chef qu'un « pourboire » était chose normale en la circonstance, et s'inclina une fois de plus.

– Merci, chef, c'est très gentil de votre part.

– Je vais vous dire une chose, on enseigne les bonnes manières aux gosses sur cette planète, dit le chef à voix haute, pour couvrir les commentaires railleurs que la politesse d'Afra inspirait à ses hommes.

Afra ne comprit pas ce que signifiaient ces quelques mots étranges.

– Sauve-toi, petit, avant d'être contaminé par cette triste bande de volants. Vous n'avez pas honte, les gars ? Allez, rentrez. La pause cigarette est finie.

Trottinant sur le plasbéton pour aller retrouver le Chef de Station, Afra décida qu'il ne parlerait à personne de sa pièce. Il l'avait reçue en échange de son travail. Elle était pour lui, non pour le Chef de Station Hasardar qui ne lui avait rien dit d'un paiement ni d'un pourboire. Si Goswina avait été à la maison, il lui aurait fait ses confidences, bien sûr, mais ses autres sœurs le jugeaient exaspérant, et son frère Chostel se trouvait trop grand pour se commettre avec un gosse. Afra décida donc de ne rien dire de sa pièce à personne. Il allait la mettre de côté. Mais pas pour un jour de pluie. Quand il pleuvait sur Capella, personne n'allait nulle part.

C'était une circonstance où Goswina lui avait cruellement manqué. Et c'était aussi pourquoi, maintenant qu'elle était revenue sur Capella, il devait renouer le contact le plus vite possible. Aussi, malgré l'interdiction de sa mère, il contacta l'esprit de sa sœur à la Tour.

– *Pas maintenant, Afra,* dit Capella, assez amicalement, quand son esprit s'insinua dans celui de Goswina pendant leur conférence.

– *Oh, pitié, Afra, pas maintenant,* transmit simultanément Goswina, très mortifiée.

Craignant que ses parents n'essuient une réprimande officielle de la Méta en personne, Afra se pelotonna sur lui-même et referma si étroitement son esprit qu'il n'« entendit » plus Goswina avant qu'elle n'ouvre la porte de leur demeure une heure plus tard.

– Oh, Gossie, s'écria Afra, pleurant de joie en lui sautant dans les bras.

Ce n'était pas une famille démonstrative, d'une part parce que le rapport mental rendait le toucher inutile, et d'autre part parce que le contact tactile entre des Doués permettait des rapports télépathiques plus profonds, équivalant parfois à une véritable violation des secrets intimes.

Mais ce jour-là, Goswina ignora ces considérations et serra très fort son petit frère dans ses bras. Par ce contact, elle lui transmit également bien des nouvelles qu'une jeune fille aussi réservée aurait eu du mal à exprimer tout haut. Afra vit les scènes qui se succédaient mentalement à la rapidité de l'éclair : le débarquement sur Altaïr, les montagnes boisées derrière Port-Altaïr, l'aspect fruste de la Tour, les visages de ses camarades d'étude, dont un dominait tous les autres, les cours, les repas, la chambre que Goswina partageait avec deux autres filles, puis une soirée musicale brusquement interrompue, et balayée par son excitation à l'idée de retrouver bientôt son foyer et son cher Vessily.

— *Tu m'as manqué terriblement, Afra.*

— *Plus que Vessily?*

— *Autant, mais pas de la même façon, Afra. Mais c'était un voyage formidable. J'ai rencontré des gens extraordinaires. Et tu sais, Afra, tu adoreras la Rowane quand tu la connaîtras. Elle a dit qu'elle penserait à toi quand tu aurais terminé ta formation, parce que tu es mon frère, et parce que nous savions toutes les deux que nos caractères n'étaient pas complémentaires. Mais je lui ai dit que tu lui conviendrais, parce que tu es très intelligent et compréhensif. Tu m'as terriblement manqué, Afra. Attends de voir les arbres qu'ils ont sur Altaïr. Des forêts entières, mon chéri... des arbres, grands et petits, de toutes les nuances de vert et de bleu, avec des troncs, des branches et des feuilles de toutes les formes. Et ils embaument tous. Altaïr n'est pas aussi grand que Capella, mais c'est une bonne planète. J'ai si bien réussi dans mes cours que Capella va me placer dans ce système,* et, continua-t-elle à voix haute, en poste dans une Tour de Capella.

— *Est-ce que tu...*

— A voix haute, Afra, dit-elle, entendant sa mère entrer dans la pièce.

— ... tu sais que le Chef de Station Hasardar m'a donné une formation spéciale après les heures de classe? Il a dit que j'avais le potentiel pour travailler dans une Tour, moi aussi!

Il l'informa de ce compliment en guise de cadeau de bienvenue, mais il ne mentionna pas sa pièce, ni en parole ni même en pensée.

— C'est très gentil de la part d'Hasardar. Et très bien pour toi, Afra, dit-elle, lâchant son frère et se levant pour accueillir sa mère plus cérémonieusement. Maman, Capella a été très contente de ce que j'ai appris et du rapport que Siglen d'Altaïr lui a fait sur moi.

Cheswina caressa les cheveux de sa fille et sourit.

— Tu fais honneur à ta famille.

— Afra fera mieux encore, dit Goswina, le regardant tendrement.

— Cela reste à voir, dit Cheswina, presque sévère, car elle trouvait mauvais de complimenter un enfant d'avoir simplement fait son devoir.

La récompense ne devait jamais être la motivation de l'effort. Pourtant, Goswina méritait quelque dérogation à ce principe pour l'honneur qu'elle faisait rejaillir sur la famille, c'est pourquoi on servit ses plats préférés au dîner et qu'on autorisa une visite de Vessily Ogdon.

Rentrant le soir de son service à la Tour, Gos Lyon eut un sourire de bienveillante approbation pour sa fille. Quand tout le monde eut fait honneur à l'excellent dîner, il lui tendit un message officiel. Il réprima sa fierté tandis que sa première-née informait toute la tablée que Capella la nommait à la Tour du Sud, l'une des installations les plus actives des TTF.

– *Ça veut dire que tu vas encore t'en aller!* s'écria Afra, désolé.

– *Idiot! Ça ne sera pas très loin, et nous pourrons rester en contact tout le temps!*

– Pardonnez-moi, papa, maman, ajouta vivement Goswina, rougissant d'un tel manquement aux bonnes manières. Mais Afra était si bouleversé...

– Afra doit apprendre à contrôler ses sentiments, dit Gos Lyon, regardant sévèrement son cadet. Les membres d'une Tour doivent toujours maîtriser leurs émotions. Éclabousser chacun de ses réactions personnelles indique une affligeante absence de discipline et un manque effrayant de courtoisie et de considération. Je ne veux pas qu'un quelconque de mes enfants soit aussi mal élevé. On n'apprend jamais le respect trop tôt dans la vie.

– *Plus tard, mon chéri,* lui lança Goswina sur leur canal privé, si vite que ses parents n'auraient pas pu saisir sa pensée, étant télépathiquement moins Doués qu'elle.

Mais elle devait faire quelque chose pour dissiper le chagrin qui se lisait sur le visage d'Afra, et la tension de son petit corps, recroquevillé sous la désapprobation paternelle, poitrine rentrée, bras croisés, tête baissée.

Avant d'aller sur Altaïr, elle n'aurait jamais osé critiquer ses parents, ne fût-ce qu'en pensée. Elle n'approuvait pas totalement les manières d'Afra, mais elle avait vu une société différente, qui, apparemment, fonctionnait très bien. Afra était très sensible à la désapprobation de son père, et parfois, en son for intérieur, Goswina trouvait que ses parents auraient pu être un poil plus indulgents et compréhensifs. Après tout, c'était le plus Doué de la famille, et il fallait le traiter avec plus de doigté.

– Allons, allons, dit Gos Lyon, réalisant sans doute qu'il avait été trop sévère avec Afra. Je sais que tu ne voulais pas être irrespectueux ni désobéissant, Afra. Ce soir, c'est un jour de fête.

Ces douces paroles, prononcées sur un ton amical, eurent l'effet désiré sur Afra qui avait retrouvé son sourire quand Goswina commença le récit, presque au jour le jour, de son stage sur Altaïr.

Afra « entendit » aussi des ébauches d'émotions, et, une fois, le souvenir d'une alerte. Il espéra ardemment que le « plus tard » viendrait bientôt pour apprendre tous les détails dont elle amputait son récit public.

Mais le « plus tard » se fit beaucoup attendre, car Vessily Ogdon se présenta à la porte, à l'heure comme toujours, impatient de voir sa promise. Afra n'aimait pas se trouver dans la même pièce que Goswina et Vessily, car il avait une conscience aiguë de leur attachement réciproque. Comme Vessily était un D-6 et encore plus âgé que Goswina, Afra trouvait qu'il aurait dû savoir se contrôler. Il s'étonnait que son père ne grondât pas Vessily qui diffusait partout ses émotions.

Afra se retira dans sa chambre, d'où il entendit le profond mécontentement de Vessily au sujet de la nomination de Goswina à la Tour du Sud. Mais il entendit le réconfort mental que lui prodiguait Goswina, et Gos Lyon, qui chaperonnait les jeunes gens, ne la gronda pas *pour ça*! Afra fut également contrarié d'entendre Goswina dire à Vessily exactement les mêmes choses qu'à lui – seul le ton était différent.

Afra y réfléchit, perplexe. Comment les mêmes mots, venant du même esprit, pouvaient-ils sonner de façon si différente? Goswina l'aimait, et il savait qu'elle aimait aussi Vessily. Afra comprenait que chacun devait avoir assez d'amour pour en donner à des amis spéciaux, même à de nombreux amis spéciaux. Goswina l'aimait, et elle avait pour lui une forme d'amour spécial, mais elle aimait aussi Vessily – et elle avait d'abord refusé de quitter Capella pour Altaïr à cause de Vessily, c'était du moins ce qu'elle avait dit tout haut – mais elle avait un *autre* ton spécial pour Vessily. C'était très étrange, et Afra s'endormit en méditant ce mystère.

Goswina tint parole, même si le « plus tard » ne se plaça qu'à l'aube du lendemain. Il s'éveilla dès qu'il sentit l'esprit de sa sœur effleurer le sien. Bien sûr, elle ne dormait plus avec lui comme dans son enfance, mais leurs chambres étaient contiguës. Comme ils en avaient l'habitude, il posa la main sur la paroi qui les séparait, sachant qu'elle faisait la même chose. Ils n'avaient pas besoin de ce contact, mais c'était un rappel amical d'une habitude enfantine.

– *Qu'est-ce qui te tracassait, Gossie, que tu ne pouvais pas le dire à papa et maman?*

Il lui transmit la scène d'une fuite paniquée dans le parking.

– *Bon, ce n'était rien de...*

– *Tiens? Ce n'est pas ce que tu penses vraiment.*

– *Eh bien, un soir, on nous a autorisés à aller à un concert à Port-Altaïr.*

Elle lui transmit l'image de tous les jeunes gens roulant ensemble vers le concert, mais elle continuait à cacher quelque chose.

– *Je n'ai pas besoin de te mettre tous les points sur les « i » et toutes les barres aux « t », Afra.*

– *Excuse-moi!*

– *C'est simplement que les concerts d'Altaïr sont différents des nôtres. Je ne parle pas de la musique. Je veux dire qu'ils ont... une... une interprétation plus flamboyante.*

– *Comment ?*

Depuis sa première rencontre avec le chef soutier, Afra n'avait pas manqué une occasion de rencontrer d'autres équipages, dans toute la diversité de leurs couleurs de peau et attributs physiques. Il aimait aussi écouter les différentes langues et les bizarreries que certains disaient de temps en temps, et qu'il comprenait rarement. Il lui était souvent difficile de trouver quelqu'un qui voulait bien donner des explications à son esprit curieux. Certains Doués avaient la capacité de s'insinuer derrière les écrans publics pour atteindre à la vérité, mais il ne pensait pas en être capable avant plusieurs années. Maintenant que Goswina était de retour, elle pourrait peut-être lui expliquer. Mais il ne voulait pas l'interrompre en ce moment pour lui poser ses questions.

– *Ils sont... bien plus démonstratifs que nous.*

Et Afra sentit qu'elle censurait soigneusement les pensées qu'elle lui laissait voir. Elle était en train de contracter l'habitude de ses parents qui voulaient toujours le « protéger ». Mais il n'était pas idiot. Et il avait six ans passés – presque sept.

– *Non, tu n'es pas idiot, Afra; tu es un garçon très intelligent sinon Hasardar ne t'aurait pas fait faire ses courses. Il s'agissait d'un concert pour adultes, Affie, et pas d'un divertissement que tu pourrais comprendre et apprécier.*

Afra perçut son dégoût.

– *Mais ce n'est pas comme si j'allais me mettre à imiter un imbécile d'Altaïrien, Gossie. Laisse-moi voir, s'il te plaît.*

– *Oh, n'insiste pas, Afra. Je n'ai absolument pas l'intention de contaminer un jeune esprit impressionnable comme le tien. Et j'ai dit,* poursuivit Goswina, dont le contact mental se raffermit inopinément contre lui, *ne me sonde pas, ou je ne te dirai plus rien.*

Afra projeta son désir de soumission, car il ne supportait pas que Goswina lui ferme son esprit et ne lui raconte pas l'incident excitant qu'il sentait dans sa tête.

Goswina lui raconta donc sa détresse devant ce qu'elle qualifia simplement d'étalage d'affection lascive, l'esprit si étroitement barricadé qu'il ne put même pas jeter un simple *coup d'œil* sur la scène qui lui avait fait quitter le concert si précipitamment. Afra n'avait jamais entendu le mot « lascive », mais ce n'était certainement pas un mot convenable vu la coloration que lui avait donnée Goswina – brun jaunâtre et visqueux.

– *La musique était super. Comme toujours. Mais ça, ça a tout gâché. Rowane est partie avec moi, et j'étais bien contente, parce qu'elle est trop jeune pour voir ce genre de chose, même si elle est native de cette planète et habituée à ces exhibitions. C'est ce soir-là que j'ai découvert pourquoi tant de Doués étaient invités sur Altaïr. Tu comprends, la Rowane est en réalité une Méta, et, naturellement, elle ne peut pas quitter Altaïr avec le mal de l'espace qui affecte tous les Métas. Alors les TTF ont instauré ces cours pour lui présenter des*

Doués parmi lesquels elle pourra choisir ses collaborateurs quand elle dirigera sa Tour à elle.

— *Mais toi, tu n'as pas eu le mal de l'espace, non ?*

Dans l'affirmative, Afra aurait été dégoûté, même s'agissant de sa bien-aimée Gossie.

— *Bien sûr que non, mais je suis une D-6. Ce mal n'affecte que les Métas. Naturellement, tous les étudiants pensaient que la Rowane n'était qu'une D-4.*

Les pensées de Goswina s'éclairèrent au souvenir d'avoir été la première à apprendre la vérité.

— *Elle n'est pas beaucoup plus jeune que moi, mais elle est beaucoup plus puissante. Elle est entraînée par Siglen, comme l'a été notre Capella; je suppose que toutes les Métas ont été jeunes un jour, comme la Rowane,* ajouta pensivement Goswina. *Elle est orpheline. Toute sa famille et tous ceux qui la connaissaient ont été tués dans une avalanche quand elle n'avait que trois ans. Il paraît que toute la planète l'a entendue crier au secours.*

Goswina n'ajouta pas ce qu'elle avait appris sur le comportement de Siglen à l'époque, parce que ça ne se faisait pas de critiquer une Méta pour quelque raison que ce fût.

— *Mais la Rowane est très puissante, et tellement intelligente et généreuse et brave. Je n'aurais jamais pu faire ce qu'elle a fait quand ces voyous nous ont attaquées.*

— *Vous ont attaquées ? Il y a des gangs sur Altaïr ?*

C'était donc ça que Goswina avait caché aux parents. Afra la comprenait. L'insulte infligée à leur fille les aurait bouleversés, et cela aurait pu avoir des répercussions embarrassantes.

— *Mais alors, c'est une planète barbare, Altaïr ?*

— *Non, Afra, pas barbare. En réalité, c'est très-très sophistiqué; les gens sont beaucoup plus mondains que sur Capella, sans la Méthode pour les guider. Et je n'ai pas été blessée. J'ai eu peur, c'est tout. Mais la Rowane s'est occupée d'eux comme il faut !*

Afra sentit quelque chose comme une vertueuse satisfaction colorer les pensées de Goswina.

— *Elle les a écartés comme on balaye une mouche du revers de la main, et sans gestalt pour l'aider. Et puis, très cool, elle a commandé un taxi et nous sommes rentrées tranquillement à la Tour. C'est alors que je lui ai parlé de toi.*

— *De moi ?*

— *Oui, petit frère adoré, de toi. Parce que vos esprits se compléteront. J'en suis certaine.* (Afra l'entendit frapper le mur de la main pour souligner sa pensée.) *Et elle m'a promis de veiller à ce que tu suives les cours sur Altaïr quand tu seras assez grand.*

— *Vrai ? Mais alors, je serai loin de toi...*

— *Afra, mon chéri, des Doués comme nous ne sont jamais à plus d'une pensée de distance.*

— *Ma pensée ne t'atteignait pas quand tu étais sur Altaïr.*

16

– Eh bien, je suis rentrée maintenant... et tu peux facilement émettre jusqu'à la Station du Sud, petit frère. Bon, maintenant, il faut nous lever. Et toi, tu dois étudier très dur pour être prêt quand la Rowane aura besoin de toi.

A mesure qu'Afra grandit, cette promesse prit pour lui de plus en plus d'importance – essentiellement en tant que passeport pour quitter Capella et le code de conduite très strict et presque étouffant que lui imposaient ses parents. Ses rencontres avec équipages et passagers, et avec certains visiteurs qu'Hasardar lui demandait de conduire de leur capsule personnelle jusqu'à la Tour, avaient enrichi son expérience des cultures et systèmes différents.

Au cours des neuf années suivantes, il rencontra régulièrement le chef « chocolat haut comme un bidon », qui s'appelait Damitcha. Le chef Damitcha aimait la dignité enfantine du verdelet haut comme une chope, quoique cette expression lui vînt rarement à l'esprit après qu'il eut appris le nom d'Afra. Et ce fut Damitcha qui lui enseigna l'art des pliages de papier, ou origami, appartenant à la culture de ses ancêtres.

Afra avait été fasciné de voir les gros doigts de Damitcha plier et plisser délicatement des feuilles de papier de couleur pour en faire d'élégantes créatures, des objets et des fleurs.

– Autrefois, les marins à l'ancienne faisaient des sculptures sur bois pendant leurs heures de loisirs, expliqua Damitcha, façonnant prestement un oiseau nommé héron, avec de longues pattes, un long cou et les ailes déployées. On en a conservé dans certains musées de la Terre, et j'en ai vu une fois que j'y suis allé en permission. Mais dans l'espace, le poids est important, alors, le papier, c'est parfait. Drôlement plus intéressant que de regarder la tri-D. Et en plus, ça me dégourdit les doigts pour les réparations délicates à bord.

Quand Afra le supplia de lui enseigner l'origami, Damitcha lui donna une cassette d'apprentissage, et même plusieurs feuilles de son papier de couleur spécial. Afra parla à Goswina de ce passe-temps, mais Goswina, occupée par son poste de technicienne de Tour et son statut d'épouse, eut une réaction plus machinale qu'enthousiaste; cela faisait partie du détachement progressif d'avec Afra. Afra comprenait qu'elle avait autre chose à faire, qu'elle l'aimait toujours, mais que travailler dans une Tour était beaucoup plus exaltant qu'écouter son petit frère. Hasardar était plus disponible et ne manquait jamais d'approuver et d'admirer ce qu'Afra arrivait à créer à partir d'une simple feuille de papier. Il épinglait les productions d'Afra à son tableau d'affichage et en emportait chez lui pour amuser ses enfants.

A son escale suivante, Damitcha fit cadeau à Afra d'une boîte de papiers origami, de toutes les tailles et de toutes les couleurs. Il lui donna aussi des cassettes historiques sur l'art de l'origami, et même un petit livre en papier sur la calligraphie japonaise.

A mesure qu'Afra grandit et remplit d'autres fonctions, Damitcha prit l'habitude de le rejoindre dans le bureau d'Hasardar pour bavarder, casser la croûte et se livrer à de longues discussions. Afra apprit ainsi sur les autres systèmes bien des choses qu'on ne lui enseignait pas en classe.

Damitcha prit enfin sa retraite et envoya de fréquents messages à son « verdelet haut comme une chope », auxquels Afra répondait généralement, mais il ne retrouva plus un ami si jovial. La curiosité que Damitcha avait éveillée chez le jeune Afra ne s'éteignit jamais et l'enfant continua à établir beaucoup plus de contacts avec les autres cultures que ses parents ne le savaient ou n'auraient trouvé recommandable pour un garçon aussi impressionnable.

Toutefois, cette même curiosité troublait Afra, conscient de s'intéresser à des matières que ses parents considéraient comme triviales ou inutiles. Au début de son adolescence, Afra consacra des heures à l'introspection, essayant de trouver en lui le défaut qui lui faisait désirer de quitter Capella, cette partie de lui fascinée par les « idées de hors-planète », qui s'impatientait de la supervision affectueuse de ses parents et du chemin qu'ils lui avaient choisi. Leur amour l'accablait dans ses efforts pour être différent. Leur principal souci était de conserver intact l'honneur de la famille, ce qui signifiait ne pas s'écarter des sentiers battus. Avec leur amour, leur sagesse, et (pensaient-ils) leur connaissance des caractères et des capacités de leurs enfants, Gos Lyon et Cheswina étaient convaincus de savoir ce qui était le mieux pour eux. Et spécialement pour Afra.

Goswina et les autres avaient docilement accepté de voir leurs vies organisées par leurs parents. En tant que Doués mineurs, ils étaient tous entrés dans des carrières sûres au service des TTF et ils n'allaient pas chercher plus loin. Goswina était heureuse dans son mariage et son métier de technicienne, et en concluait que suivre l'exemple parental mènerait aussi Afra au bonheur. C'est pourquoi elle ne comprenait pas sa rébellion, ignorant qu'il avait été en contact avec différentes cultures au cours des ans.

Il est vrai que son intérêt pour les choses « hors-planète » s'étendait à des objets singuliers, comme les chadbords du paquebot *Bucéphale*. Damitcha lui avait parlé de ces étranges animaux, variété spatiale des félins terriens.

– Nous, nous n'en avons pas, mais la prochaine fois que ce vieux *Bucéphale* fera escale ici, demande au chef – c'est une femme, Martha Meilo – de te montrer les siens. Ils ont une nouvelle portée, mais, désolé, mon gars, ils n'aiment pas le plancher des vaches. Ils restent dans l'espace.

Afra tapa « chadbord » et l'écran lui projeta l'image de l'étalon

18

primé du jour, Garfield Per Astra, magnifique animal fauve au ventre beige, avec des rayures noires et une tête tachetée qui lui donnait l'air bénin et très sage. Il avait les yeux jaunes, comme Afra, mais ce n'est pas tant cela qui plut à l'adolescent que son air d'arrogante indépendance.

Il y avait de nombreux hologrammes de ces félins remarquables, l'histoire de leurs pedigrees, élevage et nourriture, de leur habileté à découvrir les trous les plus minuscules dans les coques, et de leur faculté presque incroyable de survie dans les épaves spatiales. TROUVEZ LE CHADBORD! était la devise de toutes les équipes de secours spatiales. Chaque vaisseau abritant un chadbord arborait fièrement en maints endroits de sa coque l'inscription CHADBORD EMBARQUÉ en lettres immenses.

Aussi, à son escale suivante sur Capella, Afra abandonna son travail et se retrouva dans un groupe attendant près de la passerelle du *Bucéphale*.

— Qu'est-ce que tu as, mon gars? demanda un homme d'équipage à Afra, qui dansotait d'un pied sur l'autre dans son désir d'attirer l'attention de quelqu'un.

— Le chef Damitcha du cargo *Zanzibar* m'a donné un message pour le chef Martha Meilo.

L'astronaute hésita entre la contrariété et la curiosité.

— Ouais? Et quel est le message?

— Je dois le lui remettre en personne, dit Afra.

— Tiens! Il ne savait donc pas... Qu'est-ce qu'il y a, petit?

Car Afra venait de voir le chadbord, qui s'avança indolemment sur la passerelle pour jeter un coup d'œil dehors, l'air aussi hautain que le plus grand prédicateur de la Méthode.

— Oh, c'est la reine de l'Ile au Trésor, dit l'homme, avec une fierté évidente.

Afra tendit la main vers l'animal, car ils étaient au même niveau, Trésor sur le vaisseau, Afra au sol. L'homme écarta sa main d'une chiquenaude, et Afra sauta en arrière, inquiet et vexé.

— Désolé, petit, mais on veut pas que nos chadbords attrapent des microbes planétaires. On ne touche pas. On regarde, c'est tout. C'est une beauté, pas vrai?

Et l'astronaute, un peu honteux de son geste envers Afra, s'accroupit pour caresser le félin.

Afra, les mains croisées derrière le dos, ne détachait pas les yeux de l'élégante créature. Trésor ronronnait sous les caresses, puis tourna sa tête aristocratique vers l'adolescent admiratif.

— Hmmronnn, dit-elle, manifestement à l'adresse d'Afra.

— Eh, petit, tu lui plais. D'habitude, elle parle pas aux rampants.

Afra *écouta* de tout son cœur et *entendit* dans l'esprit de Trésor la satisfaction que lui procuraient ces caresses. Elle renifla délicatement dans la direction d'Afra, sans doute pour évaluer l'atmosphère de Capella, mais il prit cela pour une reconnaissance personnelle et se mit à désirer désespérément de pouvoir la caresser, de pouvoir posséder un si bel animal.

– *Tu es la créature la plus belle que j'aie jamais vue*, osa lui dire Afra.

– *Mmmmiaouuuuuu! Mmmmiaouuuuuu!*

Le son semblait n'avoir pas d'équivalent mental et simplement exprimer le plaisir. Brusquement, Trésor rentra d'un bond dans le vaisseau et disparut. A cet instant précis, un groupe d'hommes et de femmes en uniforme apparut, et l'homme d'équipage fit signe à Afra de s'éclipser, tandis qu'il se figeait dans un salut impeccable devant ses supérieurs qui sortaient.

Afra rumina l'incident plusieurs jours avant de poser des questions à Hasardar sur les chadbords.

– Eux? Eh bien, pour commencer, ils n'ont pas le droit de débarquer. Les spatio se les gardent pour eux. Oh, ils se les échangent entre vaisseaux, pour éviter la consanguinité...

– La consanguinité?

– Une parenté trop proche... ça affaiblit l'espèce, paraît-il.

Afra n'eut pas l'occasion de lui poser d'autres questions. Il savait sans le demander que ses parents ne lui permettraient jamais d'avoir un animal quelconque. Pas dans le Complexe de la Tour. Mais ça ne l'empêchait pas, à chaque escale des grands vaisseaux, d'aller voir s'ils avaient des chadbords. Les hommes d'équipage n'étaient que trop heureux de faire contempler leurs bêtes, et, si Afra ne pouvait pas les toucher, il pouvait les admirer et communiquer télépathiquement avec eux. La plupart lui répondaient, ce qui l'enchantait et améliora ses rapports avec tous les équipages. A Port-Capella, ceux-ci l'appelaient familièrement « le verdelet aux yeux jaunes qui parle avec les chadbords ». Sa fascination pour ces animaux aida à soulager sa solitude; il étudiait les pedigrees, interrogeait tous les équipages, et il finit par en savoir autant sur leur lignage et leur distribution que n'importe quel vieux loup de l'espace. Son trésor le plus précieux était un paquet d'hologrammes de différents chadbords, cadeaux de leurs fiers propriétaires.

Mais, à mesure qu'Afra grandissait et que son Don s'affirmait, l'esprit étroit de ses parents l'agaça de plus en plus, malgré son amour pour eux. Habitué comme il l'avait été à refréner ses émotions, il piaffait intérieurement contre l'amour et la conviction de ses parents, persuadés qu'il serait ravi de trouver sa place à la Tour de Capella – place supérieure à la leur, car il était D-4, mais ils s'en réjouissaient.

A quinze ans, il avait trouvé des moyens d'échapper à la surveillance de sa famille – d'abord mentalement, quand il assistait aux cours de formation de Capella et rencontrait des Doués des systèmes voisins; puis physiquement, quand il participait clandestinement avec les autres élèves aux rares divertissements, tous innocents et inoffensifs, qu'offrait cette planète méthodiste, et que ses compatriotes considéraient comme enfantins; enfin, psychologiquement, quand il avait l'occasion d'ajouter des cassettes et des disques pour adultes à ceux que Damitcha lui avait donnés. Il apprit ainsi quels «divertissements» étaient pratiqués sur d'autres planètes, et il commença alors à réaliser la rusticité de Capella, l'étroitesse de sa morale, la richesse et la diversité d'autres modes de vie.

Il savait, comme tous les Doués, que la Rowane avait quitté Altaïr pour devenir la Méta de la nouvelle installation des TTF sur Callisto, l'une des lunes de Jupiter. Il entendit parler, car il veillait à se tenir au courant, des mouvements et changements de personnel exigés pour satisfaire la Rowane. Ses aînés de Capella critiquaient ces hésitations.

— Beaucoup trop jeune pour être Méta. Cela demande une personnalité mûre, stable et responsable. Que vont devenir les TTF? s'accordaient-ils tous à déclarer. Personne ne mentionnait ce qui était si évident pour Afra, à savoir qu'il y avait beaucoup trop peu de Métas pour attendre que la Rowane ait assez vieilli – jusqu'à quand? – pour accéder au statut de Méta.

Ces rapports d'engagements suivis de licenciements provoquaient chez Afra une sorte d'excitation perverse. Cela n'arrivait jamais sur Capella. Une fois engagé dans une Tour, un Doué y restait – jusqu'à ce qu'il ou elle prenne sa retraite après le nombre d'années requis.

Le jeune Afra, maintenant apprenti à la Tour de Capella, était bien placé pour savoir que la Rowane avait une puissante poussée, ne lâchait jamais brutalement les capsules dans les nacelles, n'avait jamais endommagé le fret ou blessé des passagers, et expédiait et réceptionnait les charges malgré le handicap de l'énorme masse de Jupiter qui occultait Callisto à intervalles irréguliers.

De tous les Doués entourant le jeune Afra, seul Hasardar semblait comprendre son agitation inquiète. Pourtant, Afra n'arrivait pas à se résoudre à lui demander des conseils sur la façon d'échapper au morne avenir qu'on lui avait préparé.

Quand il atteignit le statut d'adulte à seize ans, il se dit qu'il était temps de rappeler à Goswina sa promesse concernant la Rowane.

— Oh, Afra, tu n'as que seize ans, mon chéri!

Afra ne douta pas qu'elle l'aimât encore tendrement, mais il sentit qu'elle le considérait encore presque comme un enfant. Il n'était plus le premier dans son cœur, et une mère devait faire passer ses fils avant son frère. Il accepta cela, malgré sa tristesse, car il en savait maintenant beaucoup plus sur les rapports humains que dix ans auparavant.

— Callisto est l'une des Stations les plus importantes de la Fédération, poursuivit Goswina, pensant qu'à son avis il ne devait pas se plaindre de l'avenir qui l'attendait. De plus, maintenant que la Rowane dirige sa propre Tour, on ne donne plus de cours sur Altaïr.

— Mais tu sais qu'ils changent souvent le personnel sur Callisto. Et tu as dit que nous étions complémentaires. Tu n'as quand même pas oublié ça, Goswina ? C'est peut-être moi qu'elle cherche !

Goswina sourit devant la véhémence de son frère.

— Allons, Afra, il paraît qu'Ementish prendra sa retraite dans deux ans. Tu seras parfait pour le remplacer. Et en attendant, je verrai si tu peux travailler dans une branche auxiliaire du sud. Tu es bien jeune pour être seul dans un de ces postes écartés, mais tu acquerrais beaucoup d'expérience dans le lancement et le réceptionnement des lots.

— Des lots ? dit Afra avec dédain.

Hasardar lui en faisait réceptionner depuis deux ans. La nouveauté s'était émoussée depuis longtemps. Quel coup pour son amour-propre que sa chère Goswina le recommande pour une telle tâche ! Il était D-4, télépathe et téléporteur ! Il pouvait trouver mieux.

— Tu sais que tu as plutôt déçu la famille, Affie, continua-t-elle sur un ton taquin. Papa pensait que tu finirais avec les Honneurs, et non pas simple Premier...

— Simple Premier ?

Afra fut atterré, car il avait travaillé très dur pour y arriver. Aucun élève de sa classe ne s'était vu décerner les Honneurs, et ils n'étaient que trois à avoir atteint le statut de Premier. Mais, une fois de plus, il sentit qu'elle pensait à ses jeunes fils et à leurs futurs exploits académiques.

— Merci, dit Afra, dissimulant son amertume, et, avant qu'elle ait pu lui demander de garder ses neveux, il quitta le joli foyer de sa sœur.

Il se mit donc à chercher d'autres possibilités d'emploi pour un D-4. Mais comme toute son éducation, toute sa formation, l'avait préparé pour une Tour, il manquait cruellement de qualifications pour un autre poste et devrait consacrer un an d'apprentissage au recentrage de son Don. De plus, il désirait *quitter* Capella.

Il joua un moment avec l'idée de demander son aide à Capella, toujours aimable avec lui quand il la rencontrait dans les jardins du Complexe ou les installations de loisirs. Mais Capella le trouverait peut-être ingrat de vouloir quitter sa planète natale, et sa requête ne manquerait pas d'embarrasser sa famille.

L'occasion se présenta lorsqu'il apprit que la Rowane avait congédié un autre D-4. Il dépensa jusqu'au dernier les maigres crédits du compte qu'il avait ouvert avec le pourboire de Damitcha pour envoyer ses références sur Callisto. Il avait passé presque toute une journée à composer la lettre d'accompagnement et plusieurs heures à la calligraphier selon les principes du livre de Damitcha avant de s'en déclarer satisfait. La note était brève, mentionnant simplement que sa sœur Goswina avait gardé un très bon souvenir de la Rowane et de ses cours sur Altaïr, et lui demandant de considérer sa candidature à la Tour de Callisto.

Le suspense fut plus pénible que lorsqu'il attendait les résultats de son test, et il avait autrefois trouvé cette période insupportable. Il s'était préparé à ne pas recevoir de réponse avant plusieurs jours, malgré la vitesse à laquelle les TTF expédiaient les paquets dans toute la galaxie.

C'est pourquoi il fut stupéfait quand Hasardar l'appela à la vidéo.

— Tu as de la veine, petit, dit Hasardar, agitant une feuille rouge, indiquant un courrier prioritaire. Dès que tu auras jeté quelques affaires dans un sac, tu viendras chercher une capsule convenant à ta grande carcasse.

— Une capsule ? Pour aller où ?

— Callisto, fichu veinard. La Rowane cherche un D-4, et tu as été choisi pour faire un essai.

Afra fixa Hasardar, momentanément paralysé par une nouvelle qu'il n'avait jamais espéré recevoir.

— Tu vas sur Callisto, Afra ? demanda sa mère d'une voix mourante, aussi stupéfaite que lui.

N'ayant aucune idée de la nature de l'appel du Chef de Station, Afra n'avait pas activé la fonction « privé », et ses parents avaient tout entendu.

— Mais oui, Cheswina, répéta Hasardar, plutôt surpris de la mollesse de leur réaction à la bonne fortune de leur fils. Afra vient de recevoir l'ordre de se rendre sur Callisto.

— Mais comment pouvait-on connaître son existence ? demanda Gos, fixant son fils comme s'il avait changé de forme.

Afra haussa les épaules, contrôlant étroitement ses pensées, tout en sachant que son père ne s'abaisserait jamais à le sonder.

— Peut-être que la Méta Rowane s'est rappelé sa promesse à Goswina, dit Afra, ravi de constater que sa voix ne tremblait pas d'excitation. Ce qui est très gentil de sa part, il faut bien l'avouer. Une promesse faite voilà une décennie. Qui aurait cru qu'une Méta s'en souviendrait ?

Il débitait n'importe quoi pour dissimuler sa jubilation, et aussi sa crainte que, dans leur surprise, ses parents ne lui interdisent de partir.

— Une Méta est exactement la personne susceptible de se rappeler, lui dit son père avec reproche. Notre famille est honorée. Mais n'était-il pas question de te nommer dans une station auxiliaire ? Je sais qu'on a pensé à toi pour remplacer Ementish dans notre Tour, ajouta-t-il, soulignant fièrement le possessif.

– Papa, je peux difficilement refuser d'aller sur Callisto, non ? dit Afra, feignant d'obéir à contrecœur à un ordre d'une Méta, car il aurait été déplacé de hurler sa joie devant ses parents, atterrés par cette nouvelle. Il faut que je prépare mes affaires.

– Viens dès que tu seras prêt, Afra. On peut t'expédier n'importe quand dans l'heure qui suit, dit Hasardar. Il ne s'agit que d'une interview, ajouta-t-il avec calme avant de couper la communication.

Cheswina faisait de son mieux pour surmonter sa détresse devant le départ précipité de son petit dernier. Elle trouvait qu'Afra n'était pas prêt à se lancer tout seul dans le vaste monde, bien qu'elle eût déjà commencé à lui chercher une épouse. Beaucoup de jeunes filles regardaient d'un œil favorable son grand et beau fils parce qu'il était D-4.

Gos Lyon quitta la table du petit déjeuner.

– Je suis très inquiet, Afra, de te voir partir pour une Tour au personnel si instable.

– Ce n'est qu'une interview, dit Afra, renforçant son aura d'obéissance passive.

– Il paraît, poursuivit Gos Lyon, rayonnant physiquement et mentalement d'une anxiété telle qu'un D-10 aurait été capable de la capter, que la Rowane est une Méta très difficile dans le travail. Le personnel de sa Station change sans arrêt. Tu serais fou de risquer...

– Une humiliation ? dit Afra, pêchant le mot non prononcé dans l'esprit de son père. Papa, si je ne conviens pas à la Rowane, ce ne sera ni honteux ni blâmable.

Toutes les fibres de son corps démentaient ses paroles, toutes ses forces psychiques étaient mobilisées pour dissimuler ses véritables pensées à ses parents désemparés.

– Mais je crois, par contre, qu'il serait insultant pour elle que je ne me présente pas. Je vais emporter quelques affaires...

En fait, il possédait peu de chose qu'il ne pouvait pas abandonner derrière lui, à part ses holos de chadbords, son troupeau d'origami, sa provision de papier, et le livre de Damitcha.

– ... et me présenter comme requis à la Rowane. C'est si généreux de sa part de s'être rappelé sa promesse à Goswina.

Avant que ne faiblisse le contrôle qu'il exerçait sur ses véritables sentiments, Afra sortit. Il jeta dans un carisak quelques vêtements de rechange, ses holos, ses souliers de Tour et ses origami, tout en sondant discrètement ses parents. Son père était assommé, perturbé, et, chose peu flatteuse, craignait que son cadet ne sache pas se tenir comme il fallait. L'esprit de sa mère tournait en rond : Afra se présenterait-il convenablement, ne serait-il pas trop exubérant, cette Rowane comprendrait-elle qu'il venait d'une bonne famille et avait reçu la meilleure éducation exigée du personnel de Tour, serait-il... ?

Afra referma son sac et revint dire au revoir à ses parents. Ce moment fut beaucoup plus dur qu'il ne l'avait prévu – et d'autant plus qu'il souhaitait ardemment ne pas rentrer dans quelques jours comme le croyaient ses parents.

– Je ferai honneur au nom de notre famille, dit-il, touchant légèrement Gos Lyon au-dessus du cœur. Maman, je serai très bien élevé, dit-il, lui effleurant la joue d'un geste tendre.

Sa gorge se serra soudain, et ses yeux le picotèrent. Il ne s'attendait pas à cette réaction quand il désirait si désespérément quitter la maison. Trop brusquement pour respecter la politesse, il sortit et se dirigea, aussi vite que ses longues jambes purent le porter, vers les nacelles de lancement de la Station.

Il avait assisté assez souvent à la manœuvre pour savoir ce qu'il devait faire. La capsule personnelle était confortable et en rien différente de celles qu'il avait empruntées pour les essais ou la téléportation sur de courtes distances. Un T-10 qu'il connaissait fit les dernières vérifications, sourit en refermant et verrouillant le couvercle qu'il tapota en guise d'adieu, et alors seulement, Afra se rappela qu'il n'avait pas contacté Goswina.

– *Gossie...*

– *Afra! Tu as le génie pour toujours choisir le plus mauvais moment...*

– *Gossie, je pars pour Callisto...*

Afra, l'interrompit fermement la voix mentale de Capella, *je vais compter jusqu'à trois... Je vous souhaite bonne chance, Afra.*

L'instant suivant, il sut qu'il était téléporté à travers les incroyables distances galactiques. Le voyage ne fut pas aussi long qu'il s'y attendait. Il eut conscience de la téléportation, d'une sensation de désorientation qu'il savait inévitable. Pas étonnant que les Métas, tellement sensibles, aient des problèmes même sur les gros paquebots. Et il eut conscience du passage de la charge, quand Capella lâcha sa capsule et que la Rowane en prit le contrôle.

– *Afra? As-tu dit à ta sœur que la Rowane avait tenu sa promesse?*

Le ton mental de la Rowane, si différent de celui de Capella et de tous ceux qu'il avait entendus jusque-là, tinta comme un carillon cristallin dans sa tête. Le contact avait un brillant, une vivacité et une résonance qui l'ensorcelèrent immédiatement.

– *Je lui ai dit que je venais sur Callisto.*

– *Eh bien, tu es là. Viens à la Tour. Tu es le bienvenu, Afra.* (Un rire cristallin frémit dans son esprit). *Tu sais, je crois que Goswina avait raison. Enfin, on verra.*

On déverrouilla le couvercle, et un homme à l'air anxieux, au col décoré des insignes de Chef de Station, lui tendit la main.

– Afra? Brian Ackerman.

25

L'anxiété de l'homme commença à se dissiper quand ils se serrèrent la main.

— On les fait grands sur Capella, à ce que je vois! dit-il, souriant à Afra, qui, une fois debout, dépassait d'une demi-tête le Chef de Station plus carré. La Rowane peut te jouer des tours, mais ne te laisse pas troubler par ça, hein? ajouta-t-il, à voix basse et tendue qui fit réaliser à Afra qu'il avait ses écrans mentaux bien en place pour lui donner ce bref conseil.

Afra hocha la tête et le suivit dans la Tour. Et alors seulement il remarqua, déglutissant de surprise, que toutes les installations de Callisto étaient érigées sous un dôme. En fait, une succession de dômes, plus les aires de lancement des grands vaisseaux avec les nacelles allant de la plus petite pour capsule individuelle aux plus grandes destinées aux paquebots et aux cargos. Au-dessus d'eux, la masse écrasante de Jupiter. Instinctivement, Afra eut envie de se recroqueviller sur lui-même, mais il se contrôla. Il s'habituerait sans doute à cette présence dominatrice.

Il s'aperçut aussi qu'il respirait à peine, et contrôla également cette réaction : l'air ne manquait pas sur cette lune.

— Tu t'y habitueras, dit Brian Ackerman en souriant.

— Ça se voit tellement? demanda Afra.

Brian eut un grand sourire.

— Tout le monde sent la présence de la géante et parfois, aussi, l'impression d'étrangeté de l'endroit, dit-il, embrassant les dômes du geste, que peut éprouver quelqu'un élevé sur une planète.

Ils étaient arrivés à la Tour, ce qui était moins un fait qu'une façon de parler, car seule une section surélevée des installations méritait le nom de tour. Le bâtiment administratif, compact et trapu, n'avait que trois étages, et les seules fenêtres de plexiglas entouraient la section Tour, donnant à la Méta une visibilité de trois cent soixante degrés. Des projecteurs autour des toits déversaient leur lumière sur les plantations, imitant assez le soleil pour favoriser leur croissance. La clarté de Jupiter ne suffisait pas aux végétaux terriens. A la surprise d'Afra, il vit un petit bois au fond du jardin de la résidence érigée un peu à droite du complexe de la Tour.

— C'est à la Rowane, dit Brian, suivant son regard avant de pousser la porte. C'est là qu'elle habite. Les Métas ne voyagent pas beaucoup, tu sais, mais elle ne rechigne pas à nous expédier en bas en permission.

Tout le long des murs de la salle principale s'alignaient consoles et tables de travail, assez bien rangées car le personnel semblait avoir terminé sa journée. Il régnait un bourdonnement de bavardages amicaux et un intérêt considérable pour le compagnon d'Ackerman.

Afra saisit le bourdonnement mental l'identifiant comme le D-4 capellien. « *Je ne suis plus le verdelet haut comme une chope* », se dit-il, et il sourit. Si la Rowane l'engageait, il pourrait même aller voir son vieil ami Damitcha qui avait pris sa retraite à Kyoto.

On dirigea vers lui de vagues ondes de réconfort, certaines pleines d'espoir, certaines pessimistes en ce qui concernait ses chances, mais il y avait assez de sourires pour le mettre à son aise.

– Tu étais le dernier arrivage pour aujourd'hui, dit Brian. Café ?

– Café ?

Afra était surpris. C'était une substance caféinée, naturellement indisponible sur Capella, vu son prix.

– Je crois que ça me ferait du bien, dit-il, pêchant la réponse dans l'esprit de Brian.

– Tu l'aimes noir, au lait, sucré ?

– Comment le prends-tu ?

– Tu n'en as jamais bu ?

– Non, dit Afra, avec un sourire penaud.

– Eh bien, essaye-le noir pour voir si ça te plaît. On pourra toujours ajouter du lait et du sucre plus tard.

Afra ne tentait pas de détecter la présence de la Méta. Il y avait tant de gens qui circulaient, certains encore congestionnés par les fatigues de la journée, d'autres s'affairant pour rentrer chez eux le plus vite possible, qu'il se demanda si elle était là. Personne ne ressemblait à l'image mentale que Goswina lui avait transmise dix ans plus tôt. Puis il se dit que la Rowane aurait dix ans de plus et davantage de maturité que la malicieuse jeune fille de son souvenir.

Au moment où Brian lui tendit une chope pleine d'un liquide noir et opaque, il sut que la Rowane était dans la salle. Il se tourna légèrement sur sa gauche, vers le distributeur de boissons que Brian venait de quitter. Trois personnes, un homme et deux femmes, se servaient. L'attention d'Afra se fixa sur la plus longiligne des deux femmes, à la longue chevelure blanc argenté bien que son visage fût jeune et curieusement séduisant, quoique pas dans le style classique. Il ressentit le premier élan – qu'il supprima brutalement – d'une profonde affinité.

Bien qu'elle ne fût pas très grande et eût le teint plus pâle que verdâtre, elle avait néanmoins quelque chose d'une Capellienne. Mais il ne douta pas qu'elle ne fût la Rowane.

– *Gagné, Afra, frère de Goswina*, dit-elle.

Puis, s'excusant à voix haute auprès de ses compagnons, elle lui montra de la tête les marches de la Tour.

– *Si tu veux bien m'accompagner ?*

Cette simplicité bon enfant le changeait radicalement des manières cérémonieuses de Capella.

– *J'en ai eu ma claque, du protocole et de l'étiquette sur Altaïr, Afra. Je dirige une Tour, pas un thé mondain. Et en général, je ne converse pas télépathiquement. Aujourd'hui, je fais une exception pour le frère de Goswina.*

27

Il la suivit sur l'escalier en spirale, étonné qu'elle n'ait pas une rampe comme Capella.

— Tu découvriras que je ne ressemble pas du tout à Capella, ni à Siglen, ni à aucune autre Méta que tu peux avoir rencontrée.

— Capella est la seule que je connaisse.

Ils étaient maintenant dans la salle de la Tour, avec le siège-coquille de la Méta, les différents moniteurs et consoles qui constituaient l'ameublement standard du domaine d'une Méta. L'énorme Jupiter était visible, ainsi que le paysage nu de la lune, au-delà des dômes des TTF. La Rowane lui fit signe de s'asseoir à la console auxiliaire. Puis elle s'appuya contre le mur et pencha la tête. Il ne perçut aucun contact mental, mais, à moins qu'il ne se trompât complètement, un lien se tissait entre eux. Il l'espérait, car il n'avait jamais rencontré personne comme elle, si rayonnante, si dynamique, si vivante. La force l'entourait d'une aura presque visible. Et son père qui lui avait toujours dit que les Métas refrénaient l'expression de leur Don!

— Je t'aurais reconnu. Tu ressembles à Goswina. Si on veut.

Elle sourit, et cela accrut encore sa séduction pour lui.

— Qu'est-ce qu'ils ont dit quand tu as reçu mon message?

— Ils ont été étonnés. Puis mon père a dit qu'une Méta n'oubliait pas une promesse.

— Ah! dit-elle avec un sourire malicieux. Ta famille ne savait donc pas que tu m'avais écrit?

Afra secoua la tête, sans la quitter des yeux. Il haussa les épaules avec désinvolture et essaya un sourire d'autodérision.

— Tu n'étais pas censé avoir un poste à la Tour de Capella?

— Quand Ementish prendra sa retraite.

— Et cela t'enchante tellement que tu vas me planter là? dit-elle, les yeux pétillants.

— Capella est une bonne planète...

— Plutôt prêchi-prêcha, je dirais...

Afra haussa un sourcil.

— Quand j'ai suivi des cours à la Tour, j'ai rencontré des Doués d'autres systèmes, dit-il, ne voulant pas rabaisser sa planète natale.

— Et tu voulais voir du pays?

— On ne voit pas grand-chose de la galaxie en tant que D-4 dans une Tour, mais je pensais que ce serait... stimulant de passer quelque temps ailleurs.

Elle le regarda, l'air curieux.

— Qu'est-ce que c'est que ces formes bizarres dans ton carisak?

C'était bien la dernière question qu'il attendait de sa part, mais il réalisait qu'elle devait être imprévisible.

— Origami. L'antique art des pliages de papier.

Se demandant s'il n'était pas trop audacieux, il téléporta dans sa main son cygne préféré — en papier blanc argenté — et le lui offrit.

Elle le prit, avec un sourire émerveillé, tournant l'oiseau dans sa main, lui déployant les ailes.

– C'est charmant! Et tu plies le papier, c'est tout?

– Quelle est ta couleur préférée? demanda-t-il.

– Le rouge. Le rouge cramoisi!

Il sortit une feuille rouge de sa boîte et en fit rapidement une fleur qu'il lui offrit en s'inclinant légèrement.

– Mais ce n'est pas un exercice mental, non? dit-elle, examinant la fleur. Cric-crac, et tu as un petit chef-d'œuvre. C'est ce que font les Capelliens pour se distraire?

Afra secoua la tête.

– Un chef soutier qui s'appelait Damitcha me l'a enseigné, quand Goswina était sur Altaïr. Elle me manquait beaucoup, tu sais. L'origami m'a aidé.

Le visage de la Rowane se fit compatissant, et il sentit l'onde mentale qui renforçait son expression.

– Tu lui manquais aussi, Afra. Elle me parlait tout le temps de toi.

– Et tu t'es rappelé ta promesse.

– Pas tout à fait, Afra, dit-elle, en s'asseyant. Parce qu'il n'y a plus de cours sur Altaïr et que ta formation est terminée. Voyons donc si Goswina avait raison, si nos esprits se compléteront dans la direction de cette Tour!

Elle lui laissa entendre ce qu'elle dit ensuite.

– *Reidinger, je me suis trouvé un autre D-4, Afra de Capella. Il fait des pliages de papier! Au moins, c'est original. Et il a des holos de chadbords.*

Ainsi, elle les avait vus aussi, dans son inspection mentale de ses affaires.

– Rowane!

Afra grimaça, sous la violence du hurlement mental. La Rowane sourit, malicieuse, et lui fit signe de ne pas faire attention.

– *Enfin, il ne peut pas être pire que celle qui craignait que Jupiter ne lui tombe dessus. Ou cet imbécile de Bételgeuse qui ne comprenait pas la plaisanterie. Ou ce pète-sec qui d'après vous devait m'apporter la stabilité pendant que j'apprenais mon métier! Non, cette fois, Reidinger, je choisis moi-même. Un point c'est tout!*

Puis elle fit un clin d'œil à Afra.

– A une époque, j'ai possédé illégalement un chadbord. Je l'avais appelé Canaillou, et il l'était. Mais c'était aussi un ingrat car il m'a abandonnée pour le vaisseau qui m'a amenée ici, dit-elle, haussant les épaules avec un sourire ironique. Je ne peux pas le lui reprocher, avec le cirque que j'ai fait.

– Ils nous comprennent, tu sais, dit Afra, pensant que c'était une remarque anodine.

Elle eut l'air étonné.

– Je soupçonnais Canaillou de m'entendre. Nous jouissions d'une empathie amicale. Mais est-ce que l'un d'eux t'a jamais parlé?

– *Hummmmmmmronnnnn!*

La Rowane rejeta la tête en arrière et éclata de rire.

– Alors, tu marques un point sur moi, Afra.

– Pas pour longtemps, je crois, dit-il, immensément soulagé d'avoir survécu à cette première conversation, où les répliques inhabituelles passaient naturellement de sa tête à sa bouche.

Elle se remit à rire, se balançant dans son fauteuil.

– Tu veux qu'on tienne le score?

– Combien je peux perdre avant de me faire virer?

Il n'en croyait pas ses oreilles de s'entendre répondre sur ce ton à une Méta.

– Je ne sais pas, Afra. Le problème ne s'est jamais posé, dit-elle avec un clin d'œil. Les autres étaient tellement obtus qu'ils n'auraient pas su coiffer une phrase même si je leur avais tendu le chapeau! Et, poursuivit-elle, brandissant l'index, si tu tiens tête aussi à Reidinger quand il t'engueule, tu t'en trouveras bien. Bon, assez! Je vais te montrer ton appartement.

Elle se leva avec grâce et lui fit signe de la suivre.

– Nous n'avons rien à faire pendant les six prochaines heures et tu auras tout le temps de t'installer avant qu'on reprenne les opérations. Et alors, nous verrons ce que vaut le petit frère de Goswina!

II

Les logements du personnel étaient très supérieurs à ce qu'Afra attendait sur une lune. On lui répétait souvent que Callisto lors de sa construction, huit ans auparavant, avait bénéficié de tous les derniers perfectionnements. Et depuis, tous les progrès concernant la sécurité étaient immédiatement incorporés au dôme de Callisto. Les TTF protégeaient leur Méta au maximum, et toute leur Station en bénéficiait.

Le personnel marié avait ses logements, avec jardins et aires de loisirs, sous son propre dôme auxiliaire. Les célibataires se voyaient allouer un appartement composé d'un vaste séjour et de deux chambres. Un gymnase très bien équipé et ouvert à tous occupait un autre dôme secondaire, et l'on y accédait par un court tunnel pourvu de sas – toujours ouverts – à ses deux extrémités. Les installations de la Tour – petites nacelles pour capsules, générateurs, réservoir de carburant et réservoirs d'eau – étaient souterraines, avec accès par un troisième dôme. Les grandes nacelles pour paquebots et cargos se trouvaient sous un quatrième, avec sas et tunnels auxiliaires vers les autres installations. La résidence particulière de la Rowane, avec jardin et petit bois, était érigée sous un cinquième, un peu à l'écart du complexe central, et le dôme principal faisait fonction d'abri primaire pour tous. Des abris d'urgence étaient stratégiquement disséminés partout, en cas de pénétration accidentelle des dômes, et chaque unité d'habitation se scellait immédiatement et possédait des réserves d'oxygène pour vingt-quatre heures, délai maximum, selon les experts, avant l'arrivée des secours des autres systèmes.

Afra trouva son appartement plus que suffisant, avec cheminée et feu artificiel flanquée de deux fauteuils confortables et d'une table assez délabrée dans le séjour. D'un côté du manteau se trouvait un appareil orologique assez compliqué, affichant l'heure de la Terre et celle de Callisto en révolution autour de la primaire, et un second appareil décrivant l'orbite de Callisto autour de l'immense Jupiter, de même que les orbites erratiques des autres lunes. S'il les lisait correctement, il avait cinq heures et quinze minutes avant d'aller prendre son poste à la Tour.

Il y avait buffets, étagères et tiroirs pour cassettes vidéo et audio, jeux vidéo, et bien plus de placards qu'il ne lui en fallait pour le contenu de son malheureux carisak; il restait beaucoup de place pour d'autres meubles, donnant à penser qu'il pouvait en ajouter selon son goût.

L'omniprésent pupitre de communications était parfaitement équipé, avec console et auxiliaires flambant neufs. Il l'alluma et un message de bienvenue s'inscrivit sur l'écran, l'invitant à entrer ses codes personnels et ses programmes. Il fut informé qu'il disposait mensuellement d'un certain nombre d'appels gratuits pour sa planète natale et qu'il pouvait commander ce qu'il voulait sur Terre, en port franc par la navette hebdomadaire, ou immédiatement à un tarif préférentiel pour les employés des TTF. Par plaisanterie, il demanda son solde bancaire, et resta bouche bée de surprise devant les sommes allouées pour son transfert hors-planète, pour l'ameublement et la décoration de son appartement, et devant tous les renseignements sur la façon d'obtenir des autorisations de déplacement sur la Terre et sur les facilités de crédit pour le personnel des TTF.

— Encore une chose que personne ne m'a jamais expliquée, murmura-t-il. Ou peut-être que mes parents voulaient aussi gérer mes crédits à ma place.

Il disposa les holos de chadbords sur l'étagère surmontant la console, son troupeau d'origami sur la suivante, tâtonnant pour obtenir le meilleur effet. Il posa son livre de calligraphie sur la troisième, et branla du chef. Enfin, il aurait bien vite de quoi les remplir, ces étagères.

Il visita la salle de bains, enregistrant l'avertissement sur son allocation d'eau quotidienne, jeta un coup d'œil dans le petit bar, qui comprenait bien des boissons exotiques pour un Capellien méthodiste, et passa dans la chambre à coucher. Le lit était ferme, comme il les aimait, et assez large pour plusieurs corps de la taille du sien. Cela lui ouvrit des perspectives, jusqu'alors scrupuleusement cachées, même si ses parents avaient pensé à l'influence stabilisatrice d'une épouse. Il sourit. La Terre n'était pas si loin, et Brian Ackerman avait dit qu'il était possible d'y aller. Tentant!

Puis il remarqua un deuxième appareil orologique.

— Eh bien, on ne risque pas d'oublier l'heure ici! dit-il, se sentant un peu bête de parler tout seul. Il me faut un peu de musique.

— *Si vous voulez bien citer vos morceaux préférés, ils vous seront fournis*, dit une voix de velours qui pouvait être mâle ou femelle.

32

Ravi d'avoir un interphone chez lui, Afra égrena une liste, et une douce musique se mit à résonner dans la pièce à l'instant où il fit une pause pour réfléchir à ce qu'il allait ajouter.

— Merci.

— *La politesse n'est pas obligatoire.*

— Elle l'était sur ma planète natale, répondit-il d'un ton brusque.

— *Une réponse est-elle exigée?*

— Elle serait appréciée. J'ai promis à mes parents de ne pas oublier mes bonnes manières.

Puis il étouffa un éclat de rire de la main. Un entraînement si intensif à la politesse pour converser avec un interphone! Quelle ironie, qui n'amuserait pas même Goswina.

— *Merci*, répondit la voix de velours.

— De rien, dit Afra.

Puis il s'aperçut qu'il avait perdu beaucoup de temps. Il vida son sac sur le lit, prit sa trousse de toilette, des vêtements propres et ses chaussures de Tour, et entra à la salle de bains pour prendre une douche avant son premier tour de service sur Callisto.

Ce jour-là, heureusement pour lui, il s'acquitta de toutes ses tâches avec l'efficacité que donne la routine, presque sans réfléchir à la complexité des opérations impliquées, mais il n'avait jamais travaillé ne serait-ce qu'à la moitié de la vitesse exigée du personnel de Callisto.

— *Nous sommes l'installation principale d'acheminement*, lui transmit la Rowane en pleine période de pointe. *Nous manipulons plus de trafic qu'aucune autre Tour. Tu te débrouilles très bien. Ne t'énerve pas. Je ne crois pas qu'on t'épuisera aujourd'hui.*

— *Chouette!* répondit Afra, laconique, continuant à travailler.

C'était exaltant, pour le moins, car, en qualité de second de la Rowane, il devait veiller au placement correct et au flux continu des charges, animées ou inanimées, et recevoir les instructions spéciales du troisième rang.

Les manutentionnaires (des kinétiques de niveau 7 et 8) chargés de la vérification des papiers des cargos, capsules particulières et vaisseaux en transit, les téléportaient dans la Tour pour les classer par ordre de priorité. Les D-10 circulaient sur les aires d'atterrissage, s'assurant que tous les relais arrivaient en bonne condition et vérifiant toujours les chargements vivants. A l'intérieur de la Tour, les D-6 et D-5 assignaient les priorités et établissaient les coordonnées du lieu de destination. Brian Ackerman s'assurait qu'aucun retard ne survenait dans ces opérations et que tout était transmis en bon ordre à Afra, qui transmettait à la Méta en un flot continu.

Les jours de grande activité, et il régnait toujours une grande activité sur Callisto, Afra, en sa qualité de D-4, devait aussi soulager la Méta en expédiant les chargements inanimés, afin qu'elle

33

puisse réserver ses capacités pour les transferts lourds, délicats et animés. Afra entrait en gestalt avec les générateurs, bien que sans la même force et la même portée que la Rowane. Il avait toujours été secrètement convaincu qu'il avait une portée plus grande que celle qu'on lui permettait d'utiliser sur Capella – ne serait-ce que parce qu'il le *sentait*. Afra était un Doué trop discipliné pour présumer bêtement de ses capacités. Mais, à travailler avec la Rowane, il découvrit chez lui des ressources et des forces qu'il n'avait jamais senties en travaillant avec d'autres Doués. Comme si la Rowane ajoutait une nouvelle dimension à son Don.

– *Et cela, mon cher Afra, c'est exactement ce qui doit se passer entre une Méta et son second. Et si ce n'est pas là dès le départ, ça ne viendra jamais, malgré toute la bonne volonté du monde,* lui dit-elle, *avant d'expédier un lourd cargo.*

Cela suffit à donner à Afra un second souffle, car le rythme commençait à l'épuiser. Il prit une profonde inspiration et continua.

Le dernier fret expédié vers sa destination, les cadrans du générateur retombèrent à zéro, et Afra demeura immobile, trop épuisé pour remuer. Il avait les muscles du dos douloureux, et ses tempes pulsaient. Puis il sourit intérieurement. Il avait survécu. Il n'avait pas fait une seule erreur – à sa connaissance. Il sentit quelqu'un debout près de lui, et, tournant la tête vers la droite, il vit la Rowane qui lui souriait. Elle lui effleura l'épaule, juste assez pour qu'il ressente un parfum de menthe verte émaner d'elle.

– Nous avons fait du bon travail aujourd'hui. Enfin, si tu arrives à maintenir la cadence, dit-elle haussant un sourcil noir d'un air sardonique.

– Chiche, dit Afra, relevant le défi. Essaye donc!

– Et comment que je vais essayer, dit-elle, mais son sourire s'élargit et ses yeux pétillèrent. Viens, je te dois un café. Il y a des amateurs pour la Terre? Nous sommes en occultation.

Un chœur de « moi, moi » et une foule de mains levées répondirent à cette proposition.

– Prenez ce qu'il vous faut et trouvez une capsule, dit la Rowane. Je ne t'envoie pas en bas aujourd'hui, Afra, mais compte sur la prochaine occultation. Reidinger veut te voir. Oh, ne t'inquiète pas, ajouta-t-elle, le voyant se raidir. C'est moi qui décide qui travaille dans ma Tour.

Elle remonta légèrement dans la Tour et, bien que les cadrans du générateur n'aient presque pas bougé, Afra vit les capsules s'éloigner de Callisto en direction de la Terre.

– *Vous en avez sept à réceptionner, Reidinger,* dit-elle.

– *Ils ne sont pas prévus,* rugit le Méta de la Terre.

– *Faites-les réceptionner par les apprentis. Mon équipe a besoin de distractions.*

– *Comment s'est débrouillé le Capellien?* ajouta Reidinger.

Et ses paroles se répercutèrent en écho dans l'esprit d'Afra, confus, avant de réaliser que la Rowane lui transmettait la conversation. Capella n'aurait jamais fait ça! pensa Afra, stupéfait, et il retint son souffle en attendant la réponse.

– *Il a bien résisté aujourd'hui. Je le prends à l'essai pour trois mois.*

– *Pas avant que je l'aie vu, pas question!*

– *Naturellement,* dit-elle avec assurance et impertinence.

– La plus grande partie du personnel avait disparu après l'offre de transport de la Rowane. Il ne resta que Brian Ackerman, qui discutait tranquillement avec Joe Toglia. Afra demeura assis à sa place. Il était vidé, et même les quelques pas jusqu'au distributeur de boissons lui paraissaient trop fatigants, pourtant, la caféine lui aurait donné un coup de fouet bienvenu.

Puis il vit une tasse se placer sous le bec, le liquide noir couler, la tasse se mettre sur le côté, remplacée par une autre qui se remplit de café, additionné de lait et de sucre. Pendant que les tasses se dirigeaient vers le poste d'Afra, la Rowane redescendit l'escalier.

– Merci, dit-il en souriant.

Elle attrapa une chaise et s'assit près d'Afra. Il leva sa tasse et trinqua avec elle à la façon traditionnelle.

– Merci beaucoup, Rowane.

Elle lui jeta un regard en coin.

– Il y a une ou deux petites choses à mettre au point tout de suite, Afra. Fais-moi savoir quand tu as besoin d'une poussée supplémentaire, et préviens-moi si tu rates un coup. Je préfère rectifier aussi vite que possible. Comprends ça, et on pourrait faire une bonne équipe.

Afra acquiesça de la tête, trop fatigué pour projeter après tout l'exercice de ces six dernières heures. Elle continua à siroter son café, dans un silence amical. En fait, Afra ne se souvenait pas s'être senti si bien avec personne – sauf avec Goswina quand il était petit. Et, ajouta-t-il mentalement, avant qu'elle aille sur Altaïr. Quand ils eurent fini leur café, il se sentait un peu revigoré. La Rowane s'en aperçut et le regarda avec sympathie.

– Fais une longue sieste maintenant, Afra. Laisse ton cerveau se reposer, dit-elle en se levant, puis elle quitta la Tour.

Afra suivit son conseil. Pour la première fois, mais certes pas la dernière.

Il était à la Tour depuis cinq semaines quand Reidinger le contacta directement, mais pas sur le ton tonitruant qu'il prenait avec la Rowane. Malgré tout, sa force mentale subjugua Afra. Il n'avait jamais rencontré un esprit aussi dense. Capella était ferme et forte, mais sans comparaison avec Peter Reidinger, troisième de ce nom à être Méta de la Terre. La Rowane était très puissante, elle aussi, et il sentait en elle des possibilités égales à celles de Reidinger, mais jamais utilisées. Toutefois, Afra connaissait maintenant assez bien la Rowane pour être à son aise avec elle, malgré l'admiration qu'il lui vouait. Avec Reidinger, c'était différent. C'était l'homme le plus puissant du réseau de Télépathie et de Téléportation fédérales. Et, quoiqu'en dise la Rowane, c'était de son approbation que dépendait la nomination définitive d'Afra à la Tour de Callisto. Pourtant, Afra parvint à répondre de façon, pensa-t-il, honorable, calme, digne, et, par-dessus tout, polie. Ses parents auraient été fiers de lui.

— *Bravo, Afra*, dit la Rowane quand la présence de Reidinger se fut retirée. *Il adore dominer. Il inspire une peur bleue à tous les TTF – ça lui évite beaucoup de problèmes d'obtenir leur obéissance instantanée, mais cela peut provoquer des inhibitions. Continue comme tu as fait, et ne te laisse pas impressionner. N'oublie pas – et ici, la Rowane gloussa malicieusement – qu'il ne me fait pas peur et que si je te veux, je t'aurai. Je vais te dire une chose, Afra. Avant qu'il se mette à hurler – et il hurlera – donne-lui un origami... disons un taureau mugissant! Un taureau écarlate. Ça lui coupera l'herbe sous le pied. Distrais-le, et tu tiendras le bon bout.*

— *Tu es sûre que tenir le bon bout est une bonne chose pour un humble D-4 de Capella?*

La Rowane projeta un sourire encore plus malicieux.

— *La douceur, c'est bon pour une femme; tenir tête est une prérogative masculine.*

Rétrospectivement, ce ne fut pas Reidinger qui impressionna Afra, mais la taille phénoménale du bâtiment Blundell, entouré par les immenses terminaux pour le fret et les passagers, les nacelles et les installations auxiliaires. Afra, immobile près de la capsule particulière dans laquelle la Rowane l'avait expédié, regardait autour de lui, bouche bée. Le complexe des TTF était plus grand que la capitale de Capella. Au-delà, se dressaient les tours commerciales et résidentielles de la plus grande mégapole des Mondes centraux, s'estompant peu à peu dans des lointains que son œil évaluait mal.

Puis il prit conscience d'une odeur inconnue, dont son esprit lui dit que ce devait être des « embruns », car le complexe des TTF s'élevait au bord d'un océan.

— Afra de la Station de Callisto?

Il pivota sur lui-même et vit un jeune homme en uniforme d'apprenti TTF – garçon trapu au teint clair, aux cheveux noirs et aux yeux curieusement mouchetés de vert.

— Oui, dit-il, renforçant télépathiquement son monosyllabe pour tester le messager.

Le jeune homme sourit et leva la main selon le salut officiel entre Doués.

— Gollee Gren. Je suis censément D-4.

– Chargé de l'accueil ?

Afra sourit en retour, se rappelant qu'il avait fait la même chose sur Capella.

– Quand il n'y a personne d'autre de disponible, dit Gollee, pas déconcerté le moins du monde. Par ici. Il faut d'abord passer la Sécurité, et ça prend du temps.

– *Bien que mon identité soit évidente ?*

Gollee haussa les épaules avec un sourire cocasse.

– Il ne faut pas te formaliser. Ils en font autant pour les Métas en visite.

– N'en fais pas trop, Gollee. Les Métas ne viennent jamais en visite.

– Enfin, c'était façon de parler. Même les D-2 n'y coupent pas. Personne ne paraît devant le Grand Dieu Reidinger sans passer la Sécurité.

Gollee montra de la main la coquille aérienne en béton et plas-verre formant l'entrée de l'immense Siège des TTF.

Et cela prit effectivement du temps de passer la Sécurité, avec tests scanner, examen rétinien, interview personnelle – même si, à l'évidence, ils avaient déjà le dossier d'Afra sous les yeux pendant la conversation. Afra eut envie de dire qu'une vérification télépathique effectuée par un D-3 ou un D-2 aurait dissipé toutes les incertitudes, mais l'attitude du D-8 qui procédait à l'interrogatoire lui donna à penser qu'il valait mieux ne pas l'interrompre par une impertinence. Les gardes de la Sécurité n'étaient pas aussi grands que lui mais lui rendaient bien des kilos. Ils étaient particulièrement intrigués par son origami et le soumirent à tant de tests qu'il craignit pour son petit cadeau.

– Vous voyez bien que ce n'est que du papier plié, quand même ?

Il prit une feuille sur le bureau et exécuta prestement un double de son origami.

– Vous voyez ?

Les gardes « virent », mais ne furent pas impressionnés par sa dextérité, contrairement à Gollee. Ils finirent quand même par reconnaître que ce pliage ne présentait aucun danger.

Finalement, on lui tendit à contrecœur le badge de la Sécurité. Soupirant mentalement de soulagement, Gollee le pilota vers la batterie d'ascenseurs.

Gollee tapa un code compliqué, si vite qu'Afra n'en distingua pas les composants, pas plus qu'il ne put lire dans l'esprit de Gollee, soudain étroitement barricadé.

– *Ils sont encore plus stricts là-dessus*, dit Gollee d'un ton d'excuse. *Je suis simplement chargé de l'accueil, et ils sont prêts à griller les circuits de quiconque désobéit ou tourne un peu les règles.*

– C'est normal, bien sûr, vu l'importance du Méta Reidinger pour les Mondes centraux, ajouta-t-il tout haut, faisant signe à

Afra de monter dans la cabine programmée. Depuis quand fais-tu ces pliages ? A te voir, ça a l'air tellement facile !

La montée fut étonnamment rapide pour un ascenseur gravitationnel.

– L'origami, c'est facile. Une fois qu'on a pris le tour de main.

– Où as-tu appris ? C'est un truc de Capella ?

– Non. C'est originaire d'un endroit qu'on appelle le Japon.

– Ah, quelque part dans l'océan Pacifique.

– Il paraît.

Puis soudain, une étroite ouverture apparut dans laquelle le courant les poussa. L'accès se referma derrière eux d'un coup sec. Gollee sourit à la réaction d'Afra.

– Impossible d'entrer dans le domaine du Méta sans le code. Tout le bâtiment est protégé et scellé... et surtout cette partie.

– Je ne crois pas que j'aimerais vivre comme ça.

– Nous, on ne vivra jamais comme ça. On n'est pas des Métas.

Une ouverture plus grande apparut et subsista le temps que Gollee et Afra entrent dans un salon élégamment décoré et meublé de fauteuils confortables. Dans un coin, un écran projetait des fractales et une douce musique charmait lès oreilles. Gollee se dirigea vers la porte de gauche – la moins ornée de celles ouvrant dans le salon.

– Redresse-toi, lui murmura Gollee, en avançant vers la porte qui glissa dans le mur.

Ils traversèrent un second salon et s'approchèrent de la porte s'ouvrant au milieu de la paroi.

– A partir de maintenant, tu te débrouilles tout seul. Je t'attends pour te raccompagner. Bonne chance.

Et, à sa tête, Afra aurait besoin de toute la chance disponible !

Afra redressa les épaules et, lorgnant les solides battants de bois, repensa aux conseils de la Rowane. La Sécurité aurait-elle parlé au Méta de son origami, ruinant du même coup l'effet de surprise ? La porte glissa dans le mur et il entra dans la suite spacieuse occupée par Peter Reidinger.

– Entrez, entrez.

Et la voix mentale était aussi puissante et intimidante dans son mode audible que son propriétaire était physiquement impressionnant.

– J'ai pensé que cela vous plairait, monsieur, dit Afra, s'avançant vivement vers le bureau semi-circulaire derrière lequel siégeait Reidinger, prenant l'offensive avant d'être paralysé par la timidité.

Il constata avec plaisir que sa main ne tremblait pas quand il posa le petit taureau rouge en papier devant le Méta de la Terre.

Surpris à la fois par sa rapidité et par son cadeau, Reidinger considéra la petite silhouette. Puis, renversant la tête en arrière, il se mit à hurler de rire.

– Un taureau, par tous les diables! Un taureau! Avec des cornes, un museau, et...

D'un long doigt élégant, Reidinger tourna le taureau de profil.

– ... et des couilles! s'esclaffa-t-il. C'est une idée de la folle altaïrienne aux yeux de punaise?

– Elle n'a pas des yeux de punaise, répliqua Afra, indigné de cet affront fait à la Rowane qu'il trouvait plutôt belle, quoique pas dans le genre classique.

Et comme Reidinger le regardait d'un air surpris et amusé, il ajouta :

– Et elle n'est pas folle.

La Rowane lui avait conseillé de tenir tête à Reidinger, ce qu'il n'aurait pas osé faire dans son intérêt à lui, mais qu'il faisait facilement pour elle.

Reidinger eut un sourire énigmatique et, se renversant dans son fauteuil, joignit le bout de ses doigts. Son air entendu déplut à Afra qui se raidit et affermit ses écrans mentaux – même si ça ne devait pas lui servir à grand-chose en présence de cet homme.

– Vous avez grandi sur Capella, Afra Lyon, dit Reidinger, le visage soudain impassible, le regard indéchiffrable. Qui est connue pour son respect des bonnes manières que d'autres mondes ignorent. Mais j'ajouterai que les bonnes manières ne sont pas inconnues dans ma Tour.

Afra hocha la tête à cette reconnaissance implicite de son intimité mentale.

– Le taureau est une idée de la Rowane, dit-il alors avec un petit sourire, conscient maintenant que Reidinger s'apparentait à un taureau par plus d'un trait.

Prenant délicatement le taureau par une corne entre le pouce et l'index, Reidinger l'examina attentivement.

– Un origami, dit-il soudain. J'en avais entendu parler, mais je n'en avais jamais vu. Montrez-moi comment vous faites!

– Vous avez du papier?

Reidinger ouvrit des tiroirs, fronçant les sourcils en constatant qu'il n'avait que des substituts.

– Du papier!

Soudain, des blocs-notes, du papier à lettres de toutes les couleurs et de grandes feuilles de plastique transparent s'abattirent sur le bureau vierge de Reidinger.

– Choisissez.

Palpant et soupesant les différentes feuilles, Afra en trouva une assez mince pour se plier facilement, mais assez résistante pour ne pas se déchirer. Il en coupa un carré, puis rabattit un coin vers le haut, passant soigneusement le doigt sur la pliure. Les yeux de Reidinger restèrent rivés sur ses mains jusqu'au moment où il posa une petite vache bleu ciel près du taureau cornu.

– Et avec des mamelles, par tous les diables!

Reidinger abattit ses deux mains à plat sur son bureau, l'air déplacé renversant la vache et rejetant le taureau en arrière. Tendrement, Reidinger redressa la vache bleue et remit le taureau à sa place originelle.

— Qui vous a appris ça ?

— Le chef soutier d'un cargo qui faisait régulièrement escale à Capella. Maintenant, il a pris sa retraite à Kyoto, Japon, dans le Paci...

— Je sais où c'est. Vous y êtes déjà allé ?

Tête penchée, Reidinger le regardait.

— Non, monsieur.

Les yeux de Reidinger se dilatèrent.

— Ça ne vous intéresse pas ?

— Si, monsieur, quand... quand...

Afra se troubla. Malgré l'apparent succès de cette entrevue, il n'était pas assez audacieux pour faire des projets d'avenir.

Reidinger se renversa dans son fauteuil et le considéra pensivement. Puis il aboya un éclat de rire et redressa son fauteuil.

— Si vous êtes parvenu à supporter cinq semaines cette altaïrienne aux cheveux blancs et aux yeux gris, dit-il avec un sourire impénitent, je suppose que vous tiendrez la distance. En fait...

Reidinger s'interrompit, annulant ce début d'un claquement de doigts. Il se leva, massif, musclé, les yeux au niveau de ceux d'Afra, malgré la taille peu commune du Capellien. Par-dessus son bureau, il tendit la main à Afra, paume en l'air, invitation évidente à un contact tactile.

C'était très insolite, mais Afra s'exécuta sans hésitation, le souffle coupé à la sensation de puissance ressentie, et à ce que Reidinger lut en lui en ce contact d'une fraction de seconde.

— *Ma petite folle se sent bien seule dans sa Tour, Afra Lyon de Capella...*

Le ton mental de Reidinger était aussi doux que l'idée transmise.

Afra en fut accablé de confusion. Aucun enseignement familial sur l'étiquette ne couvrait cette éventualité.

— Soyez aussi son ami, Afra, ajouta Reidinger d'un ton professionnel comme s'il lui recommandait une technologie particulière, de sorte qu'Afra se demanda s'il avait bien compris le rapide message mental. Et maintenant, laissez-moi, j'ai à travailler.

Il se rassit et fit pivoter son fauteuil vers la console derrière lui.

— Gren vous accompagnera en ville, ajouta-t-il sans se retourner. Vous ne survivrez pas sur Callisto avec seulement un lit, deux fauteuils fatigués et une table délabrée. Pour une fois, dépensez pour vous une partie de l'argent que vous payent les TTF.

Afra s'inclina respectueusement et, se retournant, il sortit. Dans le hall, Gren se leva d'un bond, exprimant par tout son corps à la fois son inquiétude et son intérêt. Il sourit.

— Tu as survécu!

— Grâce au taureau!

Le sourire de Gren s'élargit.

— Très astucieux! Attention!

Inquiet, Afra vit les yeux de Gren converger, puis, tout aussi soudainement, reprendre leur position normale. Gren branla du chef.

— J'aimerais mieux qu'il ne me fasse pas ça, dit-il.

Puis, il regarda Afra et retrouva son sourire.

— Je viens de *recevoir l'ordre*, pas moins, de t'emmener partout où tu voudras dans la cité.

Il adressa un clin d'œil à Afra, qui y détecta une nuance de pure sensualité à le faire rougir. Gren avait le même âge que lui, mais, à l'évidence, la sévérité de la Méthode n'avait pas inhibé ses expériences physiques.

— Tu as deux jours de congé. Alors, quel est ton bon plaisir, D-4 Afra? conclut-il avec une révérence impertinente.

— Faire des achats, je crois, dit Afra, sautant sur l'occasion avec soulagement. Puis manger un morceau.

— Alors, tu n'as plus le mal de l'espace, hein?

Gollee lui lança un regard entendu plein de compréhension.

Ils redescendirent au rez-de-chaussée, et Gollee informa Afra que son badge serait valable jusqu'à la fin de ses jours; il le remit au D-10 chargé de les conserver en lieu sûr, puis il commanda un véhicule de surface.

Ce premier contact avec la mégapole demeura pour Afra une suite ininterrompue d'impressions exaltantes : le choix stupéfiant de meubles dans les magasins (il se surprit lui-même en sélectionnant des choses simples, dans le goût de Capella), du linge de couleurs pastel, des tapis aux dessins géométriques, des lampes plutôt plébéiennes (à voir la tête que faisait Gollee) et deux ravissants vases asiatiques dans lesquels les fleurs en stase conservaient toujours leur éclat, des douzaines de cassettes de livres (dont il ne connaissait que les titres), et deux tableaux, anciens mais plaisants. (Gollee essaya de l'aiguiller vers des artistes plus modernes, mais Afra trouva leur dessin, leur matière et leurs couleurs trop exubérants.)

Pour l'habillement, il se laissa guider par Gollee, car la mise du jeune homme était à la fois simple et élégante. Pour quelqu'un qui n'avait jamais possédé plus de trois combinaisons de Tour et une tenue de sortie, Afra prit grand plaisir à choisir des vêtements qui atténuaient subtilement son teint verdâtre, accentuaient la majesté de son port et la largeur de sa carrure, tout en étoffant judicieusement sa grande carcasse dégingandée. Il fut séduit par certaines bottes à la mode et s'en fit faire une paire sur-le-champ, de la couleur et du style de son choix.

Quand Gollee réalisa qu'il s'agissait d'équiper complètement

Afra, il appela le chef expéditeur des TTF et réserva un numéro de nacelle auquel il ferait porter tous les achats en vue d'envoi sur Callisto soit par le prochain cargo, soit quand Afra aurait épuisé ses crédits.

Puis, revêtu de sa nouvelle tenue – bottes souples en similicuir vert foncé, élégante tunique et pantalon assorti –, Afra invita Gollee à l'emmener dans un restaurant milieu de gamme où ils pourraient refaire le plein d'énergie.

– Je vois ce qu'il te faut, dit Gollee, avec un clin d'œil complice.

Peu après, ils étaient assis dans une ambiance agréable, avec musique douce, lumières tamisées, couverts élégants et menu qui apparut discrètement au-dessus de leur table dès qu'ils furent assis.

La carte était véritablement stupéfiante, car elle proposait des spécialités de toutes les planètes des Mondes centraux. Gollee était très sophistiqué pour son âge, car il lui détailla des plats dont Afra ignorait jusqu'à l'existence. Afra fit de son mieux pour dissimuler son ignorance et sa confusion. Puis Gren fit signe à un serveur et, pendant que celui-ci s'approchait, il regarda Afra dans les yeux en disant :

– Je connais quelques spécialités de l'établissement qui te plairont, je crois.

– D'accord.

L'assurance de Gren et la façon bon enfant dont il l'avait piloté toute la journée engageaient Afra à lui faire confiance.

– Je n'ai pas grande expérience des restaurants hors-planète, dit-il avec un sourire penaud.

Le garçon considéra Afra avec étonnement, tandis que le sourire de Gollee se faisait plus entendu que jamais.

– Le monde natal des uns est la planète touristique des autres. Mon ami est capellien. Si vous nous apportiez une assiette d'amuse-gueules pour le familiariser avec la cuisine terrienne ?

Le serveur eut l'air rétif.

– Luciano est là aujourd'hui ?

– Luciano ?

Cette fois, le garçon fut impressionné.

– Lui-même.

Gren hocha aimablement la tête, en homme qui a l'habitude de discuter ses menus avec Luciano.

– Dites-lui que l'homme du Siège est dans sa gargote avec un ami de son patron, et qu'il a besoin de ses conseils.

Le garçon haussa les sourcils.

– L'homme du Siège ? J'ai entendu parler de vous.

Il remonta le tablier noué autour de sa taille et ajouta :

– Je vais lui dire que vous êtes là.

Luciano en personne parut entre les amuse-gueules et le potage, et salua aimablement Afra de la tête.

42

A ce moment, Afra avait un amuse-gueule très épicé dans la bouche et se retint juste à temps pour ne pas communiquer télépathiquement. Il agita les mains, montrant d'abord sa bouche pleine, puis hochant la tête d'un air appréciatif.

— Épicé? Pas assez? Trop? demanda Luciano, avec une sollicitude toute professionnelle.

— Je dirais, trop épicé, dit Gollee en riant. Je suis habitué à vos assaisonnements, mais Afra doit penser qu'on veut l'empoisonner. Regardez sa tête et ses yeux larmoyants!

L'air hautain de Luciano surprit tellement Afra qu'il s'aventura à bredouiller, la bouche pleine :

— Non! Non! Très bon. J'aime... les épices.

Ce qui amadoua instantanément Luciano.

— Ah, voilà un homme qui s'y connaît en gastronomie.

— Pas seulement ça, Luciano, dit Gren avec un sourire de pure malice. Il a mis le vieux dans sa poche et il l'a fait rire. Et je ne blague pas, mon ami.

— Vous avez fait ça?

A l'évidence, Afra venait de monter de plusieurs crans dans l'estime de Luciano.

— Au grand homme? ajouta le bouillant Italien, avec un grand geste en direction du lointain complexe Blundell.

Afra fit descendre sa bouchée avec un verre d'eau pour rectifier cette version légèrement enjolivée de son entrevue matinale.

— Ce n'était qu'une brève interview... commença-t-il.

— Avec le Méta Reidinger, et dont il est sorti indemne, dit Gren, hochant la tête d'un air entendu, les yeux dilatés d'admiration. Afra lui a offert un cadeau et il l'a fait rire.

— Le grand homme a ri?

Luciano regarda Afra avec respect.

— Et, reprit Gren, faisant une pause pour placer son effet, Reidinger lui a immédiatement donné deux jours de congé. Et je suis chargé de m'assurer qu'il n'arrive rien à ce touriste pour sa première visite sur la Terre.

— Vous ne pouviez pas mieux choisir que l'amener ici, Gollee, dit Luciano, rayonnant. Et vous avez un guide extraordinaire, Afra, dit-il, dans l'intention de le rassurer, car il connaît les meilleurs endroits où l'on s'amuse, poursuivit-il avec un clin d'œil. Vous ne pouviez pas tomber en de meilleures mains. N'ayez aucune inquiétude, aucune crainte. Gollee vous fera apprécier votre premier séjour sur notre bonne vieille Terre.

Afra fut étonné, non seulement des paroles de l'Italien, mais de leurs nuances sous-jacentes qui étaient extrêmement sensuelles.

— Et comment, dit Gollee, souriant d'un air plein de promesses, qui parut à Afra aussi sensuel que celui de Luciano. C'est encore le meilleur moyen qu'ont trouvé les dieux bienveillants pour soulager le stress de tout homme.

Et Afra n'eut guère à faire appel à son Don pour deviner que Gollee usait régulièrement de ce soulagement.

— Bref, avec tout ça, Afra a eu une dure journée. Ne t'inquiète pas, Afra, je sais où il faut aller.

— Et il faut bien manger d'abord pour profiter pleinement de votre soirée, dit Luciano, se frottant les mains avec vigueur. Je vais veiller moi-même à ce que vous ayez toute l'énergie voulue.

Pour dissimuler son agitation, Afra se pencha sur les amuse-gueules, feignant de se concentrer sur son choix. Il ne voulait pas montrer à Gollee à quel point ses allusions l'avaient perturbé. Il savait que, sur la Terre, les coutumes concernant les rapports sexuels étaient considérablement plus laxistes que sur Capella, mais en discuter avant un repas, lequel repas semblait conçu pour stimuler et entretenir ces activités, c'était pour lui un choc. Pourtant, Gollee et Luciano semblaient trouver que c'était la conclusion normale d'une journée éprouvante.

— Et j'ai un vin très spécial...

— Nous n'avons pas l'âge légal, protesta faiblement Afra.

— Bien sûr, je sais, dit Luciano, ouvrant les bras d'un air compréhensif. Nous avons un très bon stock de jus de raisin.

Sur quoi, il décocha un clin d'œil à Gollee, qui lui répondit d'un grand sourire.

Quand le « jus de raisin » fut apporté – dans des verres à eau ordinaire –, Afra réalisa que ça ne ressemblait à aucun jus de fruits qu'il connaissait, lui emplissant la bouche d'une âcreté surprenante et irradiant une chaleur agréable jusque dans son estomac. Mais comme il n'avait jamais bu de vin il ne sut pas qu'on lui en avait servi.

Peu à peu, à mesure que le repas avançait et qu'il faisait honneur aux plats délicieux qu'on lui présentait, il s'aperçut qu'il se détendait visiblement. Et, alors qu'il s'était d'abord senti troublé à l'idée de perdre sa virginité, il se mit à penser que si Gollee, qui avait son âge, et Luciano, qui était un homme mûr, considéraient une visite à une maison de plaisir comme le couronnement d'une journée de vacance, il ne devait pas – par courtoisie – s'opposer aux projets de son guide. Et aussi, c'était Reidinger qui lui avait donné Gollee pour guide, et Gollee lui avait dit qu'il escortait souvent les visiteurs. Il aurait été grossier de sa part d'afficher tant de pruderie. Afra rougit mentalement au souvenir de la remarque télépathique de Reidinger. Sûrement que... il écarta fermement cette idée. Peut-être valait-il mieux, en effet, dissiper ses tensions ici sur la Terre, pour rentrer sur Callisto sans stress résiduel.

Aussi, quand il eut fini son dernier plat et vidé son dernier verre de « jus de raisin », n'eut-il plus aucun scrupule à suivre Gollee pour la dernière partie de son avenant emploi du temps. Gollee le conduisit dans un grand immeuble bien entretenu d'une banlieue discrète pleine de parcs et de jardins, et Afra ne ressentit pas la moindre appréhension. A l'intérieur, l'ambiance était cordiale et Gollee fut chaleureusement accueilli, de même qu'Afra. Il ne discuta même pas lorsqu'on lui demanda de passer le scanner obligatoire et de permettre qu'on lui prenne une goutte de sang à l'oreille. Il ne rougit même pas lorsqu'on l'invita à placer son disque d'identité dans la machine pour noter sa dernière piqûre antifertilité. Il faut dire que Gollee bavardait amicalement avec la propriétaire pendant ces préliminaires, de sorte qu'Afra ne pouvait guère s'élever contre une routine absolument pas intrusive, mais mutuellement protectrice.

Le choix d'une partenaire fut mutuel aussi, non qu'Afra s'en rendît compte, mais il fut plutôt surpris quand cinq jeunes femmes séduisantes s'approchèrent en souriant et engagèrent la conversation. Et quand le chatcoon entra dans le salon et se dirigea droit sur lui, Afra fut charmé.

— Ce ne peut quand même pas être un chadbord! s'exclama-t-il.

— Non, en effet, dit en riant la plus grande, une belle fille au casque de boucles brunes et aux yeux bleu très pâle qui fascinèrent Afra car il n'en avait jamais vu de pareils. C'est un chatcoon, ce qui se rapproche le plus d'un chadbord pour nous autres pauvres rampants. Ils ne sont pas tout à fait aussi intelligents (sur quoi le chatcoon grogna une protestation, ce qui ravit Afra), mais ils ont leurs qualités à eux. Amos, voici Afra. Afra, je te présente Amos.

A la grande surprise du Capellien, le chatcoon lui sauta sur les genoux, puis, se dressant sur ses pattes postérieures, lui entoura les mâchoires de ses deux pattes antérieures et lui renifla la bouche.

— Tu viens de te faire un ami, dit la fille, sincèrement impressionnée. Amos a ses têtes.

Afra ne savait trop comment réagir, puis il vit à son expression que Gollee approuvait. Et quand Amos sauta à terre et sortit dignement du salon, Kama-aux-yeux-bleu-clair se rapprocha d'Afra, juste assez pour que leurs jambes se frôlent.

Ils passèrent ensuite du salon chaleureux et des joutes verbales à une chambre où la présence de Kama se fit très tentatrice. Mais, comprenant qu'Afra ne savait pas trop comment procéder maintenant qu'ils étaient seuls, elle se montra très compréhensive.

— C'est la première fois? Alors, l'important, c'est de faire ce qui te vient naturellement, dit-elle, lui massant doucement les muscles des épaules. Pour moi, la première fois a été extraordinaire, et je veux que ce soit pareil pour toi, d'autant plus, ajouta-t-elle avec un rire de gorge, qu'Amos t'a accepté.

Afra était tellement nerveux que sa première tentative fut proprement catastrophique. Kama lui sourit tendrement et proposa qu'ils s'allongent côte à côte pour s'habituer un peu l'un à l'autre, sans cesser de faire courir ses mains sur son corps avec une légèreté et une délicatesse qui eurent tôt fait de le préparer à un second essai. Cette fois, non seulement le succès fut complet, mais Afra se rendit compte que l'extase était mutuelle, ce qui l'encouragea à continuer ses ébats avec Kama, impressionnée à la fois par sa vigueur et son ingéniosité.

Quand ils s'éveillèrent d'un sommeil langoureux quelques heures plus tard, il faisait encore nuit et Afra lui demanda timidement si ses prestations étaient limitées par le temps ou un forfait.

— Pas pour toi, chéri, répondit Kama, le serrant dans ses bras, jamais avec toi!

Il arriva sur Callisto, à la fois détendu et épuisé, et entra chez lui d'un pas mal assuré, trébuchant sur les paquets qui jonchaient le séjour et la chambre. La pendule l'avertit qu'il n'avait que cinq heures devant lui avant de reprendre son service. Il se promit mentalement de se réveiller dans quatre heures pour avoir le temps de prendre une douche et de trouver des vêtements plus appropriés pour le travail que la tenue fantaisie dont il se dépouilla en marchant vers son lit. Il s'était également dépouillé de pas mal d'inhibitions, mais il lui fallut quelque temps pour déterminer lesquelles.

C'est pendant la période de travail qui suivit qu'il découvrit le caractère tempétueux de la Rowane, tellement atterré d'une telle colère chez une Méta qu'il en resta sans réaction. Sa familiarité avec la Tour de Callisto lui permit de réagir automatiquement en cet état de crise, apaisant la Rowane et plaçant correctement les charges pour elle. Puis il mit en action les défenses dont il s'était toujours servi avec succès pour vaincre l'ennui, et, imperturbable, procéda aux transferts avec son calme habituel.

Et c'est seulement quand la Tour ferma quelques heures plus tard qu'il réalisa que tout le monde avait les nerfs à vif.

— Comment tu fais ça, Afra? demanda Brian lorsque la Rowane déchaînée sortit en tempêtant, laissant des tourbillons d'émotions tumultueuses dans son sillage.

— Comment je fais quoi? demanda Afra, levant les yeux d'un oiseau origami, les doigts aussi précis et habiles que d'habitude.

— Comment tu arrives à ignorer quand elle émet comme ça?

Afra le regarda en souriant.

— Ça oblige tout le monde à rectifier la position, c'est sûr.

Il n'avouerait jamais que cette colère déchaînée l'avait stupéfié. Mais il en avait été davantage fasciné que perturbé.

— C'est pour ça qu'elle le fait? dit Brian, souffle coupé.

Afra haussa les épaules, déployant les ailes du petit oiseau de papier.

– C'est la Méta. Elle fait ce qu'elle veut.

Brian fronça les sourcils.

– Elle fait toujours ce qu'elle veut, dit-il, acide.

Puis il alla trier les listings, feuille de route et bons d'expédition jonchant son bureau.

– Au moins, il n'y avait que du fret.

Occupé à déballer ses achats, Afra n'entendit pas le premier coup hésitant frappé à sa porte. Puis une présence mentale s'imposa à son esprit, et il entendit le deuxième.

– Entrez! cria-t-il, téléportant deux cartons pour dégager la porte.

Elle s'ouvrit lentement, et, stupéfait, il vit la Rowane passer la tête dans l'entrebâillement, comme incertaine de l'accueil qu'il lui réservait.

– Entre, entre donc, dit-il, « fourrant » emballages et papier bulle dans un carton qu'il referma à distance.

La Rowane se glissa à l'intérieur et referma derrière elle, fixant sur lui de grands yeux inquiets.

– Qu'est-ce qu'il y a?

Elle avait mauvaise mine, et sa douceur contrastait violemment avec la virago déchaînée sortie de la Tour à peine une heure plus tôt.

– Je voulais m'excuser, Afra, dit-elle d'une voix étouffée.

La remarque mentale de Reidinger lui revint : « *Elle est très seule, ma petite folle.* »

– Parce que je peux aller en congé en bas et pas toi?

Il ne la sentait pas lire son esprit, et il ne voulait pas faire une entorse à l'éthique des Doués en essayant de la lire – qu'elle éprouvât ou non des remords.

– Au fond, je crois que c'est ça, soupira-t-elle en se laissant tomber dans l'un des énormes coussins qu'il venait de déballer. Non, ce n'est pas ça. Je dois être franche avec toi si nous devons continuer à faire équipe.

Elle braqua ses yeux gris dans les yeux jaunes d'Afra.

– Tu as pu dissiper certaines tensions. Moi, je ne peux pas.

Il voulut parler, mais elle l'arrêta de la main.

– Reidinger a approuvé ta nomination, tu sais.

– Non, je ne savais pas.

– Dans le cas contraire, tu ne serais pas revenu, remarqua-t-elle avec un petit haussement d'épaules.

– Je croyais que les Métas choisissaient elles-mêmes... dit Afra avec un grand sourire.

Elle eut un petit sourire en retour, mais elle se détendit visiblement.

– Je n'ai même pas eu à discuter avec lui.

– Le taureau lui a plu!

Cette fois, ce fut un vrai sourire qui s'épanouit sur le visage étroit de la Rowane. Elle se dévissa le cou pour le regarder, et, par courtoisie, il s'assit sur la table neuve qu'il venait d'assembler.

– Les couilles, c'est un détail qui lui a plu, et *ça*, c'était ton idée.

– Mais c'était *ton* idée de le distraire avec un origami.

Le sourire de la Rowane s'élargit encore.

– Mais c'est quand même toi qui devais prendre l'offensive, et tu l'as fait.

Afra la regarda, tête penchée.

– Tu écoutais?

Écarquillant les yeux d'effroi, elle secoua vigoureusement la tête; ses cheveux dénoués et un peu humides se collèrent à sa joue et elle les rejeta en arrière de la main.

– Non. Je suppose que si c'était vraiment nécessaire, je pourrais m'introduire dans l'antre de Reidinger. Mais il faudrait que j'aie une très bonne excuse. Je vois que tu n'as pas perdu ton temps, en bas, ajouta-t-elle, changeant de conversation et regardant autour d'elle avec intérêt.

Afra parvint à contrôler la rougeur qui lui montait aux joues au souvenir dont il avait employé une partie de ce temps.

– Oui, dit-il, « soulevant » un paquet encore fermé. Je n'avais pas apporté grand-chose avec moi, tu comprends...

– Je comprends...

– Et on dirait qu'il me tombe des allocations de transport de tous les côtés, alors...

A la main cette fois, il brisa le sceau fermant la boîte et en sortit une lampe en fine céramique, aussi délicate qu'un de ses hérons de papier.

– Je n'ai pas pu résister...

Il la leva dans sa main, et elle ne ménagea pas ses compliments.

– Qu'est-ce que tu as acheté d'autre? Enfin, ajouta-t-elle avec un sourire malicieux, à part des tonnes de papier origami?

Elle l'aida à déballer le reste de ses achats et approuva la disposition des meubles.

– Tu n'as pas faim ou soif? demanda-t-il, ressentant quelques tiraillements d'estomac maintenant que les épreuves du jour étaient terminées.

– Non, pas aujourd'hui, Afra. Mais si tu veux bien dîner avec moi demain soir, je serai très contente de ta compagnie.

Elle rejeta la tête en arrière, la regarda dans les yeux et ajouta :

– Je fais bien la cuisine.

Le lendemain matin, la Rowane était calmée, elle travaillait avec régularité et son comportement s'était beaucoup amélioré.

Pourtant, vers la fin de la journée, Afra se prépara à l'idée qu'elle annule le dîner.

Il fut positivement stupéfait quand elle lui demanda :

— Six heures, ce n'est pas trop tôt ?

Afra secoua la tête.

— Non, pas du tout. Je peux apporter quelque chose ?

— Du papier origami, sourit la Rowane, puisque je sais que ça ne te privera pas.

Une liasse de feuilles de toutes les tailles et couleurs sous le bras, Afra s'immobilisa nerveusement devant la maison. Il prit une profonde inspiration, puis appliqua la main contre la plaque-serrure.

— *Entre*, dit la Rowane, et la porte s'ouvrit doucement.

Afra fit un pas et s'immobilisa juste passé le seuil. Il avait été plus que satisfait de son appartement, mais ça ! C'était princier. Bien sûr, elle était Méta, et moins de luxe aurait été injurieux. Malgré tout, certains détails attirèrent çà et là son attention : l'intelligente disposition des tableaux et des sculptures, le style des meubles. Elle avait un goût très simple mais très élégant.

Et, à en juger d'après les arômes subtils s'échappant de la cuisine, cela valait aussi pour sa cuisine.

— Ça sent bon !

— Tentant, hein ? lui cria la Rowane, se penchant pour le regarder par le passe-plat. Mais le goût devrait être encore meilleur que l'odeur, ajouta-t-elle, lui faisant signe de la rejoindre. Tu veux goûter ?

Gauchement, Afra se pencha pour sucer la cuillère qu'elle lui tendait. Avec malice, la Rowane retira un peu sa cuillère, lentement, de sorte qu'Afra ne comprit pas tout de suite la taquinerie. Puis il fit le geste de lui saisir le poignet, mais se retint à temps, choqué à l'idée de toucher accidentellement une Douée, surtout une Méta, sans y être invité.

La Rowane capta son regard et son embarras.

— Comme tu es sérieux ! dit-elle avec tristesse. Les jeunes Capelliens ne s'amusent donc jamais ?

Afra se sentit rougir aux souvenirs qui, inopinément, surgirent dans son esprit.

La Rowane perdit son sourire et elle lui mit la cuillère de force dans la main.

— Je n'avais jamais fait ça avant, Rowane, bredouilla Afra pour s'excuser, à la fois de ses amours et de sa façon de les diffuser en sa présence. Je... Ce... poursuivit-il, s'efforçant de se ressaisir. Je veux dire, j'ai dîné avec Gollee Gren – c'est un D-4 de mon âge. Ils semblaient... Je veux dire... Ils agissaient comme si tout le monde faisait ça sur la Terre. Gollee, Luciano, et je me sentais vraiment stressé. Je me sens beaucoup mieux aujourd'hui. Je... J'espère que j'ai bien fait mon travail...

Les lèvres de la Rowane s'écartèrent en un sourire magique.

– Et j'espère que tu as bien tenu ta place l'autre soir.

Son sourire s'élargit en le voyant rester bouche bée à cette réponse.

– Oui, je l'espère pour toi, Afra. Et pour elle.

Elle ramena son attention sur son fourneau et remua vigoureusement une casserole.

– La première fois, c'est toujours très spécial.

Elle pencha la tête.

– Moi, j'avais dix-huit ans, et il était très spécial aussi.

D'un geste brusque, elle éteignit sous sa casserole et se mit à remplir des plats de service.

Elle fit signe à Afra d'en prendre deux et le précéda avec deux autres.

Une fois assise, elle lui commenta les plats.

– Un petit échantillon de cuisine chinoise – bœuf au gingembre, poulet aux amandes, poulet kung pao, et...

Elle fronça le nez avant d'énoncer le dernier plat, et dit d'un ton de conspirateur :

– ... quelque chose de surgelé du congèle.

– Et tu as fait tout ça depuis l'extinction des générateurs ? protesta Afra, surpris qu'une Méta prenne tant de peine pour un simple D-4.

– Quelques minutes, dit la Rowane avec un geste désinvolte. Lusena...

Sa voix mourut.

– C'est une amie ? demanda Afra dans le silence embarrassé qui suivit.

– La seule mère que j'aie connue, répondit la Rowane. Et plus qu'une mère. Ça t'est déjà arrivé de perdre un être très cher ?

Afra secoua la tête, cherchant quelque chose pour la distraire de cette mélancolie soudaine.

– Non. Mais j'ai pleuré pendant des nuits quand ma sœur...

Il s'interrompit trop tard et regarda la Rowane, l'air penaud.

– Je n'avais que six ans et nous étions très proches. Je t'ai pardonné de me l'avoir enlevée quand elle m'a dit que tu me réserverais une place.

La Rowane sourit.

– Goswina me diffusait des images d'un petit garçon si adorable ! Et elle avait très peur d'entacher l'honneur familial parce que nous savions toutes les deux que nous ne pourrions pas travailler ensemble. Je sentais que ta famille aurait été très heureuse que nous nous entendions.

Son sourire redevint malicieux.

– J'avais toujours désiré un petit frère. Tu semblais parfait pour le rôle.

– Malgré ma peau verte ?

La Rowane éclata de rire.

— La peau n'est que l'enveloppe extérieure, Afra, dit-elle, tendant la main et lui ébouriffant les cheveux.

Surpris de l'intimité de ce geste, Afra faillit se dérober, mais se soumit docilement à la caresse, bien différente de celles de Kama.

— Désolée de te malmener, Afra. Je me rends compte que les Capelliens sont bien trop méthodistes pour se laisser aller, mais je ne crois pas que tu le sois encore autant qu'à ton arrivée.

Elle haussa un sourcil entendu, et il parvint à contrôler sa rougeur, ne fût-ce que pour contrer sa malice.

— Rebelle et pourtant maître de soi, sachant se dominer. Studieux, habile de ses mains, esprit vif, léger sens de l'humour, ouvertement amusant. Afra aux mille facettes.

Brusquement, elle changea d'humeur.

— Je suis contente que Goswina m'ait parlé de toi. Nous travaillons bien ensemble.

Puis elle pinça les lèvres et fronça les sourcils, jusqu'à ce qu'il la regarde, se demandant ce qu'il avait fait de mal. Elle le transperça de ses yeux gris.

— Afra, ce dont j'ai le plus besoin, c'est d'un ami.

Elle devança ses protestations d'amitié.

— Je ne peux pas quitter Callisto. Je ne pourrai jamais me chercher un compagnon. Il faudra que j'attende ce que Reidinger me proposera, dit-elle, faisant la grimace.

Puis, rejetant en arrière ses longs cheveux argentés, elle ajouta :

— Cela, je suis obligée de l'accepter; c'est le prix à payer quand on est Méta. Mais il faut que j'aie un ami.

Elle le regarda sans ciller.

Afra n'avait jamais subi l'assaut d'émotions aussi violentes. Son visage se figea, son esprit se mit à tourner en rond, et il espéra qu'elle ne le sondait pas en cette circonstance délicate. La Rowane lui proposait un rapport plus profond que tous ceux qu'il avait jamais eus avec un être humain, même avec Goswina. Moins que Reidinger lui avait suggéré, mais plus qu'Afra n'avait le droit d'attendre. Une Méta le suppliait de renoncer aux rapports professionnels cérémonieux en l'espoir de la plus miraculeuse des amitiés.

Lentement, abaissant ses écrans mentaux, Afra lui tendit la main, paume en l'air. La Rowane la regarda, souffle coupé, et, un instant, il eut l'impression qu'elle allait rentrer en elle-même. Impulsivement, Afra lui saisit la main. Elle sursauta à son contact, puis se força à ouvrir les doigts.

— *Que veux-tu que je fasse, mon amie?* demanda Afra par ce contact tactile, plus étroit que la simple télépathie.

Lentement, la Rowane se détendit, et lentement un merveilleux sourire illumina son visage qui en prit une beauté radieuse.

Afra s'inclina profondément et respectueusement. Il doutait

51

qu'elle se fût jamais excusée auprès d'un autre Doué de la Tour. Une Méta et son second devaient cultiver leurs rapports – des rapports qui devaient aussi se développer et s'intensifier. Jusqu'où ? se demanda Afra, repensant une fois de plus à la remarque de Reidinger. Est-ce pour ça qu'elle lui avait fait des excuses ? Pendant la seconde qu'il lui fallut pour la saluer, Afra décida qu'il ne serait pas sage d'anticiper sur l'avenir. La Rowane était très seule et aspirait à trouver une compagnie, mais pas nécessairement la *sienne*, malgré le sous-entendu tacite de Reidinger.

III

Au cours des années qui suivirent, et grâce à une connivence qu'Afra n'expliqua jamais très bien, l'attachement mutuel se renforça entre lui et la Rowane, sans jamais s'engager sur la voie qu'avait envisagée Reidinger. Bientôt, ils se complétèrent si parfaitement sur le plan professionnel que tout le personnel de la Tour comprit qu'Afra était le collaborateur rêvé.

Dans le domaine émotionnel, Afra parvint de mieux en mieux à juger des humeurs de la Rowane, et, au besoin, avertissait les autres de remonter leurs écrans et de prendre leur mal en patience. Parfois, il réussissait à la détendre par de discrètes pressions mentales. Les jours où il échouait, l'atmosphère était à couper au couteau. Une ou deux fois, trouvant qu'elle avait dépassé les limites permises au déchaînement émotionnel, il la réprimanda doucement, désolé de son manque de contrôle, et regrettant d'avoir à agir comme ses parents. En ces rares occasions, sa fureur retombait au niveau d'une colère supportable.

En sa qualité de Chef de Station, Brian Ackerman souffrait plus que tout autre. Chaque fois qu'il menaçait de démissionner, Afra faisait intervenir Reidinger. Bien sûr, Afra n'« entendit » jamais ce que le Méta de la Terre disait à la Rowane, mais elle se radoucissait pendant environ une semaine.

Callisto était, à bien des égards, une Tour beaucoup plus difficile que toutes les autres, y compris celle de la Terre. Sa Méta et son personnel étaient donc soumis à des tensions plus grandes. Quelques Doués mineurs, insuffisamment flexibles, furent remplacés, mais un équilibre durable finit par s'établir au cours des ans. Afra proposa aussi la formation d'un corps de suppléants pour soulager les Doués supérieurs quand la surcharge devenait intolérable. De plus, en sa qualité de D-4 en gestalt avec les géné-

53

rateurs de la Station, Afra pouvait expédier ses camarades sur la Terre pour prendre quelques jours de repos, quoique en général la Rowane le fît volontiers même quand elle était de mauvaise humeur.

Comme Afra pouvait se téléporter lui-même avec l'aide des générateurs de la Station, il profitait des occultations de Jupiter ou des petites lunes qui empêchaient toute arrivée et tout départ de Callisto. C'est ainsi qu'il se documenta sur la planète de ses ancêtres.

Toutefois, sa première visite fut pour Damitcha, dans sa retraite sylvestre. Le vieux soutier fut ravi de le voir, mais il n'avait plus toute sa tête et, pendant cette visite, il lui arriva de perdre le nord, se croyant sur Capella ou Bételgeuse, et se demandant comment son jeune ami pouvait être si loin de son système natal.

La plupart du temps, en compagnie de Gollee Gren, Afra faisait la tournée des maisons de plaisir très nombreuses dans l'immense capitale des Mondes centraux. Ces séjours apportaient à Afra à la fois détente et tentations. Il y rencontrait bien des femmes, expertes ou innocentes, mais aucune ne le retenait très longtemps. Il retournait toujours vers la calme et compréhensive Kama – qui, taquine, l'accusait de venir davantage pour Amos, son chatcoon, que pour elle. Mais elle savait qu'elle était son repos et sa consolation, et s'arrangeait toujours pour se libérer quand il venait sur Terre.

De retour à la Station, lui et la Rowane reprenaient leurs rapports compliqués, allant parfois jusqu'à se disputer avec toute la férocité d'un couple. Quand l'atmosphère devenait trop intime, la Rowane se dérobait, refusant l'épreuve qu'elle lui imposait. La stricte éducation méthodiste d'Afra l'aidait à maîtriser son visage et ses paroles.

Leurs rapports évoluèrent en ceux de grande sœur-petit frère, mais avec une intimité dépassant celle des liens du sang. Pour sa part, Afra trouvait ce rôle plus facile à accepter que celui de jeune amant d'une femme plus âgée. La Rowane profita sans merci de l'avantage de l'âge jusqu'à ce qu'ils s'en fatiguent tous les deux et renoncent aux mesquines prises de bec pour le silence complice de deux bons compagnons.

Quand le personnel était en congé, la Rowane prit l'habitude de passer presque tous ses loisirs en sa compagnie. Pour sa part, Afra commença à accepter leurs différences comme une façon de l'aider à se comporter avec ses conquêtes moins cérébrales. Si Kama s'en aperçut, elle n'en parla jamais. Et la Rowane ne chercha jamais à en savoir davantage sur ses amies d'« en bas ».

Ce tact ne faisait qu'aviver la compréhension qu'il avait de la solitude de la Rowane et l'empêchait parfois de rejoindre Kama. Ressentant une profonde compassion pour la Rowane, il était souvent sur le point de lui proposer, en plus du réconfort moral qu'il lui apportait, son réconfort physique. Il luttait intérieurement, craignant, en lui refusant ce contact physique, de la priver de l'amant si ardemment désiré. Mais il craignait encore plus les conséquences en cas d'échec, qui auraient privé la Rowane de la seule personne à qui elle pouvait se confier. Et, tout au fond de lui, Afra redoutait qu'elle n'accepte; car il ne voulait pas d'un amour où il serait le gamin mais se réservait pour un amour où il serait le consolateur, l'ancre sûre d'un jeune esprit que les vents de la vie souffleraient vers lui.

Pourtant, les accès de déprime de la Rowane se multipliant, il en vint à espérer qu'elle fît appel à lui. Il était certainement le candidat le meilleur de la galaxie, même s'il savait qu'elle ne pouvait pas exiger de lui un amour sans partage.

Inconsciemment, il chercha des solutions à l'agoraphobie de la Rowane, à cette impossibilité de se téléporter sans réactions violentes, qui semblait affecter tous les Métas. Après son premier voyage spatial, la Rowane était arrivée sur Callisto dans un état proche de la catatonie. Afra savait que Capella, elle aussi, avait réagi de même au voyage spatial, mais il se demandait s'il n'y avait pas un remède, surtout chez quelqu'un d'aussi jeune que la Rowane. Si, raisonnait-il, la Rowane pouvait s'évader de la Station de Callisto et « amener Mahomet à la montagne », elle aurait au moins la possibilité de s'amuser sans que tout le monde soit immédiatement au courant. Il suggéra donc qu'elle essaye de surmonter sa phobie de l'espace en faisant de petites excursions au-dessus de Callisto, dans une capsule spéciale isolée de toute source de lumière extérieure et excluant toute sensation de mouvement. Soutenue par l'esprit d'Afra qui essayait de minimiser l'acte de téléportation, la Rowane tenta de neutraliser son agoraphobie. Peu à peu, elle supporta d'être téléportée au-delà de Callisto pendant de courtes périodes. Afra n'osait pas forcer le rythme de son adaptation.

Puis la huitième planète de Deneb, bombardée par une avantgarde extraterrestre, prit contact avec Callisto pour l'envoi de personnel médical, indispensable pour enrayer les épidémies déclenchées par l'ennemi. Et l'esprit qui établit le contact était mâle, jeune, puissant, et sans attaches sentimentales.

Quand la Rowane proposa une fusion mentale pour vaincre les envahisseurs venus du ciel, Afra fut à la fois ravi et inquiet. Mais la fusion avec Jeff Raven, malgré sa réussite et la défaite des envahisseurs, ne suffit pas à lui faire surmonter sa phobie pour rejoindre ce jeune mâle sur sa planète natale. Son désespoir la déprima au point qu'Afra et Brian craignirent pour sa raison.

La rage d'Afra en apprenant que Reidinger voulait utiliser cette attirance pour anéantir la phobie spatiale de la Rowane surprit tout le monde par son intensité, et surtout Reidinger qui en était venu à considérer le jeune Capellien comme un individu placide. Il réprimait sa colère chaque fois qu'apparaissait la Rowane, mais il avait bien l'intention d'en découdre avec Reidinger dès que possible ; après tout, il avait parfaitement assumé la situation, que diable !

La journée fut épuisante, davantage à cause de l'air tragique de la Rowane qu'à cause des efforts pour expédier le fret. Vers le soir, comme Afra se demandait comment il pouvait réconforter sa Méta, un jeune homme en tenue de voyage arriva dans la salle de contrôle.

— Vous êtes arrivé par la dernière navette ? demanda poliment Ackerman à l'étranger.

Afra n'entendit pas la réponse, occupé qu'il était à scruter l'arrivant. Il semblait fatigué mais se comportait avec une assurance à peine entachée de quelque désenchantement et d'un peu de nervosité.

— Hé, Afra, viens que je te présente Jeff Raven.

La voix d'Ackerman le ramena à la réalité. Raven, se dit Afra. Deneb, répondit froidement une autre part de lui-même. Deneb ici ? Afra avait du mal à le croire : les Métas ne voyageaient pas. Les yeux de Jeff Raven rencontrèrent les siens.

— Salut, murmura Afra, craignant que son introspection ne l'ait trahi.

— Salut, répondit Raven, dont le sourire se modifia imperceptiblement.

Afra demeura impassible, mais il *savait.* Il détourna les yeux, incertain de son contrôle.

— *Qu'est-ce qui se passe ici, que diable ?* émit la Rowane avec une nuance de son irritation familière. *Mais...*

Puis, en contravention avec ses propres règles, elle se téléporta au centre de la salle. Elle lança un bref regard à Afra qui, de la tête, lui montra Jeff Raven.

Deneb s'approcha d'elle et lui toucha doucement la main.

— Reidinger dit que tu as besoin de moi.

« *Reidinger dit que tu as besoin de moi.* » Ces paroles résonnèrent dans l'esprit d'Afra comme des cloches. Il observa attentivement la réaction de la Rowane. Derrière ses écrans, mi-extatique, mi-terrifié, Afra pensa : « *Donne-lui l'amour qu'elle recherche ! Donne-lui ce qu'elle ne veut pas accepter de moi !* »

Puis les deux Doués sortirent, montant vers la Tour autrefois solitaire de la Rowane. Afra rompit le silence impressionné du personnel en prenant un biscuit dans la boîte que lui tendait Ackerman.

Les larmes aux yeux car il était en proie à des émotions contradictoires, Afra cria :

— Ces deux-là n'ont guère besoin de notre aide, les gars, mais nous pouvons accélérer les choses et ajouter un certain panache !

Afra passa les jours suivants à se faire à l'idée qu'il n'avait plus besoin de redouter ou d'espérer que la Rowane vienne un jour le trouver pour obtenir autre chose qu'un réconfort moral. Puis il réalisa, avec une anxiété croissante, que, malgré tous ses espoirs et ses craintes, la Rowane était toujours enfermée dans une terrible prison, amoureuse, mais incapable de rejoindre son amant. Jeff Raven avait prouvé que les Métas pouvaient traverser les immensités de l'espace sans souffrir de la désorientation que le traumatisme de Siglen avait imposé à toutes ses élèves, mais la Rowane devait surmonter elle-même cette inhibition.

Afra fut ravi, bien qu'épuisé, le jour où la Rowane vint le réveiller de bonne heure pour lui demander de l'aider à surmonter sa névrose. Malgré son désir d'accepter immédiatement, il lui conseilla de se reposer d'abord et de remettre la tentative au lendemain.

Deux heures avant que Callisto ne sorte de l'ombre de Jupiter, Afra, en gestalt avec les générateurs de la Station, poussa doucement la capsule de la Rowane dans l'orbite de Mars.

Puis, ravi, il entendit gémir la Rowane :

– *Je ne vais pas attendre dans la nacelle jusqu'à demain...*

– *Tu n'es plus dans la nacelle. Tu flottes au voisinage de Deimos.*

Elle paniqua, et Reidinger l'engueula furieusement, mais ça en valait la peine. Cette fois, Afra était certain de pouvoir l'aider à dépasser sa peur, car il se disait, pervers, que maintenant qu'elle avait trouvé l'âme sœur, elle pourrait se libérer pour aller la rejoindre.

Afra la ramena doucement à la Station, alla lui-même lui ouvrir la porte et lui prit la main pour relever son niveau énergétique. Il eut soin de remonter ses écrans avant qu'elle ne puisse lire dans son esprit ; non seulement parce qu'il voulait lui cacher ses projets, mais aussi parce qu'il n'était pas encore trop sûr de ses sentiments.

– *Tu n'as pas besoin de faire comme si c'était de la routine, tu sais,* dit-elle, un peu acerbe.

– *Pourquoi pas ? Ça devrait !* rétorqua-t-il avec un sourire suffisant.

Elle le pinça.

– *Aïe !*

Il s'écarta vivement.

Mais sa satisfaction ne dura pas. Le lendemain matin, quand la Rowane voulut aller sur la Terre, il renâcla.

– On a de grosses charges à expédier, la prévint-il.

Elle le foudroya, et il se demanda s'il pourrait la supporter pendant la période de transition inévitable. La Rowane avertit son équipe de se préparer à travailler toute la journée sans elle ou lui, puis elle le défia du regard.

– Je veux retourner à Deimos. Immédiatement!

– Comme tu voudras.

Afra s'exécuta de bonne grâce et la poussa doucement vers la plus grosse lune de Mars.

– *Est-ce que la Terre est visible d'ici?* lui demanda-t-elle.

Il fit tourner la capsule et lui indiqua comment utiliser la console pour obtenir une vue agrandie de la Terre et de sa lune. Mais les ténèbres spatiales lui furent trop dures à supporter, et, à l'instant où il sentit la peur exploser en elle, il la ramena.

– *Du calme, Rowane!* émit-il d'un ton apaisant.

Mais sa réaction fut si violente que Jeff Raven en fut perturbé sur Deneb.

– *Tu m'as fait une peur bleue, tu sais!* lui dit Raven.

– *Jeff,* dit Afra, craignant ses reproches, *elle n'a rien.*

Afra renforça cette affirmation d'un message métamorphique qui réduisit les tensions de la Rowane. Mais intérieurement, il était furieux; qu'est-ce qui la bloquait à ce point? Est-ce lui qui l'inhibait? Est-ce qu'il la bousculait pour affaiblir sa résolution? La seule idée qu'une jalousie aussi mesquine pouvait se tapir dans son cœur lui faisait horreur. « *Je veux qu'elle soit heureuse,* se dit-il avec force. *Je serai plus heureux si la Rowane est heureuse elle-même.* »

La journée fut difficile, Afra tout le temps sur le qui-vive de peur de déclencher la colère de la Rowane. Mais elle travaillait comme un automate, ni joviale ni hargneuse. Ils allaient raccrocher pour la journée quand un signal d'arrivée d'urgence clignota.

– *Une grosse légume, si j'en juge sur le matricule d'identification...* déclara Ackerman, acide.

Le silence s'abattit sur toute l'équipe jusqu'au moment où Afra reçut la capsule. Jeff Raven en descendit, salua jovialement toute la troupe et monta dans la Tour de la Rowane quatre à quatre.

– On peut expédier nous-mêmes tout ce qu'il y a sur cette liste! s'écria Afra, fourrant la déclaration d'expédition dans la main tendue d'Ackerman. Remets les générateurs en marche!

– Mais, Afra... commença Ackerman d'un ton suppliant.

– Pas de « mais »! dit Afra, les yeux flamboyants. Nous ne les dérangerons pas. Fais venir Mauli et Mick; ils ont déjà travaillé avec moi.

– Oui, mais seulement quand la Rowane participait aussi à la gestalt, gémit Ackerman.

– *Ne m'énerve pas, Brian!* rétorqua sèchement Afra, suffisamment bouleversé pour émettre contre son habitude.

Il secoua la tête en un geste d'excuse et ajouta à voix haute:

– Nous leur devons bien ça.

Ackerman acquiesça de la tête en soupirant, et se tourna vers les autres.

– Vous l'avez entendu, les gars! Au travail! dit-il, avec un sourire de conspirateur au grand Capellien.

– Et ne va pas démissionner parce que c'est moi qui te bouscule! plaisanta Afra, le menaçant du doigt.

– Ça ne m'effleurerait même pas! répondit Brian avec conviction. Bon, voilà la première charge...

– C'est le dernier chargement, dit Brian, tendant le manifeste au Capellien. Afra? Le dernier chargement.

– Euh? Ah oui, dit Afra d'une voix mourante, prenant les papiers d'une main molle.

Derrière lui, Mauli et Mick chancelaient sur leurs sièges. Il s'approcha, lentement, et baissant les yeux sur eux:

– Mauli? Mick? Le dernier?

Les jumeaux se levèrent lentement, vacillant sur leurs jambes. Afra leur saisit les mains et dit d'un ton d'excuse:

– Le contact tactile facilitera les choses.

Heureusement, c'était une petite charge assez légère. Afra soupçonna Brian de l'avoir gardée pour la fin. Joignant leurs forces, ils parvinrent tous les trois à balancer le vaisseau vide sur orbite terrienne.

– *Tiens! Regardez-moi ça!* jura Reidinger, stabilisant le vaisseau qui surgit juste au-dessus de l'atmosphère terrienne. *Un peu plus près et vous auriez inondé le Sri Lanka!*

Afra ignora le commentaire, comme ils l'avaient fait toute la journée dans leurs contacts avec le Méta de la Terre. Pour expliquer l'absence de la Rowane, ils lui avaient dit qu'elle était furieuse contre lui et ne voulait pas lui parler. La Rowane n'avait *jamais* fait ça, mais Afra était sûr que cette ruse l'amuserait quand on la mettrait au courant.

– Afra...

– ... On ne pourra pas recommencer ça, lui dirent Mauli et Mick à l'unisson.

Afra les considéra longuement, puis hocha la tête à regret.

– Et d'ailleurs, nous avons un paquebot de passagers pour demain matin, l'informa Ackerman, les arrivées du lendemain affichées sur son écran. Vous êtes crevés. J'avertirai la Rowane de bonne heure.

Afra secoua la tête.

– Non, je m'en charge.

Il embrassa du regard la salle et tout le personnel épuisé.

– Merci, dit-il, serrant la main ou tapotant l'épaule de chacun. Et remerciez aussi tous ceux de dehors qui nous ont aidés aujourd'hui. Je suis sûr que la Rowane vous remerciera aussi.

– Ils n'ont pas fait ça pour *elle*, grommela Ackerman entre ses dents.

Afra ne l'entendit pas.

Le lendemain matin, à sa quatrième tentative pour réveiller la Rowane, Afra frappa plus fort. Il avait bien dormi, mais s'était réveillé de bonne heure, nerveux, se demandant comment avouer sa faiblesse à la Rowane à la reprise des activités. Ils attendaient ce gros paquebot, que lui et les jumeaux ne pourraient jamais téléporter. Il essaya de les réveiller par l'unité-comm. Sans succès.

Afra resta un bon moment devant la porte, serrant les poings, respirant lentement pour se détendre, réfléchissant à l'indécence de ce qu'il devait logiquement faire. Finalement, aussi doucement qu'il put, il émit :

– *Je vous demande pardon!*

Une vague d'émotions complexes déferla sur lui : sérénité, satiété...

– *Rowane! Tu émets...*

Par bribes, il l'entendit réveiller Jeff, entendit Jeff protester que c'était son jour de congé, à quoi elle répondait que son jour de congé, c'était *hier*.

– *Elle a raison!* émit Afra, aux abois, ajoutant pour plus de précaution : *Reidinger ne sait pas que tu es là...*

– *Pourquoi?* demanda Jeff, d'un ton amusé.

– *Il n'est pas...*

Afra s'interrompit; mieux valait les prévenir plus tard. *Il n'est pas de très bonne humeur.* Comme Afra l'avait prévu, la Rowane, toujours très consciencieuse, était prête à se mettre au travail, mais, à sa grande surprise, Jeff la retint, tout prêt à prendre un nouveau jour de vacances.

– *Excusez-moi,* Rowane, Raven, reprit-il avec la politesse inculquée par ses parents, *nous nous sommes assez bien débrouillés hier, mais nous attendons un paquebot de passagers qui exige le doigté de la Rowane.*

Cette politesse ne désarma pourtant pas Jeff, qui conseilla une demi-heure d'attente en orbite pendant qu'ils déjeuneraient. Et quand ils eurent mangé, c'est sans se presser qu'ils rejoignirent la Tour, où, à regret, il repartit pour Deneb. Afra fut partagé entre ses efforts pour comprendre le besoin qu'ils avaient l'un de l'autre et sa rancœur à se voir égoïstement exploité.

Mais son dévouement silencieux et celui de tout le personnel trouvèrent leur récompense dans le sourire radieux, le calme et l'efficacité de la Rowane tout au long de la semaine. Afra, déconcerté, constata qu'il devait se ménager et ménager les autres pour leur permettre de reconstituer les forces dilapidées lors du jour de congé de la Rowane. Ce fut donc une surprise quand, cinq jours après la joyeuse apparition de Jeff, la Rowane émit un hurlement mental. Jeff Raven!

– *Qu'est-ce qu'il y a, Rowane?*

–*Il a disparu! Je ne le sens plus!*

Immédiatement, Afra monta à la Tour. A travers Afra, sa panique avait alerté Ackerman et Bill Power qui entra derrière le Chef de Station.

– *Liaison mentale!* commanda Afra à la Rowane terrifiée.

Elle leur ouvrit son esprit, Afra organisant les autres en une pyramide psychique dont elle constituait le sommet et mobilisant toute la puissance des six générateurs de la Station. Au bout d'un moment qui leur parut une éternité, Rowane, terrorisée, se tourna vers lui.

– Il n'est pas là! Pourtant, il a dû nous entendre!

Afra n'avait jamais prévu qu'il deviendrait un jour le consolateur d'une Rowane éplorée. Il avait survécu au stress de son coup de foudre pour Jeff Raven et sa personnalité charismatique, il avait accepté de rester en dehors de cet amour, dans le rôle de fidèle compagnon et ami. Mais comment se montrer à la hauteur devant une femme affligée et désespérée qui venait de perdre son âme sœur? Pourtant, la Rowane avait besoin de son aide, *maintenant*. Il fit taire sa peur, prit l'initiative et lui saisit les mains.

– Respire lentement, Rowane, ordonna-t-il, s'efforçant de maîtriser sa voix. Il peut y avoir bien des raisons à ce...

– *Rowane?*

A cet appel à peine perceptible, il lui serra les mains, rassurant.

– Tu vois, je te l'avais bien dit...

La Rowane lui retira brusquement ses mains.

– Ce n'est pas Jeff! *Oui?*

– *Viens immédiatement! Jeff a besoin de toi!*

Afra vit son air résolu et lui saisit le bras comme elle se levait. Il ne l'imaginait pas faire le grand saut jusqu'à Deneb après sa terreur récente à la vue de la Terre.

– Non, attends, Rowane.

– Tu as entendu, rétorqua-t-elle d'un ton décidé. Il a besoin de moi! *Je veux que chacun à la Station ouvre son esprit tout grand!* ajouta-t-elle mentalement, ignorant la réticence d'Afra.

Puis elle disparut; elle était déjà dans sa capsule.

– *Où est ma liaison, Afra?*

Afra serrait les poings à s'en faire saigner. « *Faut-il te perdre aussi?* » gémit-il du plus profond de son être. Il réalisa que s'il accédait à son désir, s'il lui faisait faire le saut jusqu'à Deneb et qu'elle en meure, ce serait comme s'il l'avait tuée de ses mains.

– *Afra, vas-y, maintenant!* hurla la Rowane. *Si Jeff a besoin de moi, je dois y aller! Lance-moi, avant que je réalise ce que je fais!*

– *Rowane, tu ne peux pas tenter...* rétorqua-t-il machinalement.

– *Ne discute pas, Afra. Aide-moi! Si je suis appelée, je dois partir!*

Dans la Tour solitaire, Afra se retourna pour regarder en bas la capsule scellée contenant son amie bien-aimée.

– *Je l'attendrai au point habituel...* émit faiblement le même esprit que tout à l'heure.

Afra perçut sa féminité, son assurance de réussite dans le transfert, et son angoisse pour Jeff Raven. L'assurance le décida, même s'il savait que Jeff était le seul esprit puissant que Deneb eût produit jusque-là. Il ouvrit les poings et rassembla les forces psychiques de la Station, et la Rowane saisit fermement son esprit et le fit fusionner avec le sien, comme convaincue que cette emprise l'empêcherait de lui résister. Afra se permit un instant de surprise pour réaliser qu'il pouvait effectivement lui résister, pouvait arrêter le transfert. Puis elle visualisa les coordonnées, tira sur les générateurs et, avec la coopération soudaine et volontaire d'Afra, elle disparut.

Longtemps après l'extinction des générateurs, Afra Lyon demeura seul dans la Tour solitaire de la Rowane, le visage inondé de larmes, inquiet, angoissé, priant comme il ne l'avait jamais fait de sa vie qu'elle fût saine et sauve, qu'elle pût secourir son bien-aimé et que son transfert sur Deneb ne fût pas une décision malheureuse.

Ses larmes avaient séché, ses craintes s'étaient calmées, et il s'était laissé choir machinalement dans le fauteuil de la Rowane quand il entendit des pas furtifs derrière lui.

– Afra?

C'était Brian Ackerman. Il contourna son siège et, debout devant lui, il le secoua pour le faire revenir à lui.

– Tu l'entends?

Afra prit une profonde inspiration, se dégagea et se leva. Il secoua la tête.

– Non. Je ne l'entends pas.

Ackerman grimaça et ferma les yeux, craignant ce qu'il devait faire maintenant.

– Il faut prévenir Reidinger, dit-il lentement, soupesant l'impact de ses paroles.

– *Je sais.* La voix du Méta de la Terre les fit sursauter.

Pour Afra seulement, il ajouta sur leur canal privé:

– *Je vous suis grandement redevable, Lyon téméraire!*

Une myriade d'images suivirent cette pensée: Reidinger savait qu'Afra avait dirigé la Station le jour où Jeff Raven était venu; il connaissait les vaillants efforts d'Afra pour guérir la Rowane de sa phobie de l'espace; il avait deviné qu'Afra avait beaucoup aidé la Rowane à conserver sa raison; et deviné son rôle et sa puissance dans le transfert de la Rowane sur Deneb. Le Méta de la Terre ajouta avec tristesse:

– *Je vais sans doute être forcé de m'endetter encore plus envers vous.*

Et Reidinger lui communiqua ses craintes pour la vie de Jeff Raven, lui proposant le rôle de consolateur de la Rowane et de remplaçant de Jeff.

– *Vous l'avez toujours aimée, je le sais*, ajouta Reidinger assortissant sa pensée de vibrations puissamment sexuelles.

Afra secoua la tête avec colère.

— *Vous ne pouvez même pas ne serait-ce que commencer à comprendre !*

Et Afra se retrouva affronté à un esprit puissant, un esprit qui aurait pu pénétrer ses secrets les plus intimes.

— *Si, mon ami, je peux. A ma façon, je l'aime aussi.*

Et Afra perçut l'amour sincère et paternel, plus tendre qu'il ne l'aurait jamais imaginé, caché sous l'extérieur bourru de Reidinger.

Puis Afra perçut un changement dans les sentiments de Reidinger.

— *Mais vous, mon impétueux ami, j'ai peur pour vous. C'était une chose que d'être le petit frère de la reine vierge et le courtisan attentif du couple royal. Mais il faudra trouver autre chose pour sauver sa raison. Vous êtes là, et vous possédez déjà sa confiance et son amitié...*

Afra avait toujours su à quel point Reidinger pouvait se montrer dur et impitoyable dans l'intérêt des TTF et de ses précieux Métas, et pourtant cette proposition à peine voilée l'amusa plus qu'elle ne l'indigna. Et d'autant plus qu'ils ne connaissaient pas exactement la situation. Il pouvait y avoir bien des raisons à l'indisponibilité de Jeff Raven, quoiqu'il fût difficile d'en trouver une de plausible.

— *Sans vous offenser, monsieur, je trouve qu'il est un peu tôt pour envisager cela.*

— *Vous savez quelque chose que j'ignore ?* rétorqua Reidinger du tac au tac.

— *Non, mais je refuse le pessimisme. Surtout en ce qui concerne Jeff Raven.*

— *Vous savez à quel point cette fille est précieuse ?*

— *Pour les TTF ?*

— *Ne hurlez pas comme ça, Lyon-le-Capellien !*

Puis, brusquement, son ton mental se modifia, maintenant plein d'un soulagement immense et incrédule.

— *Elle a réussi. Elle l'a ramené à la vie, quoiqu'elle ne tienne encore qu'à un cheveu. Elle sait qu'elle lui a sauvé la vie.*

Soulagé à en avoir le vertige, Afra dut se retenir aux bras de son fauteuil pour ne pas perdre l'équilibre. Il savait que Reidinger ressentait la même chose.

— *Remerciez Dieu, si vous croyez en un Dieu quelconque, de sa miséricorde.*

— *Je crois en Dieu et je le remercierai. Merci de nous avoir prévenus. Vous nous tiendrez informés de qui se passe sur Deneb ?*

— *Naturellement !* dit Reidinger, rassurant.

En guise d'adieu, il lança :

— *Et Afra, je veux que vous repassiez les tests quand tout ça sera terminé. Vous ne pouvez pas être un simple D-4 après tous les tours* que vous nous avez sortis de votre sac ces temps-ci. D-3 à tout le moins. Je vous fais donc monter en grade, avec paye assortie, à partir d'aujourd'hui. Il gloussa. Nous discuterons plus tard du rappel.

Afra allait protester contre cette promotion inattendue et peut-être imméritée. Mais discuter avec le Méta de la Terre ? Le rire de Reidinger interrompit cette pensée.

— Allez-y! Discutez! Vous manquez d'entraînement!

Puis, réintégrant Ackerman dans la conversation, Reidinger ajouta :

— A mon avis, il vaut mieux que tout le monde fasse comme si j'ignorais ce qu'a fait la Rowane.

Perplexité d'Afra.

— Disons simplement que moi aussi, je m'occupe de mes petites intrigues, jeune Lyon. Jusqu'à nouvel ordre, la Rowane ne doit pas savoir que nous nous sommes parlé. Si elle vous contacte, agissez en conséquence.

Puis il rompit la communication.

Brian et Afra se regardèrent, étonnés.

— Enfin, tu sais qu'il aime ses petites intrigues, Afra, dit Brian.

Afra hocha la tête, fronçant les sourcils.

— Nous dirons aux autres qu'il ne sait rien et nous continuerons à faire comme pendant leur jour de congé.

Deux jours plus tard, la Rowane le contacta dans la soirée. Afra s'étonna de la recevoir à cette distance, malgré sa gestalt avec les générateurs. Peut-être qu'il était vraiment D-3. Mais il garda cette réflexion pour lui tout en notant les pièces détachées et fournitures électroniques qu'elle désirait.

— Je devrai peut-être en faire des paquets plus petits que d'habitude, dit-il quand il eut la liste complète.

— Ça ne fait rien. Le générateur d'ici n'est pas très puissant, répliqua la Rowane, indulgente. Comment va tout le monde ? Reidinger est au courant ?

Afra gloussa. Nous nous débrouillons assez bien. Un lézard s'est magiquement développé dans le générateur trois, qui réduit ta capacité à expédier le fret.

— Oh, Afra! Merci!

Par-delà les années-lumière, Afra sentit la douce caresse d'une amie reconnaissante. Il remercia le Dieu de Reidinger de l'avoir délivré d'un rôle moins sympathique.

Quelques jours plus tard, Reidinger reprit contact, s'annonçant par un gloussement dans l'esprit d'Afra.

— Je lui ai chauffé les oreilles, Afra! Mais elle m'a rendu coup pour coup et m'a supplié de vous envoyer deux T-2. Qui voulez-vous ?

Afra haussa les épaules.

– Sauf si vous insistez, on se débrouille assez bien comme ça. Maintenez les charges comme en ce moment et on s'en sortira.

Reidinger grogna.

– Je viens de la prévenir que je ne veux pas qu'elle se crame à rattraper des charges sans aide, alors, vous croyez que je suis assez bête pour laisser son meilleur collaborateur se griller ?

Brian se tourna vers lui avec un grand sourire d'approbation, ce qui lui fit réaliser que Reidinger émettait sur large bande.

Reidinger ajouta avec regret :

– Je suis moi-même trop occupé pour aider Callisto, alors je vous envoie un couple de T-2. Je suis certain qu'ils seront bien traités.

– Comment va la Rowane, Reidinger ? demanda Brian, se branchant sur Afra pour renforcer son émission.

– Ne le lui dites surtout pas, rétorqua Reidinger avec cette tendresse incroyable qui les étonnait tant tous les deux, *mais je la trouve parfaite !* Il fit une pause. *Ah, au fait, vous voulez changer de marque de whisky cette année ?*

Les yeux d'Ackerman se dilatèrent d'étonnement; tout le monde savait que, chaque année, il menaçait de démissionner de la Station de Callisto, et que, pour le convaincre d'y rester, on l'achetait avec une caisse de son whisky préféré, mais il ne lui était jamais venu à l'idée que le Méta de la Terre était au courant !

– Euh, non, maintenant, je suis habitué au Paddy, parvint-il à répondre.

Près de lui, Afra était plié en deux.

Torshan et Saggoner arrivèrent comme promis, et le personnel de la Tour, quand même un peu fatigué par le plan astucieux imaginé par Brian et exécuté par Afra, fut plus que content de leur aide. Il y eut quelques petits problèmes d'adaptation, mais, grâce à la sérénité de ce couple amoureux de T-2 et à l'exigence perfectionniste d'Afra, la Station avait retrouvé presque toute son efficacité au bout d'une semaine.

La routine s'installa la semaine suivante, et, la troisième semaine, ils avaient presque oublié la vie avec la Rowane. Ce calme fut rompu par l'arrivée inopinée d'une capsule.

– Amarrez ça ! cria Afra à un docker qui faillit l'écraser d'une autre capsule prévue pour cette nacelle.

Afra bouillait de rage à l'idée de la catastrophe évitée de justesse.

– Qui diable a posé là cette capsule... commença-t-il.

Puis, contactant l'esprit à l'intérieur... Rowane !

Un désordre indescriptible suivit ce hurlement mental. Tout le monde se téléporta autour d'elle, tout le monde parlait en même temps, qui lui tapotant l'épaule, qui la serrant dans ses bras. La Rowane rougit à ces témoignages d'affection. Sur canal privé, Afra envoya un message à Torshan et Saggoner pour leur expliquer la soudaine désorganisation de sa Station d'ordinaire si bien ordonnée. Ils reçurent l'explication avec calme, disant qu'ils continueraient à travailler pendant la fête.

Avec le retour de la Rowane, le travail du lendemain fut expédié avec une aisance incroyable. Afra avait oublié avec quelle facilité elle manœuvrait les plus lourdes charges. Une fois le travail terminé, la Rowane contacta Afra.

– *Il faut que je parle à Reidinger,* lui dit-elle, comme le défiant de la contrarier.

– *Est-ce bien sage ?* répondit Afra, nerveux à l'idée qu'elle avait peut-être découvert la duplicité de Reidinger.

– *Il ne me tuera pas !* rétorqua-t-elle, ajoutant qu'il n'avait pas sujet de se plaindre de son absence.

Afra, diplomate et un peu sur la défensive, répondit par le point de vue de Reidinger.

– *Il a bénéficié plus que je n'ai risqué,* lui dit-elle.

Afra l'observa attentivement, remarquant que son aura s'était avivée. Il plissa les yeux. Avait-elle grossi ? Non, du moins, pas sans bonne raison.

– *Je sais,* répondit-il d'un ton chaleureux.

La Rowane était-elle au courant de son état ? Non, sans doute, elle avait eu assez à faire pour ne pas remarquer un changement physiologique.

– *J'aimerais surprendre ce vieux schnock,* reprit-elle.

– *Vieux schnock ?* bredouilla Afra, pensant que quelques petites surprises l'attendaient elle-même, et d'autant plus qu'elle n'avait jamais rencontré Reidinger en chair et en os.

– *Tu as des contacts avec le Quartier général du Méta de la Terre. Est-ce que l'un d'eux pourrait m'introduire sans m'annoncer ?*

La question le stupéfia, alors il continua à bavarder à bâtons rompus, tout en réfléchissant furieusement derrière ses écrans relevés. D'abord, il lui fallait prévenir Reidinger, puis Gollee, mais il assura la Rowane qu'il connaissait quelqu'un qui lui rendrait peut-être ce service, et lui demanda quelques minutes pour organiser les choses.

– *Reidinger ?* émit Afra sur le canal le plus étroit possible.

– *Quoi ?* répondit-il, bourru. *Vaudrait mieux que ce soit important.*

Afra s'expliqua rapidement.

Et c'était si important qu'il « entendit » sourire Reidinger.

– *Excellent ! J'avais à lui parler de toute façon, et ce sera mieux si elle pense avoir l'avantage. Voilà ce qu'on va faire...*

Afra mémorisa les instructions, avec l'impression croissante de commettre une trahison. Reidinger le perçut et s'interrompit.

– *Afra, vous savez que je ne veux que son bien. Elle a besoin de la figure du père, de quelqu'un contre qui se révolter. Et moi, j'ai besoin de la sentir dynamique, rebelle. Comme nous tous.*

A part lui, Afra ne fut pas convaincu, mais il ne pouvait pas se disputer avec Reidinger. Et cette équipée aurait peut-être un effet bénéfique sur la témérité croissante de la Rowane. Maintenant qu'elle pouvait voyager sans effets pernicieux, qui sait à quels excès allait la porter sa liberté toute nouvelle?

— *Merci*, dit Reidinder. *Je vais prévenir Gren.*

Afra ramena son attention sur la Rowane.

— *A ma demande, Gollee a accepté d'escorter ma jeune amie anonyme aussi loin qu'il y est autorisé, mais il faudra se concilier la Sécurité. Il t'attendra à l'entrée du terrain d'atterrissage.*

Reidinger devait écouter discrètement dans l'esprit d'Afra, car celui-ci l'entendit jurer:

— *Dieu du Ciel! La Sécurité! Il faut que je les avertisse ou mes rayons la grilleront dès l'entrée!*

Afra voulut vivement contacter la Rowane, mais elle avait déjà disparu. Il grogna avec colère:

— *Reidinger!*

— *Comme un trésor, mon garçon*, répondit le Méta de la Terre avec douceur. *Je la traiterai comme un trésor, comme une fille de mon propre sang. Ah-oh! Elle est là!*

La voix mentale de Reidinger s'estompa, puis reprit:

— *Je voulais vous dire... Je vous le dirai plus tard...*

Afra n'entendit plus parler de Reidinger jusqu'au lendemain, à la fin de son frugal petit déjeuner.

— Altaïr? hurla tout haut Afra en apprenant la nouvelle nomination de la Rowane. Comment avez-vous pu faire une chose pareille?

— *Il le fallait*, rétorqua sèchement Reidinger.

Afra, qui avait passé des années à apprendre à lire les émotions, saisit une nuance de souffrance dans le ton du Méta de la Terre. C'était la souffrance qu'impose le commandement, le malaise provoqué par la nécessité de prendre trop de décisions désagréables; et aussi, enfouie tout au fond de lui-même, la souffrance d'un homme qui était tout simplement très vieux. Afra appela vivement le dossier de Reidinger sur sa console – il approchait de son cent dixième anniversaire.

Afra pensa à dévoiler à Reidinger la véritable raison de sa colère à ce transfert de la Rowane, puis il se ravisa; la Rowane et Jeff Raven avaient le droit de lui annoncer eux-mêmes la nouvelle. De plus, se dit Afra, il n'était pas *certain* que la Rowane était enceinte. Ni que l'enfant serait un garçon et Doué supérieur.

— *De plus*, ajouta Reidinger d'un ton hésitant, *il fallait que je vous libère pour une mission très spéciale, Ackerman et vous.*

— *Vous ne croyez pas que Callisto est assez perturbée comme ça sans nous déplacer?* rétorqua-t-il avec irritation.

Puis il fronça les sourcils, à la fois surpris et contrarié de parler sur ce ton à l'homme qui était pratiquement l'incarnation de la société de Télépathie et Téléportation fédérales.

— *Loin de moi l'idée de vous déplacer l'un ou l'autre!* répondit Reidinger. *Mais il faut quand même que je m'occupe de ma succession, et franchement, Jeff Raven a beau être un Méta, il n'a pas encore les capacités requises pour diriger une Station. Je veux que vous...*

Afra précéda sa pensée.

— *Moi? Que je serve de professeur au mari de la Rowane? Avez-vous pensé qu'il préfère peut-être ne plus jamais me voir près de sa femme? Sans parler de lui-même et de ses enfants?*

— *J'y ai pensé,* dit Reidinger avec tristesse. *Et je crois que ce serait la pire des catastrophes.*

Afra ouvrit les mains en un geste d'impuissance, ne comprenant pas très bien comment ses sentiments personnels pouvaient provoquer une catastrophe.

Reidinger lui éclaircit les idées.

— *A quoi me servent-ils s'ils ne peuvent travailler qu'ensemble? Croyez-vous honnêtement que la Rowane aurait choisi un homme si mesquin? Allons, vous savez bien qu'elle a failli vous...*

— *Stop!* cria Afra, fermant douloureusement les yeux. *Elle est mon amie et bien davantage. Je l'aime comme une sœur. Si son bonheur exige que je sorte de sa vie, ni vous, ni les TTF, ni personne ne pourra m'en empêcher!*

— *Ainsi, vous sautez sur la plus petite excuse pour vous dérober, hein?* lui lança Reidinger en réponse. *Vert de peau, et vert de peur par nature, c'est ça, Capellien? Avez-vous peur de regarder leur amour? L'aimez-vous donc si peu que vous ne puissiez accueillir son mari à bras ouverts?*

— *Je n'ai jamais dit ça!* rétorqua Afra avec emportement, ses yeux jaunes lançant des éclairs. *Je travaillerai volontiers avec Jeff Raven. C'est un homme remarquable, et qui convient parfaitement à la Rowane. Mais il faut comprendre qu'il y a certains secrets, certaines choses que j'ai partagées avec la Rowane et qui lui rendront peut-être difficile le travail avec moi.*

— *Essayez quand même,* dit Reidinger. *Si ça ne marche pas, nous essaierons autre chose. Ne vous pressez pas trop de le juger...*

— *C'est déjà fait,* répliqua Afra avec un grand sourire. *Elle l'a choisi, ce qui fait de lui quelqu'un de spécial. De plus, il a de ces façons à charmer n'importe qui.*

Reidinger répondit d'un éclat de rire.

— *Comme il a charmé le Méta de la Terre?*

Afra s'étonna que Reidinger eût si bien perçu ce qu'il avait en tête.

— *J'ai toujours pensé que vous étiez un lion très sage et perspicace. Considérez simplement cette mission comme une autre façon d'aider la Rowane – aussi bien que les TTF.*

L'entretien était terminé. L'esprit de Reidinger s'estompa, non sans une dernière touche chaleureuse et une migraine mal dissimulée.

Cette conversation laissa Afra épuisé mentalement et émotionnellement troublé. Ce qu'il connaissait de Jeff Raven lui plaisait, et il ne pouvait que se réjouir que la Rowane l'eût choisi pour mari. Cela lui faisait espérer qu'il trouverait peut-être un jour le bonheur, lui aussi. Mais il n'avait pas menti en disant à Reidinger que son intimité fraternelle avec la Rowane pouvait être une source de frictions entre Jeff et lui.

Brian Ackerman l'appela sur son unité-comm.

— Afra, où est la Rowane ?

Pour toute réponse, Afra avala le reste de son déjeuner, jeta le conteneur dans le lave-vaisselle et se téléporta dans la salle de contrôle. Brian sursauta avec irritation à son arrivée.

— Son remplaçant ne tardera pas, Brian. Préviens tout le monde, ça vaut mieux.

— Son remplaçant ? répéta Brian, stupéfait.

Une capsule personnelle à la peinture flambant neuve se posa dans la nacelle la plus proche.

— *Afra ?*

— *Ici*, répondit Afra, envoyant une image mentale.

Et Jeff Raven apparut dans la salle.

— Désolé qu'on n'ait pas eu le temps de bavarder à ma dernière visite, dit Jeff Raven en lui tendant la main avec un grand sourire plus charmeur que jamais.

Son visage portait encore les traces de l'accident récent qui avait failli lui coûter la vie, mais il avait retrouvé toute sa vigueur.

— Mais je suppose que nous avons tout le temps de nous rattraper, *maintenant*.

Se raidissant un peu, Afra prit la main tendue et la serra vigoureusement, recevant à ce contact tactile une onde de respect et de reconnaissance, de sorte qu'il put répondre avec une totale sincérité :

— Je m'en réjouis d'avance.

Jeff embrassa la salle du regard, saluant de la tête ceux qu'il connaissait, souriant à ceux qu'il ne connaissait pas.

— Si vous ne l'avez pas encore deviné, dit Afra à la cantonade, je vous présente Jeff Raven qui vient pour remplacer la Rowane. Elle a reçu une promotion et s'est vu confier toute une planère, son Altaïr natale.

Il n'eut pas besoin d'ajouter que Siglen n'était plus.

— Afra, dit poliment Jeff, j'ai besoin de vous parler.

Afra s'approcha, et Jeff jeta autour de lui un regard critique.

— Montons dans la Tour.

Quand ils y entrèrent, Jeff embrassa la pièce des yeux.

— Au moins, il y a deux fauteuils, remarqua-t-il, énigmatique.

Puis il regarda le Capellien.

— Si nous devons travailler ensemble, il y a une chose à mettre au point entre nous...

Afra l'interrompit de la main, déjà préparé au pire.

– Je peux partir. Reidinger me trouvera facilement un remplaçant. Il y a un très bon D-4 à Blundell, Gollee Gren ; d'ailleurs, tu le connais peut-être déjà. Vous feriez sans doute bon ménage tous les deux.

– *Assez !* hurla Jeff Raven, interrompant ces excuses détournées.

Puis il le serra dans ses bras, lui bourrant le dos de coups de poing.

– *Merci !*

Afra ne savait plus où il en était.

– *Merci de lui avoir permis de conserver sa raison, merci de l'avoir rendue heureuse, merci pour tout ! Je ne pouvais pas te faire passer tout ça en bas, quand on s'est serré la main... Pas avec tous ces esprits récepteurs autour de nous...*

– Qu... quoi ?

– Sans toi, Afra Lyon, je crois qu'elle serait devenue folle, dit Jeff à voix haute. Tu as supporté ses colères et ses fureurs, ses caprices et ses peurs, et tu as toujours été là pour lui prodiguer le réconfort nécessaire.

Il fit une pause pour reprendre sa respiration.

– Pendant ma convalescence, sur Deneb, elle parlait tout le temps de la famille – même si la mienne est un peu envahissante car on vit très à l'étroit en ce moment – mais, chaque fois qu'elle pense à la famille, c'est ton visage qui lui vient à l'esprit.

Jeff lui saisit le bras pour renforcer ses paroles, puis il branla du chef avec un sourire enjôleur.

– Écoute, Afra Lyon, c'est toi sa famille, mais quand nous légaliserons notre union, me feras-tu l'honneur d'être mon témoin ?

Involontairement, Afra recula d'un pas sous l'impact de ces mots, puis il déglutit, cherchant ses mots.

– Je suppose que j'exagérais, mais j'avais peur que tu ne m'en veuilles de mon intimité avec la Rowane.

Il s'inclina très bas.

– Je vois que je me trompais.

Il se redressa, hochant la tête, et poursuivit :

– Tu dois bien comprendre qu'au cours des ans... nous nous sommes attachés l'un à l'autre... pas vraiment de l'amour... mais une affection spéciale. Je sais qu'elle me considérait comme le petit frère qu'elle n'a jamais eu.

Il s'humecta les lèvres, hésitant.

– Pour être parfaitement franc, Raven, si tu n'étais pas apparu, je ne demandais pas mieux que...

Jeff l'interrompit de la main.

– Je sais, dit-il doucement, et je te remercie.

Devant l'air perplexe d'Afra, son visage s'allongea un peu.

– Ton hésitation ne fait que confirmer ce que nous savons

maintenant tous les deux, à savoir qu'elle n'a jamais été la femme qu'il te faut. Je ne sais pas ce qui me vaut cette chance. J'espère de tout mon cœur que tu connaîtras un jour l'intensité du lien qui nous unit.

Son sourire se fit plus triste.

— Malheureusement, peu de mes amies ont survécu, et toutes mes sœurs et mes cousines sont mariées ou fiancées, alors, tu ne pourras pas te marier dans ma famille.

Jeff se redressa et prit une profonde inspiration.

— Je parle trop ; enfin, c'est ce que dit ma mère. Je me tais maintenant pour que tu puisses me répondre : acceptes-tu, en qualité de frère en esprit, d'être mon témoin quand j'échangerai mes vœux avec la Rowane ?

Une ombre de sourire passa sur le visage d'Afra, qui s'inclina une fois de plus en disant :

— C'est le plus grand honneur que vous pouviez me faire tous les deux.

— Alors, pourquoi ce sourire ?

— Vous pensez donc légaliser bientôt, non ?

Un appel d'Ackerman empêcha Jeff de répondre.

— *Afra ! Nous avons du fret à expédier, ou nous allons prendre une semaine de retard !*

— C'est pour ça que je t'ai fait monter ici, dit Jeff.

Devant l'air médusé d'Afra, Jeff ajouta :

— Je n'ai jamais dirigé une Station. Je veux que tu saches que je ferai tout ce que tu me diras, quoi que ce soit. Je me considère comme ton élève.

Il ajouta avec un clin d'œil :

— Elle m'a ordonné de t'obéir aveuglément. En fait, elle m'a dit texto : « Fais ce que dit Afra et pas de discussion ! »

Devant son air sceptique, Jeff lui lança un regard suppliant.

— Très bien, Jeff, puisque nous sommes tous les deux sous *ses* ordres, dit Afra, se dirigeant vers la porte.

— Où vas-tu ?

— A la salle de contrôle. Seule la Rowane travaille ici.

— Je vais me sentir très seul, répondit Jeff, feignant la détresse.

Il montra le second fauteuil, installé pour la durée de la mission de Torshan et Saggoner, qui remplaçaient la Rowane.

— Pourquoi ne pas rester ici avec moi ? Nos poussées s'ajouteront et ce sera plus facile.

— Mes consoles de la salle de contrôle sont programmées pour mes tâches particulières, expliqua Afra.

— J'apprendrai beaucoup plus vite à diriger la Station si je me familiarise avec tes devoirs en même temps qu'avec les miens, répondit Jeff.

Il fit signe à Afra de revenir au centre de la pièce.

— Fais ce que tu peux pour le moment, et je ferai installer d'autres consoles ici par les techniciens.

Afra semblait réticent.

– Est-ce que ce ne serait pas plus efficace d'avoir le Méta et toute son équipe dans la même pièce ?

Les yeux d'Afra faillirent lui sortir de la tête.

Raven répétait, pratiquement mot pour mot, ce qu'il avait si souvent dit à la Rowane.

– Ce n'a jamais été l'avis de la Rowane, temporisa-t-il.

– Hmmm, supputa Jeff, c'était sans doute moins dangereux pour vous tous étant donné son mauvais caractère.

Il lança un regard entendu à Afra.

– Et naturellement, tu n'as jamais voulu la contrarier. Mais mon cher amour n'est pas là, et elle m'a ordonné de t'obéir en tout. Alors dis-moi, Afra de Capella, si tu ne trouves pas que ce serait une bonne idée de regrouper les services ?

Lentement, un sourire se répandit sur le visage d'Afra.

– *Ackerman, exécution du plan Epsilon !*

– *Tu parles sérieusement ?* répondit Ackerman, à la fois incrédule et ravi.

– *Oui*, répondit Jeff. *S'il existe un plan pour regrouper les opérations, rien ne me fera plus plaisir que son application.*

– *Tout de suite !*

Et Ackerman se lança immédiatement dans l'exécution du plan dont lui et Afra rêvaient depuis des années.

– *Epsilon est le symbole grec utilisé pour exprimer l'efficacité calculée*, répondit Afra à la question informulée de Jeff. *Tu viens de te gagner la reconnaissance éternelle de Brian en réalisant son vœu le plus cher.*

– La première charge est un cargo, Méta, dit Afra tout haut. Les données s'affichent sur la console numéro deux.

Une semaine plus tard, un Ackerman extatique annonça un accroissement de vingt pour cent dans le trafic de la Station. Afra remarqua que le personnel de Callisto se mettait en quatre pour faire plaisir à Jeff Raven. Ses manières bon enfant, sa propension à réduire les démarches administratives à leur plus simple expression, et ses liens avec la Rowane, tout cela lui gagna leur cœur.

Le sixième jour, Jeff fit une pause pour aller voir la Rowane dans sa Tour d'Altaïr.

– Vous allez prendre date pour le mariage ? demanda Afra avec un détachement étudié tandis que Jeff se préparait à partir.

– Rien ne presse, répondit distraitement Jeff.

Afra ne répondit pas.

– *Prêt !* annonça Jeff.

Puis il disparut, les générateurs se turent, et l'équipe de garde arriva pour effectuer les petits travaux d'entretien nécessaires.

Deux jours plus tard, Afra constata avec satisfaction que Jeff revenait avec l'air à la fois excité et incrédule.

– Tu savais! lui dit-il, accusateur. Tu savais, et tu ne m'as même pas prévenu!

Il ajouta, plissant les yeux :

– Comment as-tu deviné?

– Je suis son ami depuis huit ans, Jeff, répondit Afra d'un ton égal, sans la moindre trace de la suffisance qu'il ressentait. Elle avait quelque chose de légèrement changé que j'ai perçu.

– Qui d'autre est au courant?

Afra secoua la tête.

– Personne. Je te l'aurais bien dit, ajouta-t-il d'un air d'excuse, mais ce n'est pas le genre d'information qu'on balance comme un cargo au décollage.

– Mais elle l'ignorait elle-même jusqu'à la semaine dernière; enfin, c'est ce qu'elle m'a dit. Et elle m'en a parlé dès qu'elle a eu des soupçons.

Jeff le scruta du regard, sans exprimer sa surprise qu'Afra connût un secret si intime.

Mais Afra connaissait maintenant assez Jeff pour le comprendre, et il leva la main en un geste de protestation.

– Un secret intime, oui, mais en huit ans, j'ai appris à percevoir tous les changements physiques et psychiques de la Rowane. Je suis ravi que mon intuition soit confirmée, termina-t-il avec quelque raideur.

Jeff hocha la tête en soupirant.

– Désolé. Je crois connaître ma femme intimement, mais je sais aussi, et j'accepte, qu'il y a bien des niveaux d'intimité, mon cher ami!

Son sourire dissipa la froideur d'Afra.

– Tu es content que ce soit un garçon?

Jeff le regarda, stupéfait.

– Je ne le savais pas, dit-il, branlant du chef, et je crois que la Rowane l'ignore aussi. Je n'avais pas réalisé que tu étais précog, en plus.

Afra haussa les épaules.

– Je ne le suis pas, mais l'enfant est un garçon. Est-ce que tu aurais préféré une fille? Je peux me tromper.

Jeff eut un sourire malicieux.

– Je ne suis pas encore bien habitué à ma belle Rowane, alors, j'espère que tu as raison, parce qu'il me faudra du temps pour m'habituer en plus à une Rowane miniature. Mais ce pourrait être amusant. Qu'est-ce que tu en dis? Ça te plairait de remettre ça?

Afra lui rendit son sourire.

– Je n'ai pas le choix. Je suis engagé avec vous jusqu'au cou, et il est trop tard pour reculer.

Jeff gloussa, entourant de son bras les épaules osseuses du Capellien.

– Maintenant, raconte-moi ce qui s'est passé pendant mon absence, Afra.

– *Afra!* cria Raven au début de sa troisième semaine à la Tour de Callisto. *Il y a un D-4 ici!*

Afra se téléporta dans la Tour réaménagée, qui lui inspirait des sentiments mitigés. Les fils qui couraient partout représentaient un danger potentiel pour les distraits, mais Ackerman l'assurait joyeusement que c'était pour pouvoir lui redonner son aspect habituel si la Rowane l'exigeait inopinément.

– Nous ferons poser de nouveaux conduits pendant le prochain congé sur Terre, ajouta le Chef de Station.

– Ah, fit Afra, imperturbable. Jeff Raven, je te présente Gollee Gren, D-4.

De la tête, Jeff salua Gollee, soudain moins loquace que d'habitude.

– Tu ne vas pas rester ici le restant de tes jours, Jeff, dit Afra, diplomate. Et tu seras bien content de savoir travailler avec un autre D-4. De plus, Gollee a besoin d'entraînement.

Afra eut un sourire malicieux en voyant Gollee ouvrir la bouche pour protester, réaction qui ne fut pas perdue pour Jeff Raven.

– Je vois, dit Jeff, sans se compromettre.

Mais à l'évidence la nouvelle ne le réjouissait pas.

Afra soupira.

– Le meilleur moyen de montrer que tu as appris, c'est d'enseigner.

Jeff le lorgna, l'air pensif.

– La Rowane ne m'avait jamais parlé de cet aspect de ta personnalité.

– C'est que la Rowane ne m'a jamais demandé de la former, répliqua Afra avec un sourire suave.

Il ne savait pas quelle réaction lui plaisait le plus : celle de Jeff ou celle de Gollee. Il libéra le second fauteuil.

– Je suis à portée de voix si l'un de vous a besoin de moi, ajouta-t-il en s'inclinant devant ses deux amis avec une politesse exagérée. Puis il fit signe à un Gren récalcitrant de prendre son fauteuil, et tapa une entrée :

– Première expédition, direction la Terre, Reidinger à la réception...

Comme il l'espérait, le caractère humoristique de Gren s'accorda parfaitement avec la nature décontractée de Jeff. A la fin de la journée, ils travaillaient en accord parfait, expédiant sans effort les plus lourdes charges.

Au cours des mois suivants, la vie à la Station de Callisto prit sa vitesse de croisière, avec Gren et d'autres Doués venant à tour de rôle travailler avec le Dénébien pour élargir ses capacités à expédier le fret avec des personnalités différentes. C'est quand même avec Gren qu'il travaillait le mieux, remarquèrent Afra et Ackerman, information que Reidinger salua d'un grognement.

— *Ça faisait longtemps que j'espérais trouver à le caser, celui-là!* s'exclama-t-il.

— *Quoi? Il existe un homme que vous n'arrivez pas à manœuvrer?*

— *On dirait que j'ai des problèmes avec les T-4 et les T-3*, répondit Reidinger, imperturbable. *Ça m'inquiéterait s'ils n'étaient pas tellement nombreux que je peux les saquer quand ça me fait plaisir.*

Afra refusa de mordre à l'hameçon.

La Rowane revint à la Station de Callisto cinq mois plus tard pour un séjour temporaire qui devint définitif dès que Reidinger apprit qu'elle était enceinte. Et Reidinger passa un beau savon à Afra quand celui-ci lui avoua qu'il était au courant depuis le début.

— *Eh bien, si je ne peux pas avoir confiance en vous, il faudra que je vous envoie un espion à ma solde.*

Afra fut sincèrement heureux du retour de la Rowane. Il aimait travailler avec Jeff Raven, mais il s'avouait que, par perversité, il trouvait plus de satisfaction dans sa liaison mentale avec l'imprévisible Rowane.

— Ah, au fait, Afra, la Rowane m'asticote sans arrêt pour que je te demande quelque chose, dit brusquement Jeff un soir à la fermeture de la Station.

— Ah, et quoi?

— Est-ce que tu accepterais d'être le parrain de notre fils?

— Le parrain?

— Oui. En principe, c'est une coutume dénébienne, par laquelle le parrain s'occupe de l'enfant si ses parents viennent à lui manquer; et, étant donné les dangers actuels de ma planète... Cette idée a beaucoup plu à la Rowane, qui trouve cela plus personnel pour l'enfant que d'être nommé Pupille de la Planète. Nous serions tous les deux très heureux que tu acceptes d'être le parrain de notre enfant.

Profondément touché, Afra en resta muet quelques instants.

— Mais rien ne vous arrivera!

— On l'espère bien, mais...

— Et tu as une pleine planète de parents... ajouta Afra.

— Bien sûr, mais c'est le Don de notre enfant qui nous préoccupe et que nous voulons favoriser, Afra, et sur Deneb, aucun Doué ne reçoit de formation adéquate. Je sais que tu critiques l'éducation que tu as reçue sur Capella, mais je peux te dire en toute objectivité qu'elle te donne un grand avantage sur moi. Et de plus, la Rowane et moi, nous nous sommes mis d'accord sur toi, Afra.

Les yeux bleus de Jeff attestaient de sa sincérité. Il secoua la tête, les lèvres frémissantes d'un sourire contenu.

— Alors, qu'est-ce que je lui réponds?

Afra eut un sourire attristé.

— Dis-lui que je suis un mauvais choix : s'il vous arrivait quelque chose, je serais sûrement mort avant.

Jeff éclata de rire.

— Ne sois pas morbide. Où est-ce encore une précognition?

Afra nia vigoureusement, et Jeff sembla soulagé.

— De plus, je sais par expérience que tu es un excellent professeur.

Afra s'inclina profondément, retrouvant une fois de plus la politesse inculquée dans son enfance.

— Jeff Raven, dis à ta ravissante femme que je suis très honoré et que je serais heureux d'être le parrain de tous vos enfants, au mieux de mes capacités.

Jeff hocha la tête avec satisfaction et lui donna une grande claque sur l'épaule. Le Dénébien ne s'était jamais fait à l'étiquette des Doués, qui excluait les contacts tactiles, mais, venant de Jeff, cette familiarité n'offensait jamais.

— Parfait! C'est donc réglé. Maintenant, dis-moi ce que tu sais des bébés.

En l'occurrence, Afra savait pas mal de choses sur les nourrissons, s'étant souvent occupé des enfants de sa sœur et ayant même gardé ceux d'Ackerman quand il voulait passer une soirée tranquille avec sa femme.

A la fin de leur conversation, Jeff poussa un profond soupir.

— Si la Rowane me cache quelque chose, tu me le diras, c'est promis?

— Pourquoi, tu t'en vas? demanda Afra, stupéfait.

— Oui, tu ne le savais pas? dit Jeff, sincèrement surpris. Reidinger semble vouloir reprendre son bien et fait de moi une sorte de Méta itinérant.

Il se redressa de toute sa taille et, railleur, lui fit la révérence.

Afra éclata de rire.

— Tu te rappelles? La Rowane avait prédit que Reidinger se vengerait sur toi!

Jeff haussa comiquement les épaules.

— C'est pour la bonne cause.

Puis il eut un clin d'œil malicieux.

— Autant qu'il utilise ma capacité de voyager. Je suis le seul Méta qui se déplace comme il veut.

— Pourquoi n'apprends-tu pas à Reidinger à voyager, maintenant que nous savons que c'est Siglen qui avait imposé sa névrose à tout le monde?

Jeff lui lança un regard pénétrant, les yeux pétillant de malice.

– Je devrais, non? Ce vieux rusé! Il grognerait sans doute qu'on n'apprend pas aux vieux singes à faire la grimace.

– A mon avis, dit Afra d'un ton pensif, il vaut mieux que Reidinger ne voyage pas. Ses engueulades mentales me suffisent! Je n'aimerais pas qu'il puisse se téléporter ici n'importe quand pour m'engueuler en chair et en os!

Jeff haussa un sourcil et sourit avec malice.

– Oh, tu pourrais toujours opposer un taureau au taureau.

Afra battit des paupières, puis éclata de rire à l'allusion de Jeff.

– Et tu sais qu'il a toujours ton taureau et ta vache sur son bureau? ajouta Jeff. Je crois qu'en cas de besoin tu saurais lui rendre coup pour coup. Raison de plus pour te vouloir comme parrain de notre fils. Dis donc, tu n'entendrais pas le bébé, par hasard?

– Non, dit Afra, catégorique, mais un peu triste.

La naissance de Jeran Raven fut joyeusement célébrée dans toute la Station de Callisto et au-delà. Tous les habitants des dômes entendirent le vigoureux cri mental du nouveau-né, et les ondes de bienvenue renforcèrent les vibrations d'accueil des trois adultes présents à l'accouchement. Les Métas attentifs l'entendirent aussi; Afra dut faire enlever les kilos et kilos de fleurs rares qu'un Reidinger extatique avait fait envoyer chez les Gwyn-Raven. Ces arrivées florales perturbèrent un peu les horaires qu'Afra et Brian avaient soigneusement concoctés pour que la Station continue à fonctionner au ralenti jusqu'aux relevailles de sa Méta.

Un soir qu'il avait travaillé tard pour rattraper une partie de leur retard, on sonna chez lui.

– Entrez!

Il se leva pour aller accueillir son visiteur à la porte. C'était la mère de Jeff, Isthia Raven. Afra l'avait vue dans la Station pendant les derniers jours de la grossesse, mais il s'était volontairement tenu à l'écart.

– Tu n'es pas venu voir l'enfant, Afra Lyon, dit-elle en entrant.

– J'ai été très occupé, et je ne voulais pas déranger ses parents.

Afra hésita légèrement, ne sachant comment s'adresser à cette dame aux yeux bleus et au casque de courtes boucles noires.

– Tu peux m'appeler Isthia et me tutoyer.

Afra acquiesça de la tête.

– La Rowane m'a parlé de toi; elle m'a dit que vous travailliez en très étroite collaboration.

Elle lui lança un regard pénétrant.

– Alors, tu as peur des nouveau-nés?

Afra éclata de rire.

77

— Pas du tout. Quand pourrai-je venir sans déranger ? La Rowane a besoin de beaucoup de repos ces temps-ci.

— C'est vrai, mais toi, tu seras toujours le bienvenu. Viens cet après-midi pour te débarrasser de la corvée.

— Je ne considère pas ça comme une « corvée » dont il faut « me débarrasser », dit Afra.

De nouveau, Isthia le scruta du regard.

— Non, je ne crois pas. Mais tu es le parrain et tu n'es même pas venu voir mon petit-fils. Pourtant, vous avez été très intimes, toi et la Rowane.

— Pas autant qu'elle et Jeff, si c'est ce qui t'inquiète, dit-il, voulant la rassurer sur ce point.

Isthia le regarda, les yeux dilatés de surprise.

— Je ne suis absolument pas inquiète maintenant que je te connais, car il est évident pour moi que tu es un homme honorable.

Afra s'inclina avec un soupçon d'impudence, qu'elle salua d'un geste irrité.

— Tous les Capelliens sont aussi inhibés que toi ?

— Tous les Capelliens sont dressés à être courtois en toutes circonstances.

Isthia éclata de rire.

— Belle repartie ! Sur Deneb, on a tendance à dire ce qu'on pense.

— Je l'avais remarqué. C'est un heureux changement.

— Eh bien, je comprends pourquoi Jeff et la Rowane se reposent tellement sur toi. Je voulais juste m'assurer par moi-même que tu serais un bon substitut de père.

— Vraiment ?

— Bien sûr, affirma Isthia avec conviction. Ça me plaît, un homme qui ne recule pas devant les difficultés ou les exploits. Mais tu devrais être moins dur avec toi-même de temps en temps.

Légèrement surpris du tour que prenait la conversation, Afra la regarda, l'air interrogateur.

— Pas de ça avec moi, jeune homme, dit Isthia, les yeux pétillants pour adoucir ses paroles. Il faudra venir sur Deneb un de ces jours. Pour reposer ton esprit de ses tâches épuisantes.

— Avec plaisir. Ce doit être une planète fascinante pour produire des Doués aussi étonnants.

— Produire des Doués ? Oui, je suppose.

Afra fut interloqué de cette désinvolture. Il sentait qu'elle possédait elle-même un Don considérable, et pourtant Jeff n'avait jamais mentionné qu'on l'eût testée. Si son attitude était caractéristique de celle de la population dénébienne en général, pas étonnant que Jeff et la Rowane s'inquiètent du Don potentiel de Jeran.

— A la réflexion... commença Isthia.

Son expression s'altéra soudain et prit cet air neutre qui, Afra l'avait appris, annonçait une précognition.

– ... tu viendras sur Deneb...

Elle hésita, le regard flou, le regardant sans le voir. Il en eut la chair de poule.

– ... pour reposer ton esprit et renouveler ta vie.

Brusquement, elle secoua la tête, et ses yeux reprirent leur clarté.

– Je viens de m'envoler?

– Je n'ai rien remarqué, dit Afra avec tact, d'une part parce qu'elle semblait considérer son Don avec désinvolture, d'autre part parce que sa clairvoyance l'avait sincèrement stupéfié.

Ces prédictions énigmatiques le mettaient mal à l'aise.

– Tu prendras bien quelque chose?

– Avec plaisir. Tu n'aurais pas du thé, par hasard? demanda-t-elle avec espoir.

– De Chine ou des Indes?

– Des Indes, dit-elle avec un sourire d'anticipation.

– Earl Grey ou Darjeeling?

– Darjeeling, répondit-elle avec soulagement. Quelle merveilleuse institution, le thé. Un homme qui sert du thé ne peut manquer d'être un avantage pour le clan Raven.

– Pardon?

– Si tu acceptes d'être le parrain de Jeran, tu seras, de fait, lié au clan Raven.

Afra en fut perplexe, mais mit l'eau à chauffer avant de ramener les yeux sur l'indomptable mère de Jeff Raven.

– S'il s'agit d'une forme de lien rituel...

Certaines planètes de pionniers avaient fait revivre des coutumes plutôt barbares.

– Non, rien de rituel. Simple reconnaissance d'un fait, répondit Isthia.

La bouilloire siffla.

En revanche, la préparation du thé exigeait un certain rituel auquel Afra se conforma docilement, au grand ravissement d'Isthia Raven. Et ils passèrent le reste de la visite à échanger des plaisanteries.

Afra devenait de plus en plus expansif en présence de cette femme remarquable et fut sincèrement consterné quand elle partit.

– Oh, nous aurons d'autres occasions de parler. *Tu peux en être certain!* Et quand viendras-tu voir ton filleul? Sans parler de sa mère. Elle craint que sa maternité ne te dégoûte.

– *Jamais!* La réponse partit impulsivement avant qu'Afra ait le temps de la contrôler.

Isthia se contenta de sourire.

– Elle sera contente de le savoir.

Jeff Raven insista pour aider Afra et la Station de Callisto chaque fois qu'il était disponible pendant le congé maternel de la Rowane. Pourtant, elle protesta vigoureusement quand il voulut l'empêcher de retourner à la Tour dix jours seulement après l'accouchement.

— *Rrrgr! C'est mon corps qui s'est fatigué, pas ma tête!* fulmina-t-elle. *Ah, les hommes!*

Le cycle de sommeil de Jeran étant encore irrégulier, la Rowane se fatiguait et oubliait facilement. Ce fut une période « mémorable » déclara Isthia par la suite. Afra et Isthia passaient beaucoup de temps ensemble, volontaires pour garder le bébé, bavardant ou jouant au bridge avec les Ackerman, jeu qui leur avait beaucoup manqué.

Jeff fut surpris quand Reidinger le convoqua sur la Terre pour un entretien.

— Pourquoi ne pas me parler par télépathie? se plaignit-il à Afra quand il reçut le message officiel.

— Il doit avoir ses raisons, répondit Afra d'un ton détaché, le visage neutre. N'oublie pas d'aller dire bonjour à Gollee.

— Et à Luciano! Grand Dieu, quelle cuisine! dit Jeff, se léchant les lèvres d'avance. Tu peux être sûr que je n'oublierai pas.

Il rentra quelques heures plus tard.

— *Tu savais!* l'accusa Jeff.

— *Reidinger a cent dix ans, tu as appris toutes les procédures de Tour, tu travailles comme un dingue, et tu connais tous les Métas. Ça crevait les yeux. Ce n'était qu'une question de temps,* répliqua Afra, flegmatique.

— *Tu ne l'as pas dit à la Rowane, au moins?* demanda Jeff, un peu inquiet.

— *Bien sûr que non! Il y a certaines surprises qu'il vaut mieux annoncer soi-même,* répliqua Afra, faisant allusion à sa discrétion sur la grossesse de la Rowane.

— Parfait! Il me tarde de voir sa tête!

Sur quoi, Jeff se téléporta chez la Rowane pour annoncer la bonne nouvelle.

Brian Ackerman avait observé l'entretien de loin, mais sa curiosité l'emporta au départ de Raven.

— Qu'est-ce qui se passe? demanda-t-il. Bonnes nouvelles?

Afra haussa les épaules, réservé.

« *Méta de la Terre!* » Les émanations mentales échappées à la Rowane dans son exultation vibrèrent dans tous les esprits de la Station.

— C'est à peu près ça, dit Afra, légèrement suffisant.

Brian remarqua alors d'un ton pensif:

– Tu sais, la Rowane relève ses écrans en général, et nous n'avons pas eu beaucoup d'émissions de la part du jeune maître Jeran vu qu'il dort presque tout le temps. Mais on ferait peut-être bien de mettre les techniciens au travail pour nous concocter des boucliers télépathiques destinés à nous protéger des émissions infantiles émanant de chez la Rowane.

Le visage d'Ackerman se fit lointain, puis perplexe, et il reprit :

– Jeran n'émet pas encore assez fort pour que ce soit gênant. Mais elle ne va sans doute pas s'arrêter en si bon chemin. Je crois me rappeler qu'elle voulait une grande famille. Bien sûr, elle peut toujours changer d'avis. C'est ce qu'a fait ma femme. Mais il vaudrait peut-être mieux s'occuper du problème avant qu'il se manifeste.

Ackerman griffonna une note sur le bloc qui ne le quittait jamais.

Six mois et deux jours plus tard, très tard dans la soirée, alors qu'Afra allait renoncer au pliage d'un dinosaure qu'il destinait au jeune Jeran, on sonna à sa porte.

– Entre ! cria-t-il, mi-irrité, mi-soulagé de cette interruption.

C'était Brian Ackerman. Afra l'accueillit d'un sourire engageant.

– Tu viens me dire que les boucliers mentaux sont prêts ? dit-il, suave, passant à Ackerman une tasse de tisane calmante.

Ackerman eut l'air stupéfait.

– Non, je gardais ça pour demain, grogna-t-il. Jeff Raven m'a demandé de passer chez toi.

– Pour quoi faire ?

– Eh bien, il ne devrait pas tar...

La sonnette l'interrompit. Jeff Raven s'excusa avec profusion de cette réunion tardive.

– C'est le seul moment où je peux être sûr qu'elle n'écoute pas.

– Pourquoi ? demanda Afra, prudent.

Jeff haussa un sourcil.

– J'ai quelque chose à te demander, et il est difficile de la quitter, surtout avec ses crises de ces derniers temps. Pour le moment, elle s'est endormie, avec Jeran sur les genoux.

– Et alors ? dit Afra, refusant d'accabler la Rowane. Ses crises récentes et ses somnolences sont parfaitement normales dans son état, tu sais.

– Je ne parlais pas de...

Jeff considéra Afra d'un œil pénétrant.

– Oh, non ! C'est beaucoup trop tôt.

– Ce n'est pas pour ça que tu es là ? demanda Afra, contrarié de s'être mépris sur le sens de sa visite.

– Pas exactement, mais au point où on en est... Alors, c'est ça ou ce n'est pas ça ? Et épargne-moi le couplet sur les nouvelles qu'il vaut mieux annoncer en privé!

— C'est que...

Mais Afra sentit que Jeff le sondait, cherchant à savoir la vérité.

— Un de ces jours, je vais finir par étrangler ma mère.

— Isthia ? fit Ackerman, médusé, car il la respectait, et Jeff aussi, il le savait.

— Ma mère lui a bourré le crâne de foutaises sur les liens fraternels et la nécessité de les renforcer tous les ans, dit Jeff, qui n'approuvait ni la théorie ni la pratique. Alors, Afra, fille ou garçon ?

— Fille.

— Ça aussi, elle s'est débrouillée pour le réussir ?

Des émotions conflictuelles, exaspération et respect, passèrent sur le visage mobile de Jeff, bientôt remplacées par l'inquiétude.

— Je venais te parler d'une communication très privée émanant de ma mère. Elle veut que je vienne sur Deneb pour vérifier un fait troublant. Elle pense avoir détecté quelque chose. Une présence.

— Une présence malfaisante, ce n'est pas ce qui troublait aussi la Rowane juste avant son accouchement ? demanda Afra.

Jeff acquiesça de la tête.

— Elle, ma mère et Elizara. Maman croit que le même phénomène s'est renouvelé.

Jeff branla du chef, ajoutant :

— Je n'ai rien détecté.

— Qu'est-ce que nous pouvons faire ? demanda Brian.

— Je ne sais pas, dit Jeff, inquiet. Mais j'ai préféré vous prévenir. Ma mère n'est pas femme à crier « au loup » sans raison, même si elle n'a pas encore raffiné les possibilités de son Don. Sur Deneb, seules les femmes ont détecté cette présence, quelle qu'elle soit. Étant donné la sensibilité de la Rowane, cela pourrait lui faire un choc. C'est pourquoi Isthia m'a prévenu. Alors, tiens-moi au courant. Nous savons tous qu'il lui arrive parfois de s'emballer, à ma chère femme, et la grossesse n'arrange rien.

Les deux autres échangèrent des regards si peinés que Jeff éclata de rire.

— Je vous demande juste de l'empêcher de faire quelque chose d'irréfléchi en ce moment — surtout en ce moment. Car je dois retourner au travail.

— Tu seras sur la Terre, non ? demanda Ackerman.

— Peut-être. C'est difficile à dire. J'ai pas mal bourlingué dans mon rôle d'héritier présomptif.

Il regarda le Capellien avec reconnaissance.

— Tu as eu une idée géniale de me faire travailler avec Gollee Gren avant ma nomination; nous formons une fine équipe.

Ackerman hocha la tête, l'air entendu.

– Il ne parle guère, mais il entend tout, notre Lyon capellien.

Jeff se claqua la cuisse et se leva.

– Bon, alors, j'ai votre parole ?

– Certainement, dit Ackerman en l'imitant.

Afra se montra plus circonspect.

– Il y a certains secrets qu'il vaut mieux laisser à leurs proprié-taires.

Jeff acquiesça de la tête, respectant son sentiment.

– Je m'en remets à ton jugement, Afra.

Le pressentiment de Jeff se vérifia. Moins d'une semaine plus tard, la Rowane se présenta à son second et à son Chef de Station pour téléportage sur Deneb.

Ackerman passa tout de suite à l'offensive.

– Écoute, Rowane, Mauli fera tout ce que tu lui demanderas, mais pas question qu'Afra et moi on prenne la responsabilité de vous expédier sur Deneb toutes les deux avec Jeran, sans en parler d'abord à Jeff.

Et malgré les menaces de la Rowane, ils tinrent bon. Elle finit par s'exécuter, furieuse. Ackerman se demanda s'il se trouvait embarqué dans un numéro de « bon flic, sale flic » quand Raven, dûment informé, accéda à sa requête. Il saisit une nuance d'amuse-ment sous l'extérieur impassible du Cappelien.

– Pourquoi emmener Mauli et pas Mick ? grommela Brian quand les générateurs reprirent leur bourdonnement normal après la vigoureuse poussée impartie à la Rowane et compagnie.

– Mauli est une femme. Et n'oublie pas ce que Jeff a dit, ajouta-t-il devant la hargne de Brian. Le bruit détecté par Isthia n'a été perçu que par des femmes. Et il se pourrait bien que la faculté unique de Mauli d'amplifier les échos donne à la Rowane une plus grande portée de détection.

– Ce serait une capacité liée au sexe ? dit Ackerman, dubitatif.

– Ce n'est pas impossible, répliqua Afra, diffusant des images subliminales sur l'instinct maternel.

– Enfin, comme dit Jeff, Isthia ne crie pas au loup sans raison, dit Brian, pas convaincu.

Afra branla du chef.

– Non. Et j'aimerais mieux qu'il s'agisse d'un loup.

Il se retourna pour rentrer chez lui.

– Où tu vas ? demanda Ackerman.

– Me reposer, lui cria Afra par-dessus son épaule. Je crois qu'on en aura besoin.

Il ne se trompait pas. La Rowane revint le lendemain, mais Jeff, usant de toute sa diplomatie, cherchait à rassembler des vedettes de reconnaissance pour évaluer le danger approchant de Deneb, et que la Rowane, Mauli et les Douées de la planète avaient « entendu ». Risquant sa vie dans une petite vedette de reconnaissance, Jeff établit le contact visuel avec l'astronef étranger. Ce qui suffit à la Rowane pour mettre toute la Station de Callisto en Alerte jaune. A sa requête, et avec l'accord de Brian et Mick, Afra informa fermement la Rowane qu'il « écouterait » à sa place pendant qu'elle prendrait un repos bien mérité.

Quelques heures plus tard, le « OUOH » mental de Jeff explosa dans la Station comme un coup de tonnerre. Afra et Ackerman écoutèrent discrètement la conversation qu'il eut ensuite avec la Rowane, réveillée par son cri. Maintenant, Jeff était sûr que ce que la Rowane avait baptisé « le Leviathan » – l'immense vaisseau extra-sidéral formé d'un énorme astéroïde évidé – arrivait droit sur Deneb, et que le « Multiple » qui l'habitait avait l'intention de conquérir Deneb VIII et peut-être d'anéantir toute l'espèce humaine.

Afra intervint une fois dans la conversation télépathique, non seulement pour donner un avis éclairé, mais aussi pour s'assurer qu'il pouvait « atteindre » Jeff à cette distance.

Avec juste raison, la Rowane insista pour se rendre sur la planète menacée, où elle pourrait concentrer et fusionner les capacités de tous les Doués locaux si besoin était. Afra s'abstint de formuler les craintes qu'il ressentait pour Jeran, une telle tempête psychique pouvant avoir des effets catastrophiques sur un esprit si jeune. Apparemment, la Rowane n'avait aucune crainte pour elle-même. Mais Afra n'aurait pas dû s'inquiéter : Reidinger interdit absolument le départ de Jeran, rappelant les dangers à la Rowane et lui faisant remarquer que sa maison était la seule pourvue de boucliers contre le choc en retour psionique. (Brian était parvenu à les installer sans même prévenir Afra.) Afra eut donc l'occasion d'exercer ses prérogatives de parrain beaucoup plus tôt qu'il ne l'avait envisagé.

Pour jeune que fût Jeran, son esprit réagissait très bien à celui d'Afra, et, assis sur les genoux de son parrain, il regardait avec satisfaction apparaître les oiseaux et poissons origami. Quand, non content de rire et d'applaudir, il tendit une petite main maladroite pour empoigner les fragiles pliages, Afra lui enseigna à les saisir délicatement entre le pouce et l'index. Et quand Jeran s'endormit dans ses bras, Afra trouva cette confiance très émouvante, et c'est à contrecœur qu'il recoucha le petit corps tiède dans son berceau.

Tant que la Rowane avait été là, toute l'équipe avait strictement contrôlé son stress, mais après son départ ils relâchèrent leur contrôle et commencèrent à diffuser leurs inquiétudes autour d'eux.

Un plateau de tasses fumantes apparut dans la salle de contrôle. Afra renifla et détecta des odeurs de café et de thé bien supérieurs à ceux dont ils disposaient à la Station.

– *Avec les compliments de Luciano!* dit Gollee Gren, gloussant de satisfaction à sa surprise. *Tant que je pourrai et que tu en auras besoin, il y aura un service non-stop pour la Station de Callisto!*

A cette émission sur large bande répondirent des ondes de profonde gratitude de tout le personnel.

Les tasses se vidèrent comme par enchantement, et Gollee dut les remplir douze fois pendant la veille, à laquelle participaient Callisto, la Terre, Bételgeuse, Altaïr, Procyon et Capella, tous prêts, cette fois, à venir au secours de Deneb.

Les ordres de Reidinger leur parvinrent électroniquement à la vitesse de la lumière, et non pas instantanément par télépathie. Afra comprit pourquoi dès qu'il en prit connaissance. Il approuva le plan de Reidinger, bien qu'il fût dangereux de diviser les forces des Doués devant l'ennemi. C'était un coup de poker.

Afra s'assura lui-même que le personnel était bien informé des événements et qu'il se reposait régulièrement. Mais la tension monta quand même à mesure que les nouvelles de Deneb se répandaient dans la Ligue des Neuf Étoiles.

– *Dites donc, ce truc ralentit!* retentit la voix télépathique de Jeff, relayée par le système-comm de la Station. *Il va se mettre en orbite autour de Deneb!*

– *Pourquoi?*

C'était la voix d'Isthia Raven, diffusée elle aussi par le système-comm. *« Je ne croirai jamais qu'ils ont des intentions pacifiques! »*

Afra était bien d'accord avec elle. Le Leviathan avait franchi les balises du plan de Bienvenue et Demande d'Identification, traversé neuf champs de mines posées au-delà de l'héliopause de Deneb, et envoyé des destroyers pour attaquer la Flotte.

– Non, certainement pas sur cette orbite, répondit comiquement Jeff Raven. Ils sont juste assez près pour que leurs missiles soient efficaces et juste assez loin pour esquiver toute riposte du sol – au cas où nous posséderions des missiles quelconques. Ces salopards vont encore nous en faire baver!

– *Non, pas question!*

Tout le monde sursauta à cette affirmation tonitruante de Reidinger.

– *Angharad Gwyn-Raven, vous êtes le Foyer A. Préparez la fusion! Jeff Raven, vous êtes le Foyer B. Préparez-vous!*

– *Afra!*

La « voix » mentale de Jeff Raven le saisit fermement quand il contacta les esprits masculins constituant sa force de frappe. La Rowane devait concentrer tous les esprits de toutes les Douées à son foyer.

– *Présent!* répondit calmement Afra, ouvrant son esprit au contact de Jeff.

– *Parfait!* répondit Raven d'un ton soulagé. *Je n'arrive pas à contacter Gren à cette distance*, expliqua-t-il, un peu tendu.

– *Ne t'inquiète pas*, l'assura vivement Afra, alertant mentalement Ackerman et Gren debout près de lui. *Nous avons formé une pyramide dont tu es le sommet.*

Lentement d'abord, puis de plus en plus vite, Afra sentit les Doués mineurs du système solaire s'aligner derrière lui, Ackerman et Gollee. Il eut l'impression d'une sorte de congestion mentale, tout le courant passant à travers lui pour rejoindre Jeff, comme s'il s'était enflé à la taille d'une petite lune.

– *Callisto et la Terre sont avec toi*, émit Afra, passant le témoin mental constitué des volontés unies de tous les Doués de la Terre, de Callisto et de toutes les planètes du système. *Bételgeuse se joint au Méta. Procyon est aligné. Les hommes de Capella vous saluent et sont prêts à la fusion.*

– *Ici, Altaïr.*

Sur la lointaine Deneb, Jeff se trouva au foyer d'un maelström de puissance. Et la synchronisation fut parfaite, car, quand le Foyer-Rowane eut fini d'anéantir les esprits du Multiple, le Foyer-Raven était prêt à expédier le Leviathan à sa perte d'une formidable poussée.

– Allons-y! cria Jeff Raven.

Et tous les Doués kinétiques s'unirent en gestalt avec tous les générateurs disponibles de la Ligue des Neuf Étoiles pour dévier la trajectoire du Leviathan – et l'envoyer droit sur l'énorme étoile qui était le soleil de Deneb.

– *C'est ce qu'on aurait dû faire avec les premiers attaquants*, dit le Foyer-Raven.

– *Nous les avions prévenus*, répliqua le Foyer-Rowane.

Puis, leur tâche accomplie et leur énergie épuisée, les deux fusions se séparèrent en leurs parties constituantes. Le personnel de la Station de Callisto poussa un soupir collectif de soulagement, certains s'écroulant à leur poste, vidés de leurs forces. Les générateurs, tournant soudain à vide, se mirent en surmultipliés, et les coupe-circuits intervinrent.

– *Jeff?* appela Afra, rassemblant ses dernières forces.

Il ne fut pas certain d'entendre la réponse, comme un homme qui crie contre le vent.

– *Reidinger, les générateurs sont arrêtés, et nous sommes tous HS, mais il n'y paraîtra plus après une bonne journée de repos.*

– *Je lui transmettrai le message*, répondit Gollee Gren sur le ton du bâillement.

– Mille tonnerres! J'espère bien qu'on n'aura plus jamais à faire ça! jura Ackerman.

Afra brancha le système-comm de la Station sur « appel général ».

– Au lit, tout le monde, et dormez bien. On ferme pour vingt-quatre heures. Équipe de maintenance, remettez les générateurs en état d'ici là.

Brian le regarda avec un grand sourire.

— Afra Lyon! Je crois que c'est la première fois que tu prends l'initiative d'une décision!

Afra était trop épuisé pour répondre.

La Défense de la Pénétration dénébienne, ainsi que la presse populaire baptisa cet acte d'agression extra-sidérale, fut la dernière action de Peter Reidinger à la tête des TTF. Le stress avait failli le tuer, et la performance stellaire de Jeff Raven lui avait ouvert les dernières portes encore fermées à son bon naturel et à son charme envahissant.

— Mais je vais vous garder à l'œil! grogna Reidinger.

Pourtant, après l'éclatante victoire de Deneb, c'était le cadet de ses soucis. Afra, en revanche, se trouvait aux prises avec un problème qui le remplissait d'angoisse, car il ne savait pas s'il interprétait de travers certaines remarques bizarres de Jeran. Il lui fallut plusieurs semaines avant de comprendre d'où venaient les observations du bambin, et il prit rendez-vous avec Raven pour en parler.

— Tu es tendu et tes écrans flageolent, dit Jeff, dès qu'Afra entra dans son bureau — autrefois l'antre de Reidinger — sur la Terre. Qu'est-ce qui ne va pas?

— Ta fille.

Jeff écarquilla les yeux.

— Je crois que les énergies psychiques affluant autour de la Rowane pendant la Défense ont affecté ta fille, poursuivit vivement Afra.

— Dans quelle mesure? répondit Jeff, pâlissant.

— Oh, ce n'est pas très grave! répliqua Afra d'un ton convaincu. C'est simplement... simplement que j'ai entendu Jeran lui parler.

— Déjà!

Jeff était stupéfait. Immédiatement, il envoya un message à sa mère sur canal privé.

— *Oui*, répondit Isthia, *je dirais qu'Afra a raison. Je n'en étais pas certaine quand Angharad était encore sur Deneb, mais si Afra a remarqué le phénomène, il n'y a plus de doute. Comment cela s'est-il manifesté?*

— *A un niveau plutôt infantile*, répondit Afra, *mais il existe un contact mental entre les deux enfants. Jeran ne comprend pas très bien ce qui tracasse sa petite sœur, mais il sait qu'elle n'est pas heureuse « là-dedans ». Il ne sait pas quoi répondre. D'ailleurs comment le pourrait-il?*

— *Le fœtus réagit au stress de la Rowane? Et il nous faut dire à Jeran ce qu'il doit dire à sa sœur, soigneusement formulé pour un cerveau fœtal?* dit Jeff, pensif.

Afra acquiesça de la tête.

Je comprends maintenant pourquoi tu ne voulais pas prévenir Angharad. Elle a épuisé presque toutes ses réserves d'énergie dans la Fusion. Il ne faut pas l'angoisser en ce moment.

Jeff eut un sourire penaud et ajouta à voix haute :

— Ce doit être sacrément déconcertant d'entendre votre bambin vous dire que sa sœur n'est pas bien où elle est.

— J'ai une idée, poursuivit Afra, dont j'ai déjà discuté avec Elizara, la conseillère obstétrique de la Rowane. Jeran ne fait que traduire l'anxiété de sa sœur. Mettons-le en contact physique avec elle. A un moment où la Rowane sera occupée à autre chose et ne pourra ni couper le lien ni l'empêcher de s'établir par inadvertance.

— *Ça devrait marcher*, remarqua Isthia quand il eut terminé. *Quoique je n'aie jamais entendu parler d'un frère conversant avec le fœtus de sa sœur. Elizara pourrait-elle nous rejoindre ?*

La praticienne les rejoignit donc. A son avis, les fœtus, à ce stade de la gestation, n'étaient pas conscients en général, mais elle n'excluait rien dans le cas d'Angharad Gwyn-Raven.

— *L'esprit de la Rowane a concentré et canalisé une puissance terrible*, dit pensivement Elizara. *Je le sais, car j'ai participé à la Fusion. Je n'avais pas pensé à de tels effets secondaires, mais il est certain que des fuites psychiques ont pu survenir. Un fœtus à ce stade de la gestation pourrait y être sensible et se retrouver chargé.*

Isthia, inquiète :

— *Je trouve qu'on devrait mettre en œuvre la proposition d'Afra dès que possible, et de préférence sans qu'Angharad le sache.*

— *Oui, et sans qu'elle en prenne conscience*, acquiesça Elizara.

— *Et le moment serait assez bien choisi pour légitimer votre union*, suggéra Afra avec tact.

— *Oui, Jeff Raven, épouse-la*, lança Isthia à travers les distances stellaires.

— *Ce serait une régularisation bien tardive et ne me paraît pas indispensable, maman !*

— *Pour toi, peut-être, mais pas pour elle.*

La force de la réplique renversa Jeff Raven dans son fauteuil. Il se tourna vers Afra avec un grand sourire.

— Toujours partant pour être mon témoin ?

Jeff voulait se marier sur Deneb, Reidinger préférait la Terre, et la Rowane obtint finalement de se marier sur Callisto. Jeff dut tenir compte des implications politiques, car c'était la première union entre deux Métas.

— Je reconnais que c'est cynique, mais c'est une occasion unique de consolider des alliances avec la dynastie Gwyn-Raven.

Reidinger avait rudement bataillé pour que la brève cérémonie ait lieu sur la Terre. Et, effectivement, cela tentait beaucoup la Rowane. Mais dans ce cas, les TTF auraient eu toute liberté pour lancer des invitations, alors que l'espace disponible dans le

Complexe de la Tour limitait radicalement le nombre des invités. Et elle n'avait pas envie que n'importe qui se téléporte au milieu d'une cérémonie qui devait rester intime. Heureusement, la Rowane trouva plus d'alliés qu'elle ne s'y attendait. Jeff, Isthia, Afra et Elizara unirent leurs efforts pour convaincre Reidinger. Et Elizara dut faire la leçon à son arrière-grand-père, car il renonça soudain à ses efforts pour faire venir la Rowane sur la Terre. Afra dit à la Rowane que c'était seulement parce qu'il avait promis à Reidinger d'enregistrer la cérémonie dans tous ses détails.

– Je sais que ça n'a pas d'importance sur la Terre, dit Isthia en guise d'argument final, mais certains puritains pourraient trouver à redire à une mariée qui non seulement est enceinte, mais a un fils en âge d'être garçon d'honneur.

Afra se mit immédiatement en devoir de dresser le « garçon d'honneur ». Usant de pressions mentales douces mais fermes, il dit aussi à Jeran qu'il pouvait rassurer sa sœur et lui enseigna à transmettre ce message.

– Dis-lui qu'elle est en sécurité maintenant, et que tu la protégeras, toi aussi.

Les sourcils froncés de concentration, Jeran répéta le message, qui d'ailleurs le rassura aussi lui-même.

– *Je fais aussi doucement qu'avec les origami ?* demanda-t-il à Afra, accroupi près de lui.

– *Aussi délicatement que tu touches les origami*, dit Afra, renforçant mentalement son message.

Le visage de Jeran se détendit, et il sourit à Afra, radieux, aussi serein qu'il était résolu à s'acquitter parfaitement de sa tâche.

La cérémonie fut simple mais très émouvante. Reidinger n'était pas présent physiquement pour conduire la mariée à l'autel, mais Gollee Gren le remplaça, tandis que Reidinger se chargeait du discours.

– Comme d'habitude, dit Gollee avec un sourire malicieux.

Reidinger n'était peut-être pas là en personne, mais sa présence mentale fut sentie par tous.

Mauli, Elizara, Rakella, Besseva, Torshan et le capitaine Lodjyn de la vedette de reconnaissance qui avait conduit Jeff à la rencontre du Leviathan, furent tous les témoins de la Rowane. Afra se sentait nerveux dans son rôle de témoin du marié, mais il méritait bien cet honneur. Il en avait soigneusement étudié toutes les facettes et déchargé les futurs mariés de presque tous les préparatifs. Ackerman prit la tête des autres témoins du marié, qui comprenaient Bill Powers, le médecin-chef Asaph et l'amiral Tomiakin.

Au moment de prononcer le « oui » fatidique, Jeff fit une pause spectaculaire, les yeux pétillants, jusqu'au moment où il s'aperçut que la Rowane, alarmée, le foudroyait.

Reidinger intervint *sotto voce* : « C'est un peu tard pour vous défiler ! Si vous reculez, c'est moi qui l'épouse ! »

Jeff tarda encore, le temps d'expédier une vigoureuse torgnole mentale au vieux Méta de la Terre. Le fonctionnaire toussota et répéta :

– Désirez-vous conclure une union permanente avec cette femme ?

– Mais certainement ! dit Jeff d'une voix ferme et claire qui résonna dans tout le dôme.

– Et vous, Angharad Gwyn, désirez-vous conclure une union permanente avec cet homme ?

La Rowane considéra Jeff, tête penchée, mais ne put se résoudre à faire traîner la scène en longueur.

– Oui, de tout mon cœur !

A l'instant où Jeff se penchait vers Angharad pour sceller la cérémonie d'un baiser, Jeran lâcha la main d'Isthia et alla se coller contre sa mère, levant vers elle ses petits bras.

– *Sois sage !* lui diffusa Isthia sur canal privé. *Parle-lui, dis bonjour à ta petite sœur.*

Elizara eut un clin d'œil approbateur, puis pencha la tête, comme prêtant l'oreille. Les yeux dilatés d'étonnement elle branla du chef, surprit le regard fixe d'Afra, le suivit jusqu'à l'aîné de la Rowane, et haussa un sourcil interrogateur, auquel Afra répondit d'un battement de cils imperceptible.

Jeff et Angharad, unis en un baiser rendu plus solennel par la circonstance, ignorèrent tout de cet échange psychique très privé.

La Marine leur réservait une surprise : à leur sortie, une double rangée d'officiers en uniforme leur firent la voûte d'acier, de leurs épées archaïques mais parfaitement astiquées.

Elizara s'approcha d'Afra à la réception.

– Ça a marché, tu sais.

– Oui, j'ai senti qu'elle acceptait Jeran.

– Un lien *in utero*, c'est quand même extraordinaire. Ce n'était qu'un concept.

– Jusqu'à présent, sourit Afra. Je sais que ma sœur avait tenté de me communiquer une sorte de réconfort prénatal, mais elle n'a jamais voulu me dire si elle avait réussi. Crois-tu que le fœtus sera rassuré maintenant ?

– Je l'ai senti se détendre, dit Elizara, attendrie, puis elle ajouta plus vivement : J'espère que la Rowane ne réalisera jamais à quel point cette Fusion aurait pu être dangereuse pour sa fille. Elle ne se pardonnerait jamais. Au moins, poursuivit-elle avec malice, elle avait la tête ailleurs aujourd'hui, et peut-être qu'elle ne se rendra jamais compte de ce qui s'est passé.

Elle se mit à pouffer comme une gamine, ce qui surprit Afra qui avait toujours vu en elle un modèle de décorum. Puis une autre pensée la frappa.

– Maintenant, il faudra observer les conséquences sur les deux enfants!

– Ils seront sans doute plus proches que la normale, répliqua Afra.

– Ce qui fera plaisir à la Rowane, j'en suis sûre. Mais leurs futurs frères et sœurs? Il ne sera peut-être pas possible d'établir des liens psychiques prénataux entre tous les enfants de la Rowane.

– Ce ne sera sûrement pas nécessaire. J'espère que la situation ne se reproduira pas, dit Afra avec entrain, haussant les épaules.

Une dernière surprise couronna cette journée mémorable, du moins du point de vue de la Rowane. Le paquebot qui avait amené tant d'invités pour la cérémonie était celui-là même qui avait transporté la Rowane d'Altaïr sur Callisto. Jeff prit sa jeune épouse dans ses bras pour franchir le seuil de leur demeure, et c'est alors seulement qu'ils comprirent le sens de cette « coïncidence ».

– Qu'est-ce que c'est que ça? demanda Jeff, montrant une boule de poils tachetée au milieu de leur lit.

La boule remua, déplia et étira ses pattes, bâilla à se décrocher la mâchoire, révélant de longs crocs blancs, puis daigna braquer son regard pénétrant sur les intrus.

– Canaillou? Canaillou! s'écria la Rowane, incrédule et ravie.

– Il tient effectivement de la canaille, répliqua Jeff avec humeur, et je vais le virer de mon lit immédiatement. J'ai d'autres projets...

– Tu ne comprends pas, Jeff, c'est Canaillou, mon chadbord!

La Rowane se jeta sur le lit, chatouillant le menton de cette bête magnifique.

– Oh, Canaillou, tu m'es revenu.

– Mmmmmiaowww! ronronna Canaillou, acceptant ses hommages de bonne grâce.

– Viens, Jeff, caresse-le, qu'il se sente le bienvenu...

– Franchement, je n'ai pas envie de...

– Jeff Raven! s'écria la Rowane avec indignation. Les chadbords sont des animaux pas comme les autres. Sa présence nous honore.

– Ah, tu trouves?

Pour sauvegarder la paix conjugale en cette nuit, elle aussi pas comme les autres, Jeff fit ce que désirait la Rowane. Puis c'est elle qui se plia à son désir, et Canaillou comprit qu'il devait trouver un endroit plus tranquille pour passer ses nuits.

IV

Ses petites jambes se dérobèrent sous elle, et Damia tomba sur son postérieur matelassé, l'air déçue et surprise. Un instant, elle se demanda si elle allait pleurer, mais l'attitude dédaigneuse de Canaillou lui fit comprendre qu'elle ne pouvait attendre aucune sympathie de sa part. Pourquoi donc s'était-elle mise debout ? dit-elle. Les pensées de Damia, un an, ne restaient jamais cohérentes bien longtemps, et elle se retrouvait souvent en train de chercher à quoi elle pensait quelques instants plus tôt. Un manque. Quelque chose manquait. Elle fronça les sourcils, comme elle l'avait vu faire à maman avec tant d'efficacité. Maman ! C'était ça ! Pas de maman dans la pièce !

A quatre pattes, elle poussa sur ses mains, se releva, chancelante, et inspecta son royaume. Elle tourna la tête, ce qui la fit tituber. A part Canaillou qui la dominait de tout son haut, elle ne vit aucune autre forme vivante. Pas de chevilles, pas de genoux tièdes dans son champ visuel. Têtue, elle leva un pied pour avancer, tangua sans aucune grâce et se retrouva par terre sans cérémonie.

— « *Ça alors !* » Elle maîtrisait parfaitement le ton indigné de la Rowane, mais elle n'était pas encore parvenue à convaincre sa bouche d'articuler autre chose que « grrr ». A quatre pattes, elle rampa vers la porte.

Canaillou interposa vivement son élégant corps tacheté, son museau moustachu contre le sien. Un peu plus grande, elle aurait reconnu l'expression du chadbord, semblable à celle du Bobby anglais disant : « Alors, alors, qu'est-ce qui se passe ? » Elle comprit cependant que le chadbord se dressait entre elle et son objectif. Elle recula et entreprit de le contourner, mais le chadbord se retourna vivement et s'interposa *encore* entre elle et la

92

porte. Damia brailla d'indignation, baissa la tête et fonça sur le chadbord. Mais il était plus lourd qu'elle et elle ne fit que glisser sur le tapis. Elle continua à pousser quelques secondes avant de réaliser qu'elle n'avançait pas.

Elle recula pour évaluer la situation. Elle résolut de se lever – chose d'autant plus facile que le chadbord pouvait lui servir de support – et de voir si elle pouvait le battre à la course. Satisfaite de cette solution, elle tendit le bras vers le chadbord, mais Canaillou refusa de coopérer et se déroba sous la main.

C'en était trop. Damia transforma son gémissement rageur en un braillement interminable, si furieuse qu'elle ne vit pas des chevilles approcher.

– Damia ? murmura une voix de ténor. Chut ! Ta mère fait la sieste !

Son esprit perçut une image mentale de sa mère roulée en boule sur son lit, sous une couverture très semblable à celle de Damia.

– « *Sieste ? Mamans font pas sieste ! Damia fait sieste !* » pensa-t-elle.

Elle capta de l'étonnement, suivi d'une remarque amusée.

– *Les mamans fatiguées font la sieste.*

– *Damia fait pas sieste maintenant. Maintenant, Damia joue.*

L'autre esprit émit une impression de refus. Damia insista.

– *S'il te plaît ?*

– *Pas si fort, petite,* la gronda gentiment l'autre esprit. *Tu vas réveiller ta mère.*

Il y avait comme une tendre inquiétude dans cette voix.

– *Toi, qui c'est ?*

– *Afra.*

Un visage descendit à son niveau. Damia recula sur son derrière pour mieux voir. Des cheveux blonds, des sourcils blonds, une peau verte, et des yeux jaunes qui la regardaient, les lèvres retroussées en un sourire. Afra, se dit-elle, gravant le visage et le nom dans sa tête, à côté de ceux qu'elle connaissait déjà : maman, papa, jer, cer, tanys, grand-mère.

Afra perçut de la curiosité chez l'enfant. A son âge, la pensée cohérente n'était qu'intermittente, et elle ne parlait pas encore, mais il « toucha » dans son esprit plus de choses qu'il ne s'y attendait.

– La journée a été dure pour moi et ta mère, dit Afra d'un ton apaisant. Nous avons fait des heures supplémentaires pour installer le réseau de défense. Ton père est retenu sur la Terre, ce soir.

Il rit et ajouta :

– Alors, je suis venu voir si je pouvais donner un coup de main.

Un chatcoon beige à la tête tachetée de brun passa entre eux, jetant un regard critique sur Damia. Hautain, il conclut que Damia n'était ni un danger ni une nourriture et se tourna vers

Afra avec un ronronnement de gourmandise. Afra tendit la main pour le caresser. Damia l'imita et tendit aussi sa menotte. Contrairement à cette canaille de Canaillou, la bête accepta sa caresse. Encouragée, Damia recommença, tandis que le chatcoon continuait à se pavaner en attendant une friandise. Le premier chatcoon était un cadeau de Kama à Afra, pour atténuer sa solitude sur Callisto. D'autres, admirant cette créature, avaient obtenu de la Rowane la permission d'en importer quelques-uns, et maintenant plusieurs familles s'amusaient de leurs espiègleries. Canaillou, condescendant, tolérait leur présence en ses lieux familiers, comme la maison des Gwyn-Raven.

— Frisé t'aime bien, lui dit Afra, puis il soupira. Qu'est-ce que je peux faire de toi, coquinette ? Ta mère a vraiment besoin de repos.

Il tourna la tête vers la porte, puis ramena son regard sur elle en souriant.

— Et si on jouait un moment tous les deux ?

Damia salua la proposition d'un gargouillis ravi et leva ses petits bras potelés vers son nouveau compagnon de jeu.

— Elle est beaucoup plus mûre que Jeran ou Cera au même âge, dit Afra à la Rowane, deux mois plus tard, un soir qu'il était chez les Gwyn-Raven.

Les deux aînés dessinaient avec entrain sur une grande feuille étalée par terre. Damia dormait sur les genoux d'Afra.

— Plus mûre ? mais elle ne parlera pas avant six mois !

— Oui, mais j'arrive à isoler des concepts dans son esprit, et j'entends des sons qui sont *presque* des mots, répliqua tranquillement Afra. Tu sais, un peu comme les abréviations dont se servaient Jeran et Cera. Pas encore du Basic standard, mais déjà de la communication.

La Rowane lui posa doucement la main sur l'épaule en riant.

— Ma petite fille t'a ensorcelé, Afra, dit-elle, branlant du chef. Quand elle commencera à parler, ou même à gazouiller, je le saurai.

La Rowane fronça les sourcils et renifla, l'air dégoûté.

— Désolée, je ne l'ai pas attrapée à temps ; elle vient de te baptiser.

Afra regarda l'enfant endormie, avec le sourire serein du bébé qui vient de se soulager.

— Ce ne sera pas la première fois.

La Rowane éclata de rire et secoua la tête.

— Tu devrais avoir des enfants à toi, Afra.

— En temps et en heure.

— Mais tu ferais un merveilleux papa. Tu ne devrais pas te limiter au parrainage. Regarde comme Damia succombe à ton charme. Moi, je n'arrive pas à l'endormir comme ça. Tu n'as pas fait pression sur elle au moins ? dit-elle, soupçonneuse.

– Grand Dieu, non ! dit Afra, levant les mains pour protester de son innocence.

A la Tour, tout le monde savait ce que pensait la Rowane du moindre contrôle mental exercé sur ses enfants. Ils devaient grandir aussi normalement que possible, sans aucune interférence télépathique, jusqu'à ce que leur Don se manifeste. On avait établi à leur naissance que ses trois enfants étaient des Doués potentiels de haut niveau, mais elle ne voulait pas qu'on force leurs capacités, comme on l'avait fait pour les siennes.

La Rowane continuait à le regarder, l'air soupçonneux.

– Je te le jure, Rowane !

A part lui, Afra pensait qu'un discret contrôle mental minimiserait sans doute les problèmes que lui posait Damia, mais c'était elle la mère. Et Damia était radicalement différente de ses deux aînés.

– Tu l'as vu toi-même ; c'est Canaillou et les deux chatcoons qui l'ont épuisée.

La Rowane fut bien forcée de le reconnaître.

– Survivront-ils à ce qu'elle leur fait subir, je me le demande ?

– Ils ont bien survécu à Jeran et Cera. En fait, je crois qu'ils s'amusent davantage avec Damia. Elle est plus inventive.

Elle avait ri autant qu'Afra en regardant Damia pourchasser le chadbord et les chatcoons, qui l'esquivaient sans cesse, jusqu'au moment où elle s'était écroulée de fatigue. La Rowane se remit à rire à ce souvenir.

– Chut ! Tu vas la réveiller, dit-il, regardant le merveilleux visage du bébé endormi.

Jeff Raven se téléporta dans la pièce. Afra leva les yeux en un salut muet tandis que la Rowane le foudroyait. Elle avait des idées bien arrêtées sur le protocole entre Doués.

– Tu pourrais passer par la porte, dit-elle, réprobatrice.

– Ça aurait réveillé la petite, répliqua Jeff, imperturbable. Parce qu'elle dort, n'est-ce pas ?

Afra acquiesça de la tête, et Jeff poussa un soupir de soulagement.

– Celle-ci, elle est pire que les deux autres. Elle a le chic pour pleurer uniquement les nuits où on est crevés. On va faire une pause après elle, non ? poursuivit-il en regardant sa femme. D'accord, ma chérie ? On a besoin de récupérer.

La Rowane secoua vigoureusement la tête.

– Je veux une famille nombreuse, Jeff. Je sais ce que c'est que d'être seule.

Jeff fronça les sourcils, feignant d'être scandalisé.

– Quoi ? Cupide à ce point ? Trois primes ne te suffisent pas ?

Les TTF récompensaient généreusement les Doués qui avaient

des enfants, dans l'espoir d'accroître leur nombre à travers toute la Ligue.

Afra assistait à cette scène comme la mite qui tourne autour de la bougie : recherchant la chaleur mais craignant la flamme. Avec eux, il appréciait la vie de famille – même par procuration – et adorait ces soirées, sûr de l'affection de Jeff et la Rowane, vie de famille qu'il n'avait jamais eue, jamais imaginée possible.

Jeran et Cera interrompirent leur concours de dessin le temps de sourire à leur père. Il leur tapota affectueusement la tête, car les démonstrations d'affection ne lui posaient aucun problème. Puis, jouant les hôtes parfaits, il remplit leurs verres avant de s'en servir un. Cela fait, il s'assit près de la Rowane sur le divan circulaire.

– Alors, David a calmé son Administration ? demanda la Rowane.

Jeff haussa les épaules.

– Je l'espère sincèrement. Van Hygan et ce type du Matériel ont prouvé – pour moi tout au moins – que les usines font des heures supplémentaires pour produire les composants, que la Flotte passera à l'action dès qu'ils auront suffisamment d'unités, alors, ce n'est qu'une question de temps et Bételgeuse sera bientôt entourée d'écrans d'alerte périphériques.

– Ce qui laisse Altaïr, Capella et tous les systèmes entre les deux sans protection ?

– C'est bien ça, soupira Jeff sirotant son vin. Non qu'aucun EAP ait enregistré la moindre alerte.

Son genou se mit à trembler, signe certain d'angoisse rentrée. La Rowane y posa la main, que Jeff recouvrit immédiatement de la sienne.

Afra détourna les yeux, avec un petit pincement de jalousie devant l'adoration unissant ses deux meilleurs amis. Pourtant, puisque ces deux-là s'étaient trouvés après tant d'années solitaires, il ne devait peut-être pas perdre tout espoir. Kama lui avait fait comprendre qu'elle aurait accepté de bon cœur d'être davantage que sa compagne de lit et confidente occasionnelle. Il l'aimait bien, mais l'affection qu'il avait pour elle était une lueur assourdie à côté du rayonnement émanant de Jeff et la Rowane. Il baissa les yeux sur Damia, essayant d'imaginer son visage quand elle aurait grandi, quand son esprit aurait mûri. Avec détachement, il se demanda ce que serait sa vie, qui elle épouserait, quelle Tour elle dirigerait (car il était certain qu'elle avait un potentiel de Méta), et s'il aurait la joie de faire sauter ses enfants sur ses genoux. Aurait-elle le tempérament orageux de sa mère, ou serait-elle facile à vivre comme son père, de qui tenaient Jeran et Cera ? Afra aurait plutôt parié sur la première possibilité – avec les embellissements individuels de rigueur –, mais il avait maintenant l'habitude de calmer les fureurs de la Rowane par un silence soigneusement contrôlé. Et voilà que ce merveilleux bébé, au début de sa vie, dormait sur *ses* genoux! Afra s'émerveilla de cette confiance. Et, comme il l'avait fait si souvent pour Jeran et Cera quand eux aussi s'endormaient sur ses genoux, il lui dit et répéta :

— *Je t'aime, petit bout de chou!*

— Afra!

La voix de la Rowane interrompit sa rêverie. Un instant, il craignit qu'elle ne l'ait entendu, mais, à son ton, il conclut qu'elle voulait simplement le ramener à la réalité. Debout devant lui, elle tendait les bras vers Damia.

— Donne-la-moi. Il est temps de la mettre au lit.

Afra répugnait à s'en séparer.

— Si tu la prends, elle va se réveiller, dit-il. Et alors, Dieu seul sait quand elle se rendormira, avec ses batteries partiellement rechargées.

La Rowane acquiesça à regret.

— Pour une fois, téléporte-la dans son berceau.

La Rowane se figea, les yeux furibonds.

— Afra, tu sais que...

— Je trouve qu'Afra a raison. A moins que tu n'aies oublié le temps que ça t'a pris la nuit dernière...

— Elle avait la colique, dit la Rowane en guise d'explication.

— Mais ce soir, elle n'est pas malade et elle dort, dit Afra. Nous avons une dure journée demain. Elle dort à poings fermés et ne s'apercevra même pas qu'on l'a déplacée.

La Rowane hésita, déchirée entre ses principes et la pratique de la suggestion.

— Juste pour cette fois?

Jeff ajouta ses encouragements : à son regard amoureux et son sourire légèrement sensuel, Afra et la Rowane comprirent immédiatement ce qu'il avait en tête.

— Et comme je comprends tes scrupules en la matière, ma chérie, je vais la téléporter moi-même.

Elle hésita une fraction de seconde, qui suffit à Jeff pour soulever le petit corps tiède.

— Je vais quand même m'assurer... commença la Rowane, sortant précipitamment.

Jeff et Afra se sourirent, sans entendre aucun braillement de la part de la dormeuse téléportée.

Jeff frappa dans ses mains pour attirer l'attention des deux aînés.

— Posez vos crayons. Au lit, mes enfants.

Jeran et Cera s'interrompirent immédiatement et se mirent à ranger leurs crayons de couleur dans leur boîte. Ils étaient déjà en pyjama, et, solennels, donnèrent la main à leur père.

— Dites bonsoir à Afra.

— Bonsoir, Afra, dirent-ils en chœur.

— Dors bien, Jeran, dors bien, Cera, répondit-il poliment.

– Merci, mon Onc, dit Jeff en souriant avant d'emmener les enfants.

Afra finit son vin, regrettant l'absence de Damia sur ses genoux. Quelle merveilleuse chaufferette! Il se leva en soupirant et repartit vers son appartement. Il adorait ces soirées qui apaisaient son âme et combattaient la déprime qu'il ressentait souvent devant son incapacité à réaliser comme eux un « mariage d'esprits frères ».

Au cours des ans, il s'était consolé en remplaçant le frère que la Rowane avait perdu dans l'avalanche, séparant strictement amitié et amour. Il en était aussi venu à reconnaître les avantages inattendus de son éducation méthodiste, malgré le détachement et la froideur apparente qu'elle lui avait légués. Il arrivait parfois à se départir des manières rigides et réservées que ses parents lui avaient inculquées, et, à l'occasion, à extérioriser ses émotions, mais ce dressage précoce l'aidait à séparer son amour malheureux pour la Rowane de l'affection qu'il portait à Angharad Gwyn-Raven. La Tour de Callisto, la plus active de toute la Ligue, n'était pas l'endroit rêvé pour les états d'âme. Alors, avec Kama pour satisfaire ses besoins sexuels, la Rowane pour ses exigences intellectuelles, et Gollee Gren pour compagnon de ses accès de rébellion, il parvenait à conserver son équilibre.

Quand la Rowane arriva à la Tour, Afra comprit à sa démarche que la nuit s'était mal passée avec Damia, qui faisait ses dents. Jeff effectuant sa tournée annuelle d'inspection des Tours de la Ligue des Neuf Étoiles, elle était seule à s'occuper des enfants. Certains de ses collaborateurs, dont Afra, espéraient ardemment que cela retarderait, sinon empêcherait, purement et simplement, une quatrième grossesse, qui figurait sur son agenda, sinon sur celui de Jeff. La première priorité de la Rowane devait être le bon fonctionnement de la Tour de Callisto.

– Mauvaise nuit? demanda Afra avec sympathie.

La Rowane leva les yeux au ciel.

– Les deux autres n'étaient pas du tout comme ça, dit-elle avec une nuance de désespoir.

– Mon premier-né était comme elle, dit Brian Ackerman, lui tendant les manifestes des premières expéditions du matin. Une nuit, je me suis surpris à secouer Borie de toutes mes forces à bout de bras en lui hurlant de la fermer.

Brian se gratta l'oreille, gêné à ce souvenir.

– Ça lui passera, tu verras, ajouta-t-il.

– Mais quand? dit-elle, avec à la fois espoir et découragement. Est-ce que je vivrai assez longtemps?

– Ah, ça paraît long quand il faut y passer, dit Brian, avec le sourire encourageant et légèrement supérieur du survivant à la victime. Mais il n'y en a plus pour longtemps maintenant.

98

— Pourquoi ne la fais-tu pas garder par Tanya, ce soir ? demanda Afra.

La très compétente T-8 chargée de la crèche avait établi d'excellents rapports avec Damia, qui s'endormait facilement avec elle. Afra avait entendu une autre maman émettre l'hypothèse que la Rowane, elle-même si nerveuse, communiquait peut-être inconsciemment sa nervosité à sa fille.

La Rowane leva les yeux au ciel.

— Je ne peux pas faire ça, Afra. Tanya doit déjà la supporter toute la journée. Je ne peux pas lui demander de travailler la nuit en plus.

— Demande toujours, insista Afra. Le pire qu'elle pourra faire, c'est de dire non.

— Je ne veux pas qu'elle se croie obligée d'accepter parce que je ne suis pas capable d'assumer, dit la Rowane, au bord de l'hystérie.

— Et un minah ? suggéra Afra.

La Rowane le regarda, comme n'en croyant pas ses oreilles.

— Ma fille est parfaitement *normale*. Elle n'est absolument pas traumatisée.

— Ce n'est pas ce que je voulais dire, dit Afra, très calme car il voyait une lueur dangereuse dans ses yeux. Mais les minah calment les enfants nerveux.

— Elle fait ses dents, je t'ai dit.

— J'ai une meilleure idée, dit Brian espérant détourner la tempête imminente. Nous n'avons aucun vaisseau de passagers ce matin. Afra et moi, on peut donc s'occuper de tout.

Délicatement, il prit la Rowane par le bras et la tourna vers la porte.

— Et pour le moment, c'est Tanya qui s'occupe de Damia, sans que tu aies rien à lui demander. Alors, tu vas aller pioncer six bonnes heures avant qu'on ait besoin de toi pour les réceptions. D'accord ?

Magiquement, la fureur de la Rowane retomba, et elle posa la main sur l'épaule de Brian, reconnaissante de cette proposition de bon sens.

— Vraiment, je peux ?

Profitant de sa docilité, Afra l'encouragea du geste et lui diffusa l'image d'un corps allongé sur un lit, les mains chastement croisées sur la poitrine.

— Ne me saquez pas tout à fait, dit-elle, un peu acide.

Puis elle sourit.

— *Avant que je change d'idée,* ajouta-t-elle pour Afra.

Et, courant presque, elle sortit.

Afra la suivit mentalement jusqu'à ce que la porte de sa maison psychiquement protégée se soit refermée sur elle. C'était une maladresse d'avoir suggéré un minah pour Damia, mais il détestait voir la Rowane crevée comme ça. Elle affrontait les monstres interstellaires avec moins de fatigue. Il régla à distance l'alarme de son réveil pour qu'il sonne dans six heures, puis monta à la Tour pour commencer sa journée.

Effectivement, il n'y avait rien dont il ne pût s'acquitter avec Brian et la gestalt, plus un peu d'assistance des Doués supérieurs de la Tour. Parfois, il se demandait pourquoi ils devaient expédier et réceptionner tant de capsules individuelles de fret. Ce serait plus rapide et moins fatigant de grouper toutes celles qui avaient la même destination et de les expédier ensemble. Afra se promit d'en parler à Jeff à son retour sur la Terre.

La Rowane dormait depuis quatre heures, quand Tanya le contacta.

— *Afra, la Rowane n'aurait pas enlevé Damia à la crèche, par hasard ?*

— *Non, Tanya. Pourquoi ?*

Premier frisson de panique.

— *Je ne la trouve nulle part. La dernière fois que j'ai regardé, elle dormait dans son berceau.*

— *Tu as demandé à Jeran et Cera ?*

— *Oh, ceux-là !* dit Tanya, d'un ton dégoûté. *Ils m'ont dit qu'elle était sortie en agitant sa baguette magique.*

— *Attention, les gars,* dit Afra, s'adressant à tout le personnel de la Tour. *Personne disparue !*

— *Damia ?* grogna Brian. *Tu peux la repérer, Afra ?*

— *Si tu me laisses tranquille pour le faire.*

Il avait déjà commencé à projeter son esprit dans toutes les directions. En général, il « entendait » son courant de conscience enfantin n'importe où chez la Rowane. Mais il ne savait pas s'il arriverait à la suivre à la trace n'importe où dans le Complexe. Pourtant, il avait intérêt à la retrouver, ou la Rowane l'écorcherait vif pour s'en faire des jarretières. Afra commença par la crèche et progressivement élargit ses coups de sonde.

Puis Brian et Joe Toglia montèrent à la Tour quatre à quatre et branchèrent tous les moniteurs intérieurs, examinant l'une après l'autre toutes les aires des quatre Dômes composant la Station. La petite silhouette chancelante n'apparut sur aucun écran.

— Depuis quand marche-t-elle ? demanda Brian.

— Depuis assez longtemps pour se débrouiller comme un chef.

Jurant entre ses dents, Brian programma une reproduction des tunnels de liaison. Il y avait tellement d'endroits où un petit corps pouvait échapper aux capteurs optiques.

— Elle n'est pas assez grande pour atteindre les plaques-serrures, non ? demanda Joe, affichant les vues des sous-sols de l'intendance.

— J'ai une idée !

Frappé d'inspiration, Afra se pencha sur sa console et tapa les coordonnées de son appartement. Et voilà Damia qui trottinait dans son séjour, à la poursuite de Frisé et des deux autres chat-coons, essayant de les frapper de sa baguette.

— Et c'est comme ça qu'elle a activé les plaques-serrures... en agitant sa baguette.

Afra se téléporta dans la pièce et prit la fugitive dans ses bras.

— Af'a! Af'a! piailla-t-elle avec ravissement, lui tapotant le visage de sa main libre, et brandissant sa « baguette magique » de l'autre. Il eut soin de lui enlever la baguette avant qu'elle ne la lui fourre dans les yeux.

— Damia ne devrait pas quitter Tanya! dit-il, sachant comme il serait futile de gronder ce diablotin.

Elle lui sourit joyeusement, ses grands yeux bleus arrondis d'excitation.

— Af'a! Af'a?

Elle commença à gigoter.

— Ingul! Ingul! dit-elle, se dévissant le cou pour voir le chat-coon et arquant le corps pour se libérer.

— Pas de Frisé maintenant, Damia. Je te rapporte chez Tanya.

— Tan'a? Tan'a.

Le nom sortit sous forme de grognement guttural, et elle se débattit plus violemment.

— Pas Tan'a. Veux Ingul.

— Pas maintenant, bébé!

Conscient de l'aversion de la Rowane pour l'utilisation des Dons envers ses enfants, il la coinça sous son bras et revint à pied jusqu'à la crèche où une Tanya angoissée l'attendait à la porte.

— Ingul, Ingul! disait Damia par-dessus son épaule, cessant soudain de gigoter. Ingul. Ingul, gentil.

Tournant la tête, Afra vit le chatcoon qui les suivait.

— Comment a-t-elle pu sortir, Afra? dit Tanya, presque hysté-rique, tendant les bras pour le décharger de son fardeau.

— Elle avait une baguette, une baguette de fée, avec une étoile au bout, lui dit Afra.

— Et elle s'en est servie pour activer les plaques-serrures? s'étonna Tanya. Quel petit diable. Enfin, je dirai à Forrie d'y ajou-ter un code dès demain. Elle ne me jouera pas ce tour deux fois.

Tanya regarda anxieusement vers la maison de la Rowane. Afra comprenait son angoisse à l'idée d'affronter une mère en fureur, surtout une Méta, dont elle avait égaré l'enfant. Damia essaya de descendre, tête la première, des bras de Tanya, tendant ses petites mains vers le chatcoon qui venait d'entrer dans la crèche. Tanya la redressa prestement, la posa par terre, et elle se lança à la pour-suite de l'animal aussi vite que pouvaient la porter ses petites jambes.

— Ce matin, la Rowane est arrivée avec une tête de déterrée, commença Afra.

— C'est vrai, elle avait l'air épuisée quand elle a déposé les enfants, remarqua Tanya, avec un grognement réprobateur.

— Alors nous l'avons renvoyée se reposer chez elle.

Afra ne parla pas de sa proposition malavisée de minah pour Damia, et pourtant, ces « jouets apaisants » pouvaient être programmés de bien des manières pour calmer la nervosité d'un enfant.

— Tanya, comment t'y prends-tu pour faire dormir Damia?

Elle le regarda, surprise. Afra pensa, et non pour la première fois, qu'elle n'était guère plus qu'une enfant elle-même, malgré ses vingt-neuf ans. C'était une jeune femme délicate, chez qui le brun dominait : yeux bruns, cheveux bruns, peau brun clair, avec des mains et des pieds menus. Si Gollee Gren ne lui avait pas manifesté un intérêt évident, Afra aurait tenté sa chance.

— Eh bien, dit Tanya, montrant le fauteuil à bascule visible dans l'alcôve de sieste, si elle s'agite, je la berce en lui chantant une comptine, et elle s'endort immédiatement.

Elle se mordit les lèvres, l'air penaud, avec un geste désemparé. Afra « entendit » sa détresse à ce qui semblait une critique de sa Méta.

— Juste une comptine?

— Juste une comptine, répliqua-t-elle avec fermeté. Tu sais ce que pense la Rowane de la coercition mentale. En fait, n'importe quelle berceuse fait l'affaire. J'en change chaque fois pour ne pas m'ennuyer.

— Je sais ce que pense la Rowane, mais ce qu'elle ne sait pas ne peut pas faire de mal, dit Afra, qui avait pris sa décision.

La Tour se trouverait bien d'une légère dérogation à ses directives. Il appela le chatcoon.

— Et cela nous soulagera tous.

Dilatant ses grands yeux bruns, Tanya en resta bouche bée.

— Afra, nous ne devrions pas.

— Nous savons tous les deux qu'une légère suggestion post-... hypnotique n'inhibe en rien le développement mental d'un enfant Doué, dit Afra, se penchant pour caresser le docile animal.

Trottinant derrière lui parut une Damia rieuse, ses boucles noires rebondissant sur ses épaules. Afra s'empara de sa victime et demanda à Tanya de lui apprendre les paroles de la berceuse. Le temps de les mémoriser et d'implanter le commandement dans l'esprit de Damia, elle s'endormait dans ses bras en bâillant.

— Je t'enverrai Forrie pour changer les plaques-serrures, dit Afra, repartant vers la Tour en sifflotant, la crise terminée. Celle-là, au moins, rectifia-t-il mentalement.

Quand une Rowane bien reposée revint à la Tour, chacun prit grand soin de bannir strictement de son esprit toute idée de la crise matinale. Et Afra attendit le moment opportun pour proposer le remède souverain pour la nervosité de Damia.

La bouche légèrement entrouverte, Brian écouta Afra faire le récit totalement fictif de la façon dont sa sœur Goswina était venue à bout des insomnies de son fils.

– Un fauteuil à bascule ? dit la Rowane, sidérée.

– Un fauteuil à bascule, répéta Afra, lui implantant dans l'esprit l'image d'un rocking-chair.

Puis il y plaça la Rowane et Damia, et lui imprima un balancement régulier.

– Entre le mouvement et le rythme répétitif de la voix de sa mère, mon neveu s'endormait presque immédiatement.

– Je veux bien essayer, mais je ne connais pas de berceuse. Jeran et Cera n'avaient pas besoin de ça.

– Moi, j'en connais une bonne, dit Brian. Ma mère m'a raconté combien de fois elle devait me bercer quand je faisais mes dents.

D'une belle voix de baryton, il se lança dans l'interprétation d'une vieille chanson folklorique racontant ce qu'un papa achèterait à son bébé s'il s'endormait bien vite.

Afra contra avec la berceuse de Tanya.

– Celle-là, c'est radical pour dormir.

– *Qu'est-ce qui se passe dans ta Tour ?* demanda Jeff Raven. *C'est pourtant jour ouvrable.*

– *Désolé, patron,* dit Afra, sans l'ombre d'un remords.

– *Prête, ma ravissante ?* demanda Jeff à la Rowane. *Nous avons des clients payants qui attendent.*

Instantanément et comme un seul esprit, la Tour de Callisto reprit son fonctionnement efficace.

– Veux jouer, dit Damia à ses deux aînés.

Ils étaient dans leur salle de jeu, tandis que leur mère préparait le déjeuner à la cuisine. Jeran et Cera bâtissaient une structure complexe avec des cubes. Dans un coin, Damia roucoulait en faisant sortir ses poneys de leur écurie pour une course d'obstacles. L'intense silence de la concentration fraternelle attira son attention.

– Va-t'en, lui dit Jeran.

– Va-t'en, répéta Cera, l'écartant de la main.

– Veux jouer, répéta Damia.

Puis, changeant de tactique, elle dit :

– Je ne peux pas jouer avec vous ?

Jeran battit des paupières, reconnaissant la syntaxe des adultes, car ses parents ne parlaient jamais bébé.

– Non, Damia, répondit-il, car il pouvait parler adulte aussi bien qu'elle. Cera et moi, nous jouons ensemble. Va jouer avec tes chevaux, dit-il, désignant son coin de la main.

– Poneys, rectifia distraitement Damia, dans le vague espoir de retenir l'attention de son frère.

Mais Cera lui donna un coup de coude, lui montrant un cube et, dans leur jargon personnel, requérant son avis pour son positionnement.

Reconnaissant l'impossibilité de les arracher à leur jeu, Damia se détourna. Elle regarda vers le coin de ses jouets. Elle eut envie d'appeler l'un des chatcoons ou Canaillou qui ne refusait jamais de la rejoindre, mais elle avait déjà passé avec eux la moitié de la matinée.

– Je me barbe! Qu'est-ce que je me barbe!

Elle regarda autour d'elle. La petite barrière à claire-voie bloquait la porte, issue vers des jeux plus exaltants. Elle s'en approcha et l'examina attentivement. Elle avait souvent regardé sa mère pendant qu'elle l'installait, et l'observation lui avait fait comprendre son fonctionnement. La grille était maintenue en place par un simple levier qu'il fallait abaisser. Une bonne secousse devrait permettre de le relever, et, le loquet débloqué, elle pourrait pousser la grille de côté ou la renverser. Normalement, Damia n'aurait pas pu utiliser ces informations, parce que le levier était vers l'extérieur et elle ne pouvait pas l'atteindre. Mais aujourd'hui, par inadvertance, sa mère avait inversé la barrière et le levier se trouvait vers l'intérieur.

Hésitante, Damia tapota le levier, plus par curiosité qu'à dessein. Il se releva d'une secousse et la barrière s'abattit sans bruit sur la moquette du couloir.

Jeran l'entendit et regarda dans sa direction.

– Damia méchante, déclara Cera en fronçant les sourcils. Damia vilaine!

Devant ces critiques, Damia ne put se résoudre à expliquer qu'elle avait simplement touché la barrière; la chute dans le couloir n'était qu'un accident. Pourtant, l'obstacle était neutralisé. Jeran et Cera ne voulaient pas jouer avec elle, mais Afra ne refuserait pas. Il était toujours prêt à jouer. Il fallait trouver Afra.

La sûreté régnait en maîtresse sur la Station de Callisto, l'emportant même sur la sécurité. En conséquence, toutes les portes étaient à glissière automatique, avec capteurs à ultrasons. Dès que Jeran avait commencé à marcher, la Rowane avait ordonné qu'on remonte les capteurs, pour qu'il ne puisse pas quitter la maison. Jeran n'avait jamais essayé, ni Cera non plus. Et comme la Rowane ignorait l'expédition de Damia avec sa baguette magique, elle n'avait pas pensé à faire modifier les capteurs des plaques-serrures. Tout ce qui restait à faire à Damia, c'était de trouver quelque chose d'assez long pour servir de coupe-circuit.

Un bouquet sec trônait sur la table du couloir; grimpant sur une chaise elle choisit une fleur à longue tige, qui remplacerait avantageusement sa baguette. La porte glissa poliment devant elle.

Chaque dôme possédait un couloir où confluaient les tunnels personnels et où les ascenseurs et monte-charge expulsaient leur contenu. En sous-sol se trouvaient la centrale électrique, le jardin hydroponique, les machines de recyclage d'air, les générateurs de gravité – bref, toutes les installations permettant le bon fonctionnement de la Station. Il s'y trouvait aussi les unités de survie à long terme en cas de désastre. Les tunnels personnels étaient recouverts de plexiglas, permettant au personnel l'accès direct aux quatre Dômes. Tout le long des tunnels se trouvaient des capsules individuelles de sécurité dans l'éventualité peu probable d'une rupture de pression.

Damia avait parcouru tous les tunnels, mais toujours en compagnie d'adultes. Ce jour-là, elle les observa attentivement l'un après l'autre, puis, ayant fait son choix, s'y engagea, dissimulant ses craintes sous un air résolu.

Elle s'arrêta à plusieurs reprises et se retourna pour regarder sa maison avec nostalgie, mais repartit de l'avant chaque fois. Elle avait bien choisi : le tunnel débouchait sur le grand parc qui constituait l'« entrée » des Résidences. A sa droite se dressait le grand gymnase avec sa piscine couverte, à sa gauche, les Résidences des Couples, et, droit devant elle, de l'autre côté du parc planté d'arbres nains, la Résidence des Célibataires. Comme la plupart des occupants déjeunaient ou s'acquittaient de diverses corvées ménagères pendant l'occultation de Callisto par Jupiter, personne ne remarqua sa présence.

– Afra! cria-t-elle, pleine d'une joyeuse anticipation, trottinant aussi vite que ses petites jambes pouvaient la porter.

Toutefois, elle avait abandonné derrière elle sa fleur à longue tige et n'avait rien sous la main pour déclencher l'ouverture. Elle se mit à tambouriner sur la porte inébranlable, de plus en plus frustrée, sautant sur place, étirant le bras au-dessus de sa tête dans ses efforts pour atteindre la plaque.

« *Afra! Afra?* » émit-elle, sans réaliser, dans son impatience à le contacter, qu'elle se servait d'une capacité qu'elle n'aurait jamais dû découvrir si prématurément.

Elle avait également émis son appel mental vers son appartement, ignorant qu'il déjeunait avec Brian, et qu'il lui aurait fallu plus de « volume » pour l'atteindre. Mais elle réveilla Frisé.

Avec un miaulement de bienvenue, le chatcoon se dirigea vers la porte. Comme les chatcoons devaient pouvoir aller dans le parc pour leurs besoins, la Maintenance les avait pourvus de colliers à ultrasons. Frisé s'approcha de la porte, marcha devant en long et en large, et elle s'ouvrit.

– Afra!

Damia entra, jubilante, et s'arrêta brusquement en voyant que Frisé était seul.

– Afra? Afra, joue avec moi!

Elle entreprit la visite des lieux, sans remarquer que la porte se fermait silencieusement derrière elle, étant restée ouverte assez longtemps pour permettre à n'importe quel animal de sortir.

– Où est Afra? demanda-t-elle à Frisé, qui la suivait dans sa tournée.

Frisé miaula, lui tourna le dos et se dirigea vers la cuisine. Il avait toujours faim, et Damia lui avait donné suffisamment de friandises lors de ses visites antérieures pour lui en faire espérer d'autres.

« *État d'urgence!* » émit la Rowane sur la bande la plus large possible. Elle était debout sur le perron, la barrière de bébé à la main.

– *Damia est sortie. Je ne sais pas où elle est. J'ai consulté tous les écrans de surveillance, et elle n'apparaît sur aucun.*

– *Depuis quand est-elle partie?* réagit Afra le premier.

– *Comment veux-tu que je le sache?* s'écria la Rowane, mi-désespérée, mi-furieuse. *Je préparais le déjeuner. Elle jouait tranquillement dans la salle de jeu avec Jeran et Cera, qui, comme d'habitude* – et cela fut ajouté d'un ton sec –, *n'ont aucune idée de l'endroit où elle a bien pu aller. Jeran dit qu'elle a renversé la barrière.*

Se rappelant trop bien la tendance de Damia à rechercher sa compagnie, Afra répondit :

– *Si tu ne l'as pas vue sur les écrans de surveillance, je sais peut-être où on pourra la trouver.*

– *Tranquillise-moi, s'il te plaît!*

Afra n'eut aucun mal à se la représenter, tapant du pied d'impatience.

– *Chez moi.*

– *Et comment diable y serait-elle allée?*

– *A pied,* rétorqua Afra, laconique.

– *Je t'y retrouve tout de suite,* dit la Rowane d'un ton sévère.

Afra se téléporta directement de la salle à manger de Brian dans son séjour, et, comme prévu, Damia servait à Frisé les restes de son réfrigérateur, riant aux éclats parce que l'animal « lavait » chaque offrande avant de la manger.

La Rowane arriva un instant plus tard, partagée entre la colère et le soulagement. Mais le rire de Damia était contagieux, et, voyant l'expression de la Rowane s'adoucir, Afra se permit un sourire.

Soudain consciente qu'on l'observait, Damia se retourna.

– Afra!

Délaissant Frisé, elle courut à lui, et seulement alors aperçut sa mère. Elle s'arrêta, chancelante, l'air parfaitement innocent.

– La barrière est tombée toute seule, maman. Je te jure. Ils ne jouent jamais avec moi, et je m'ennuyais! Afra joue toujours avec moi. Pas vrai, Afra? dit-elle, lui prenant la main et levant la tête vers lui.

Il s'accroupit à sa hauteur.

– Je joue quand c'est l'heure de jouer, Damia. Mais tu dois attendre que je vienne. Tu comprends? Tu ne dois pas venir me chercher.

Elle hocha la tête, solennelle, portant un pouce à sa bouche.

La Rowane s'accroupit aussi, les yeux au niveau de ceux de sa fille indocile.

– Tu sais que tu ne dois pas te promener toute seule dans la Station, Damia. Tu le sais?

Damia secoua la tête.

– Je voulais jouer. Cera et Jeran ne veulent jamais jouer avec moi. Jamais.

Elle plissa les paupières, tentant d'en faire jaillir une larme.

– Comment es-tu entrée? demanda Afra, sachant que Damia employait la mauvaise technique avec sa mère.

– C'est Frisé qui m'a ouvert!

Damia montra le chatcoon qui terminait son repas improvisé.

Afra et la Rowane se regardèrent, étonnés.

– Frisé m'a entendue, reprit Damia, et il m'a ouvert.

– Comment a-t-il pu faire? demanda la Rowane, qui poursuivit d'un ton accusateur: Il ne faut pas mentir, Damia.

– Je mens pas!

Le visage de Damia se plissa, prélude aux larmes provoquées par tant d'intransigeance adulte.

– Si Frisé l'a entendue, il est venu à la porte, dit vivement Afra, pour prévenir la crise de larmes. Son collier a dû ouvrir la porte. Qui se referme après automatiquement.

La Rowane poussa un long soupir exaspéré, et prit sa fille dans ses bras.

– Très bien, Damia. Surtout, ne pleure pas. Mais tu ne dois pas te promener toute seule dans la Station. Promets que tu ne sortiras plus de la maison sans être accompagnée.

Étroitement blottie contre sa mère dans l'excès de sa contrition, Damia hocha vigoureusement la tête.

– Et maintenant, votre déjeuner vous attend, mademoiselle, dit la Rowane, espérant avoir suffisamment impressionné la jeune vagabonde sans aller jusqu'à l'effrayer.

– Frisé a déjà eu son repas, et moi, je retourne au mien, dit Afra, les raccompagnant. Et je ferai mettre une chatière à ma porte. Damia est trop grande pour y passer.

Ils jouirent d'une paix relative pendant quelques semaines. Afra n'était pas du genre à vivre dans l'attente angoissée du prochain « damianisme ». L'incident suivant survint un matin d'activité frénétique à la Tour, avec de lourdes charges à acheminer. L'appel au secours de Tanya fut donc assez mal reçu.

– Afra, je n'arrive pas à arrêter Damia. Je sais que la Rowane est très occupée, mais j'ai peur qu'elle ne blesse un de ses camarades.

Afra fit signe à Joe Toglia de le remplacer et, faisant pivoter son fauteuil vers le moniteur le plus proche, alluma l'écran de surveillance de la crèche. Il vit Tanya recroquevillée près de l'unité-comm et les autres enfants cachés sous les meubles miniatures. Jeran et Cera continuaient à jouer tranquillement, tandis qu'une pluie de jouets s'abattait autour d'eux, lancés par une Damia enragée qui en bredouillait de fureur.

– Jouez avec moi! Regardez-moi! Parlez-moi! hurlait-elle.

Dès qu'elle eut lancé tous les objets de l'étagère, elle se rabattit sur une boîte de jeu de construction. Heureusement, elle visait mal, à moins que – et Afra n'arrivait pas à y croire – Jeran et Cera – qui continuaient à jouer, imperturbables – n'aient détourné les projectiles, car la plupart retombaient bien avant d'atteindre leurs cibles.

Instantanément, Afra téléporta la boîte hors de portée de Damia et, devant ses protestations outragées, balaya tout ce qui pouvait servir de munitions autour d'elle.

– Non, Damia, dit-il, du ton le plus sévère qu'il eût jamais utilisé avec elle. *Cela n'est pas permis.*

– Ils veulent pas me parler! sanglota Damia, frustrée. C'est pas juste! Ils me parlent jamais! Ils jouent jamais avec moi!

Puis elle courut aux jouets tombés avant leur cible, les ramassa, et en aurait bombardé Jeran et Cera si Afra ne les avait pas balayés à leur tour.

– Et ça non plus, c'est pas juste, Afra. C'est pas juste!

– Tanya! cria Afra. Attrape-moi cette petite diablesse et fais-la dormir! Damia, va immédiatement avec Tanya, et arrête d'être si mal élevée. Ce mauvais caractère est inadmissible chez quelqu'un qui gouvernera une Tour!

Ce disant, Afra fut quelque peu atterré de s'entendre prononcer une des remontrances favorites de sa mère.

A sa grande surprise, Damia ravala ses sanglots et se soumit docilement à Tanya. Elle dormait avant que la jeune femme eût terminé la première strophe. Jeran et Cera continuaient à jouer comme si rien ne s'était passé.

– Rowane, je crois que tu devrais parler à Jeran et Cera, lui dit Afra quand, Callisto occultée par Jupiter, ils avaient interrompu le travail.

– Pourquoi? Qu'est-ce qu'ils ont fait?

Afra raconta donc la scène de la crèche.

– A mon avis, ils le font exprès, sachant que ça va la faire enrager. Et effectivement, elle se sent mise à l'écart.

La Rowane réfléchit, un peu sur la défensive.

– Il y a ce lien spécial entre eux. Et Damia est beaucoup plus jeune...

– Ça ne leur donne pas le droit de l'exclure, et d'autant moins qu'ils le font exprès.

– Elle ne devrait pas piquer des colères pareilles, dit la Rowane, pinçant les lèvres. Elle exige qu'on fasse tout le temps attention à elle.

– Peut-être, mais Jeran et Cera pourraient l'inclure dans leurs jeux une fois de temps en temps. Tu sais très bien qu'ils ne le font jamais. Et ne me dis pas qu'ils sont plus avancés qu'elle. Damia est avancée aussi.

La Rowane dut le reconnaître, car le vocabulaire de Damia était au moins aussi riche que celui de ses aînés et son contrôle musculaire était excellent. La Rowane leur parla donc, calme et raisonnable, et, quand ils l'eurent écoutée attentivement, ils tinrent conciliabule en leur jargon qui l'excluait tellement qu'elle en ressentit une sympathie récalcitrante pour sa petite dernière.

– Nous enseignerons à Damia l'un de nos jeux les plus simples, dit Jeran. Cela devrait la satisfaire.

La Rowane confia plus tard à Afra qu'elle avait eu du mal à ne pas rire devant son ton pompeux.

– Tu vois donc que Damia avait raison de se plaindre, dit Afra.

– Oui, c'est vrai, soupira la Rowane. Pourtant, je veux que tous mes enfants s'aiment et se comprennent.

Afra eut un grognement de dérision.

– Attends qu'ils soient assez grands, très chère. Pour ce moment, ce sont de petits monstres cruels et sans cœur.

La Rowane le regarda, stupéfaite.

– Oui, ce sont de petits monstres, mais je suis sûr que ça leur passera en grandissant.

Tanya contacta la Tour dix jours plus tard, cette fois pendant la pause.

– Jeran et Cera ont joué à un nouveau jeu avec Damia et la moitié des autres, dit-elle à la Rowane, réprimant un fou rire.

– Alors, pourquoi...

– Parce qu'ils jouaient avec de la peinture – et Tanya éclata de rire. Tes trois sont verts, et les autres de toutes les couleurs qui restaient. Je ne peux pas laver neuf enfants toute seule. Alors, peux-tu donner aux parents un quart d'heure de congé pour venir m'aider ? Heureusement, c'étaient des couleurs à l'eau. Et ils s'étaient déshabillés avant.

Damia n'avait pas inventé cette sottise, mais elle en imagina une variation quelques jours plus tard, en essayant de peindre

Canaillou et tous les chatcoons de la Station. Cette fois, avec de la peinture à l'huile, qu'elle avait dû trouver là où un agent de la Maintenance l'avait laissée en allant déjeuner.

Ce nouvel exploit contraria tout le monde, et la Rowane insista pour qu'elle aide les propriétaires à nettoyer leurs animaux. Elle leur demanda aussi de lui manifester leur réprobation.

— Elle finira peut-être par réaliser qu'elle pourrait blesser ces animaux avec un tour pareil. Ce sont des créatures sensibles, après tout.

Effectivement, les remontrances l'assagirent un peu, mais ni Canaillou ni les autres chatcoons ne l'évitèrent pour autant. En fait, dès qu'elle lançait son coup de sifflet bizarrement chevrotant, ils étaient au moins une demi-douzaine à accourir. Pendant les activités de plein air de l'après-midi, Damia était généralement entourée d'animaux en attendant son tour. Comme son frère et sa sœur parvenaient à ignorer tout ce qui leur était étranger, de même Damia habitait son petit monde à elle avec les bêtes.

Un après-midi, pendant que les autres faisaient cercle autour de Tanya, Damia courait autour du parc, traînant après elle une balle au bout d'une ficelle pour attirer ses amis à quatre pattes. Elle se retrouva hors d'haleine près de la porte de la piscine que quelqu'un avait laissée entrouverte.

Elle jeta un coup d'œil à l'intérieur. Cette piscine était bien plus grande que celle de sa maison, où elle nageait souvent avec ses parents. Elle connaissait l'existence de cette piscine, mais elle n'y était jamais entrée. Et, à cette heure de la journée, elle était vide. Soudain, d'un coup de patte, Frisé envoya la balle à l'intérieur. La ficelle lui échappa et, triomphant, Frisé prit la balle dans sa gueule et l'emporta à l'autre bout du bassin.

— Frisé, c'est pas du jeu, dit-elle, courant après lui.

Mais ses semelles étaient lisses, et elle glissa sur le carrelage. Elle tomba lourdement sur l'épaule et bascula dans l'eau avec un grand « plouf ».

Elle se débrouillait assez bien dans l'eau pour ne pas paniquer et refit surface. Les chatcoons glapissaient de toute la force de leurs poumons, et Canaillou, entré le dernier, réagit en se jetant à l'eau après elle, provoquant une vague qui la frappa en pleine figure, lui bouchant le nez et la bouche. Incapable de respirer, à moitié étouffée, elle prit peur.

— *Afra! Au secours!* cria-t-elle, agitant les bras dans ses efforts pour agripper le bord.

Mais les chatcoons, en essayant de l'atteindre, lui bloquèrent la voie, et elle coula.

Puis elle sentit des mains qui la tiraient vers la surface, la sortaient de l'eau et lui tapaient dans le dos pour lui dégager les poumons.

— *Tout va bien, bébé, tout va bien. Afra est là.*

Et elle se blottit contre un corps trempé mais rassurant.

— Damia! hurla sa mère.

La Rowane apparut soudain, la reprit à Afra et la serra contre elle si étroitement que Damia, stupéfaite, découvrit que sa mère pouvait trembler. Elle « sentait » la peur de sa mère, et cela ébranla tant son assurance qu'elle fondit en larmes.

Il fallut du temps pour la calmer, pour calmer la Rowane, pour sécher les chatcoons et Canaillou, puis encore du temps pour que Damia explique que ce n'était pas *leur* faute. La porte était ouverte et elle avait glissé sur le carrelage.

— Mais tu *sais* que tu ne dois pas entrer dans une piscine sans une personne avec toi, Damia, dit sa mère, d'un ton que Damia reconnaissait maintenant pour celui de la réprobation. Et les chatcoons ne sont pas des personnes!

— Mais je ne voulais pas nager, maman. Je jouais avec mes amis.

L'air impuissant, la Rowane regarda Afra, qui essorait sa chemise.

— Elle n'a jamais tort, d'après elle!

— En fait, dit Afra, s'interrompant pour s'éponger les cheveux, c'est souvent le cas. Elle est simplement curieuse, inventive et solitaire.

— Eh bien, ça va changer! dit la Rowane, avec ou sans la coopération complète de Jeff Raven. Damia a besoin d'un compagnon.

Afra parvint à dissimuler sa grimace dans sa serviette, puis s'arrêta de se frictionner la tête en réalisant ce qu'elle avait dit.

— Avec ou sans la coopération complète de Jeff?

Il lâcha sa serviette et la regarda fixement.

— Dois-je comprendre ce que je crois comprendre, Angharad Gwyn-Raven?

Elle le regarda avec de grands yeux innocents, sans cesser de bercer sa fille.

— Je veux que mes petits aient une enfance heureuse, qu'ils ne se sentent pas exclus ou obligés de jouer avec des animaux.

— Damia adore les chatcoons.

— Exactement! Je veux qu'elle ait un frère à aimer.

Le soir, Jeff sourit au récit de cette escapade.

— Elle est comme moi au même âge, soupira-t-il. Maman n'arrivait pas à me garder dans le jardin, même en m'attachant avec une chaîne.

— Alors, comment faisait-elle?

Jeff sourit à ses souvenirs.

— Papa dressait très bien les animaux...

Il éclata de rire devant l'air exaspéré de la Rowane et poursuivit :

— ... alors il avait dressé une louve pour me garder. Elle me suivait partout, et quand elle pensait que j'allais me mettre dans un pétrin quelconque, elle me faisait trébucher, me renversait, s'asseyait sur mon dos et hurlait. Parfois elle hurlait longtemps, mais je n'ai jamais eu d'accident, même si j'avais tout le temps les genoux couronnés d'être jeté par terre par trente kilos de loup blanc.

— Un chadbord et des chatcoons, ça suffit dans un Dôme.

— Oh, je sais. Je voulais simplement que tu comprennes que les escapades de Damia sont commandées par l'hérédité.

— Nous ne pouvons pas avoir d'autres animaux, mais nous pouvons lui procurer une autre sorte de camarade, dit la Rowane, amenant habilement la conversation où elle voulait en venir.

— J'en conclus que tu es en train de faire ce qu'il faut pour le lui procurer, dit Jeff, un peu sec.

La Rowane recula d'un pas en se mordant les lèvres.

— Comment le sais-tu?

— Ça fait combien? Deux mois? Ça se voit, rétorqua Jeff, lui posant une main sur le ventre. Comment as-tu fait?

La Rowane baissa la tête.

— Une dame doit pouvoir garder certains secrets. C'est un garçon, tu sais.

— Pour que Damia ait quelqu'un à aimer.

— En plus d'Afra, ajouta la Rowane.

— Son affection pour lui est naturelle. Il fait partie de la famille.

— Mais c'est lui qu'elle a appelé au secours, pas moi.

Jeff sentit son conflit intérieur.

— Mais combien de fois n'as-tu pas dit aux enfants qu'ils *ne doivent pas* t'appeler quand tu es à la Tour?

Les épaules de la Rowane s'affaissèrent.

— Mais je suis bien obligée de le leur faire comprendre, dit-elle, désemparée.

— Bien sûr. Et c'est pourquoi Afra devient sa meilleure bouée de sauvetage. Remercions-le d'accepter ce rôle et de le remplir aussi bien. On arrivera peut-être même à lui faire tellement aimer la sensation de petits bras confiants autour de son cou qu'il finira par fonder sa propre famille.

— Tes derniers efforts de marieur n'ont pas marché? dit la Rowane, avec une secrète satisfaction. Tu devrais laisser ça aux femmes de ta famille, mon amour.

— Je n'ai pas souvenir d'aucun effort de ta part.

— Je n'ai pas encore rencontré de femme assez bien pour lui, dit la Rowane d'un ton brusque.

Comme Jeff haussait un sourcil étonné, elle ajouta:

— Afra doit avoir une femme tout à fait spéciale. Je lui dois presque tout mon bonheur.

La grossesse se passait mal. Elle était parvenue à supporter trois mois de nausées matinales, s'accrochant à la conviction que ces symptômes allaient bientôt cesser, mais ils persistèrent; son agressivité prit des proportions incontrôlables, ses chevilles la faisaient abominablement souffrir, et elle était absolument convaincue que la gravité dans la Station de Callisto était trop forte. Elle blâmait tout le monde de son état, y compris Brian Ackerman qui essayait de défléchir sa colère en ayant l'air de dire « si seulement c'était vrai », mais surtout Damia à qui il fallait un petit frère et Jeff qui ne l'avait pas empêchée de lui voler son sperme.

Un cercle vicieux s'enclencha, les enfants devenant impossibles tandis que le personnel était déprimé, ce qui faisait empirer son humeur qui, à son tour, affectait enfants et personnel. Au sixième mois de la grossesse, tout le personnel était à bout.

Ce qui l'exaspérait plus que tout, et qu'elle ne voulait pas s'avouer, c'était qu'Afra refusait de s'irriter quelque irascible qu'elle fût. Elle guettait désespérément l'occasion de se déchaîner contre lui, tout en sachant que c'était parfaitement irrationnel. Sincèrement préoccupé de son état, il l'entourait de prévenances au point d'en devenir presque obséquieux.

Pendant qu'elle attendait Damia, et Cera avant elle, Afra s'était occupé des autres enfants pour qu'elle puisse se reposer le plus possible. Mais cette fois, elle refusa de se séparer de Damia et ne confia que les deux aînés à l'« Oncle Afra ».

Afra acceptait la situation avec flegme, ce qui irritait la Rowane parce que ça ne l'irritait pas, lui. Il alla même jusqu'à exiger de Damia la promesse solennelle d'être bien sage avec sa mère, promesse que l'enfant respecta scrupuleusement, jusqu'au jour où la Rowane la rabroua vertement un matin qu'elle essayait de lui servir le petit déjeuner au lit. Après quoi, Damia devint une enfant morne et abattue, sujette à des crises de larmes injustifiées.

Mais bouder n'était pas dans la nature de Damia. Encouragée par la sollicitude des chatcoons et le loyalisme indéfectible de Canaillou, elle entreprit d'explorer la Station dans ses moindres recoins, avec les félins pour toute escorte. Personne ne l'« entendait » au cours de ses pérégrinations, parce que, par la force des choses, elle avait appris à fermer son esprit à la Rowane, projetant une image totalement fausse de son environnement – généralement, sa propre chambre.

Ainsi, pendant que sa mère la croyait en train de jouer tranquillement dans sa chambre, elle vivait sa petite vie indépendante de jeune révoltée. Elle adorait par-dessus tout les capsules de sécurité personnelles alignées le long des couloirs et des tunnels souterrains de la Station, en cas de dépressurisation catastrophique. Entrer était facile : elle n'avait qu'à s'en approcher et la porte de plastique translucide glissait devant elle. A l'intérieur, il y avait un équipement merveilleux : un fauteuil de velours avec un clavier d'ordinateur sur l'accoudoir, un ordinateur prêt à l'aider en cas d'urgence, et assez de place pour toute sa bande de chatcoons. Mieux encore, l'ordinateur lui expliquait soigneusement et patiemment toutes les particularités de la capsule jusqu'à ce qu'elle les sache par cœur. Elle pouvait y jouer pendant des heures : Damia-Reine-de-l'Espace, Damia-Policier-Galactique, Damia-Sauveteur-des-Étoiles.

A la fin de chaque jeu, où les chatcoons figuraient les médecins, pirates, blessés ou policiers selon son caprice, Damia inspectait soigneusement les alentours, puis, si la voie était libre, quittait silencieusement la capsule, refermant la porte derrière elle et attendant que le voyant vert se rallume. Puis, selon l'heure et la faim, soit elle rentrait chez la Rowane, soit elle passait à la capsule suivante pour un nouveau jeu.

Sa découverte des nacelles de lancement au pied de la Tour fut une révélation. Plaquée contre le mur du couloir, elle regarda comme en transe les nacelles se remplir et se vider pour charger et décharger les immenses cargos attendant patiemment en orbite avant que la Rowane ne les expédie vers leur planète d'une puissante poussée.

Les capsules de fret étaient en forme de longues boîtes, comme celles utilisées dans les bateaux et les trains pour les transports de surface dans les différents mondes. Les capsules de passagers étaient différentes, car il y en avait de toutes les formes et de toutes les tailles. Toutes étaient équipées d'un sas, et la plupart possédaient des hublots. Mais, pour Damia, le plus mystérieux, c'étaient les capsules de sécurité personnelles qui, comme des pustules, boursouflaient les flans des gros paquebots de passagers.

Elle était psychiquement assez réceptive pour savoir que ces capsules étaient manipulées par différents Doués de la Tour. Un jour que des capsules de passagers étaient séparées de la file et posées dans des nacelles individuelles, elle reconnut, avec un frisson de plaisir, le mental d'Afra agissant avec son assurance habituelle. Puis de petits Dômes les enveloppaient et bientôt, les agents de Maintenance s'affairaient autour d'elles.

– Ce cargo d'Altaïr est en retard! gronda la Rowane à Afra.

La réduction de la gravité sur Callisto avait soulagé les lourdeurs de ses jambes mais n'avait pas amélioré son caractère. Afra se tourna face à elle, ses yeux attestant de la tension mentale imposée par ses manipulations.

– Il y a un problème dans le système de distribution d'oxygène des passagers et de l'équipage, expliqua-t-il.

Il ferma les yeux pour se concentrer, chose qu'il faisait rarement, puis les rouvrit en disant :

– Powers s'en occupe.

– Ça va bousiller nos horaires de toute la journée! glapit la Rowane, dirigeant sa frustration sur Afra.

– Mais non, rétorqua Brian Ackerman avec force, détournant

sur lui l'irritation de la Rowane. Nous avons déjà résolu le problème, et nous avons une marge de quinze minutes avant que les charges ne commencent à s'accumuler.

Afra réfléchit et hocha la tête.

– Ça devrait suffire.

Il envoya une pensée vers Powers.

– Bill dit que ce sera juste, mais que ça ira.

– Pendant ce temps-là, Rowane, quoique ce ne soit pas dans tes attributions, si tu pouvais décharger Procyon, ça libérerait Afra pour charger le vaisseau altaïrien.

La Rowane ouvrit la bouche pour protester, mais il la regarda, l'air si suppliant qu'elle la referma.

– Où sont les données ?

– Sur la deux.

La Rowane se tourna vers sa seconde console et commença à décharger les capsules du vaisseau de Procyon, le *Lysis*.

Les capsules de passagers attiraient Damia, promettant des aventures lointaines à Damia-la-Garde-des-Étoiles. Elle regarda ses chatcoons pour se donner du courage, ignora Canaillou qui lui conseillait la prudence, et s'avança crânement vers le tunnel menant à la première.

– *Bill, Bill, elle va disjoncter si ça n'est pas prêt !* transmit Ackerman à Powers sur canal privé.

– *On fait aussi vite que possible, Brian*, répondit Powers avec lassitude.

– *Continuez, c'est tout*, répondit Ackerman, invisible dans la Tour.

Damia continua à avancer vers la capsule, sans se soucier des techniciens et des agents de Maintenance. Les félins suivaient discrètement à distance, se fondant dans le paysage comme font tous les chats.

Un membre de l'équipage l'avisa et la prit pour une passagère.

– Vous feriez bien de remonter à bord, jeune fille, lui dit-il poliment.

– Je ne sais pas comment, répondit Damia.

Malgré le personnel de la Station qui piquait sa crise, il la prit en pitié et la fit entrer dans la capsule de passager.

– Tu connais le chemin à partir d'ici ? lui demanda-t-il, ne voulant pas perdre trop de temps à chercher ses parents.

– Oh oui, dit Damia, lorgnant avec convoitise une capsule de sécurité.

Damia-la-Garde-des-Étoiles sur un véritable astronef !

– Bon voyage ! lui cria le technicien.

– Merci, le voyage sera bon ! répondit Damia comme elle l'avait si souvent entendu dire à la Tour.

Le technicien s'éloigna, branlant du chef devant la politesse de cette enfant.

Damia grimpa vivement dans une capsule personnelle et tint la porte ouverte à ses félins. Dès que la porte se referma, la capsule s'activa.

– *Wie kann ich Dir helfen ?* demanda poliment l'ordinateur.

– Quoi ?

Damia n'avait jamais entendu d'autre langue que le Basic.

– En quoi puis-je t'aider ? répéta l'ordinateur.

– Oh, je sais ce qu'il faut faire.

La réponse comportait la nuance de détresse que l'ordinateur était programmé pour détecter. Il enclencha son système d'alerte. Si la capsule avait déjà été attachée au vaisseau composite, l'alerte générale se serait déclenchée. Mais en la situation actuelle, le circuit était ouvert et le resterait jusqu'à ce que la capsule soit connectée au vaisseau.

– *Grouille, Bill, grouille!* cria Ackerman d'un ton urgent.

Afra dut capter le sens du message car il haussa un sourcil.

– *Elle a fini d'assembler le vaisseau et cherche quelque chose à lancer!*

– *Terminé!* dit Powers avec fierté.

Près d'Afra, la table de contrôle pépia, les voyants rouges s'éteignirent, les voyants verts s'allumèrent.

– L'Altaïrien est prêt, Rowane, l'informa Afra, prévenant mentalement les techniciens des générateurs de se préparer au lancement.

Il jeta un coup d'œil sur la pendule. Powers avait terminé avec cinq secondes d'avance.

– C'est pas trop tôt! grogna la Rowane. Une minute, l'assemblage du vaisseau n'est pas terminé!

– *Je m'en occupe*, répondit Afra avec calme.

A part lui, il s'irrita pourtant de ce que la Rowane avait choisi à dessein d'interpréter sa déclaration de travers. Elle savait qu'il devait terminer l'assemblage. Il souleva la première capsule de sa nacelle, puis l'immobilisa; elle avait quelque chose de *familier*.

– *Je vais le faire!* fulmina la Rowane, arrachant brutalement la capsule à ses « mains » mentales.

– Attachez vos ceintures, capitaine! avertit Ackerman sur son unité-comm.

La Rowane, déchaînée, plaqua violemment les trois capsules à la fois à la poupe du vaisseau.

– Prêt au lancement, annonça la Rowane.

– Feu rouge! Feu rouge! hurla le capitaine dans son unité-comm.

Mais il était trop tard; les générateurs grimpèrent dans l'aigu et soudain...

– *Afra!* hurla une voix terrifiée.

– *Damia!*

Afra réagit instantanément. A une vitesse qu'il ne se connaissait pas, il se projeta vers la jeune fugitive, dévia la poussée de la Rowane, et arracha Damia à la capsule.

— État d'urgence! cria Ackerman. Arrêtez les générateurs.

— *Retenez ce vaisseau!* rugit la Rowane, s'efforçant de garder sa prise sur l'énorme paquebot.

— *Afra!* gémit Damia.

— *Je suis là!* répondit Afra. *Viens ici, mon bébé.*

Et elle se retrouva dans ses bras. Il la serra passionnément contre lui, de toutes ses forces.

— Afra! vociféra Ackerman, lui montrant la Rowane, prostrée, les phalanges blanchies dans ses efforts pour retenir le vaisseau en partance.

Avec un cri de frayeur, Afra concentra tous ses pouvoirs mentaux sur un seul esprit :

— *Jeff, au secours!*

Et il fut là, présence rassurante autour d'eux, son corps presque visible dans la salle.

— *Damia est sauvée! Aide la Rowane!* cria Afra, s'affaissant, serrant le petit corps de Damia, raide de peur.

— *Je suis là, mon amour. Ouvre-moi ton esprit que je t'aide!* cria Jeff de la Terre par-dessus le vide de l'espace.

Stupéfait, Ackerman perçut des forces presque palpables qui palpitaient autour de la Rowane, et, une fois de plus, elle et Jeff Raven unirent leurs âmes.

— Mille tonnerres! crépita une voix dans l'unité-comm. On part, et on reste, puis on repart! Qu'est-ce qui se passe?

Ackerman regarda dehors et vit l'astronef altaïrien toujours en orbite. Encore tremblant, il poussa un profond soupir de soulagement.

V

— Je suis content que tout se termine bien, c'est tout ce que je peux dire, déclara le capitaine Leonhard du vaisseau altaïrien quand on lui expliqua la situation. Pour les passagers, il s'agit d'une petite dysfonction du vaisseau.

— Vous êtes très obligeant, capitaine, dit Jeff avec une sincère gratitude.

Ils se trouvaient dans une salle de conférence protégée au plus profond des entrailles de la Tour. Ackerman et Afra assistaient à l'entretien. La Rowane et Damia étaient à la maison, encore sous le coup de cet incident traumatique.

— Pourtant, il y a quelque chose qui m'inquiète. Qu'est-ce qui se serait passé si votre femme n'avait pas retenu mon vaisseau ?

— *Jeff ?*

Le contact de l'esprit maternel l'empêcha de répondre immédiatement.

— Excusez-moi, capitaine, dit Jeff, fermant les yeux pour indiquer qu'il était en communication télépathique. *Je suppose que tu as entendu, toi aussi ?*

— *Toute la galaxie a entendu son hurlement. Qu'est-ce qui s'est passé ?* demanda Isthia avec son calme habituel.

Jeff lui communiqua rapidement toute l'histoire.

— *Afra l'a sortie du vaisseau ?* s'écria-t-elle quand il eut terminé.

— *Ce qui m'a surpris le plus, c'est qu'il y soit parvenu ! Je ne sais pas si c'est une bonne idée de lui avoir interdit de ne pas déranger sa mère à la Tour. A ce moment-là, elle aurait dû l'appeler.*

— *Un enfant de deux ans, même votre Damia, ne pourrait pas comprendre ce genre de distinction*, répliqua Isthia avec tristesse, puis elle poursuivit avec plus d'entrain : *Ce qui est surprenant, c'est*

118

qu'Afra ait trouvé la puissance pour effectuer le sauvetage. Tu dis qu'il a pratiquement arraché le vaisseau à l'emprise de la Rowane?

Jeff Raven fronça les sourcils.

— *Je n'avais pas pensé à ça.* Il écarta cette idée. *Il faut que je te quitte. Je m'occupe à lisser le poil du capitaine. Il veut savoir ce qui serait arrivé si le vaisseau avait échappé à la Rowane.*

— *Qu'est-ce que tu vas lui dire?*

— *La vérité, bien sûr,* répondit vivement Jeff.

— *A savoir que son vaisseau aurait pu être perdu à jamais? Tu crois que c'est une bonne idée?*

— *Non, en effet,* dit Jeff d'un ton lugubre. *Je vais lui dire que nous nous serions instantanément lancés à sa recherche.*

— *Ça, c'est astucieux, et vrai, en plus!*

Puis le ton de sa mère se fit pensif.

— *Tu veux que je vienne? Angharad semble exceptionnellement désemparée; mais je serais comme elle dans la même situation. Je ne remercierai jamais assez le ciel de m'avoir donné toute une planète pour vous élever!*

— *C'est cette grossesse qui la mine,* dit Jeff, laissant sa mère capter l'anxiété qu'il cachait à tous. *Mais pas autant que l'idée que Damia ait appelé Afra en cette extrémité...*

— *Ce n'est pas tout à fait ça, je crois,* dit Isthia, d'un ton énigmatique que Jeff n'eut pas le temps de tirer au clair, car, près de lui, le capitaine toussota poliment. *On en reparlera plus tard. Les plumes du capitaine se hérissent.*

— *Enfin, ne prends pas ça trop à cœur, mon chéri,* dit Isthia en guise d'au revoir.

— Questions du personnel, dit Jeff au capitaine en manière d'excuse. Quant à votre question, eh bien, nous aurions immédiatement commencé les recherches.

Le capitaine poussa un soupir de soulagement.

— Ça fait plaisir de le savoir.

— Et n'oubliez pas que nous n'avons jamais perdu un vaisseau, ajouta Ackerman, jovial. Et on ne peut pas en dire autant de l'époque des vieux vaisseaux à réaction, où je ne sais pas combien d'appareils se perdaient. Sans retour.

— Non, répondit le capitaine, branlant du chef, heureux de vivre à une époque où les transferts s'effectuaient en toute sécurité. Non, on ne peut pas en dire autant.

Il se leva.

— Je ne veux pas trop accaparer votre temps précieux. Je n'aime pas bouleverser plus que nécessaire l'emploi du temps très chargé d'une Tour. Mais il fallait que le problème soit éclairci dans ma tête. Car je vais avoir à rassurer les passagers.

— Bien sûr, dit Jeff, se levant et lui serrant cordialement la main. Et je vous prie de leur présenter les excuses de la Tour pour ce léger lézard.

– Léger? grommela Ackerman entre ses dents comme la porte se refermait sur le capitaine. Léger? Avec un générateur bloqué et du fret à ramasser dans tous les azimuts?

– Remercie le ciel qu'on puisse ramasser les pots cassés, remarqua Jeff en conclusion.

Prétextant l'épuisement, Afra prit le reste de la journée. Le curieux miaulement des chatcoons l'accueillit à son entrée. Ils vinrent se presser contre lui, et il sourit de leur air anxieux. Est-ce Damia qui les lui envoyait? Peu importait, il apprécia leur compagnie qui se faisait très rare depuis que Damia les monopolisait pour jouer.

Mais il n'eut pas l'énergie de les caresser, s'effondra sur le divan et se mit à contempler la cheminée, le regard vide. Il était vraiment crevé, mais ce n'était pas pour ça qu'il s'était mis en congé. « *Tu aurais pu la tuer!* se reprochait-il, rageur. *Réalises-tu le risque terrible que tu as pris en te projetant vers elle? Et en empoignant l'enfant au lieu du vaisseau qui était tout autant en danger?* »

La sonnette tinta.

– Entre, Jeff, cria Afra, sachant quelle main avait pressé le bouton.

Jeff Raven, quelque peu hagard sous son apparente désinvolture, entra avec lassitude, remarqua la présence des chatcoons, et, sur un geste d'Afra, s'assit en face de lui.

– Je sais pourquoi tu es là, dit Afra avec calme.

Sans aucun égard pour l'étiquette, il téléporta jusqu'à lui la feuille la plus proche – qui se trouva être un papier d'origami – et un stylo. Il griffonna une courte phrase, une date, et signa sans changement extérieur apparent.

– Tiens.

Jeff haussa un sourcil, lut le message et froissa la feuille qu'il jeta par terre. Les chatcoons la prirent pour un jouet et se mirent à courir après dans tout l'appartement.

– Une femme affolée et une fille hystérique, ça suffit! Tu ne vas pas encore y ajouter tes foutaises.

– Mais j'ai contrevenu à la règle la plus importante du protocole de la Tour. J'ai interrompu un lancement et j'ai failli causer la perte d'un vaisseau de passagers.

Jeff l'arrêta du regard.

– Sauvant ma fille par la même occasion.

– Mais si tu n'avais pas pu retenir cet astronef altaïrien... insista Afra.

– On l'a retenu. En revanche, si tu n'avais pas tiré Damia de là, elle serait morte et bien morte.

Jeff frissonna à cette idée et vit qu'Afra était devenu gris cendre.

– Si je ne l'avais pas encouragée à jouer avec Canaillou et les chatcoons, elle n'aurait pas pris l'habitude de se promener partout...

— Alors, maintenant, c'est la faute des chatcoons ? demanda Jeff, amusé.

— Non, c'est ma faute, à moi, dit Afra, refusant d'esquiver ses responsabilités.

— Ah bon ? Et c'est toi qui lui as fait croire qu'une capsule de passager était l'endroit rêvé pour jouer avec les chatcoons ? Allons, Afra, un peu de bon sens !

— Peu importe, dit Afra, écartant l'argument du geste. Le fait est que j'ai rompu la gestalt avec la Rowane, et que j'aurais pu la tuer sans sauver Damia pour autant !

Incapable de contrôler plus longtemps sa voix, Afra termina dans les aigus.

Jeff attendit que le Capellien aux yeux jaunes se ressaisisse.

— T'es-tu demandé où tu avais trouvé la force de faire ce que tu as fait ?

— Où... ? Quoi... ?

Afra s'interrompit, les yeux dilatés d'étonnement. Il regarda Jeff, qui hocha lentement la tête.

— Pense à ce qui serait arrivé si Damia avait essayé de faire le saut *à l'aveuglette* sans ton aide.

Afra pensa, et pâlit un peu plus.

— Je suis venu te remercier d'avoir sauvé la vie de ma fille, dit lentement Jeff, même si elle a dû t'aider à le faire. Et ces maudits chatcoons.

Il fit une pause pour regarder les félins jouer au foot avec la boule de papier froissé. Puis il donna libre cours à sa colère contenue.

— Je ne suis pas venu pour entendre des âneries sur qui est coupable de quoi et qui est responsable de tout dans ce système !

Il se leva d'un bond et saisit Afra par les épaules, le secouant vigoureusement pour souligner sa pensée.

— Tu fais partie de la famille, mon vieux. Pour le bon et le mauvais, pour le meilleur et pour le pire. Compris ? Et maintenant, tu n'aurais pas quelque chose à boire ? Je suis sec comme un coup de trique après tant de boniments au capitaine Leonhard, termina-t-il avec un grand sourire.

Afra se leva immédiatement.

— Je peux faire du thé ou du café ?

Jeff s'éclaircit bruyamment la gorge.

— J'espère que tu as quelque chose de plus fort ? Ou peut-être que je devrais commencer à t'envoyer une ou deux caisses de whisky comme faisait Reidinger pour Brian. Mais ça m'est quand même arrivé une ou deux fois de boire un fameux tord-boyaux dans cette Station.

De la cuisine, Afra lui montra une bouteille contenant un liquide incolore.

— Je m'en sers quand je suis enrhumé. C'est très efficace.

— Eh bien, j'ai bien failli geler sur place pendant quelques secondes, aujourd'hui, remarqua Jeff.

Il avala d'un trait la moitié de son verre, et les yeux lui sortirent de la tête.

— Super! dit-il, retrouvant sa respiration.

Il agita la bouteille en direction d'Afra.

— Bois-en un coup aussi.

— Non, dit Afra, secouant la tête.

Il se prépara une tisane soporifique pour détendre ses nerfs éprouvés. Dans son état, le tord-boyaux l'aurait trop stimulé.

Ils s'assirent sur les hautes chaises entourant le bar de la cuisine.

— Tu as mangé? demanda Afra, retrouvant sa politesse maintenant que les émotions de la journée commençaient à se calmer.

— Non. Et toi?

Afra dut réfléchir avant de secouer la tête.

— Laisse-moi faire, ordonna Jeff, remarquant l'épuisement d'Afra. Je ne suis pas mauvais cuisinier, ajouta-t-il avec un grand sourire.

— La cuisine chinoise, c'est vite fait, suggéra Afra.

— La Rowane t'a converti aussi, hein? dit Jeff, puis il secoua la tête. En fait, je vais nous faire servir, si tu permets.

Devant la perplexité d'Afra, il ajouta :

— Luciano m'a obligé plusieurs fois.

— Vraiment? dit Afra, étonné. Quoiqu'une nourriture si riche pour mon estomac en ce moment... Je ne suis pas encore remis...

— Je conseillerai à Luciano de préparer quelque chose de revigorant pour les nerfs et l'esprit.

Jeff lança un bref message mental sur Terre, à Gollee Gren qui eut le bon sens de ravaler sa curiosité et promit de transmettre la commande.

— En attendant, reprit Jeff, nous pouvons parler de notre enfant à problèmes.

— Elle n'avait pas l'intention...

Jeff l'arrêta de la main.

— Je sais, soupira-t-il, l'air admiratif. Elle ressemble beaucoup à sa mère, tu sais.

— Oui, mais elle est pourtant très différente.

— La Rowane n'arrive pas à la tenir, dit Jeff, remarque pour le moins superflue. Et Tanya non plus.

— Penses-tu devoir recourir à l'hypnose? s'étonna Afra.

Ils n'avaient utilisé jusqu'alors que les plus subtiles suggestions hypnotiques pour éviter que Damia ne devienne totalement ingouvernable. Afra avait pris l'initiative de la première. D'autres avaient suivi, toujours avec l'approbation de Jeff, mais seulement quand certaines restrictions s'avéraient indispensables. Comme l'incident du jour le prouvait, Damia semblait toujours en avance d'un cran sur l'évaluation que les autres faisaient de ses capacités. De surcroît, elle devenait de plus en plus résistante aux suggestions « délicates », et, la Rowane étant totalement opposée à tout « tripotage mental » de ses enfants, des suggestions plus puissantes se seraient remarquées.

Jeff sentit l'embarras d'Afra, et secoua fermement la tête.

— Non. Je ne crois pas que l'hypnose soit la solution.

— *Jeff ?* La voix d'Isthia Raven fit diversion.

— Maman, je suis avec Afra, répondit Jeff tout haut à l'intention d'Afra.

— *Salut, Afra*, répondit Isthia, élargissant sa voix télépathique pour l'inclure. *Tu te remets de ce remarquable sauvetage ?*

— *Plus ou moins*, répliqua Afra.

Il avait depuis longtemps renoncé à donner le change à cette femme supérieure.

— *Sauf qu'il se torture avec une culpabilité mal placée*, ajouta Jeff.

— *Ta-ta-ta !* le gronda Isthia. *La culpabilité est pour les petites âmes, Afra. Ta réaction immédiate a été rien moins qu'héroïque, et je ne te permettrai pas de contester le terme. D'ailleurs, je suis sûre que Jeff est de mon avis.*

— *Moi, oui, mais pas lui. Il a menacé de démissionner.*

— *Sottises !*

— *Tu n'es pas état-major de Tour, Isthia Raven*, dit Afra, sortant de sa léthargie. *On ne peut pas te demander de savoir que j'ai contrevenu à une des règles les plus importantes de la procédure...*

— *Le sauvetage d'un enfant ? L'urgence a toujours le pas sur la procédure.*

Le ton tranchant contenait une telle réprobation de la bureaucratie qu'Afra ne put s'empêcher de sourire.

— *Au moins, tu as entendu la petite.*

— *Damia n'a pas appelé la Rowane*, dit Afra, lugubre.

— *Et comment va Angharad ?*

Comme en réponse à sa question, les générateurs de la Station hurlèrent à pleine puissance, montant en crescendo jusqu'à leur régime maximum, les charges expédiées en feu roulant vers leur destination.

— *Je dirais qu'elle a décidé de dissiper sa peur et sa colère de façon constructive*, répondit Jeff.

Il grimaça au hurlement aigu des générateurs atteignant leur pleine puissance de lancement.

— *Heureusement qu'Ackerman ne la laisse pas manquer de fret. Mais les objets fragiles pourraient bien arriver en miettes.*

— *Oh la la !*

La réponse d'Isthia s'assortit d'une caresse compréhensive.

— *Qu'est-ce que tu as l'intention de faire ?*

— *J'étais en train d'en discuter avec Afra*, répondit Jeff. *Nous avons écarté l'hypnotisme.*

123

— *Parfait; d'ailleurs je doute que ça aurait marché. La petite est trop rapide.*

Par-delà les années-lumière, Isthia fronça les sourcils.

— *Quelles alternatives avez-vous considérées ?*

— *Jusque-là, aucune,* répondit Jeff. *Nous allions essayer la méditation-estomac-plein. Puis il faudra voir ce que veut la Rowane.*

— *Après ça, elle ne voudra peut-être plus de moi,* dit Afra, abattu.

— *Assez, Afra Lyon !* lui lança Isthia avec véhémence. *Angharad elle-même ne tolérera pas que tu te vautres dans les remords.*

Brève pause.

— *Enfin, peut-être qu'une bonne engueulade te donnera le choc nécessaire pour retrouver ta conduite habituelle, puisque vous tenez tant au conformisme social, vous autres Capelliens méthodistes. Mais je ne crois pas qu'Angharad jugera le règlement plus important que la vie de sa fille.*

Afra en resta interdit.

— *Mais j'ai failli perdre cet astronef altaïrien. Si Jeff n'était pas...*

— *Seigneur ! Il n'en démord pas ! Si ça peut te faire plaisir, je suis parfaitement d'accord, en ma qualité de Méta de la Terre, pour amputer ton salaire annuel de la somme que tu jugeras adéquate pour compenser ton manquement au protocole. Mais, toujours en qualité de Méta de la Terre, je suis obligé de te faire remarquer, Afra Lyon, qu'il est hautement improbable qu'Angharad Gwyn-Raven accepte ta démission.*

Jeff fit une pause, regarda le visage têtu d'Afra, et soupira, exaspéré.

Isthia soupira aussi, comme en écho à son fils.

— *J'aurais cru que des années passées à pratiquer Reidinger et Angharad auraient miné ton éducation méthodiste. Qu'est-ce qu'on impose comme châtiment aux pécheurs sur Capella ? Le sac et la cendre ?*

Afra secoua la tête, puis l'enfouit dans ses mains, s'efforçant de calmer ses remords.

— *Et en tant que Méta de la Terre, je ne suis pas censé me mêler de la discipline des Tours. Je ne m'en mêlerai donc pas.*

— *Enfin,* dit Isthia, *pas plus que tu ne l'as déjà fait.*

— *Écoute les générateurs, Afra,* dit Jeff avec un grand sourire. *Elle se détend les nerfs par le travail. Tu devrais peut-être en faire autant. Non ? Bon, je suppose que c'est raisonnable ; tu es crevé.*

— *Afra, très cher,* dit Isthia, *je t'adore, mais il faut que tu secoues cette déprime. Ça ne te va pas, tout simplement.*

Puis elle ajouta, pensive :

— *Non, tu combats quelque chose... Tu résistes de toutes tes forces. C'est pourquoi tu émets tant d'émotions négatives, hein ?*

Afra battit des paupières. Non, il ne s'apitoyait pas sur lui-même, pas plus qu'il ne portait mentalement – l'expression l'amusait – le sac et la cendre. En fait, il se demandait si Jeff n'avait pas perçu ce qui l'inquiétait tellement. Maintenant qu'il avait montré à Damia comment se servir de son Don de télékinésie, il lui avait ouvert des horizons qui provoqueraient des incidents beaucoup plus graves que celui d'aujourd'hui. Il avait déjà causé des torts irréparables à la famille Gwyn-Raven avec son idée de lien *in utero* tissé entre Jeran et Cera, et qui les isolait tant de Damia qu'elle était exclue de tous rapports naturels avec eux, proscrite dans sa propre famille qui aurait dû la stimuler. Elle était aussi la plus jeune du jardin d'enfants, mais tellement plus avancée que les enfants de son âge qu'elle n'avait pas de camarades de jeu. S'il y avait eu à la Station un seul enfant compatible par l'âge et les capacités, il savait que Damia aurait été heureuse et certainement moins gaffeuse. Afra grogna, secouant sa tête dans ses mains.

— *Qu'est-ce qu'il y a ?* demanda Jeff.

— *Ça ne va pas plaire à la Rowane,* temporisa Afra.

Mais son écran mental n'était pas assez fort pour empêcher les longues oreilles d'Isthia de capter les pensées de son esprit fatigué. Ou peut-être qu'elle était arrivée à la même conclusion de son côté.

— *Aha !* s'exclama-t-elle, triomphante.

— *Je connais ce genre de « aha », maman, et ça ne présage jamais rien de bon,* dit Jeff avec un grognement assez semblable à celui d'Afra.

Afra expliqua avec lassitude :

— *Je me disais que tous les problèmes de Damia seraient résolus si elle avait des camarades ayant le même âge et les mêmes capacités. Elle a un an de moins que le plus jeune. Si elle avait un ami humain de son âge...*

— *Je ne veux pas la descendre sur la Terre, et le seul autre endroit où il y a beaucoup d'enf...*

Jeff s'arrêta net et regarda Afra, solennel.

— *Tu as raison. Ça ne va pas plaire à la Rowane. Pas du tout.*

— *Il faudra lui faire entendre raison, Jeff,* intervint Isthia. *Ce n'est pas la première fois que Damia fait instinctivement appel à Afra pour l'aider et la réconforter. Il ne pourra pas indéfiniment la sortir du pétrin. Ou alors...*

Isthia laissa charitablement sa phrase en suspens, mais Afra voyait toujours la projection désespérée de la Rowane pour retenir le paquebot altaïrien et préférait ne pas penser à ce qui serait arrivé si Jeff n'avait pas été là pour empêcher que l'astronef ne se perde à jamais dans le néant.

— Qu'est-ce que tu en penses, Afra ? demanda Jeff au grand Capellien.

Afra ne répondit pas tout de suite.

— L'important, ce n'est pas ce que j'en pense, Jeff. C'est ce qui est le mieux pour Damia.

— Ce sera très dur pour nous tous, dit Jeff, répondant à la

plainte inexprimée d'Afra. *Maman, pas un mot de tout ça à qui-conque!*

— *Et surtout pas à portée des oreilles d'Angharad. Dieu merci, ses expéditions dans toute la galaxie l'absorbent pour le moment. Il y a pas mal de jeunes Doués près de chez moi. Et toute une ribambelle de cousins au second et troisième degré qui pourraient l'être... s'il y avait quelqu'un pour leur montrer une ou deux petites choses. Je vais voir ce que nous pouvons faire sur Deneb. Surtout si Damia vient de découvrir ses facultés kinétiques.*

Plus pour Afra que pour Jeff, Isthia ajouta :

— *Je te promets de faire tout mon possible pour aider mon indocile petite-fille que tu trouves si adorable.*

Tard dans la soirée, de ses doigts à la fois fermes et déliés, Jeff massait le cou de la Rowane, pétrissant ses muscles noués.

— Si Afra n'avait pas été là! s'écria-t-elle. Oh! Juste là! Exacte-ment!

Elle tourna le cou pour l'aider dans ses efforts.

— Ah!

Elle se dégagea, lui saisit les mains et les serra doucement.

— Merci! Je me sens beaucoup mieux.

— Toujours à ton service! répliqua Jeff, assis au bord du lit, avec un petit salut de la tête.

La Rowane était assise par terre entre ses jambes. Elle se leva d'un bond, lui effleura le front d'un baiser, puis le releva à deux mains. Jeff l'étreignit avec un tendre sourire. Mais la Rowane arrêta son élan, l'air sévère, lui mettant un doigt sur les lèvres.

Devant son air perplexe, elle dit :

— Allons discuter à la cuisine.

Elle se retourna, et, les doigts enlacés aux siens, elle l'entraîna par la main.

La cuisine offrait deux endroits pour s'asseoir : le bar et ses hauts tabourets près du poêle, et la grande table circulaire où ils prenaient (ou essayaient de prendre) le petit déjeuner avec les enfants. Jeff haussa un sourcil interrogateur, mais elle lui ferma son esprit tant qu'ils ne furent pas assis à la table.

— Jeff, j'ai peur, commença la Rowane. Si Afra n'avait pas été là, nous aurions pu perdre Damia.

— Le vaisseau allait sur Altaïr, pas dans la Nébuleuse de la Tête de Cheval, dit Jeff, doucement réprobateur. Ils nous l'auraient ramenée.

— Et si elle avait paniqué? dit la Rowane, se tordant les mains. Et si Afra n'avait pas été là? S'il n'avait pas assisté sa poussée kinétique? Elle aurait pu se perdre à jamais.

Elle écarta les mains en un geste désespéré.

Jeff les prit dans les siennes et lui caressa doucement les paumes en souriant.

– Mais elle n'a pas été perdue, mon amour. Afra l'a attrapée.

– Oui, c'est vrai, dit-elle en un sanglot. Mais pourquoi n'est-ce pas moi qu'elle a appelée? Oh, Jeff, est-ce que je suis donc une si mauvaise mère? demanda-t-elle, les larmes aux yeux.

– Non! répondit Jeff avec force.

– Alors, pourquoi n'est-ce pas moi qu'elle a appelée? s'écria la Rowane en lui retirant ses mains.

– Tu étais trop concentrée, Rowane. Tu avais un paquebot à téléporter...

– Afra aussi! intervint-elle. Afra aussi! Mais c'est lui qu'elle a appelé, pas moi!

– Rowane, mon amour, qui peut savoir ce qui se passe dans l'esprit d'une enfant de deux ans, surtout dans celui de Damia?

– Elle en a presque trois! rectifia-t-elle distraitement.

Jeff branla du chef.

– Peu importe. Elle a réagi poussée par la panique. Et elle a crié le premier nom qui lui est passé par la tête. Au moins, elle a appris à ne pas te déranger quand tu travailles.

– Tu vois, c'est bien ce que je disais: je *suis* une mauvaise mère! gémit-elle.

Jeff eut un soupir exaspéré, et se détourna, furieux de cette crise d'autoflagellation.

– En revanche, tu ne fais pas de bien à ton futur fils en te mettant dans cet état, remarqua-t-il quand il eut maîtrisé sa colère. Damia est une enfant pleine d'allant, ce qui la rend difficile.

Il sourit et pointa sur elle un doigt accusateur.

– Si j'ai bonne mémoire, tu avais à peu près le même âge quand tu mis *toute une planète* sens dessus dessous, et ta fille est loin d'en avoir fait autant.

La Rowane battit des paupières et eut un petit sourire peiné.

– La situation était toute différente, mais je vois ce que tu veux dire.

Elle soupira, désespérée.

– Pourtant, je n'ai aucun problème avec Jeran et Cera...

– Qui sont placides jusqu'à l'indifférence, et totalement absorbés par leur petite personne jusqu'à exclure leur petite sœur. Damia, en revanche, demande la même compréhension attentive que tu as reçue de Lusena. Mais nous n'avons pas ici de Lusena qui puisse consacrer tout son temps à notre Damia. Laquelle, m'a-t-on souvent fait remarquer, ressemble beaucoup à sa mère. Les contraires s'attirent, et les semblables se repoussent. Et, en se tournant vers Afra dans les moments de crise, Damia ne fait que suivre le bon exemple de sa mère, non?

Il brandit plaisamment l'index.

– L'imitation est la forme la plus sincère de la flatterie.

La Rowane prit une profonde inspiration avant de le contredire, puis expulsa son air en un soupir découragé.

– Si c'est arrivé une fois... commença-t-elle.

– Ça se reproduira, termina Jeff en hochant la tête. Et nous n'aurons peut-être pas autant de chance la prochaine fois.

– Qu'est-ce que nous pouvons faire ?

Jeff mit longtemps à formuler sa réponse, et quand il le fit, ce fut d'un ton plein de regret :

– Malgré mes contacts avec tous les Doués possibles, je ne suis pas parvenu à découvrir une nounou D-6. Et j'ai offert tous les avantages imaginables...

– Tu ne m'avais pas dit...

Jeff leva les yeux au ciel devant sa véhémence.

– De toute façon, il nous aurait fallu quelqu'un avec le prochain. Et après l'incident d'aujourd'hui, tu ne te serais pas plainte si je t'avais trouvé quelqu'un de valable.

Il soupira et passa à la proposition suivante, plus délicate.

– Nous pourrions essayer l'hypnose...

– Non! dit la Rowane avec force. Je ne veux pas qu'on tripatouille mes enfants!

Jeff poursuivit l'énoncé de sa liste :

– Et un minah ?

– Damia n'est pas orpheline...

– Elle vient de vivre une expérience traumatique...

– Elle n'a *pas* besoin d'un minah. Elle a une mère et un père...

– Un téléguide, alors ? Il y a d'excellents robots...

– Un robot pour tenir compagnie à Damia ? fit la Rowane, horrifiée. Un objet dépourvu de sensibilité... Même un minah serait préférable!

– Les robots ne peuvent pas être détournés de la tâche pour laquelle ils sont programmés.

Jeff écarta la proposition d'un haussement d'épaule avant que la Rowane ait pu rassembler ses arguments.

– Je reconnais que l'idée ne me sourit guère, mais...

– C'est une idée épouvantable!

– Alors, il n'y a plus qu'une seule possibilité, commença Jeff, hésitant à dessein.

– Quoi ?

– Ça a bien marché avec moi, dit-il, choisissant ses mots avec soin, mais je ne sais pas si toute une planète sera encore assez grande. On pourrait demander à ma mère de les prendre tous les trois... au moins jusqu'à ton prochain accouchement.

– Quoi ? Avouer devant tout Deneb et la Ligue des Neuf Étoiles que je ne suis pas capable de m'occuper de mes propres enfants ?

– Non, avouer devant la Ligue des Neuf Étoiles que tu as une grossesse difficile et que tu continues quand même à remplir tes devoirs de Méta. Mais que comme ce sont des enfants exceptionnels, tu acceptes de te priver de leur présence pour qu'ils grandissent aussi heureux que possible, rectifia Jeff. Et d'ailleurs, poursuivit-il, reprenant son souffle, que t'importe l'opinion des autres si les enfants sont heureux ?

— Mais ta mère ne pourra jamais...

— Il n'y a pas que maman, mais aussi mes frères, mes sœurs, mes cousins et mes nièces, précisa Jeff. Ils seront tous ravis. Et ce sera une bonne chose pour Deneb. Tu sais combien de Doués latents tu as découverts dans la cité. Malgré leur jeunesse, les nôtres sont déjà mieux formés que personne là-bas. Deneb est en train de se réorganiser, la présence d'autres jeunes Doués stimulera leur intérêt pour cette ressource naturelle. Et, termina Jeff, lui tapotant tendrement le ventre, tu pourras te consacrer totalement à celui-là.

— Peut-être que si je n'avais pas...

— Tu as voulu un autre enfant à cause de Damia, n'oublie pas, lui rappela doucement Jeff. Maman serait aux anges. Et Ian est un brave gosse ; il sera sûrement content d'avoir des neveux et nièces pour jouer.

L'image incongrue d'un oncle de sept ans fit sourire la Rowane malgré elle. Ian était le dernier-né d'Isthia Raven, et le premier bébé que la Rowane eût jamais tenu dans ses bras. Elle le voyait très bien jouer avec Jeran, qui en avait six, et qui s'absorbait trop lui-même dans sa sœur, de quinze mois sa cadette.

— Jeran serait content d'avoir un grand frère, et je suis sûr que Ian n'y trouverait rien à redire, remarqua Jeff, accédant sans difficulté aux pensées de la Rowane.

— Jeff... commença la Rowane, s'apprêtant à protester.

Il leva une main pour l'interrompre, puis la posa sur la sienne.

— Dors sur ma proposition, mon amour.

Tendrement, il la conduisit de la cuisine dans leur chambre. Une fois au lit, la Rowane roula vers lui.

— Jeff ?

— Mmm ?

— Ne parle pas de ça à Afra. Pas encore.

— Bien sûr que non, pas avant que tu aies pris une décision, répondit Jeff, image de l'innocence.

A mesure que la semaine avançait et que les répercussions de l'exploit de Damia se faisaient sentir à travers toute la Ligue des Neuf Étoiles, avec des chargements en retard ou perdus, la Rowane trouva de plus en plus difficile de résister à la proposition.

— Mais je trouve ça tellement dénaturé ! s'écria-t-elle un soir, les larmes aux yeux. Pourquoi suis-je incapable de m'occuper de ma propre fille ?

Jeff lui tapota le dos d'une main apaisante.

– Mais non, mon amour. Tu y parviendrais parfaitement si tu n'avais que ça à faire. Mais pense à toutes les exigences que tu dois satisfaire : trois enfants, tous trois Doués de haut niveau, un quatrième en route, et de longues heures à la Tour des TTF.

– Mais je ne veux pas devenir comme Siglen...

Jeff la regarda, étonné, puis éclata de rire en la berçant dans ses bras.

– Mon amour, tu ne ressembles pas plus à Siglen que... que Brian Ackerman à Reidinger. Parfois, quand je pense à la façon dont cette femme t'a réprimée, coconnée, imposé une ribambelle de phobies ridicules, je m'étonne que tu t'en sois si bien sortie, s'exclama Jeff, la berçant avec plus d'entrain. Tu as choisi de ne pas réprimer ni surprotéger tes enfants, et ils sont vraiment épatants. C'est simplement qu'une petite merveille Gwyn-Raven donne du fil à retordre à tout le monde!

La Rowane acquiesça d'un soupir.

– Et toi, tu en as trois, et une quatrième en route, dit Jeff, lui frictionnant doucement le ventre. Et puis, il y a ce rapport troublant d'Elizara.

– Hmm?

La Rowane remua nerveusement à ce changement de conversation.

– Ah? Ah oui, elle a parlé d'anomalies dans mon dernier test de laboratoire.

– Ah?

La Rowane les écarta du geste.

– Elizara a dit qu'elle m'en parlerait. Que ça arrive parfois.

– J'aimerais mieux en avoir le cœur net, insista doucement Jeff. Je ne sais pas pourquoi, poursuivit-il en souriant, mais je tiens beaucoup à toi.

Il lui entoura les épaules de son bras et contempla son visage à demi caché contre sa poitrine.

Elle lui jeta un long regard énigmatique du coin de l'œil.

– Je pourrais...

Elle hésita.

– ... prendre un congé.

Sans le laisser se remettre de sa surprise, elle ajouta :

– Afra pourrait me remplacer... avec toi qui lui donnais un coup de main pour les charges vivantes ou lourdes.

Jeff fut renversé par la proposition. Il la serra contre lui tout en réfléchissant, ruminant cette idée – et aussi la raison d'une proposition si radicale. Il savait qu'elle prenait très à cœur sa tâche de Méta. Et, en temps normal, elle s'en acquittait admirablement. Jeff avait vu les notes personnelles de Reidinger sur sa gestion. L'épisode du paquebot altaïrien était unique à tous égards. Il sentit à sa nervosité croissante qu'il avait suffisamment tardé à répondre.

– Pourquoi pas? Tu as bien droit à un répit, dit-il, lui caressant les cheveux en souriant. Nous autres Métas, nous ne prenons même pas le quart des vacances auxquelles nous avons droit. Je pourrais transférer Saggoner et Torshan ici...

De l'index de sa main libre, il enfonça le dessus-de-lit, mimant les changements de personnel qu'il aurait à faire. Puis il fronça les sourcils.

– Bien sûr, ils sont devenus indispensables sur Altaïr, et ce système n'a pas de Réseau de Balises avancées... On pourrait faire venir Gollee Gren pour aider Afra...

Il laissa sa phrase en suspens pendant qu'il réfléchissait. Puis il regarda la Rowane dans les yeux et resserra son étreinte.

– Il y a une autre solution possible. Maman!

La Rowane le scruta, physiquement et mentalement, dégoûtée parce qu'il lui cachait quelque chose.

– Ta mère ne peut pas gouverner une Tour.

– Non, dit Jeff avec un grand sourire, malgré ses hésitations et sa lassitude. Mais pour élever les enfants, elle s'y connaît.

– Après tous ceux qu'elle a dû élever, tu lui mettrais Damia sur le dos?

– Et Jeran et Cera, dit Jeff, mortellement sérieux maintenant. Si Damia a appris à se téléporter, les deux autres ont trop d'amour-propre pour ne pas l'imiter.

Le visage de la Rowane refléta la crainte que Jeff sentait dans son esprit et dans son corps.

– Nous sommes tellement loin de Deneb... commença la Rowane.

Brusquement, elle lui donna un coup de poing dans le diaphragme qui lui arracha un grognement; son regard changea, et elle frappa une deuxième fois, plus fort.

– Sale faux-jeton! Tu m'as bien eue avec tes changements d'affectation des Doués! C'est à ça que tu pensais depuis le début! Tu ne vaux pas mieux que Reidinger, maintenant que tu es Méta de la Terre. La Station de Callisto fonctionne mieux avec moi... même si je vomis mes tripes avec mes nausées matinales!

Jeff toussota discrètement.

– En fait, le plus haut degré d'efficacité a été atteint ici quand c'était *moi* le Méta.

La Rowane le foudroya, toute parole inutile. Jeff haussa les épaules.

– Bon, tu pourrais être Méta de la Terre!

– Jeff! gronda-t-elle, se jetant sur lui.

Il s'ensuivit un simulacre de bagarre, que la Rowane interrompit avec un grognement, et elle s'écarta.

– Ça va? demanda Jeff avec sollicitude, car elle avait viré au gris.

La Rowane hocha la tête, haletante.

131

– Euh... Notre petit dernier a décidé de s'amuser un peu lui aussi.

– J'appelle Elizara, dit Jeff d'un ton sans réplique. Et les enfants iront sur Deneb.

Quand la Rowane commença à protester, il l'arrêta de la main.

– Cette grossesse ne se déroule pas normalement, et je ne veux pas risquer de te perdre.

Elizara arriva si vite que la Rowane en fut alarmée, tout en se plaignant que Jeff la surprotégeait. Elizara rassura immédiatement les deux parents, leur affirmant que l'enfant n'était pas stressé.

– Mais toi, si! dit-elle pointant un doigt accusateur sur la Rowane. J'ai vérifié et revérifié tes derniers examens, et tu fais ce qu'on appelle le diabète de la gestation, Rowane.

– Du diabète?

Jeff se laissa lourdement tomber sur le lit près de sa femme qu'il prit dans ses bras, comme si cela pouvait la protéger contre la maladie.

– Ce n'est pas rare chez les femmes enceintes, mais se manifeste généralement pendant la première ou la seconde grossesse. Ce désordre cesse après la naissance, dit Elizara préparant un spray hypodermique. Cette injection devrait équilibrer ton taux de glucose.

– Mais j'ai toujours été en bonne santé. J'ai eu trois grossesses sans problèmes...

La Rowane était abasourdie. Elizara hocha la tête.

– C'est vrai. Et tu en as pour celle-ci. Tu vas être obligée de surveiller ton régime et ta charge de travail. Il faut absolument réduire le stress sous peine de graves problèmes pour toi et l'enfant.

Elle se tourna vers Jeff.

– Je sais que la Station de Callisto constitue un lien vital dans le réseau des TTF, mais j'insiste pour que l'emploi du temps de Rowane soit allégé.

– A partir de tout de suite, dit Jeff, transmettant aussitôt la restriction à Brian et Afra.

Elizara regarda la Rowane dans les yeux.

– A partir de tout de suite, Rowane?

Elle hocha la tête, incapable de nier plus longtemps la lassitude mortelle qu'elle s'était efforcée de dissimuler jusque-là. Elle s'affaissa sur ses oreillers, au bord des larmes.

– Je suis tellement navrée, Jeff.

– Navrée? De quoi?

Il la prit dans ses bras, inquiet devant son visage inondé de larmes.

– Ce n'est pas ta faute, mon amour, c'est ton corps qui a craqué. C'est qu'il n'y a pas beaucoup de femmes enceintes capables de retenir un paquebot mégatonnes pour l'empêcher de disparaître dans le néant. Sans parler de toutes les crises mineures que tu dois résoudre tous les jours. J'ajouterai, poursuivit-il avec un sourire de pure malice, voyant que la sympathie ne l'amenait nulle part, que si tu m'avais permis de produire cet embryon selon la méthode séculaire...

Il pencha la tête, espérant avoir trouvé le ton taquin adéquat. Elle cessa de pleurer et le foudroya.

– Tu ne peux pas me mettre toute la responsabilité sur le dos ! Du sperme est du sperme, peu importe la façon de se le procurer.

Puis elle comprit son expression et se mit à pouffer.

– Bon, d'accord. J'ai fait ça toute seule et je paye l'addition. Et c'est ma faute. Mais tu ne voulais rien faire. Damia est une enfant si affectueuse. Regarde comme elle traite Canaillou et les chat-coons...

– Les peint de couleurs ravissantes...

– Mais elle les a nettoyés. Elle veut simplement ce que Jeran et Cera ont déjà : un frère pour jouer.

– Bon, tu en as fait à ta tête, et maintenant, nous prenons les choses en main, dit-il, la serrant dans ses bras et frottant sa joue contre la sienne. Mais entendons-nous bien. Nous veillerons à ce que tu te reposes, que tu fasses de l'exercice, et du meilleur – il rit sous cape d'un air suggestif – et pas de crises de nerfs.

– Et les enfants ? demanda-t-elle, inquiète, tout en « sentant » qu'il lui avait aussi enlevé la décision dans ce domaine.

– Ils iront sur Deneb. J'ai déjà parlé à maman, et elle a quelques idées qui devraient résoudre ses problèmes et les nôtres. Et...

Il fit une pause et l'écarta de lui pour la regarder dans les yeux.

– ... tu accepteras un long intervalle avant de me demander – poliment – de faire un autre bébé –, par la méthode éprouvée.

Il la considéra avec sévérité.

– Oh oui, répondit la Rowane avec sincérité. Oh oui !

Afra, Brian Ackerman sur les talons, rattrapa Jeff Raven.

– Elle va se remettre, non ?

– Elizara t'a tout dit ? demanda Jeff, permettant à Afra de « voir » l'inquiétude qu'il avait cachée à la Rowane. Elle doit conserver son équilibre métabolique. Elizara m'a parlé en particulier avant de retourner à sa clinique. La Rowane n'a pas suffisamment espacé ses grossesses pour que son métabolisme ait le temps de redevenir normal. Si elle travaille sans excès, moins que d'ordinaire, mais assez pour ménager son amour-propre, et si nous arrivons à contrôler ses émotions – vous connaissez sans doute mieux que moi son instabilité depuis le début de cette grossesse...

Il sourit, voyant Afra lever les yeux au ciel et Brian pousser un soupir à fendre l'âme.

– ... alors, tout ira bien.

– Qu'est-ce qui se passera la prochaine fois? demanda Ackerman, sceptique.

Jeff hocha la tête.

– Elizara a bon espoir. On ne peut rien faire pour le moment, mais après l'accouchement, il existe des traitements pouvant prévenir la réapparition du diabète.

Ackerman n'eut pas l'air convaincu.

– Je croyais qu'une nouvelle grossesse provoquait *toujours* un diabète permanent.

– Autrefois, dit Jeff. Mais Elizara m'assure que ce n'est plus le cas aujourd'hui.

Il les considéra pensivement.

– Les enfants vont sur Deneb. Il faut faire vite, dit-il, regardant Afra.

– Si ça doit se faire « autant faire vite », acquiesça Afra, voyant Jeff sourire à cette citation. Nous pouvons arranger ça pour aujourd'hui, Brian et moi.

– Oui, bien sûr, dit Brian, se demandant pourquoi on l'enrôlait dans cette corvée peu enviable, mais Afra devait avoir ses raisons.

– Je ne sais pas trop comment annoncer la nouvelle à Damia, dit Jeff, avec une grimace d'anxiété. La pauvre petite est si déprimée ces temps-ci.

– C'est le contraire qui serait étonnant, dit Afra. Comment as-tu convaincu la Rowane qu'il fallait éloigner les enfants?

– La chaude alerte du paquebot m'a bien aidé, et aussi le fait qu'elle risque le bébé si elle ne se ménage pas, dit Jeff. Mais je ne voudrais pas que Damia associe inconsciemment sa désobéissance à cet exil précipité.

– Pourquoi, si Jeran et Cera partent avec elle? dit Afra. Souligne bien que la Rowane est malade – ce qu'elle sent déjà probablement, comme, sans doute, Jeran et Cera aussi. Ils sont peut-être très absorbés l'un par l'autre, mais ils ne sont pas insensibles à leur environnement.

– Non, certainement pas.

En fait, Jeran et Cera avaient été très nerveux après l'épisode du paquebot. Ils savaient aussi que Damia avait couru un grand danger, et ils l'avaient même incluse dans plus d'un jeu à la crèche.

– Quand? demanda Jeff, sa décision prise.

– Aujourd'hui, lança Afra.

– Ce n'est pas trop précipité?

Jeff s'inquiétait de la réaction de la Rowane devant ce qui semblait, même pour lui, une hâte indécente.

– Ta mère est prête et les attend déjà, ajouta Afra, et Jeff eut la nette impression qu'il avait comploté avec Isthia.

Jeff soupira et hocha la tête, pensant à tous les problèmes qui l'attendaient sur la Terre.

– Très bien. Alors, va pour aujourd'hui, dit-il.

Depuis deux jours entiers, Damia s'efforçait d'être sage comme une image. Tanya venait la prendre le matin, car Damia savait déjà que maman était très fatiguée et se reposait au lit toute la journée. Damia se demandait si quelque chose n'allait pas à la Tour. Maman n'en restait jamais éloignée très longtemps. Mais, parce que papa lui avait demandé d'être très sage, elle avait élargi cette requête au temps qu'elle passait à la crèche. De temps en temps, elle regardait autour d'elle, pour s'assurer que Tanya remarquait cette sagesse exemplaire.

Elle *ne voulait pas* causer de problèmes ; elle avait juste eu peur quand la capsule avait fait une embardée si soudaine. *Ses* voyages en capsule s'étaient toujours passés sans heurts. Puis elle avait « senti » que l'embardée provenait de sa mère, et elle avait cru que maman était fâchée contre elle. Alors, elle avait été bien obligée d'appeler Afra au secours. Elle était sûre qu'il expliquerait tout à maman et que tout rentrerait dans l'ordre. Mais tout n'était pas rentré dans l'ordre ; Damia réprima un bref accès de colère contre Afra, qui n'avait pas tout arrangé.

– *Damia ?*

Quelqu'un l'« appelait ». Afra ! C'était Afra ! Elle se retourna.

– Afra ! cria-t-elle tout haut, se levant pour courir à sa rencontre.

Elle savait qu'elle ne devait pas « appeler » au lieu de parler, mais elle ne put s'empêcher d'émettre avec espoir.

– *Afra ?*

Afra s'accroupit près d'elle et la prit dans ses bras.

– Tu viens jouer avec moi parce que j'ai été sage, s'écria-t-elle en joyeuse anticipation.

Grands yeux bleus brillant à travers un voile de cheveux noirs comme le jais, elle lui lança une œillade enjôleuse, réfléchissant au jeu à lui proposer.

– Tanya m'a dit que tu avais été très sage, dit Afra. Alors, si tu veux jouer...

Tout heureuse, Damia l'entraîna dans son coin, sa menotte serrant très fort un gros doigt.

– On pourrait jouer à la Station, décida-t-elle, après avoir écarté plusieurs autres possibilités en marchant. Je serais la Méta, et tu serais mon second.

Afra gloussa.

– Ton second ? D'accord, dit-il, s'asseyant par terre en tailleur et la saluant de la tête. Tes désirs sont mes ordres.

Les mains sur les hanches, Damia pencha la tête avec irritation.

– Afra !

– Quoi ?

– Tu sais bien. Joue comme il faut, dit-elle, le menaçant de l'index.

Afra s'exécuta, concoctant une liste de vaches, chats et boîtes de conserve pour le premier chargement. Après trois expéditions, Afra décida qu'elle était suffisamment détendue.

– Où est la prochaine charge ? demanda Damia, lippe toute prête.

– Ça te plairait d'être toi-même une charge ? Une vraie, comme celles que tu as vues partir à la Station.

Damia hésita, pas sûre d'avoir envie de jouer dans les capsules pour le moment.

– Tu aurais un vrai carisak pour le voyage.

– Le voyage ?

Damia n'était pas enthousiaste, mais elle savait qu'elle pouvait avoir confiance en Afra. S'il disait qu'elle pouvait être une vraie charge...

– Jeran et Cera viendront aussi.

Ça, ça n'avait rien de réjouissant. Damia aimait mieux faire quelque chose qu'ils ne faisaient pas, eux. Ils étaient méchants parce qu'ils ne voulaient rien partager avec elle ; mais ils étaient bien plus gentils depuis deux jours.

– Tu viens aussi ? demanda-t-elle, le regardant avec espoir, mais Afra secoua la tête. Alors, je veux pas partir.

– Mais tu comprends, ta grand-mère t'invite. Ce sera super.

Sentant soudain qu'Afra ne jouait pas au jeu qu'elle aimait, Damia se jeta sur lui, refermant farouchement ses petits bras autour de son cou.

– Je veux être avec toi !

Afra se dégagea doucement, la tenant à bout de bras par la taille, pour la regarder dans les yeux et renforcer ses paroles par le contact physique.

– Damia, il faut faire ce voyage, dit-il de son ton le plus doux, le plus persuasif. Ta grand-mère a tout préparé pour toi.

Il ignora sa moue et poursuivit :

– Tu auras des cousins de ton âge... des cousins qui te prendront dans tous leurs jeux. Et, telle que je te connais, c'est sûrement toi qui commanderas.

– Tu crois ?

Perspective fascinante. Étant la plus jeune, elle ne pouvait jamais commander à la Station.

– Tu auras toute une planète pour jouer, et pas seulement quelques petits Dômes avec un minable terrain de jeux et des tunnels moisis.

– Mais j'aime bien les tunnels...

– Seulement parce que tu n'as pas vu les merveilles d'une planète que ton oncle Ian...

– Mon oncle ?

136

Elle fronça le nez, perplexe.

– Ton oncle Ian. Il a sept ans.

– Alors, il n'est pas de mon âge. Il est plus grand que Jeran.
Elle fronça les sourcils, soupçonneuse.

– Qui a mon âge?

Afra éclata de rire, car il n'avait pas pensé à ce détail.

– Bon, il y en a tellement que je ne me rappelle plus leur âge,
mais ta grand-mère te présentera. Elle t'attend sur Deneb. Où ton
père a passé son enfance.

– Je reste ici, dit Damia, têtue, croisant les bras d'un air résolu.

– Quels jouets veux-tu emporter? demanda Afra, regardant sa
pile.

– Pourquoi je ne peux pas rester ici?

Afra réfléchit à son prochain argument.

– Eh bien, tu sais que ta maman est malade, non?

Damia hocha la tête, solennelle.

– C'est à cause de ton futur petit frère.

– Je vais avoir un petit frère?

Damia s'éclaira considérablement.

Afra acquiesça de la tête.

– Ne dis pas à ta mère que je te l'ai dit, mais c'est vrai.

– Il jouera avec moi?

– Je suppose, dit Afra. Tu seras gentille avec lui?

Damia ne s'engagea pas immédiatement.

– Il jouera avec moi comme Jeran joue avec Cera?

– Ça dépend de toi, répondit Afra, avec un regard interrogateur. Si tu l'aimes comme Jeran aime Cera, il jouera comme
lui.

– Je l'aimerai de tout mon cœur! déclara Damia avec ferveur.
Quand est-ce que je vais le voir?

– C'est que... il n'est pas encore né...

– Tu veux dire qu'il est dans le ventre de maman?

Afra hocha la tête.

– Et qu'il faut qu'elle le fasse sortir?

Nouveau hochement de tête.

– C'est pour ça qu'on va chez grand-mère?

Afra opina une troisième fois.

– Alors, pourquoi tu l'as pas dit tout de suite?

Afra, qui connaissait sa précocité, se demanda effectivement
pourquoi il avait tourné autour du pot avec elle.

– On avait commencé par jouer à la Station, tu te rappelles?
dit-il, taquin. Bon, rassemblons tes jouets.

– Mes cousins n'ont pas de jouets?

– Oui, mais tu voudras sans doute partager les tiens avec eux?

– Je suppose, s'ils jouent avec moi, répondit joyeusement
Damia.

Mais l'humeur de Damia avait considérablement changé le moment venu de s'attacher dans la capsule.

– Je veux pas partir toute seule, cria-t-elle à Afra.

Jeff Raven assistait au départ, lèvres serrées pour contrôler son émotion.

– Papa, dis à Afra de venir avec moi!

– Non, ma chérie, dit Afra. Il faut que je reste ici avec ta maman.

Il la prit dans ses bras, l'assit à côté de son frère et sa sœur, et, malgré ses contorsions, lui boucla sa ceinture.

– Je veux pas partir! déclara-t-elle.

– *Et ton petit frère?* lui demanda Afra en privé.

– *Je veux pas de frère! Je veux toi!* rétorqua-t-elle avec une véhémence qui stupéfia Afra.

Le « bruit » attira l'attention de la Rowane qui se téléporta en direction de la « voix » de sa fille.

– Damia? Qu'est-ce qui ne va pas? Qu'est-ce qui se passe ici? demanda-t-elle, écarquillant les yeux devant la scène. Jeff! Pas encore! C'est trop tôt!

– Tu devrais te reposer, mon amour.

– Tu ne voulais pas me laisser leur dire adieu? s'écria la Rowane.

Jeff lui prit les mains et secoua la tête.

– Tu ne leur dis pas adieu, tu leur dis bon voyage. Les enfants ne vont que jusqu'à Deneb. Tu les entendras sans problème.

– Jeff! commença-t-elle, d'un ton accusateur.

Puis, avisant Afra, elle reprit:

– Toi! Tu étais aussi dans le complot!

– Rowane... commença Afra, lui tendant les bras d'un air suppliant.

– Non!

– Mamaaaannn! gémit Damia, se débattant contre sa ceinture.

– Oh, Jeff, comment as-tu pu faire ça? dit la Rowane en un souffle.

Puis Damia disparut et reparut dans les bras d'Afra. Les yeux de la Rowane se dilatèrent à sa disparition, puis sa mâchoire s'affaissa à sa réapparition. Elle se tourna vers Jeff, l'air à la fois stupéfait et blessé.

– Elle a pris le coup, hein? lui dit Jeff avec calme. Et si elle allait sauter dans le néant?

La Rowane battit des paupières, s'humecta les lèvres, et se retourna vers sa fille, muette de stupeur.

– *Dis au revoir à ta maman,* Damia, lui dit Afra sur le canal privé le plus étroit possible, et avec tant d'autorité qu'il sentit sa résistance fondre en l'absence de toute alternative.

Il l'amena à ses parents.

– *Et à mon petit frère ?* supplia Damia, en une dernière manœuvre dilatoire.

– *Alors, très doucement,* dit-il sans relâcher son autorité.

Damia s'étira pour nouer ses petits bras au cou de sa mère.

– Je serai sage, maman, promit-elle, lui plantant un baiser mouillé sur la joue. Pour mon petit frère.

La Rowane la serra passionnément, réprimant la douleur de la séparation. Toute faiblesse de sa part anéantirait le conditionnement psychologique effectué par Afra.

– Je ne serai pas à plus d'une pensée de toi, Damia.

– Même quand tu seras dans la Tour ? demanda anxieusement Damia.

La Rowane ferma brièvement les yeux devant cette requête angoissée.

– Pendant tout le temps que tu seras partie, et, si tu es très sage, tu pourras me parler même quand je serai dans la Tour.

– Oh! fit Damia, soulagée, avec un sourire radieux. A papa aussi ?

– Si tu n'oublies pas que nous serons peut-être trop occupés pour bavarder longtemps, dit Jeff, levant un index entendu.

– Afra ?

– C'est que je suis pas aussi bon que tes parents à longue distance, coquinette, mais j'écouterai très fort.

– Et moi, je peux appeler très, très fort.

Puis elle gigota pour qu'Afra la lâche. Sentant ce qu'elle voulait faire, il la posa par terre. Elle mit les mains sur l'abdomen de sa mère et dit, sur un canal étonnamment étroit : « *Je serai la meilleure grande sœur du monde.* » Son visage rayonnait d'un contentement qu'Afra ne lui avait plus connu depuis qu'elle était tout bébé.

A son immense surprise, Afra s'aperçut que ni Jeff ni la Rowane n'avaient entendu la promesse de Damia. Il fut plus soulagé que jamais de la voir s'éloigner des dangers d'une Station sous Dômes.

– Maintenant, dit-il, reprenant les choses en main, on va t'installer comme il faut.

Il la prit dans ses bras et la remit dans la capsule.

– Quand est-ce qu'on part ? demanda Jeran avec impatience, irrité de tous ces délais.

Cera foudroya Damia.

– Dès que je me sentirai mieux, je viendrai vous voir avec papa... commença la Rowane, parlant très vite pour refouler ses larmes, et ajoutant, reconnaissante à Afra de cette suggestion télépathique : Voir aussi si tu commandes tous tes nouveaux amis...

Mais Afra ne perdait rien pour attendre, elle allait lui dire ce qu'elle pensait de son rôle dans l'exil précipité de ses enfants.

– Tu viendras me voir aussi, Afra ? demanda Damia.

– Bien sûr, répondit-il. On doit jouer à la Station, tu sais bien.

Sa docilité disparut à la fermeture de la capsule.

– *Damia!*

Jeff s'était préparé à ce changement d'humeur et imposa à son esprit un tel étau mental qu'il la rendit impuissante.

– *Afra! Afra! Je veux rester! S'il te plaît! Je serai sage!*

– *Préparez les générateurs,* ordonna Jeff à la Tour.

– *Afra?*

Les générateurs grimpèrent dans l'aigu.

– *Sois bien sage, ma chérie!*

Afra sentait sa peur, comme un glaçon contre son cœur, mais il raffermit son esprit contre ses supplications, essayant de ne pas penser à ce qu'elle devait ressentir comme une trahison.

– *Aaaaffffrrrra!*

Le gémissement des générateurs monta crescendo jusqu'à son maximum. La capsule disparut. Les générateurs revinrent au ralenti.

– *Ils sont là!* les informa calmement la voix lointaine d'Isthia. *Ma parole, ce qu'elle peut hurler!*

Afra, qui retenait son souffle, expulsa son air en un long soupir convulsif.

La Rowane se jeta dans les bras de Jeff en pleurant amèrement.

– Je me fais vraiment l'effet d'un traître, s'écria-t-elle.

– Tu n'es pas la seule, répondit Jeff, notant l'air hagard d'Afra. Mais il le fallait. Tu le sais.

– Je sais. Mais, oh, Jeff!

Soudain, la Rowane leva les yeux, radieuse sous ses larmes.

– Je l'entends! Je l'entends encore!

Afra se détourna.

– Moi, je ne l'entends pas.

Et il se téléporta dans son appartement au silence assourdissant, dont les moindres recoins gardaient l'écho du babil de Damia.

Il avait fallu sept ans à Deneb pour se remettre de l'attaque des Coléoptères. Port-Deneb était maintenant le centre florissant de la planète, qui comptait deux autres métropoles, Riverside et Whitecliff, situés sur les autres continents, près d'immenses entreprises minières. Partout ailleurs, les routes étaient encore presque inexistantes. Des vaisseaux de haute mer effectuaient les gros transports et des voies ferrées côtières reliaient les villages aux grandes villes.

La Tour de Deneb se trouvait toujours sur le site où la Rowane l'avait rénovée, tant d'années plus tôt, et tout près, se trouvait la maison de ville d'Isthia et du clan Raven, construite autour de la petite habitation originelle qui avait partiellement survécu au bombardement des Coléoptères. On l'avait agrandie à mesure que le clan Raven s'agrandissait aussi. Maintenant, les différentes ailes entouraient un jardin central, parfait pour les jeux des enfants. Le tout au milieu d'un grand terrain, fermé d'un côté par des collines boisées, par des champs et des granges sur deux autres côtés, avec la découpe des toits de Port-Deneb au loin.

Bien des leçons avaient été assimilées depuis l'Expansion de la Terre. Les Dénébiens, tous colons, avaient un sentiment plus instinctif que les Terriens pour la gestion du pays. Des forêts avaient été réservées comme génératrices d'oxygène. On creusait des galeries de mine quand les techniques bactériennes n'étaient pas disponibles, et, plus important encore, le furtif silencieux avait remplacé les véhicules à roue et à combustion interne, si polluants pour les voyages à moyenne et longue distance. Les petits déplacements s'effectuaient à dos de poneys, qui paissaient un peu partout et erraient par petits groupes, sans surveillance.

Deneb, comme tous les mondes coloniaux, avait commencé son développement avec de lourdes dettes, dues au coût exorbitant de la colonisation originelle. En conséquence, toutes les colonies cherchaient à exporter le plus possible, tout en limitant les importations au minimum. Les meilleurs articles d'exportation étaient ceux qui justifiaient les prix les plus élevés tout en exigeant le moins d'efforts à expédier. Les objets rares ou hauts de gamme, les objets d'art, la musique, la littérature entraient tous dans cette catégorie. Le savoir et les nouvelles techniques d'ingénierie, brevetables sur la planète d'origine, étaient encore plus exportables, mais encore plus rares – la solution technique géniale pour une planète étant souvent inapplicable sur une autre. Les matières premières, précieuses mais volumineuses, figuraient bonnes dernières sur la liste des exportations désirables pour une colonie à court de liquidités.

Les Doués, surtout ces rares individus capables de lancer des charges instantanément à travers les immensités de l'espace, constituaient le plus grand apport au cash flow d'une colonie. Les Doués étaient rares où que ce soit, et dans quelque domaine que ce soit – le détecteur de métal capable de repérer un filon en quelques secondes et d'effectuer des analyses à distance, qui auraient demandé des années et des millions de crédits à une équipe ordinaire. Ou le spécialiste en électronique, qui « sentait » les défauts des circuits.

Le clan Raven avait produit un nombre important de ces Doués, mais, jusqu'à ce que la Pénétration les oblige à s'en servir, ces capacités naturelles étaient restées relativement en friche. La Rowane avait identifié quelques Dons utiles à côté du Don médical d'Asaph et de la sœur d'Isthia, Rakella, quand elle avait dû reconstruire la Tour après l'accident de Jeff. Sarjie avait une affinité pour le métal qu'elle utilisait maintenant aux Mines Benevolent qui fournissaient à Deneb la plus grande part de ses liqui-

141

dités. Morfanu avait travaillé à discipliner son Don kinétique, et avait été testé D-3. Maintenant, c'était lui qui effectuait tous les transferts pour les TTF, tout en ayant besoin d'une certaine assistance. Besseva était télépathe, mais de portée limitée.

De tous les Doués sauvages de Deneb, Isthia Raven était la plus puissante, mais elle savait qu'elle touchait à trop de spécialités pour en perfectionner aucune. Aussi, pour amener ses petits-enfants sur Deneb le plus sûrement possible, elle avait rassemblé tous les Doués de la planète. Et elle s'insinuait avec tant d'insistance dans l'esprit de Morfanu quand il avait « saisi » la capsule venant de Callisto qu'il lui avait donné un coup de pied dans les mollets pour la distraire.

Mais il n'était besoin d'aucun Don pour entendre les hurlements de Damia ou les véhémentes remontrances de son frère et sa sœur.

– Arrête de pleurer ! Il n'y a pas de danger ! Et c'est ta faute si papa et maman nous envoient ici !

– NON, C'EST PAS VRAI ! NON, C'EST PAS VRAI ! hurla Damia, sa voix mentale aussi bruyante que sa voix physique.

– *Non, ce n'est pas vrai, Jeran. C'est moi, ta grand-mère, qui vous ai invités tous les trois à venir vivre avec moi sur Deneb.*

Au grand soulagement d'Isthia, les hurlements faiblirent.

– *J'ai eu du mal à faire accepter cette visite à vos parents, et j'ai dû discuter longtemps. Maintenant, allons-nous partir du bon pied en étant sages, ou est-ce que je renvoie les poneys que je vous avais amenés pour retourner à la maison ?*

– *Des poneys ?* fit Damia en reniflant, ses pleurs calmés.

– *Des poneys ?* s'enquit Cera avec une lueur d'intérêt. *Quel genre de poneys ? Des poneys comme ceux de Damia à la maison ?*

Le ton était à la fois sceptique et dédaigneux, et l'aparté qu'elle eut avec son frère en leur langage éveilla quelque inquiétude chez Isthia. Ce lien dont elle et Afra avaient eu l'idée était beaucoup plus fort qu'on ne le lui avait dit.

– *Alors, prenez votre plus beau sourire et vos meilleures manières, et on va voir, d'accord ? Damia ? J'ai parlé de toi à tout le monde, j'ai raconté partout que tu étais très bien élevée, alors, ne va pas me faire mentir.*

Isthia employait la tactique qui lui avait si bien réussi avec sa douzaine d'enfants. Et après tout, ces trois-là étaient aussi des Raven.

– *Vous êtes prêts ?*

Elle fit signe à son fils Ian de venir près d'elle. Il trépignait d'impatience de voir son neveu et ses nièces, et, étant le plus jeune de sa famille, se régalait d'avance à l'idée de les commander comme ses aînés l'avaient commandé lui-même.

La capsule s'ouvrit vers le haut, révélant son intérieur. Isthia constata avec soulagement que, sans aller jusqu'à sourire, Damia, les yeux dilatés de curiosité, essayait de faire bonne figure.

– Bienvenue à Deneb, pépia Ian sur un signe de sa mère, les regardant chacun à son tour. Jeran, Cera, Damia, je suis votre oncle Ian.

Il ne pouffa pas, mais ses yeux pétillaient de rire réprimé. Continuant son discours d'accueil soigneusement répété, il tendit le bras et dit :

– Et voilà Morfanu qui vous a téléportés ici, et votre grand-tante Rakella, et...

– Les poneys ? dit Cera, avec un regard accusateur à Isthia. Tu nous as promis des poneys...

– Mais bien sûr, dit doucement Isthia quand Ian l'interrogea du regard.

Il n'avait pas fait la moitié des présentations prévues.

– Comme promis, les poneys, dit-elle hochant la tête à l'adresse de Ian.

Souriant jusqu'aux oreilles parce qu'il allait pouvoir briller, Ian « appela » les poneys qui broutaient au milieu des nacelles. Obéissant à son appel, ils trottèrent vers lui tandis que les enfants, toujours dans la capsule, les regardaient approcher, bouche bée et les yeux arrondis d'étonnement.

Damia sortit de la capsule comme l'éclair, Jeran et Cera une fraction de seconde derrière elle. Mais Damia s'arrêta juste devant le premier poney, admirant sa crinière et sa queue que Ian avait soigneusement nattées le matin, la couleur « bière » brune de sa robe, ses sabots délicats, ses yeux noirs et vifs, brillant d'intérêt.

– Tends ta main – à plat pour que Jupiter ne puisse pas t'attraper les doigts – et laisse-le te renifler, lui conseilla Ian.

– Comment s'appelle-t-il, celui-là ? demanda Cera, tendant déjà la main à une femelle plus claire.

– Et celui-là ? demanda Jeran, désirant une réponse de Ian avant Cera.

– La femelle s'appelle Oiselle, Cera, et ton hongre, Jeran, c'est Cricket, dit Ian, ravi de son rôle.

Le soir, après avoir enfin mis les enfants au lit, Isthia contacta son fils Jeff.

– *Si Afra leur avait parlé des poneys, ils n'auraient pas fait la comédie pour partir.*

– *J'avais oublié que vous vous servez encore de ces brutes*, dit Jeff, penaud, car il avait cessé de monter dès qu'il avait su se téléporter avec précision. *Afra sera immensément soulagé. Il parlait déjà de lui envoyer un ou deux chatcoons pour qu'elle ne se sente pas trop seule.*

– *Non, merci. Il y a assez de bestioles à s'occuper ici. J'ai déjà dû user de persuasion pour convaincre Damia de coucher dans son lit et pas à l'écurie avec Jupiter.*

– *Jupiter ?* gloussa Jeff.

– *Oui. Damia est ravie. Elle a une appréciation remarquable de*

143

son environnement, hein ? Bref, rassure Angharad et dis-lui que tout va bien.

— *Je n'y manquerai pas, mais je ne lui dirai pas qu'un nabot producteur de crottin a pris sa place dans le cœur de sa fille.*

La Rowane savait que les enfants étaient arrivés à bon port et qu'ils étaient bien installés, mais elle les avait engueulés si fort, Afra et lui, pour ce qu'elle appelait pratiquement un enlèvement de ses enfants, qu'il décida de ne pas provoquer une nouvelle tempête. Pour le moment, elle dormait, plus profondément que depuis des mois; il ne le lui dirait pas, mais il se réjouissait que cette séparation se révèle déjà si efficace.

— *Ces nabots producteurs de crottin sont ce qu'il y a de mieux pour calmer des enfants déphasés. Damia a su manœuvrer Jupe au bout de cinq minutes. Cera n'a pas aimé du tout les effets d'une longue promenade sur son postérieur délicat, mais Besseva l'a enduite de pommade. Jeran est très pompeux. Ce qu'il peut ressembler à ton père par moments !*

Jeff gloussa, car il voyait exactement ce que sa mère voulait dire.

— *Alors, je peux m'attendre à une sérieuse amélioration chez lui quand je viendrai vous voir !*

— *Justement, ne te presse pas trop. Il vaut mieux qu'Angharad ne voyage pas en ce moment. Trop stressant. Et laisse les enfants s'habituer. Rhodri et Ian ont tourné une demi-douzaine de cassettes que Morfanu vous enverra. Ça devrait vous rassurer tous les deux.*

— *Je le suis, maman, je le suis. Et je ne sais pas comment te remercier d'aller au charbon comme ça.*

— *Oh, j'avais mes raisons.*

Mais quand Jeff la sonda pour les découvrir, Isthia refusa de lui ouvrir son esprit.

Besseva, remarquant le sourire suffisant d'Isthia, haussa un sourcil interrogateur.

— J'ai rassuré le papa-poule que ses petits chéris sont bien dans leurs lits, dit Isthia, sans cesser de sourire.

— Il va falloir surveiller la cadette, dit Besseva. Ah la la, ce qu'elle est puissante.

— Hmmm, oui.

— Vraiment, Isthia, tu ne les trouves pas un peu jeunes ?

— Pas du tout, répliqua Isthia avec force. Ils auront moins d'inhibitions.

— Et se mettront plus souvent dans le pétrin.

— Besseva, nous devons former nos propres Doués, et cela exige d'autres Doués. Un aveugle ne peut pas en conduire un autre.

— Mais ce sont des enfants ! glapit Besseva d'une voix aiguë.

Isthia dut la réduire au silence, physiquement et mentalement. Ian s'occupait dans un coin à graisser la selle de sa nièce pour assouplir le cuir.

— Et un petit enfant les conduire, dit Isthia, les yeux étincelants.

— Tu es désespérante, Isthia Raven.

— Au contraire, je suis l'espoir, répliqua Isthia. Et si je veux commencer demain comme j'en ai l'intention, il me faut une bonne nuit de sommeil.

Elle soupira.

— Pourquoi les enfants ont-ils les réserves d'énergie qui manquent tellement aux gens comme moi qui en ont besoin?

— Euh? fit Besseva, dubitative.

Couchée dans le nouveau lit où l'avait bordée sa fascinante grand-mère, Damia passait en revue tous les événements merveilleux survenus depuis l'ouverture de la capsule. Être sur Deneb, c'était bien mieux que d'entendre papa en parler. Et pourquoi n'avait-il jamais dit qu'il y avait des poneys? Elle soupira, et, pour être sûre que tout allait bien elle « tendit » son esprit vers Jupiter. Il avait cessé de manger et balançait languissamment la queue, autant pour décourager les insectes nocturnes de s'installer sur la tête d'Oiselle que pour s'en débarrasser lui-même. Il avait l'esprit embrumé de sommeil.

Exactement comme Canaillou quand il se roulait en boule au pied de son lit. Est-ce que Canaillou s'ennuyait d'elle? se demanda Damia. Il ne pouvait plus dormir avec personne. Sa gorge se serra de tristesse. Pauvre Canaillou! Juste pour ce soir, peut-être que papa et maman le laisseraient dormir au pied de leur lit. Un poney, c'était bien, mais il ne pouvait pas coucher au pied de son lit, et cette présence réconfortante lui manquait.

— Miaaaouu?

L'appel plaintif résonna derrière la porte. Damia avait ici un vrai lit, sans barreaux. Elle sortit de sous ses couvertures et alla ouvrir.

— Miaou?

— Qui es-tu? demanda-t-elle d'une voix endormie.

Un grand chat orange et blanc entra dans la chambre et se frotta contre ses jambes.

— Oh, ce que tu es beau!

L'animal lui arrivait à la taille, mais elle le souleva dans ses bras, s'aidant sans le savoir de son énergie kinétique.

— Là, dit-elle, le lâchant au pied de son lit. Maintenant, tu vas rester là et me tenir compagnie, tu entends? Peut-être que Canaillou aura l'idée d'aller voir Afra si papa et maman ne le laissent pas dormir dans leur chambre.

Oui, pensa-t-elle avec force, regrimpant dans son lit, Canaillou ira voir Afra pour ne pas se sentir seul maintenant que je ne suis plus là.

145

La voyant installée, le chat se roula en boule au pied du lit. Ses ronronnements l'endormirent comme ceux de Canaillou à la maison.

Afra se renversa sur le divan, épuisé par les émotions de la journée. Il fit manger les chatcoons et ils s'en allèrent chasser les rongeurs dans les tunnels. Pourtant, leur compagnie lui aurait fait du bien, surtout ce soir. Il se vida l'esprit, puis le projeta vers Deneb à travers les dix-huit années-lumière, mais, comme chaque fois, sans rien capter de la jeune Damia.

— Elle doit dormir, se dit-il. J'espère.

Je devrais en faire autant, pensa-t-il. Tout à coup, un corps surgit par la chatière.

L'instant suivant, ce même corps bondit et lui atterrit sur la poitrine, si fort qu'Afra grogna.

— Canaillou, qu'est-ce que tu fais là ?

Canaillou n'avait jamais ronronné si bruyamment en présence d'Afra, ni manifesté une telle détermination à s'installer sur sa personne. Comme si...

— C'est Damia qui t'a dit de venir ? demanda Afra, perplexe. Ou c'est que tu t'ennuies d'elle, toi aussi, et que tu viens voir si elle est ici ?

La façon dont le chadbord lui avait sauté dessus n'indiquait pas qu'il cherchât une autre personne qu'Afra. Plantant fermement ses pattes postérieures sur les cuisses d'Afra, et les antérieures sur sa poitrine, Canaillou lui donna un bon coup de tête dans le front, puis, plongeant ses yeux jaunes dans les yeux jaunes d'Afra, il émit un « miaou » définitif.

La question apparemment réglée pour lui, il sauta à terre et regarda Afra, en attente, avant de partir dignement vers la chambre. Afra le vit s'installer au pied du lit, l'air de dire « j'y suis-j'y-reste ».

— Tu as raison, Canaillou. Je vais me coucher aussi.

— *Bonne nuit*, émit-il en aveugle vers Deneb.

Il pensait bien qu'il n'arriverait pas à s'endormir, et surtout pas avec ce poids sur les pieds, mais, curieusement réconforté par cette compagnie, il sombra immédiatement dans le sommeil.

Il y avait beaucoup de garçons et de filles de son âge à l'école où Isthia inscrivit Damia, car Deneb n'avait pas de jardins d'enfants pour les petits. Damia ne savait pas que c'était la conséquence d'une explosion de population dont Deneb avait grand besoin, mais elle réalisait qu'Afra ne lui avait pas menti. Quelques minutes plus tard, elle était assise à une petite table avec une blonde aux yeux verts du nom d'Alla, un garçon solennel appelé

Jorg, et une petite rousse au visage semé de taches de rousseur qui s'appelait Jenfer et qui ne cessa pas de sourire toute la matinée. Et, exactement comme Afra le lui avait promis, il y avait des tas d'autres enfants à d'autres petites tables dans la salle ensoleillée pleine d'étagères de livres, de jouets, et de boîtes que Damia mourait d'envie d'ouvrir. Mais parce que Alla, Jorg et Jenfer restaient sagement assis à leur table, Damia les imita, malgré son désir de jouer avec les choses fascinantes contenues dans les boîtes. Elle en avait sondé une et y avait trouvé des crayons de toutes les couleurs et de toutes les tailles.

Sa grand-mère et son oncle Ian avaient seriné aux trois Raven qu'ils devaient se tenir parfaitement à l'école. Sinon – et la menace était terrible – ils ne pourraient plus monter leur poney. Jeran avait tenu un conciliabule avec Cera et foudroyé férocement Damia ; elle savait donc qu'elle encourrait aussi sa vengeance si elle faisait des bêtises.

Mais elle était beaucoup trop absorbée par ses nouveaux amis pour penser à inventer des bêtises. Elle écouta attentivement les instructions que Linna Maybrick donnait à la classe – les entendant à deux niveaux –, parfois perplexe devant leurs contradictions. Puis, quand elle vit les autres obéir à ce que disait tout haut la maîtresse, elle suivit leur exemple.

A la récréation, elle laissa Jorg prendre la tête de leur groupe pour les conduire au terrain de jeu où les quatre compagnons de table escaladèrent la « montagne », descendirent dans les « tunnels », se balancèrent par-dessus les « rivières », s'ébattant joyeusement dans le bruit et la saleté... car le sol était de terre battue et sciure.

Linna Maybrick, la maîtresse, les surveillait de la porte. Alla grimpa au sommet de la montagne et hésita un instant avant de se laisser glisser en bas, car, pour un enfant, la dénivellation était énorme. Un garçon plus âgé et plus agressif se trouvait derrière elle, et, perdant patience, il la poussa dans le dos. Alla, qui se penchait alors pour s'asseoir sur le plan incliné, fut déséquilibrée et tomba du toboggan – deux mètres en chute libre. Alla hurla. Damia, qui attendait au pied de la « montagne », poussa un cri d'horreur, puis se « concentra ». Linna, partie vers eux en courant à la seconde où elle avait vu le garçon pousser Alla, s'arrêta pile, car l'enfant *rebondit* doucement sur le sol dur. Damia se rua vers son amie et l'aida à se relever.

– Ça va ?

Alla, secouée, hocha la tête.

– On m'a poussée.

Elle pencha la tête.

– C'est toi qui as fait ça ?

Brusquement, Damia fut tout intimidée. Si elle avouait, elle ne pourrait plus monter Jupe.

— Fait quoi? demanda-t-elle ingénument.

Alla la regarda, yeux étrécis.

— Enfin, quelqu'un a fait quelque chose.

Jorg, qui avait assisté à la scène, les yeux dilatés d'étonnement, lorgna Damia d'un œil critique.

— Tu n'es pas d'ici.

— Si. J'habite avec ma grand-mère et mon oncle.

Elle montra Ian qui jouait dans la cour des grands. Jorg suivit son geste, mais c'est un regard soupçonneux qu'il ramena sur Damia.

— Les Raven, je connais. Mon papa dit que c'est tous des tarés des TTF.

Damia ne connaissait pas le mot « taré », mais elle connaissait les TTF. Tous les gens qu'elle connaissait travaillaient pour les TTF, et ils en étaient fiers.

— Je te remercie beaucoup, dit Damia.

Alla en resta bouche bée. Jorg aussi, qui avait prévu une réponse toute différente à cette insulte.

— Mais tu es une tarée! hurla-t-il.

Cette fois, elle saisit la nuance péjorative.

— Pas besoin de hurler, dit Damia, réalisant avec gêne que tout le monde les regardait.

Brusquement, Jeran et Cera se frayèrent un chemin dans le groupe compact qui les entourait.

— Qui a traité ma sœur de tarée? demanda Jeran, serrant les poings.

A son côté, Cera l'imita. Jorg, nerveux, battit en retraite.

— En fait, il a dit que j'étais une tarée des TTF, Jeran, dit Damia, inquiète que son frère n'aille penser qu'elle avait fait une « bêtise », même si elle avait évité à Alla de se faire mal.

Très concentré, Jeran regarda sa sœur un instant, puis sélectionna Jorg pour le coupable et reprit son attitude agressive. Mais la cloche sonna la fin de la récréation, et Jorg fut le premier rentré dans la classe.

A peine de retour à sa table, Jorg répandit la nouvelle que Damia était une tarée. Elle en fut très malheureuse, et d'autant plus qu'Alla ne voulait même plus la regarder. De l'autre côté de la table, le sourire de Jenfer s'était fait malicieux et elle n'arrêtait pas de regarder Damia.

Quand Isthia vint la chercher, elle lui demanda naturellement si elle avait aimé l'école et fut stupéfaite de la réponse véhémente.

— Je la déteste. Je n'y retourne pas.

Dans le furtif qui les ramenait à la maison, Isthia lui tira habilement les raisons de sa colère, et fut à la fois attristée et furieuse de cet incident regrettable en son tout premier jour d'école.

— Jorg a tort. Tu n'es pas une tarée, l'assura Isthia. Pas même une tarée des TTF. Et tu as bien réagi en empêchant ton amie de se faire mal.

148

— Maintenant, elle a peur de moi, et Jenfer ne fait que me regarder en rigolant.

— Tu n'as qu'à la regarder de la même façon. Et donne à Alla le temps de se remettre. Elle a dû être étonnée de rebondir doucement au lieu de s'écraser par terre.

Damia réfléchit à la question.

— Oui, elle a dû être plus étonnée qu'autre chose. Au moins, elle ne s'est pas fait mal.

Isthia lui ébouriffa affectueusement les cheveux.

— Tu as raison, ma chérie.

Damia, solennelle, regarda sa grand-mère.

— Alors, c'était pas une bêtise de sauver Alla, et je peux toujours monter Jupiter ?

L'incident, enjolivé par Jorg, isola Damia de tous les autres enfants. Avec le temps, Jorg en vint quand même à apprécier son objectivité dans l'usage qu'elle faisait de son Don pour épargner plaies et bosses à ses camarades, mais Alla refusa son amitié et s'en tint à des rapports distants. A défaut d'une amie proche — chose qui perturbait Damia et inquiétait Isthia — elle travaillait d'arrache-pied à l'école, et, en dehors des heures de classe, elle partait pour de longues chevauchées avec Jupiter.

— *Je crains qu'elle n'ait une nature solitaire*, remarqua Isthia dans une conversation avec ses parents.

— *Elle ne tient pas ça des Raven !* répliqua Jeff qui avait toujours été un meneur.

— *Non, ce serait plutôt un trait des Gwyn, j'en ai peur*, dit la Rowane avec amertume. *Je croyais que ça me venait d'avoir été Pupille de la Planète et d'avoir eu un frère et une sœur adoptifs beaucoup plus vieux que moi, mais c'est peut-être un caractère générique.*

— *Tu n'accordes pas ton affection à tout le monde, Angharad, mais quand tu l'accordes, c'est sans partage*, dit doucement Isthia.

— *Mais j'étais tellement seule*, s'écria la Rowane. *Je voulais épargner ça à Damia.*

— *C'est peut-être dans sa nature d'être solitaire. Mais elle ne se sent pas seule. Elle a Jupiter pour se promener, les chiens quand ils ne travaillent pas, et Marmelade sur son lit la nuit. Elle n'est pas seule. Elle a des camarades à l'école, même si elle n'a pas encore d'amie intime. Pour ça, il faudra sans doute attendre encore un peu.*

— *Enfin, peut-être qu'elle sera plus heureuse quand elle aura son petit frère.*

— *Comment te sens-tu ?* demanda Isthia avec espoir.

La Rowane répondit par un soupir mental. Jeff ajouta :

— *Elle ne veut pas l'avouer, mais elle va beaucoup mieux depuis que les enfants sont partis.*

Isthia sentit la caresse mentale dont Jeff gratifia l'amour de sa vie.

— *Elle peut se concentrer sur le prochain, n'est-ce pas, mon amour ?*

— *Je devrais être capable de faire ce que vous avez fait avec les vôtres !* gémit la Rowane, pleine de remords.

— *Ah oui, mais c'est que je n'avais pas une Tour à gouverner. Et mon mari n'était pas parti toute la journée sur un autre monde. Et de plus, dès que mon aîné en a été capable, je lui ai appris à s'occuper des plus petits. Ton Jeran est un petit garçon très raisonnable, Angharad, mais il n'est pas prêt à garder Damia.*

La Rowane gloussa à l'idée de son Jeran, si réservé, essayant d'endiguer les humeurs fantasques de sa fougueuse petite sœur.

— *Enfin, il sera peut-être capable de garder celui-ci.*

Damia s'éveilla, retenant son souffle. Quelqu'un pleurait. Quelqu'un avait mal. Instinctivement, avec une compassion qui faisait partie de sa nature, Damia se projeta pour calmer le quelqu'un. La « main » mentale se tendit très loin, plus loin qu'elle ne l'avait jamais fait consciemment. Le pleureur était retourné parce qu'il était tout mouillé et gelé, alors qu'il était bien au chaud quelques instants plus tôt. Quelque chose de rêche le frictionnait.

— *C'est une serviette !* s'exclama Damia. *T'en fais pas. Tu seras au chaud et au sec dans une minute.*

Le quelqu'un en resta baba.

— *Tout va bien*, répéta Damia d'un ton apaisant. *C'est fini.*

Le quelqu'un se calma, tout ensommeillé. Bien au chaud et somnolent.

Damia continua à lui diffuser des pensées calmantes, de plus en plus endormie dans ses efforts pour endormir l'autre. Elle bâilla, se retourna dans son lit et dériva dans le sommeil.

— Je n'ai jamais rien vu de pareil ! dit Elizara à Jeff le même soir, comme ils célébraient la naissance par les libations d'usage. Cet enfant s'apprêtait à hurler de toute la force de ses poumons...

Elle étrécit les yeux, soupçonneuse.

— Tu as fait quelque chose ?

— Moi ? Non ! répondit Jeff, troublé. Je croyais que c'était toi. En tout cas, ce n'était pas la Rowane.

— Non ! acquiesça Elizara. Pas sous anesthésiques.

— Elle va mettre longtemps à récupérer de sa césarienne ? demanda Jeff, détournant ses pensées de son dernier-né pour les reporter sur l'amour de sa vie.

Elizara secoua la tête en souriant.

— On n'est pas sur Deneb, où l'obstétrique est encore assez arriérée. La microchirurgie laser cicatrise sans marques. Elle sera remise dans trois ou quatre jours. Mais, ajouta-t-elle, levant une main prudente, il faudra un mois avant que les muscles abdominaux ne reprennent leur tonus.

— Alors, si ce n'était pas toi, ni moi, ni la Rowane, qui était-ce ? Afra ?

Rassuré, Jeff revenait à la conversation première.

Elizara secoua la tête.

— Non. C'était une touche féminine.

— Alors, c'était Damia ! déclara Jeff avec force. La petite diablesse !

— Vraiment, papa gâteux, n'est-ce pas un peu loin pour une enfant si jeune ? dit Elizara, pour une fois malicieuse.

Jeff secoua lentement la tête avec un sourire entendu.

— Je crois qu'aucune distance n'est trop grande pour Damia quand ses émotions sont en jeu.

Pendant les premiers mois du jeune Larak, son père et sa mère « sentirent » souvent sa sœur toucher son esprit, ce qui le faisait sourire.

— Ce doit être le vent, répondit Brian, sceptique, quand la Rowane parla de la portée de sa fille.

Afra sourit.

— Elle a promis d'être la meilleure grande sœur du monde.

— Ce n'est pas comme s'il avait de la conversation, Afra, protesta Brian.

— Ah, l'amour n'a pas besoin de paroles, répliqua Afra, portant la main à son cœur avec une emphase tout à fait contraire à son caractère.

Puis il prit les oiseaux origami multicolores dont il faisait un mobile pour Larak et les attacha délicatement à leurs cordons respectifs.

Brian regarda la Rowane, perplexe, puis sortit.

Pourtant, pendant la première année de Larak, Damia découvrit qu'Alla aimait les poneys autant qu'elle, et elles devinrent inséparables. Les contacts avec son frère diminuèrent légèrement, mais parfois, et sans raison apparente, Larak se mettait à pouffer. Son rire était si contagieux qu'il se communiquait à toute la maison. Mais chaque fois que ses parents, Tanya ou Afra essayaient d'expliquer ces accès d'hilarité, ils ne trouvaient rien, pas même Canaillou, qui les justifiât.

— C'est Damia qui débarque, devint l'expression consacrée.

— Un enfant rieur, disait sa mère, est doublement adorable.

Afra s'abstint de mentionner que Damia avait été une enfant rieuse, elle aussi. Mais il aimait beaucoup le joyeux Larak et s'était habitué à l'absence de Damia.

— Il est là ! s'écria Damia, tout excitée, se tournant vers la maîtresse. Mon frère est là !

151

– Chut, Damia, la gronda l'institutrice, car elle était en âge de bien se tenir à l'école. Continue ton travail. Tu le verras après la classe.

Elle ne tint pas en place de la journée, et, dès la fin des cours, sortit comme une flèche. Rakella l'attendait.

– C'est Isthia qui m'envoie, dit-elle à Damia, souriant de son impatience.

Elle savait seulement qu'elle allait enfin voir son frère bien-aimé. Aujourd'hui, même Jupiter rentrait dans l'ombre. Damia sauta dans le furtif, « poussant » pratiquement Rakella à dépasser la limite de vitesse au-dessus des endroits habités, babillant tout le long du chemin et sautant à terre à peine l'atterrissage terminé.

– Où est-il ? s'écria-t-elle, surexcitée.

Mais elle se dirigea sans hésitation vers la cuisine, ouvrit la porte en coup de vent et s'immobilisa.

– Larak !

Le jeune Larak vit une silhouette svelte, aux grands yeux bleus pétillants et aux longs cheveux noirs, qui le dépassait d'une tête. Damia vit un splendide petit frère aux cheveux noirs. Sentant chez lui une timidité soudaine, elle lui tendit gentiment la main. Le bambin la prit prudemment.

– Maintenant que tu es là, viens ! s'écria Damia. J'ai plein de choses à te raconter et à te montrer...

Elle partit vers la porte de derrière, le traînant après elle.

– Ce n'est encore qu'un bébé, commença Isthia, riant de sa joie.

Mais l'enthousiasme de Damia était contagieux et Larak n'hésita pas une seconde à suivre cette sœur magique.

– Oh, laissez-les ! dit Isthia, quand quelqu'un fit mine de les arrêter. Elle s'occupera bien de lui. Après tout, elle l'attend depuis si longtemps !

– Tout ce que je peux dire, c'est que je remercie le ciel que Jupiter ne soit pas sujet aux ruades.

Damia avait prévu de lui présenter tout de suite Jupiter, mais ils n'étaient qu'à mi-chemin du paddock quand elle perçut une certaine résistance chez son frère. Regardant par-dessus son épaule, inquiète, elle vit qu'il regardait un grand arbre, les yeux écarquillés. Pourtant, il n'avait sans doute pas vu les poneys qui s'abritaient dessous. Damia fut enchantée de sa réaction. Comme elle allait se régaler à lui montrer tout ce qu'elle connaissait et aimait sur Deneb. Elle baissa les yeux sur lui.

– Il est beau, hein, Larak ? Plus grand que tous ceux du Parc de Callisto.

– Listo ? répéta Larak, l'air inquiet.

– Pas besoin de Listo quand on a tout Deneb, dit Damia, oubliant sa répugnance initiale.

Mais elle avait mis tant d'enthousiasme dans sa réplique que son frère se rasséréna, tout en continuant à contempler l'arbre. Ne pensant qu'à son frère, elle modifia ses projets et renonça à lui présenter immédiatement Jupiter.

– Je vais te dire quelque chose, Larak, dit-elle, d'un ton de conspirateur. J'ai un coin à moi, tout en haut. Tu veux voir ?

Les yeux écarquillés, Larak ne trouva pas de mots pour répondre et hocha la tête en silence.

– Viens !

Damia grimpa jusqu'à la troisième branche, puis, se retournant, vit Larak encore par terre et qui la regardait, perplexe.

– Oh, excuse-moi !

Damia redescendit, le souleva jusqu'à la première branche, le poussant au derrière, puis le rejoignit.

– Tu n'avais jamais fait ça avant, hein ?

Larak secoua la tête.

– Nooon, Mia.

Damia pouffa.

– Damia, pas Mia. Répète.

Larak se tortilla la langue, mais ne put quand même prononcer que « Mia ».

– On verra plus tard, dit Damia. Grimpons !

Elle comprit vite que les jambes de son frère étaient plus courtes que les siennes et que les intervalles entre les branches, parfaitement adaptés pour elle, étaient trop grands pour lui. Alors, comme personne ne pouvait plus les voir de la maison, elle le « souleva » avec elle jusqu'à son coin spécial à l'endroit où, le diamètre des branches commençant à se réduire, elles n'auraient plus supporté ne fût-ce que son léger poids. Puis elle écarta les feuillages pour faire admirer à son frère le panorama de son royaume. Elle lui signala les endroits importants – la maison d'Alla, la grotte qu'elle lui montrerait le lendemain, la Tour dressée sur l'horizon, la tache floue qu'était Port-Deneb – et, finalement hors d'haleine, elle le regarda fièrement.

– Alors, Deneb, c'est chouette ?

Larak la regarda avec adoration.

– Chouet... te !

Il parvint à prononcer le « te » séparément, et sourit de son succès.

– *Je t'aime*, émit timidement Damia, de la petite « voix » dont elle se servait avec lui depuis sa naissance.

D'abord effrayé, il dilata les yeux, puis il la reconnut et son visage rayonna de bonheur.

– T'aime, Damia !

– Ils sont inséparables, se plaignait Linna. Elle pleure et il pleure de son côté sans rien dire. Ce que, franchement, je trouve encore plus dur à supporter que ses hurlements. Mais il n'y a qu'à les remettre ensemble, et ils sont tout sucre et tout miel.

— N'avons-nous pas eu le même problème avec Jeran et Cera ? demanda Isthia à l'institutrice inquiète.

Linna hocha la tête.

— Oui, mais il a suffi de retenir un peu Jeran pour permettre à Cera de le rattraper. Mais cela ne marchera pas avec Damia et Larak. Elle est trop intelligente pour se laisser retenir – en fait, il faut l'encourager à avancer à son rythme.

— Est-ce que Larak est assez brillant pour la rattraper ?

— Il l'est, mais il serait déraisonnable de lui faire forcer l'allure pour sa sœur. Et l'enseignement individuel est impossible dans une classe.

— Dans une classe, hein ? répéta pensivement Isthia.

— Isthia Raven, qu'est-ce que tu rumines ? demanda Linna de son ton le plus professoral.

Isthia y resta indifférente, vu que c'était elle qui le lui avait enseigné.

— Il y a une douzaine d'enfants dans ce district qui ont des Dons latents, tu es bien d'accord ?

Linna ne fit pas la grimace, et son grognement ne fut pas vraiment désapprobateur, mais son visage s'attrista.

— Les tarés.

— Les tarés des TTF, rectifia Isthia.

— Où les enfants vont-ils apprendre des mots pareils ?

— Je suis sûr que je n'ai pas besoin de te le dire, Linna, mais je trouve qu'il est grand temps que nos tarés aient ce qu'ils méritent.

— Pas cette école spéciale que tu essaies d'arracher à la Commission de l'Éducation ?

— Tu ne trouves pas que ce serait utile ? rétorqua Isthia. Ses membres ne sont pas les seuls à se plaindre du manque de fonds, mais ils resserrent les cordons de la bourse dès que j'avance l'idée qu'un léger investissement aujourd'hui dans la formation nous permettrait d'améliorer sérieusement notre économie plus tard.

— Notre économie ? répéta Linna d'une voix mourante. Et notre santé mentale ?

— Linna Maybrick, veux-tu dire que les jeunes Doués sont des élèves plus difficiles que les enfants ordinaires ?

— Certes, non ! Tous les enfants sont impossibles, sans aucune exception ! déclara Linna avec force. Mais comment obtiendras-tu l'autorisation ? Et les enseignants spécialisés ?

Isthia s'éclaircit la gorge.

— Chacun enseignera à un autre, dit-elle énigmatique, considérant avec tendresse Damia, qui montrait patiemment à son petit frère comment tenir un crayon.

Linna ne sut jamais comment Isthia s'y prit pour surmonter les objections de la Commission de l'Éducation, mais le Conseil finit par trouver de quoi payer un enseignant D-4 que leur trouva le Méta de la Terre, et Isthia Raven accepta de le loger et nourrir gratuitement.

— Comme ça, nous avons un peu économisé sur son salaire, dit-elle à ses enfants.

Elle réorganisa aussi l'agencement des pièces, pour libérer de la place à l'intention de l'École spéciale dénébienne pour les Doués, jusqu'à ce qu'une installation définitive soit construite dans les cinq ans, ce qui donnait à la Commission de l'Éducation le temps de trouver des fonds.

— J'ai dû accepter un compromis, dit Isthia quand Jeff et la Rowane vinrent voir leurs enfants, mais ça pourrait être pire.

Jeff pensa qu'elle n'avait eu que ce qu'elle méritait.

— Tu as encore dû dire une fois de trop « quand on veut que ce soit bien fait, on le fait soi-même », maman!

L'école manquait de personnel, le nouveau professeur était sur-mené, mais Isthia travaillait aussi dur que lui.

— Et j'apprends encore plus que je ne travaille, dit-elle. Je regrette de ne pas avoir eu l'occasion que je procure à mes petits-enfants.

Damia adorait cette école, parce qu'elle pouvait partager les mêmes cours que Larak. En fait, elle *devait* lui enseigner plu-sieurs matières, dont les mathématiques. Grâce à quoi elle devint elle-même assez forte en maths.

Larak n'était pas son seul élève, et il n'y avait pas que de jeunes Doués à l'école, mais Isthia choisissait soigneusement les enfants ordinaires dans les familles qui n'avaient pas de préjugés à l'égard des « tarés » ni de craintes au sujet des Doués. On inscrivit des enfants depuis l'âge de Larak jusqu'à l'âge de seize ans, que l'occasion de fréquenter des classes « non structurées » devait sti-muler physiquement et mentalement. Damia dut donc s'exercer à maîtriser son impatience devant les difficultés qu'avaient certains aînés à apprendre ce qu'elle devait leur enseigner, et de maîtriser sa jalousie devant les plus petits qui tapaient des pieds parce qu'elle était trop lente.

C'était le genre d'école où seul un ordinateur pouvait composer les emplois du temps, avec des élèves et des cours à mélanger et marier de façon si complexe qu'ils obtenaient un doctorat de D-4 en un temps record. Exercice et thérapie physiques, gymnastique physique et mentale rivalisaient avec les matières enseignées dans les établissements normaux.

Damia apprit bien vite qu'il était fallacieux de juger quelqu'un sur la couleur de sa peau, sa condition physique ou la beauté de son visage.

Elle apprit également, et tout aussi vite, l'art de déplacer des conteneurs, de jongler avec des briques et de lire les bordereaux d'expédition, au grand étonnement de ses professeurs.

La bonne entente était une exigence de base chez tous, la discorde étant intolérable entre Doués.

Le sport favori de Damia était l'esquive-balle, jeu d'équipes, composées soit uniquement de Doués, soit de Doués et d'enfants ordinaires. Les règles étaient simples : le joueur touché par la balle sortait. L'équipe gagnante était celle qui conservait un joueur à la fin du jeu. Les Doués de l'équipe étaient autorisés à 1) prendre le contrôle de la balle par la force supérieure de leur esprit ; 2) se téléporter ou téléporter leurs équipiers hors de la trajectoire de la balle. Mais il y avait des limites à la téléportation : un Doué n'avait pas le droit de soulever un non-Doué à plus de trois pieds du sol, ni à plus de deux pieds latéralement, ni hors du terrain. Les parties entre équipes de Doués étaient de brillantes démonstrations de téléportations inattendues et de déplacements ahurissants de la balle de mousse dont les joueurs se disputaient le contrôle. Les parties entre équipes mixtes étaient moins spectaculaires, mais plus amusantes pour les Sans-Dons et constituaient un excellent exercice pour les Doués. Le nombre des joueurs était arbitraire : certaines petites équipes gagnaient plus régulièrement, même aux points, que de plus grandes. Il y avait deux règles intangibles : aucun joueur ne devait être blessé, et les équipes devaient comporter des garçons et des filles, des Doués et des Sans-Dons en nombre égal.

Damia était de plus en plus proche de son petit frère, sans jamais atteindre, malgré son désir, le rapport surprenant existant entre Jeran et Cera. Elle se vantait bien haut de leurs capacités combinées, et Jeran, qui supportait sa sœur de plus en plus mal en grandissant, ne ratait jamais une occasion de lui montrer qu'elle exagérait. Quand Damia atteignit neuf ans et Larak presque sept, la rivalité s'était transformée en guerre ouverte.

— Mon petit frère vaut mieux que *ta* petite sœur! ricanait Damia, à quoi Jeran, qui était son aîné, rétorquait invariablement :

— Larak vaut mieux que Damia, ça c'est sûr!

Sur quoi, Damia ne pouvait que hurler de colère.

Jeran venait d'atteindre la puberté et commençait à regarder les filles d'un autre œil, de sorte qu'une sœur si agressive le contrariait beaucoup.

— Larak et moi, on peut battre quatre de tes amis n'importe quand! lui dit-elle un jour.

— Ce n'est pas vrai! dit Cera, volant au secours de son frère adoré.

— Si, c'est vrai!

— Prouve-le! la défia la cousine Channa.

Damia réfléchit, déconcertée par cette tactique.

– D'accord. Une partie d'esquive-balle. Qui sont tes quatre ?

La mâchoire de Jeran s'affaissa. Il chercha une façon honorable de refuser le défi, mais Channa était la meilleure amie de Marci, et Jeran voulait que Marci le remarque. Le problème, c'est que Channa n'était pas très bonne en esquive-balle, n'étant que modérément Douée et lourdement maladroite. Pire, le partenaire logique de Channa était Teval, son flirt actuel, et Teval non seulement était Sans-Don mais incroyablement empoté.

– Seulement quatre ? ricana Jeran. Tu as dit que vous pouviez nous battre tous.

– On peut ! rétorqua Damia, avançant un menton belliqueux. Tous les cousins !

– En combien d'équipes ? demanda Jeran.

– *Une seule* équipe, lança Larak.

Les dés étaient jetés. Le lieu : le champ de l'autre côté de la rivière limitant la propriété des Raven. L'heure : après la classe.

– Ça va être un massacre ! déclara Teval, resté sur la touche.

N'appartenant pas au clan Raven, il était exclu de la partie, mais Channa, qui espérait l'impressionner, l'avait invité en spectateur.

– J'espère qu'il n'y aura pas de blessé, dit près de lui Marci Kelani, nerveuse.

– Non, à part l'orgueil de la petite Damia ! gloussa Teval. Les autres sont sympas, mais elle c'est Mademoiselle-J'ordonne.

L'année précédente, Damia était sa monitrice de langue, et il avait découragé tous ses efforts en refusant d'apprendre quoi que ce soit d'une « petite fille ». Marci évalua Teval du coin de l'œil puis, décidant qu'il ne lui plaisait pas, leva les yeux au ciel.

Au centre du terrain, Jeran considéra avec inquiétude son équipe de vingt et un cousins et cousines, dont certains un peu trop contents de se liguer contre Damia et Larak. Il déglutit nerveusement.

– C'est bien ce que vous voulez, vous êtes sûrs ?

Damia fit taire ses doutes, parce qu'elle n'avait absolument aucun moyen de sauver la face si elle reculait devant tout le monde. Elle hocha la tête, inébranlable.

– On est sûrs. Pourquoi ? Tu as peur ?

Jeran s'humecta les lèvres mais secoua la tête.

– Vous pourrez arrêter quand vous voudrez.

Il sortit la petite balle de mousse. Comme d'habitude, elle était remplie d'un sachet de poudre orange fluorescente qui marquait chaque joueur qu'elle touchait.

– On tire à pile ou face pour la mise en jeu ?

– La plus petite équipe fait *toujours* la mise en jeu ! déclara Damia avec véhémence, et avec quelque dédain pour cette méconnaissance des règles.

Jeran lâcha la balle, Damia la « rattrapa » et la laissa planer

157

entre eux. D'une « tape » mentale dédaigneuse, Damia fit éclater le sachet de poudre. Une bouffée orange se répandit dans l'air.

— PRÉPAREZ-VOUS ! hurla-t-elle. A trois ! Un ! Deux ! Trois ! *Prêt, Larak* ? dit-elle à son frère.

Si la pensée qu'il émit en retour était un peu tremblante, le visage de Larak était aussi résolu que le sien.

— *Prêt, Damia.*

La balle ne fut bientôt plus qu'une tache floue et vibrante décrivant des arabesques compliquées au-dessus de la bande des cousins. Damia en élimina trois du premier coup, puis les autres réagirent et lui arrachèrent le contrôle de la balle, qui revint droit sur elle, mais elle la dévia par kinésie et transvasa sa puissance en Larak qui la renvoya sur l'ennemi, sortant deux adversaires de plus.

— Elle est forte, remarqua Marci.

Alla, la grande amie de Damia depuis la maternelle, arriva sur son poney, qui, à peine arrêté, se mit à paître.

— Elle n'a rien ? demanda-t-elle à Marci.

Teval grogna avec dédain :

— La sale morveuse ! Elle va se faire moucher, c'est sûr !

Mais ça allait mal pour les cousins : en deux passes séparées, Damia et Larak étaient parvenus à en sortir deux de plus, ce qui réduisait l'équipe adverse à quatorze. Les cousins se rabattirent sur un jeu exclusivement défensif, espérant fatiguer les deux jeunots. Ils ne cherchaient pas à « prendre » la balle et se contentaient de l'esquiver. La tactique commença à payer, car Damia et Larak furent bientôt hors d'haleine et inondés de sueur dans leurs efforts pour maintenir la balle en l'air tout en lui imprimant l'effet nécessaire pour que les cousins ne puissent pas s'en saisir.

Trois cousins de plus furent exclus dans les cinq minutes qu'il leur fallut pour arracher le contrôle de la balle à Damia et Larak. Dédaignant le danger, Larak s'écroula, haletant.

— Larak ? cria Damia, courant vers lui.

— Ils sont finis ! cria triomphalement Teval.

La balle, maintenant sous le contrôle des cousins, revint droit sur la forme prostrée de l'enfant haletant. Mais, arrivant juste au-dessus de lui, elle fut brusquement détournée.

— Bravo, Damia ! Bravo ! cria Alla.

Damia fit un pas de plus vers son frère.

— Viens, Larak, lui cria-t-elle d'un ton encourageant.

Les autres reprirent la balle abandonnée par Damia, et, décrivant un grand arc de cercle, elle revint droit sur eux.

— Je suis crevé ! haleta Larak.

— Super ! Les deux cibles sont réunies ! jubila Teval.

Damia aida Larak à se relever.

— On arrête ? lui demanda-t-elle.

Larak secoua la tête, s'écartant d'elle pour continuer la partie.

Damia regarda autour d'elle, vit la balle qui leur revenait dessus, et l'écarta d'une « tape » mentale.

– Alors, on se rend? cria un cousin d'une voix enrouée.

– Pas question! rétorqua Damia, renvoyant la balle sur le questionneur.

Ou bien il ne la vit pas, ou bien il était lui aussi trop fatigué, mais elle le frappa en pleine poitrine.

– Ça pourrait durer éternellement, gémit Marci. Rendez-vous! cria-t-elle aux cousins restants.

– Se rendre? A une petite môme? grogna dédaigneusement Teval. Non, ils ont juste besoin d'un coup de main.

Il ramassa une pierre.

– Non, Teval! cria Marci.

Mais la pierre filait déjà vers la tête nue de Larak.

– Damia! hurla Alla, se jetant sur Teval.

Se retournant à ce cri, Damia vit la pierre et se jeta sur Larak, bras ouverts. Elle le poussa hors de la trajectoire, mais la pierre la frappa à la nuque. Elle s'écroula sans un cri. Larak pivota tout d'une pièce, et, voyant sa sœur abattue et baignant dans son sang, il hurla.

– *Damia!*

Jeran courait à toutes jambes vers sa sœur quand la balle le toucha, le dépassa et frappa tous les cousins restants, filant à une telle vitesse qu'aucun ne fut épargné. Puis elle décrivit une spirale et revint s'écraser avec force sur le sourire vengeur de Teval.

Tout était noir. L'air était lourd. Elle avait mal à la tête et *ils* essayaient de l'atteindre. Damia gémit silencieusement en s'efforçant de s'arracher aux ténèbres pour retrouver la lumière. Mais *ils* l'en empêchaient. *Ils* essayaient de la maintenir à terre. *Ils* miaulaient, pas comme des chatcoons, mais comme des serres maléfiques grinçant sur du métal. *Ils* la poursuivaient. *Ils* voulaient se venger. *Ils* essayaient de l'aspirer hors de son corps pour dévorer son âme. Damia gémit de terreur, cherchant à l'aveuglette quelque chose, quelqu'un. Là! Loin, loin, très loin, un phare! Une lumière! Elle la perdit de vue, la chercha, la retrouva, rampa vers elle. Là! *Ils* avaient peur de la lumière, elle les effrayait. Si seulement elle pouvait arriver jusqu'à la lumière! La lumière! Les mangeurs d'âme ne pourraient rien lui faire si elle arrivait jusqu'à la lumière. Elle appela le phare, elle appela le gardien. Le fanal s'aviva, un flot de lumière jaillit vers elle. Elle approchait – ou était-ce le phare qui se rapprochait d'elle? Damia ne savait pas, et ça lui était égal. La lumière l'inondait, brûlait les mangeurs d'âme, et le gardien du phare l'apaisait par sa chaude lumière et ses chaudes paroles.

– Fracture du crâne déprimée, grommela une voix au loin.

Damia l'ignora, cherchant à l'écarter de son esprit mais elle était si faible, si faible d'avoir rampé.

— Est-ce qu'elle s'en remettra? demanda une voix de ténor d'un ton inquiet.

Le gardien du phare! Elle entendait sa voix! Elle obligea ses lèvres à former un sourire. Voyez! J'ai trouvé la lumière!

— Regardez!

C'était une autre voix, une voix qu'elle aurait dû reconnaître, une voix bienveillante.

— Elle sourit!

La voix se rapprocha, un flot de bonté l'inonda.

— Oh, Damia, tu vas guérir! Tu vas guérir, ma chérie!

Le grommeleur toussota.

— Il faut la laisser dormir. Je dirai à l'infirmière de la surveiller.

— Moi, je reste, dit le gardien du phare d'un ton sans réplique.

Une main toucha la sienne, elle sentit une chaude lumière dorée remonter dans son bras, emplir son cœur, et elle sut que le gardien du phare l'avait trouvée, avait chassé les mangeurs d'âmes. Et elle se souvint que le gardien du phare avait un nom.

— *Afra?*

— *Je suis là*, murmura le gardien du phare. *Dors, Damia.*

La main se retira et les ténèbres revinrent.

— *Afra!*

La main se reposa sur la sienne, la lumière jaillit et chassa l'obscurité.

— *Je suis là, ma chérie! Dors. Je suis là, tu n'as rien à craindre.*

Un sourire se forma sur ses lèvres, et elle s'endormit, sa petite main bronzée dans la grande main verte d'Afra.

— Afra!

Il faisait noir. Damia s'éveilla en sursaut.

— Là.

Une grande main serra doucement sa menotte.

— Dors, il fait nuit.

Damia se rendormit, rassurée par le doux contact mental du Doué aux yeux jaunes.

Le brillant soleil matinal l'éveilla. Damia se retourna dans son lit, examina la chambre, stupéfaite de constater qu'elle était seule. Elle recommença son inspection, paniquée. Quand la porte s'ouvrit, elle sursauta de frayeur.

C'était Isthia.

— Ah, tu es réveillée, dit-elle posant son plateau sur le chariot à côté du lit de Damia.

— Où est Afra?

— Il est reparti.

Isthia vit sa déception.

— Il était grillé, ma chérie, et impatient d'apporter la bonne nouvelle à ta maman.

Damia frémit au mot employé par Isthia : grillé ?

— Nous étions tous rongés d'inquiétude, reprit Isthia, remarquant l'expression de sa petite fille.

Elle branla du chef.

— Ton père et ta mère étaient au désespoir. Ils sont venus te voir, mais seul Afra a pu rester. Tu semblais plus calme quand il était dans ta chambre.

— Il avait la lumière, murmura Damia, incroyablement lasse, mais se forçant à articuler ces paroles. Il peut revenir ? Il reviendrait si tu lui disais que j'ai besoin de lui ? Il n'est venu à Deneb qu'une demi-douzaine de fois pendant toutes ces années.

— Afra a été très gentil de venir aussi souvent, la reprit Isthia. Il a d'autres amis à voir... qu'une petite fille qui fait des paris impossibles.

— Ce n'était pas impossible ! Larak et moi, on n'était pas touchés quand Teval a lancé sa pierre !

— Il n'est pas prêt d'en lancer une autre, dit Isthia, le visage sévère.

— Pourquoi ? Qu'est-ce que tu lui as fait ? demanda Damia avec une rancune bien compréhensible.

Isthia haussa les épaules.

— Moi, je n'ai rien fait. Je n'en ai pas eu besoin, dit-elle, avec un sourire involontaire. Je n'aurais jamais cru qu'une balle de mousse puisse faire tant de ravages.

— Qui ?

— Larak, bien sûr.

— Tu vois, ce n'était pas un pari impossible. Jeran, ça me fait plaisir de lui avoir fait ravaler...

— Mange, jeune fille, ou c'est à moi que tu auras affaire cette fois ! dit Isthia, lui donnant son plateau.

Quand Damia eut terminé son léger repas, elle se rallongea, se demandant si elle oserait réclamer qu'Afra revienne.

— *Oh, elle va mieux !*

C'était sa grand-mère qui parlait, projetant un immense soulagement.

— *Et heureusement, tout ce qu'elle comprend de cette partie, c'est qu'elle et Larak ont gagné. Elle n'a pas la moindre idée de ce que cette démonstration a révélé sur son potentiel.*

— *C'est bien normal.*

Damia reconnut la voix plus faible de sa tante Rakella.

— *Même Jeff n'a pas pu l'expliquer, et Angharad a encore des doutes.*

— *Afra a une théorie.*

161

Et Damia entendit sa grand-mère la ruminer dans sa tête avant de projeter sa réponse.

— *Il pense que Damia est une catalyste : qu'elle accroît les capacités des autres. Afra pense que c'est ce qu'elle a fait quand il l'a sauvée de la capsule en partance. C'est pourquoi les générateurs ont donné un surcroît de puissance : elle s'est branchée dessus. Ce n'était ni moi ni Angharad.*

— *Une Douée avec un circuit supplémentaire ?* demanda Rakella.

— *Quelque chose comme ça.*

Puis les voix s'éloignèrent, et Damia sombra doucement dans le sommeil.

Une semaine après avoir repris ses classes, Damia eut une visite inattendue. Elle était dans sa chambre, et se demandait si elle n'allait pas s'éclipser discrètement pour aller voir Jupe, quand elle entendit sa grand-mère donner des instructions à quelqu'un.

— Sa chambre est à gauche au bout du couloir. Je viendrai plus tard vous apporter à boire.

Le quelqu'un s'arrêta un bon moment devant sa porte.

— Alors ? cria Damia, n'en pouvant plus de curiosité.

Teval passa lentement la tête par la porte. Si la lumière ne la trompait pas, il avait le nez enflé, et le reste du visage plein de bleus et de coupures à peine cicatrisées.

— Damia ?

— Qu'est-ce que tu viens faire là ? demanda-t-elle, trouvant l'ennui préférable à ce visiteur.

Teval entra en secouant la tête, un lourd sac d'école à la main qui traînait presque par terre.

— On m'a chargé de t'enseigner la self-défense, dit-il, l'air au supplice.

— Je peux apprendre ça avec une cassette !

— Mais il faudra que tu passes l'examen pratique, et j'ai été désigné comme partenaire. Il y a autre chose : tu dois être mon prof.

— Ton prof ?

— Soutien-langues, marmonna-t-il en rougissant. J'ai raté mes examens.

Il lui tendit le texte sur cassette.

Damia ne fut pas étonnée, mais elle se dit qu'il n'était pas juste de frapper un homme à terre. Damia vida le sac sur son lit.

— Et je suis censée t'enseigner tout ça aussi ?

— Pas exactement. On m'a chargé de t'apporter tes devoirs et de t'aider à rattraper ce que tu as manqué, dit-il, l'air penaud. Tu prends presque les mêmes cours que moi, sauf en maths et en langues où tu es bien en avance.

— Et si je ne veux pas de toi ?

— Tu n'as pas le choix, Damia Gwyn-Raven! cria Isthia de derrière la porte avant d'entrer avec le plateau du goûter.

Elle le posa et examina sa petite-fille d'un œil critique.

— En fait, tu as le choix, rectifia-t-elle. Si tu n'acceptes pas Teval Rieseman comme répétiteur, et si tu ne veux pas être sa répétitrice, nous serons obligés de le renvoyer de l'École spéciale.

Damia eut l'air horrifié.

— Le renvoyer?

Isthia hocha la tête.

— Les bagarres sont contraires au règlement de l'école, dit-elle, avec sévérité. Il a lancé cette pierre sans aucune provocation. Il devrait déjà être exclu de droit. Mais quelqu'un est intervenu en sa faveur.

Teval et Damia en furent stupéfaits.

— Qui? demandèrent-ils à l'unisson.

— Afra Lyon.

— Afra?

Damia n'y comprenait plus rien et faillit exploser. Comment Afra avait-il pu faire une chose pareille? Il ne savait donc pas qu'il avait essayé de blesser son cher Larak? Qu'il lui avait fendu le crâne? Puis elle réalisa que oui, bien sûr, Afra savait tout ça. Alors, pourquoi?

— Pourquoi? dit Teval, la devançant. Je croyais que c'était son oncle.

— Autrefois, c'était un ami spécial! s'exclama Damia avec emportement, foudroyant sa grand-mère.

Isthia lui tendit un billet. Damia l'ouvrit, le retourna, fronça les sourcils, et, finalement, leva les yeux sur Isthia.

— Je ne peux pas le lire, dit-elle, le rendant à Isthia.

Isthia y jeta un coup d'œil.

— Je ne peux pas le lire non plus.

Perplexe, Teval se pencha et considéra l'écriture.

— Ça ressemble à l'écriture des vieux livres de mon grand-père. Il était russe, je crois.

— Qu'est-ce que ça veut dire?

Teval haussa les épaules avec une indifférence que démentaient les émotions tumultueuses qu'elle sentait en lui.

— Je ne sais pas. Toute ma famille a été tuée par les Coléoptères. J'ai juste reconnu l'écriture, mais je ne sais pas ce que ça veut dire.

En cet instant, il émettait une douleur intense, et Damia, qui l'avait toujours pris pour un nul, se rendit compte qu'elle l'avait mal jugé. Avant l'attaque des Coléoptères, il avait une petite sœur, du même âge que Larak, un père, une mère, et le grand-père russe. Maintenant, il vivait avec un oncle qui travaillait très dur et n'avait pas beaucoup de temps à consacrer à son neveu. C'était bien d'Afra d'en savoir plus sur Teval Rieseman qu'elle,

Damia Gwyn-Raven, ne s'était souciée d'en découvrir depuis des années qu'elle allait à l'école avec lui.

— Comme langue, tu devrais prendre le russe, suggéra-t-elle. On l'apprendrait ensemble et on découvrirait le sens de ce message.

Des mois plus tard, alors qu'ils étaient devenus bons amis — quoique pas sans disputes —, ils arrivèrent enfin à déchiffrer le message, composé d'une seule ligne. Il disait : « Les amis ne se battent pas à coups de pierres. »

— Allons chercher de la ferraille des Coléoptères! proposa Damia, un jour que Deneb VIII étouffait sous une vague de chaleur accablante.

— Oncle Rhodri dit qu'il a trouvé tous les trucs du coin.

Larak, à huit ans, commençait parfois à contredire sa sœur; il faisait tellement chaud que l'idée d'aller à la chasse au métal ne lui souriait guère. Ça puait, et quand on le touchait, ça faisait « ping-zing! » Il détestait ça.

— J'ai besoin d'étrivières, et ça coûte cher. Oncle Rhodri paye bien pour le métal des Coléoptères. Et je n'ai pas assez d'argent. Grand-mère est pingre.

— Je te prêterai mes économies, dit Larak, davantage par aversion pour la ballade que par générosité.

— Non, Larak, c'est très gentil, mais j'aime mieux dépenser l'argent que j'ai gagné. Et en plus, si on reste là à ne rien faire, grand-mère ne va pas tarder à nous trouver un travail.

Elle vit que l'argument portait sur son frère; ils sortaient juste d'une corvée de jardinage.

— Mais on ne doit pas aller chercher du métal sans prévenir Oncle Rhodri.

— On le préviendra quand on en aura trouvé, pour qu'il envoie l'hélicoptère de transport, répliqua-t-elle.

— Alors, je pourrai monter dans l'hélico?

Maintenant, Larak était enthousiaste. La dernière fois qu'ils avaient trouvé du métal, on l'avait laissé monter dans le grand hélicoptère de la Marine. Quand il serait grand, il apprendrait à piloter les hélicos.

— Si on en trouve, tu pourras, répondit Damia, sans se compromettre, mais elle vit les yeux de son frère briller d'anticipation. Bon, alors, voilà ce qu'on va faire...

C'était facile de sortir de la propriété, même avec des sacs à dos pour les « provisions ». Elle y avait mis des torches et des vivres, et même une couverture malgré l'objection de Larak qu'il faisait beaucoup trop chaud pour en avoir besoin.

— Il faudra peut-être passer la nuit dehors, expliqua Damia. J'ai pris assez à manger, mais il fait toujours frais dans la forêt.

Larak en convint, mais il protesta quand elle lui dit d'approcher aussi une chemise.

— Pour ne pas se faire écorcher par les branches, dit-elle sèchement. Maintenant, va te préparer. Et ne fais pas de bruit. Tu connais les longues oreilles de grand-mère et on n'a pas envie qu'elle nous arrête pour nous faire faire une corvée. Retrouve-moi au paddock.

Larak partit donc rassembler ses affaires « en silence ». Larak adorait être avec Damia. Et il n'en aurait pas dit autant de la compagnie de son frère et de sa sœur aînés. Malgré ses efforts, il n'avait jamais pu établir de bons rapports avec Jeran, et il avait astucieusement déterminé que Cera était la source de son apathie. Comme Damia était bien plus amusante, il avait renoncé aux deux autres. D'ailleurs, Jeran était engagé à l'essai à la Tour de Deneb, où on le formait sur le tas, et Cera, qui, sans lui, errait comme une âme en peine, n'était pas marrante.

Ils se retrouvèrent au paddock où les poneys paissaient dans la chaleur accablante.

— Maintenant, nous savons qu'il n'y a rien à l'est, à l'ouest ni au sud, parce que Oncle Rhodri dit qu'il n'y a plus de « ping-zing » dans ces directions, dit Damia. Alors, on va aller vers le nord à travers bois où il fera plus frais. Personne n'a jamais trouvé grand-chose par là. Même pas Jeran quand il a organisé une équipe de recherches, remarqua-t-elle, légèrement dédaigneuse, parce que Jeran était sûr qu'il trouverait des tonnes de métal. Bon, allons-y!

Prenant Larak par la main, elle traversa le paddock et entra sous les arbres.

Ils haletaient de chaleur, mais à l'instant où ils entrèrent dans le sous-bois, ils sentirent une différence appréciable.

— Dis donc, il fait plus frais, s'écria Larak, ravi.

— Je te l'avais bien dit. Allons, viens.

Damia prit la tête, serpentant entre les arbres, cap au nord. Elle décida d'une première halte après la traversée d'un chemin de bûcheron. Revigoré par le repos et la collation, ils repartirent.

Larak aurait préféré s'attarder plus longtemps pour jouir de la fraîcheur, mais Damia lui représente qu'ils ne trouveraient jamais de métal si près de chez eux. Et pas de métal, pas de retour en hélicoptère. Larak se leva et la suivit.

Arrivant à un ruisseau cascadant sur des pierres, Larak déclara qu'il voulait se baigner pour se rafraîchir. Alors ils se déshabillèrent et pataugèrent dans l'eau un moment. Damia partagea un sandwich avec lui et lui commanda de remplir leurs gourdes.

Peu après avoir repris leur marche, ils sortirent de la forêt et entrèrent dans une magnifique prairie de montagne. Ils s'y attardèrent, parce que Damia était sûre que c'était exactement le genre d'endroit où du métal des Coléoptères avait dû tomber. Puis elle raconta à Larak, une fois de plus, comment leur mère et

165

leur père avaient détruit les vaisseaux des Coléoptères, les éventrant et en dispersant les pièces dans toutes les directions, sauvant ainsi leur monde et les autres.

Ensuite ils retrouvèrent la forêt, et, bien sûr, s'assirent pour jouir de la fraîcheur, boire un peu d'eau et grignoter quelques biscuits. Le soleil déclinait, mais Damia savait qu'ils avaient encore quelques heures de jour devant eux.

— On trouvera une grotte près d'un ruisseau, dit-elle à son frère qui la suivait bravement. Ce sera une nuit super.

— Quand est-ce qu'on trouvera du métal ? gémit-il.

— Maintenant, on pourrait tomber dessus n'importe quand.

— J'ai pas envie de *tomber* dessus.

— Alors, concentrons-nous pour entendre des « ping-zing », d'accord ?

Docile, Larak projeta son esprit autour de lui, ce qui l'occupa jusqu'au moment où l'ampoule de son talon gauche se mit à faire des « ping-zing » de son cru.

— Il faut que j'arrête, Mia. J'ai une ampoule.

— On arrêtera quand on aura trouvé une grotte et un ruisseau où tu pourras tremper ton ampoule, soupira Damia d'un ton patient.

Elle espérait qu'il pourrait tenir un peu plus. Elle n'avait aucune idée de la distance parcourue depuis leur départ, mais ils ne devaient pas être encore assez loin, sinon ils auraient trouvé du métal. Elle était bien résolue à en rapporter. En attendant, levant le bras, elle s'épongea le front, et, changeant son sac d'épaule, elle continua.

Larak est un vrai petit soldat, pensa-t-elle en le voyant boitiller à sa suite sans se plaindre. C'était le meilleur frère du monde. Elle ne trouvait pas de bon campement, et ça commençait à l'inquiéter. Oncle Rhodri avait enseigné à tous ses jeunes parents les techniques de survie élémentaires quand il organisait ses chasses au métal.

Ils trouvèrent d'abord le ruisseau, alors Damia suggéra à Larak d'ôter ses bottes — l'eau fraîche ferait du bien à son ampoule — et de remonter le ruisseau jusqu'à ce qu'ils trouvent un campement. Peut-être pas une grotte, mais au moins une jolie clairière.

Larak glissa et tomba quatre fois, s'écorchant les orteils, et il allait abandonner la partie quand, au détour d'un méandre, ils tombèrent sur un éboulis de rochers qui avait formé une sorte de caverne.

— Et s'il y a des bêtes ? protesta nerveusement Larak, scrutant l'entrée ténébreuse.

Damia n'avait pas pensé à ça et en fut contrariée. Oncle Rhodri leur avait projeté des cassettes de tous les animaux de Deneb, petits pour la plupart, mais venimeux pour certains. Certaines espèces nocturnes figuraient parmi les plus déplaisantes, par leur tendance à se glisser dans les sacs de couchage. Mais ils n'avaient que des couvertures. Quand même, la prudence s'imposait. Elle prit sa torche à sa ceinture et inspecta la grotte dans ses moindres recoins.

— Tu vois? Il n'y a rien! Maintenant, organisons le camp. Je vais chercher du bois, et toi, tu prépares le dîner.

Le premier feu fut un échec. Ils l'avaient installé dans la grotte, qui s'emplit immédiatement de fumée. Alors, malgré les scrupules de Damia, ils en firent un autre devant la grotte, qui bientôt ronfla et crépita joyeusement. Il n'était que temps, car la nuit était tombée, les arbres se refermaient sur eux, ne laissant les étoiles briller que dans l'espace entre le ruisseau et la caverne.

Ils mangèrent avec appétit les sandwichs qui leur restaient, puis Damia sortit triomphalement un sachet de guimauve de son sac, qu'elle partagea scrupuleusement avec son frère. Larak boitilla jusqu'à un jeune arbre, et coupa deux fines branches assez longues pour faire rôtir leurs guimauves dans le feu.

— Maintenant, dit Damia prenant son ton le plus mystérieux, il nous manque juste une bonne histoire de fantôme!

A cet instant précis, sa guimauve tomba dans le feu.

— Chienne!

— Les chiennes ne sont pas des fantômes! protesta Larak.

— Bien sûr que non. Je parlais à ma guimauve.

— Je vais te raconter une histoire, déclara Larak.

Et il se lança dans celle du Cavalier Sans Tête, qui lui avait fait peur la première fois qu'il avait vu la cassette. Larak racontait bien, et Damia l'écouta volontiers une fois de plus. Vers la fin, l'attention de Damia flancha et elle braqua les yeux sur les ténèbres ambiantes. Une brise légère s'était levée, et elle entendit un bizarre crissement; un vague souvenir remonta à sa mémoire.

— Maintenant, à toi de raconter! dit Larak quand il eut fini.

— Les mangeurs d'âmes, murmura Damia, car le bruit lui rappelait ses terreurs nocturnes.

— Les mangeurs d'âmes? Qu'est-ce que c'est?

Les yeux de Larak s'arrondirent.

— Rien, dit Damia, avec un frisson convulsif.

Elle n'avait pas vraiment envie de parler de cet affreux cauchemar.

— Non, raconte!

— Ça fait trop peur, et ce n'est pas une histoire. Je vais en chercher une autre. Une meilleure.

— Non, je veux celle des mangeurs d'âmes, insista Larak. Quand est-ce que tu en as entendu parler?

— Je n'ai rien entendu. C'est eux qui me poursuivaient.

— Mais oui! grogna Larak avec dérision.

— Quand j'ai été blessée à la tête, poursuivit Damia, se parlant à elle-même.

167

Accroupie, elle s'assit sur ses talons, et, sans en avoir envie, elle se mit quand même à rassembler ses souvenirs.

— Il faisait noir. Ils étaient encore plus noirs. Ils crissaient comme des cafards, et ils essayaient de m'emporter.

Sa voix se fit stridente et elle entoura ses genoux de ses bras.

— Ils allaient me prendre, manger mon âme! Ils crissaient, crissaient!

Elle avait baissé la voix, non pour faire un effet de conteuse, mais parce qu'elle était parvenue à s'effrayer elle-même.

— Damia! Arrête! J'ai peur!

Larak lui jeta les bras autour de la taille, la bouche tremblante, les yeux pleins de larmes.

— Damia? Dis-moi que c'est une histoire. Dis-moi qu'il n'y a pas de mangeurs d'âmes ici!

Mais Damia avait déclenché le flot de ses souvenirs et, piégée dans sa mémoire, cherchait à en sortir en parlant, comme elle l'avait fait dans le rêve.

— Ils m'ont prise par le pied, ils sont remontés le long de ma jambe, toujours avec leurs affreux crissements. Je distinguais tout juste une petite lumière. Je savais que si je pouvais l'atteindre, j'étais sauvée. Mais ils me retenaient en arrière; ils m'ont prise par l'autre pied, et alors, j'ai vu la lumière...

— La lumière?

Elle ne reconnut pas la panique dans la voix de Larak, ne vit pas ce qu'il faisait.

— Alors, j'ai atteint la lumière, et c'est Afra qui la tenait! Il les a chassés! Il les a repoussés! Il leur a fait peur avec sa lumière, et alors, il m'a touchée avec et...

Elle revint à elle et secoua la tête, la main en visière sur les yeux. Il y avait beaucoup trop de lumière, illuminant la grotte et la clairière autour d'elle.

— Larak?

Larak, au bord de la clairière, un brandon dans une main, allumait toutes les racines et les branches sèches du sous-bois. Pour que la lumière tienne les mangeurs d'âmes à distance.

— *Larak!*

— *Plus effrayés que roussis, Angharad,* dit Isthia à sa belle-fille, une fois le danger écarté.

Au-dessus de sa tête, un hélico-pompier arrosa les restes de l'incendie.

— *Nous les avons tirés de là dès que le cri de Damia nous a réveillés. Elle était trop désorientée pour se téléporter.*

— *Qu'est-ce qui a provoqué l'incendie?* demanda Jeff.

— *Larak. Il a allumé la forêt avec un brandon. Il parlait de mangeurs d'âmes et de lumière. Il était paralysé de peur. Il dort maintenant,* expliqua Isthia.

– *Et Damia ?* demanda une autre voix, qu'Isthia reconnut pour celle d'Afra.

– *Elle n'a rien,* le rassura vivement Isthia. *Quelle heure est-il sur Callisto ?*

– *Tôt,* répondit Jeff, acerbe.

– *J'étais éveillé. Je n'arrivais pas à dormir,* répondit Afra, avec un bâillement mental. *Maintenant, je vais me coucher. Salut, Rowane, Jeff, Isthia.*

Isthia sentit la présence mentale d'Afra s'estomper.

– *Ah la la !* dit la Rowane avec irritation. *Quand arrêtera-t-elle donc de faire des « bêtises » ? Je n'ai vraiment pas envie qu'elle donne le mauvais exemple à Ezro.*

– *Cette fois, je crois qu'elle a eu une peur bleue, mon amour,* dit Jeff.

– *Je te rappelle, Angharad,* dit Isthia d'un ton sévère, *que ce n'est pas Damia qui a provoqué l'incendie, mais Larak. Elle a toujours surveillé et protégé son frère. Ou auriez-vous oublié l'incident de la pierre ?*

– *De toute façon,* intervint vivement Jeff, *elle doit bientôt commencer son entraînement de Tour, et elle sera trop fatiguée pour des balades nocturnes. Jusqu'où sont-ils allés, m'as-tu dit ?*

Isthia détecta une nuance d'admiration dans le ton de son fils.

– *Une fois qu'elle aura appris à se téléporter sur de longues distances,* dit la Rowane, pensive, *elle pourrait faire la navette entre ici et la Terre tous les jours. Comme toi, Jeff.*

– *Je ne suis pas certain que la galaxie sera encore sûre quand Damia pourra se téléporter à longues distances.*

La Rowane rumina cette remarque.

– *En tout cas, je trouve qu'il est temps qu'elle revienne sur Callisto se servir de ce qu'elle a appris. Isthia, nous avons trop longtemps abusé de ta bonté...*

– *Ne dis pas de bêtises, Angharad. Cela fut... instructif,* gloussa Isthia en réponse. *Grâce à Damia, Jeran, Cera et Larak, j'ai eu l'École spéciale que je voulais, et maintenant, Deneb recherche activement des Doués à former.*

– *C'est pour ça que vous avez proposé de vous occuper de mes enfants ?* demanda la Rowane.

Elle avait toujours su qu'Isthia avait une idée derrière la tête.

– *Ce n'était pas la principale raison, Angharad. Il fallait aussi penser à Ian, vous savez.*

Jeff s'esclaffa.

– *Et les tests le donnent pour D-4. Tu n'as pas mal travaillé !*

– *Et toi, à quel niveau testes-tu, Isthia ?* demanda la Rowane.

– *Je n'ai jamais eu vraiment envie de le savoir,* répondit Isthia, suave.

– *En tout cas, je trouve qu'il est temps que Damia profite de l'environnement survolté d'une Tour. Mais sache que je – que nous te sommes profondément reconnaissants, Isthia.*

Et ce disant, la Rowane était d'une sincérité totale.

Isthia accepta ses remerciements de bonne grâce, car elle aimait autant la mère que la fille.

— *Elle a commencé à s'épanouir depuis votre dernière visite,* leur dit Isthia.

— *Déjà ?* dit Jeff, comptant mentalement sur ses doigts.

— *Disons qu'elle a germé, et qu'elle ne va pas tarder à s'épanouir,* rectifia Isthia.

— *Y a-t-il des candidats valables chez toi ?* demanda Jeff.

— *Des D-1 ?* dit la Rowane, un peu dédaigneuse.

— *Mon amour, quand une femme commence à s'intéresser aux hommes, elle ne leur demande pas forcément leur pedigree,* remarqua Jeff.

A travers les années-lumière, Isthia sentit la Rowane s'empourprer.

— *Il n'y a aucun candidat ici, Jeff,* dit Isthia. *En fait, étant donné la présence de Larak, il est tout aussi bien de ramener Damia à la maison.*

Les deux parents furent choqués.

— *Ma parole, ce que vous avez l'esprit mal tourné,* gloussa Isthia. *Je voulais dire que Damia hésiterait peut-être à fréquenter des garçons pour ne pas compromettre les rapports spéciaux qu'elle entretient avec son frère. Tsitt, tsitt !*

— *Je comprends,* dit Jeff, un peu abasourdi. *Sa première amourette se passerait peut-être mieux si elle n'avait pas à se soucier de la jalousie de son petit frère.*

— *Exactement,* répondit Isthia.

Jeff se décida.

— *Très bien. Renvoie-la-nous dès la fin du trimestre. Elle poursuivra son instruction ici. Qui ne sera pas aussi bonne que celle qu'elle reçoit sur Deneb, bien sûr.*

— *Bien sûr !*

C'est seulement après la rupture du contact qu'Isthia se rappela ce qu'elle voulait demander à Jeff. Ou plutôt à Afra. Intercéder en sa faveur auprès de Capella pour trouver un Doué de haut niveau acceptant d'enseigner sur Deneb. L'éducation méthodiste avait ses bons côtés. Elle espérait qu'en ce domaine Afra déteindrait un peu sur Damia quand elle reviendrait sur Callisto. Isthia était certaine qu'il participerait à son éducation. D'après certaines remarques de Jeff et ses propres observations, Afra avait certainement enseigné à Angharad le self-contrôle nécessaire pour gouverner la Tour aussi efficacement qu'elle le faisait. Jeff avait procuré à Angharad la sécurité affective requise.

Isthia soupira au souvenir de son mari, regrettant, une fois de plus, qu'il ne fût plus près d'elle. Mais il était mort, et il n'y avait rien à faire. Et cela ne favorisait pas les projets qu'elle avait pour l'année prochaine : approfondir les manipulations métamorphiques. Malheureusement, les Capelliens n'y croyaient pas.

VI

Les mains qu'Afra vit entrer dans son champ visuel n'étaient plus celles d'une petite fille, mais elles étaient toujours sveltes et gracieuses comme leur propriétaire.

— Qu'est-ce que tu en penses? demanda Damia, faisant pivoter ses mains sous ses yeux.

Afra, à genoux au bord de la piscine, leva la tête et rencontra deux yeux d'un bleu intense dans un visage ovale encadré de longs cheveux noirs. Damia avait laissé pousser ses cheveux depuis qu'elle était revenue sur Callisto, voilà quatre ans maintenant.

— Ce que je pense de quoi, sorcière? demanda-t-il, repoussant la mèche blanche qui, chez Damia, accentuait encore le noir de la chevelure.

— De ça!

Damia se redressa de toute sa taille, glissant lentement ses mains le long de son corps. Et alors seulement, en la voyant debout ainsi, cambrée, un pied légèrement posé devant l'autre, Afra réalisa qu'elle ne portait pas de maillot. Elle haussa un sourcil provocant, le défiant de détourner les yeux. Afra réagit par une inspection minutieuse de sa personne, du cou gracieux aux orteils délicats, en passant par les seins fermes, les hanches galbées et les jambes sculpturales.

— Tu vieillis joliment, Damia, dit-il, quand l'inspection le ramena à son visage. L'eau est bonne, ajouta-t-il, trempant la main dans la piscine.

Au gymnase de Callisto, les vêtements étaient purement facultatifs, et décoratifs plutôt que pratiques.

Damia tapa du pied et gémit.

— Non! Mon bronzage, Afra, mon bronzage!

171

Afra reprit son inspection, penchant la tête. La peau avait *un peu* bruni. Il approcha un bras vert de celui de Damia.

— En tout cas, ce n'est pas ma nuance.

Damia poussa un gémissement indigné.

— Affffrrrraaaaa! tapant si fort du pied que ses seins tressautèrent.

— Oui? fit Afra, avec un sourire taquin.

Elle prit un flacon sur son transat et le lui tendit.

— Tu veux m'en mettre? demanda-t-elle, câline. Je ne veux pas perdre mon peu de couleur.

Afra prit le flacon de lotion bronzage, lorgnant attentivement l'adolescente. Il renifla la bouteille, frotta un peu de liquide entre le pouce et l'index, et demanda :

— Combien et où?

— Juste assez pour huiler la peau, et partout, naturellement, dit-elle, à la limite de la condescendance.

Afra s'exécuta, commençant par le dos.

— Tes cheveux vont être pleins d'huile.

— Ça m'est égal! Je les laverai plus tard.

Elle les souleva de la main, tournant les yeux vers lui pour voir la tête qu'il faisait, contrariée de constater qu'il l'enduisait consciencieusement des épaules aux chevilles en passant par les fesses sans changer d'expression. Ses yeux pétillèrent d'anticipation quand elle roula sur le dos, mais Afra continua avec le même détachement, lui enduisant les seins avec la même nonchalance que le nez.

Il évita quand même une certaine zone. Damia toussota discrètement.

— Tu as oublié un coin.

Sans ciller, Afra passa sur la zone indiquée.

— Je suppose que ça aussi, tu le laveras.

A sa grande contrariété, Damia rougit.

Afra détourna les yeux le temps qu'elle se ressaisisse, feignant de batailler avec le bouchon. Puis il leva la bouteille et demanda :

— Je la remets là-bas?

— Oui, répondit-elle distraitement.

Elle tapota son ventre ferme.

— Tu crois que ça plaira à Amr?

— Ton ventre? Je ne vois pas pourquoi, dit Afra, regardant la piscine avec nostalgie.

— Afra! Non, pas mon ventre! Mes muscles! Regarde!

Elle se contracta, faisant saillir des muscles harmonieux sous la peau brune.

— Joli, dit Afra distraitement. Nageons un peu!

— Ooooh! Je devrais savoir qu'avec toi, ce n'est pas la peine d'essayer de rivaliser dans une piscine!

Sur quoi, elle plongea.

172

Des heures plus tard, **elle** reparut dans son appartement.

– Qu'est-ce que tu en penses ? demanda-t-elle, faisant virevolter sa longue jupe en voile pourpre.

Ses cheveux étaient relevés en chignon, avec sa mèche blanche de sorcière bouclant le long de la joue. De longs cils noirs accentuaient le bleu vif de ses yeux. Elle sourit, et ses joues se creusèrent de fossettes.

– Je pense, dit Afra, entrant dans le séjour avec son plateau-repas, qu'on t'a appris à frapper.

Damia fit la moue, les yeux pétillants de malice.

Afra connaissait bien cet air-là.

– Tu sais que tes parents n'aiment pas que tu te téléportes dans la Station.

– Tu vas le leur dire ?

Afra secoua vivement la tête.

– Quand tu es revenue, je t'ai dit que tu étais la bienvenue n'importe quand. La porte est même réglée sur ta structure rétinienne.

Il l'évalua du regard.

– Mais c'est plus poli de frapper.

Il posa son plateau sur la table basse et ajouta, montrant sa robe :

– Elle me plaît beaucoup.

– C'est pour notre rendez-vous de ce soir.

– Votre rendez-vous ?

– Moi et Amr.

– Seize ans, c'est le bel âge pour les amourettes. Où allez-vous ?

Le visage de Damia s'allongea.

– Beeen, euh, temporisa-t-elle, terminant tout à trac : Amr viendra me prendre à la Station de la Terre.

– Ah, alors ce n'est pas une simple exhibition de mode. Tes parents savent ?

– Ils n'ont pas à savoir.

– Ah, alors qu'est-ce que tu leur caches maintenant ? demanda Afra, agacé.

Damia fit la moue, baissa la tête. Afra comprit et soupira.

– Un garçon tout spécial ?

– Ce n'est plus un garçon ! Il a dix-huit ans – presque ! répondit-elle avec emportement. Ça fait des mois qu'on se fréquente. Et ce soir, ce sera un jour spécial.

– C'est ce que j'avais cru comprendre, dit doucement Afra.

Damia le regarda, médusée.

– Tu n'es pas en colère ?

– Que tu t'apprêtes à devenir une femme ? Pourquoi ?

Le ton détaché la perturba. Afra s'aperçut de sa réaction, mais l'ignora. L'affection que Damia lui portait s'était bien vite transformée en béguin à la puberté. Afra avait compris et géré le

173

mieux possible l'intensité des sentiments de la jeune fille, tout en refusant la tempête qui n'aurait pas manqué de se déchaîner s'il l'avait payée de retour. Cela exigeait de lui des efforts héroïques, étant donné la joie que lui procurait sa présence, mais il refusait d'abuser de sa toquade juvénile et se contentait de son statut d'ami intime et confident.

— Alors, tu me téléporteras sur la Terre ? demanda-t-elle carrément, les yeux flamboyants.

— Fais bien attention...

— Je sais ce que j'ai à faire ! s'emporta-t-elle.

Avant d'avoir eu le temps de reprendre son souffle pour continuer sa diatribe, elle se retrouva à l'entrée de la Station de la Terre.

— Peuh ! Ça lui apprendra !

— *Appelle-moi quand tu voudras rentrer*, lui lança Afra avec une légère pression que Damia avait appris à interpréter comme un bisou sur le front. Malgré elle, elle eut un sourire attendri.

Damia avait rencontré Amr chez Luciano, un jour qu'Oncle Gollee s'était décommandé pour un déjeuner. Amr Tusel – grand, beau, basané, sourire engageant – l'avait fièrement informée qu'il était D-9 et étudiait pour devenir Chef de Station. Damia, craignant de l'effrayer, ne lui avait pas révélé son Don et feignait de s'émerveiller de ses prouesses. A dix-huit ans, il faudrait du temps à un D-9 pour devenir Chef de Station. Ils avaient passé la première soirée à danser, et Amr l'avait raccompagnée à la Station centrale, d'où l'on partait dans toutes les directions. Sa gentillesse et sa considération avaient impressionné Damia, mais leur premier baiser avait déchaîné en elle des émotions inconnues jusqu'alors.

Depuis, Damia avait décrété qu'ils se retrouveraient à la Station de la Terre, parce que c'était plus près de chez elle – ce qui était vrai. Ils sortaient ensemble depuis six mois, au cinéma, à la trivideo, dans les parcs d'attractions, et dans les boîtes où ils dansaient jusqu'à l'aube. Le temps passant, la conversation avait fait place, la plupart du temps, aux étreintes passionnées. Plusieurs fois au cours des dernières semaines, Amr avait dû interrompre leurs enlacements de crainte de violer les rares tabous sexuels subsistant encore.

Amr n'avait pas deviné qui elle était, n'ayant jamais vu le grand chef Jeff Raven ni personne du clan Gwyn-Raven, mais il avait compris qu'elle était vierge. Avec le sens de l'honneur et la compassion d'un Doué, il en avait conclu que lui reviendrait cette défloration délicate entre toutes. Cette perspective l'avait effrayé, et ils ne s'étaient pas vus d'un certain temps. Quand ils avaient repris leurs sorties, Damia à son tour était devenue réticente, et c'est seulement après une longue discussion orageuse qu'elle avait consenti à fixer une date.

Étant logé au Dortoir des Étudiants, Amr pouvait difficilement l'y accueillir, et Damia avait exclu la possibilité d'utiliser sa maison, disant que ses parents y étaient tout le temps et que ça la gênerait.

L'hôtel était juste de l'autre côté de la rue. Damia avait laissé un sac de nuit à la Station de la Terre quelques semaines plus tôt quand elle s'était décidée, et elle alla le chercher avant de retrouver Amr.

Il s'approcha, le sourire aux lèvres, et l'embrassa. Puis il fit un pas en arrière, branlant du chef d'admiration.

– Comme tu es belle, Damia!

Il prit son sac et lui fit signe de le précéder.

– Conduis-moi, oh, la plus belle des filles de Vénus!

C'est pourtant lui qui dirigea le déroulement de la soirée. Ils réservèrent une chambre et laissèrent leurs sacs à la réception, en demandant qu'on les monte chez eux. Le souper fin fut suivi d'une promenade langoureuse, puis ils allèrent danser jusqu'à la fermeture du Disco Tech. Les derniers slows langoureux excitèrent la passion de Damia. Son désir se calma légèrement le temps de revenir à l'hôtel, mais Amr eut tôt fait de le réveiller.

Damia n'ignorait pas la passion, ayant passé bien des soirées étroitement enlacée à Amr, mais elle s'était toujours dégagée avant de perdre son contrôle. C'était incroyablement frustrant. Ce soir, Damia se sentait libre de lâcher la bride à ses émotions.

Amr la prit tendrement dans ses bras, ses mains glissant doucement de ses épaules à la chute des reins, puis il l'embrassa passionnément. Et à mesure que la passion montait, les vêtements tombaient.

Ils se retrouvèrent bientôt sur le lit, les caresses d'Amr éveillant chez Damia un flot de sensations qui menaçaient de la submerger. Au troisième orgasme, Amr la pénétra doucement. D'abord, distraite par toutes ses autres sensations, Damia n'y fit pas attention. Quand elle s'en aperçut, elle se pétrifia un instant, le regardant avec effroi, mais il lui sourit tendrement et acheva la pénétration. Damia gémit, l'étreignit de toutes ses forces pour le garder en elle. Dans son extase, elle s'ouvrit totalement, l'entraînant avec elle, et ils montèrent, montèrent, s'écrasèrent, s'envolèrent, encore et encore.

– *Mais tu es Douée*! s'écria-t-il malgré sa passion. Damia, saisissant la nuance accusatrice du ton, lui proposa à regret de s'arrêter, mais Amr s'enfonça plus profond en elle, et l'embrassa fougueusement en s'écriant :

– *Oh non! Surtout pas! Je n'ai jamais rien ressenti de pareil!*

Ils continuèrent, Damia ravivant la passion faiblissante d'Amr jusqu'au moment où tous deux s'abandonnèrent, épuisés, aux émotions et à l'extase qui montait et refluait en eux. Puis, à bout de forces, ils glissèrent langoureusement de l'orgasme au sommeil.

Quand Damia s'éveilla, les yeux d'Amr suivaient les courbes de son corps, luisants et acérés comme des dagues. Elle était moulue, endolorie en des endroits qu'elle ignorait. Des muscles qu'elle venait de découvrir manifestèrent leur désaccord par des élancements douloureux quand elle déplaça une jambe.

– Tu veux recommencer ? dit Amr d'une voix rauque.

– Oh, c'était super ! répondit Damia.

Amr voulut l'enlacer, mais elle s'écarta – au prix de douleurs diverses.

– J'ai mal partout, Amr. Je suis trop fatiguée. Les cassettes ne parlaient pas de ça.

– Ni de ce que tu m'as fait, répliqua-t-il, le regard morne. Puis ses yeux s'emplirent de colère.

– Tu as idée de ce que tu m'as fait ?

Il serra les poings, les larmes aux yeux – larmes de fureur, de déshonneur, de désespoir.

– Tu le sais ? Tu le sais ? Tu le sais ? hurla-t-il de plus en plus fort. Traînée ! Salope ! Putain !

L'air terrorisé, il arrêta sa main qui s'était levée pour la frapper.

– *Afra !* hurla Damia avec désespoir.

Elle disparut pendant qu'Amr cherchait à formuler des excuses. Une fois seul, il ferma les yeux et, roulé en boule sur le lit, se mit à sangloter doucement.

– *On ne m'avait jamais parlé de la haine après l'amour !* sanglota Damia tandis qu'Afra finissait de la frictionner avant d'enrouler la serviette autour d'elle.

Elle posa la tête sur sa poitrine et brailla :

– *C'était tellement... tellement... et après, il m'a hurlé dessus !*

– *Tu as fait attention, au moins ?* demanda Afra, calme et apaisant à dessein.

– *Bien sûr que j'ai fait attention ! Il y a des mois que j'ai un implant !* rétorqua Damia avec colère.

Afra l'écarta un peu de lui, et, lui prenant le menton, lui releva la tête.

– Damia, tu as gardé tes écrans remontés ?

– Mes écrans ? Afra, on faisait l'amour !

Le visage d'Afra s'altéra et se fit douloureux.

– Vous étiez à l'hôtel ?

Damia hocha la tête, boudeuse.

– Celui en face de la Station centrale ?

Nouveau hochement de tête.

– *Quelle chambre ?*

– *Afra !* protesta-t-elle.

– *Il faut savoir comment Amr réagit*, dit-il, puis, projetant sa pensée vers la Terre, il ajouta : *Gollee, nous avons une urgence.*

Une réponse assourdie lui parvint, et Afra fit la grimace.

– *Il faut que tu t'occupes d'un D-9, Amr Tusel. Il est en face, à l'Excelsior.*

Afra fit une pause et regarda Damia, le visage impénétrable.
– *Je crois que ses circuits sont grillés.*
Gollee Gren, instantanément en alerte :
– *Je m'en occupe, Afra.*
– Grillé ? répéta Damia, horrifiée. Mais il allait très bien !
– Il allait bien quand tu l'as quitté, Damia ? demanda doucement Afra. Tu as remonté tes écrans quand tu as fait l'amour ?
– Personne ne m'avait rien dit ! s'écria Damia, accablée.
– Si, moi, dit Afra, lèvres pincées. Je t'ai dit, fais attention.
– Je croyais que tu voulais dire...
Damia s'interrompit, comprenant enfin l'énormité de son imprudence.
– Mais il se remettra ? Il guérira ?
– Peut-être, temporisa Afra.
Mais elle pencha la tête, le défiant du regard.
– Sans doute que non, avoua-t-il, réfléchissant au conflit moral.
– Oh, Afra, gémit Damia en se jetant dans ses bras. *Je n'aimerai plus jamais !*
– Ne dis pas plus jamais, Damia, dit Afra, ironique.
Il la souleva dans ses bras et la porta sur le divan.
– Mais ne sois plus si désinvolte.
Il l'allongea près de lui, la prenant doucement dans ses bras.
– Aime, Damia, mais sois prudente et pense à ton partenaire.
– *Non, je n'aimerai jamais plus*, marmonna Damia d'une « voix » épuisée.
Afra ne répondit pas et continua à la bercer jusqu'à ce qu'elle s'endorme. Puis, très doucement, il insinua une pensée calmante dans son esprit.
Avant même d'ouvrir les yeux, Afra sentit sur lui le regard de Damia. Il baissa les yeux sur elle, la tête encore posée sur sa poitrine, et rencontra ses yeux bleus perçants. Il eut un petit sourire.
– Je parie que tu as mal partout.
– D'avoir dormi comme ça ou d'avant ? grogna Damia.
– Les deux.
Damia le considéra un long moment, puis dit :
– Ça aurait pu être toi.
Afra lui posa un doigt sur les lèvres.
– Chut !
Elle examina attentivement le doigt, puis l'embrassa et sourit. Bientôt, son sourire s'effaça.
– Tu as des nouvelles d'Amr ?
Afra hocha la tête, solennel.
– Il se repose. A l'hôpital.
Baissant les yeux sur elle, il ajouta :
– Je t'apprendrai à te contrôler.
Damia se mordit les lèvres.

177

– J'aurais pu te faire ça, à toi, si on avait...

Afra secoua la tête.

– Oui, mais on n'a pas, Damia.

– Ça aurait pu être toi! s'écria-t-elle, déchirée, enfouissant son visage dans sa poitrine. Afra, tu ne m'aimes pas?

Afra la serra tendrement sur son cœur.

– Moi, je voulais, tu sais, continua-t-elle, avec sa jeunesse et sa naïveté implacables. J'ai essayé...

– Je sais, dit Afra, apaisant.

Elle releva un peu la tête et le regarda dans les yeux.

– Tu savais? Et tu n'as pas... et moi?... et Amr? bredouilla-t-elle, furieuse.

De nouveau, Afra lui posa un doigt sur les lèvres, mais Damia referma les dents dessus et mordit. Les yeux rivés aux siens, elle mordit de plus en plus fort, mais l'expression d'Afra ne changea pas. Quand elle sentit le goût salé du sang dans sa bouche, elle recracha le doigt.

Les larmes aux yeux, Afra examina froidement les marques de ses dents.

– Je suis *contente* que ça te fasse mal! dit Damia, rouge de colère, d'embarras, de remords.

– Ce n'est pas ça qui fait mal, Damia.

Elle se dégagea avec colère, alla à la salle de bains, enfila une longue chemise d'Afra, saisit sa trousse de première urgence et la lui lança en sortant.

– Tiens! Pour ta main. Je ne peux rien faire pour ton cœur.

La porte, étant automatique, ne pouvait pas claquer, mais Damia y donna un coup de pied pour obtenir le même effet.

– J'ai un mot à vous dire, jeune fille!

La voix tendue de Gollee Gren surprit Damia qui sursauta.

– Gollee! Qu'est-ce que tu fais là? demanda-t-elle, regardant autour d'elle dans le grand hall de la Station de Callisto. Ce n'est pas papa...

Puis elle se rappela:

– Amr?

– Il va bien, dit Gren, écartant la question.

Il lui saisit le bras, l'entraîna dans un box et s'assit près d'elle.

– Mais où est-ce que tu as la tête, s'il te plaît?

– Qu'est-ce que tu veux dire?

Gren poussa un juron.

– Après tout ce qu'il a fait pour toi. Il a caché tes bêtises, il t'a surveillé, il a menti pour toi, et toi... tu n'es même pas digne de ton nom!

– Qui? demanda Damia, en pleine confusion.

– Qui? grogna Gren. C'est bien de toi de le demander! Tu ne réfléchis jamais? Tu ne vois rien?

Il secoua la tête, s'efforçant de dissiper sa colère. Sans succès. Il soupira.

— J'ai obtenu les photos des médicos, dit-il, hochant la tête pour souligner ses paroles. Il a dit qu'un chatcoon l'a mordu, mais je connais ces marques. Même quand tu essayes de lui arracher le doigt d'un coup de dents, il te protège encore !

— Afra ? s'écria Damia. Il ne sait même pas que j'existe ! Cette espèce de Capellien au sang froid, aux yeux jaunes et à la peau verte !

— Tu ne penses qu'à toi, hein ? lui lança sèchement Gren. Damia, Damia, pauvre Damia !

Il étrécit les yeux et l'examina, critique.

— Et alors, Afra ? Qu'est-ce que tu crois que ça lui a fait de voir la fille de son meilleur ami venir le draguer ? Tu ne sais donc pas ce que tu fais ?

— Il m'a rejetée ! s'écria Damia, se demandant comment Gren pouvait savoir, et stupéfaite de s'entendre avouer une défaite si humiliante.

— Ce que tu voulais, ça se voyait comme le nez au milieu de la figure ! Il n'avait pas le choix, même s'il avait voulu, dit Gren avec emportement. Mais ce n'est rien. Pour le punir, tu ne trouves rien de mieux que de mutiler un pauvre...

— CE N'EST PAS VRAI ! hurla Damia, de toute la force de ses poumons, versant des larmes de rage.

— Pas vrai ? demanda Gren. Réfléchis bien avant de répondre, Damia Gwyn-Raven. Et quand ce sera fait, tu iras le trouver et tu lui demanderas très poliment de t'apprendre à te contrôler.

— Non ! Jamais ! répondit-elle, tellement furieuse qu'elle murmura, tremblant de l'effort qu'elle faisait pour retenir ce qu'elle aurait voulu, ce qu'elle aurait pu faire à son accusateur.

— Tes parents ignorent tout d'Amr et de cette fameuse nuit, dit-il, à voix basse et tendue. Jusqu'à maintenant.

Il se leva, et se retourna vers elle en partant.

— Maintenant, tu vas aller t'excuser et lui demander de t'enseigner le contrôle de toi.

— Sinon ? ricana Damia, dédaigneuse.

Gren la regarda d'un œil critique.

— Je ne dirai *rien* à ton père.

Il sortit, laissant Damia se demander pourquoi cette promesse lui paraissait sinistre.

— Larak ! s'écria joyeusement Damia, courant embrasser son frère. Qu'est-ce que tu fais là ?

— Afra m'a envoyé chercher, dit Larak, l'embrassant rapidement.

Il branla du chef, ajoutant :

– Je n'avais jamais réalisé que maman et papa estimaient tellement ses conseils.

– Ta voix! déclara Damia, notant des différences avec l'année
précédente. Tu as grandi.

– Je ne suis plus un petit garçon, Damia, répondit Larak d'une
voix qui avait mué avec l'adolescence. J'ai grandi de trois pouces
en sept mois! Je vais bientôt te rattraper!

– Et sans doute me dépasser, dit Damia en riant.

Puis elle fit la moue.

– Pourquoi Afra t'a-t-il envoyé chercher?

– Il ne te l'a pas dit?

– Nous ne nous faisons pas de confidences ces temps-ci.

La réponse était sèche, coupant court à toute question.

Larak ignora cette défense implicite et insista.

– C'est nouveau. Je croyais qu'Afra était ton ami extra-spécial.

– J'ai dépassé cette dépendance infantile.

Larak lui lança un regard dubitatif, qui se transforma bientôt
en regard admiratif. Il hocha la tête en connaisseur.

– Si tu n'étais pas ma sœur, je te demanderais un rendez-vous!
Je ne suis pas le seul qui ait grandi!

Damia secoua la tête.

– Merci, mais les rendez-vous, j'en suis revenue.

– Pauvres hommes! s'écria Larak.

Il souleva son carisak et ajouta:

– Montre-moi le chemin! Je crève de faim!

Damia sourit.

– *Ça*, c'est normal!

Brian Ackerman les retrouva au réfectoire. Larak agita aimablement sa fourchette dans sa direction, mastiquant une énorme
bouchée.

Ackerman branla du chef en constatant les changements survenus chez le jeune homme.

– J'ai failli ne pas te reconnaître!

– Même avec ma tête de Raven typique? Je suis vexé!

Larak avait le caractère enjoué et facile de son père. Brian
pensa avec surprise qu'il connaissait Jeff Raven depuis vingt ans,
et la Rowane depuis un peu plus longtemps. A soixante-quinze
ans, Ackerman commençait à trouver pénible sa gymnastique
matinale, mais à part ça, et à part le fait qu'il avait blanchi, il avait
l'impression d'être le même homme que celui qui avait accueilli
Jeff Raven à la Station, tant d'années auparavant. Et celui qui, de
désespoir, avait envoyé sa démission à Reidinger parce qu'il
n'arrivait pas à s'entendre avec la jeune Rowane. Pensant à la
Rowane, il regarda Damia. Ses traits étaient un délicat mélange
de ce qu'il y avait de mieux chez la Rowane et chez Jeff, mais

pour le caractère, elle tenait tout de sa mère. Oui, c'était bien sa mère, en plus puissante. Il se demanda si la Rowane avait vraiment conscience du potentiel psychique de sa fille. Il avait ses soupçons, mais Jeff avait prudemment gardé pour lui ses idées sur la question.

— Qu'est-ce qui t'amène ? demanda Damia avec une nuance accusatrice.

— J'ai de nouvelles affectations à la Station, répliqua Ackerman.

— Affectation à la Station ? dit Larak, stupéfait. Ne sommes-nous pas un peu jeunes ?

— Ça ne vous a jamais arrêtés jusqu'à présent ! s'écria Ackerman en souriant. J'ai lu ton dossier, Larak. Tu seras un fameux CES un de ces jours.

— Un CES ? dit Larak, perplexe.

Ackerman montra Damia de la tête.

— C'est un mot inventé par ta sœur. Ça veut dire, commandant en second. Sauf qu'elle lisait, en abrégé, C.e.S, et prononçait Ces.

Il fit une pause.

— Ça a plu à Afra parce qu'il s'en est toujours servi depuis, et c'est resté.

Larak regarda sa sœur avec affection, mais elle avait l'air contrarié.

— Alors, qu'est-ce qu'on nous mijote ? demanda Larak, ignorant l'humeur de sa sœur.

— On nous mijote Altaïr, répliqua Ackerman, se tournant vers Damia avec un clin d'œil. Tu y es nommée pour six mois, afin de travailler avec Torshan et Saggoner. Je crois que le Méta de la Terre va faire avec toi ce qu'a fait Reidinger avec lui — la tournée des Tours pour te donner de l'expérience.

— C'est Gren qui t'a mis ça dans la tête, hein ? dit Damia, ses yeux bleus lançant des éclairs.

Ackerman recula devant sa violence verbale, troublé.

— Euh ?

— D'où viennent ces « affectations » ? demanda-t-elle.

— Du Quartier général de la Terre, naturellement, rétorqua Ackerman, se rappelant à retardement les mauvaises manières de la Rowane quand quelque chose la contrariait. Tu as fait du bon travail ici, Damia, mais il est temps de passer au niveau supérieur.

Il se rétracta devant sa colère rentrée.

— Quand ?

La question fut prononcée d'un ton égal, mais les deux hommes sentirent sa tension.

Ackerman battit des paupières.

— Je suppose que tu peux partir quand tu voudras, mais aucune date n'est précisée.

— Eh bien, je suppose que je devrais remercier qu'on me donne le temps de faire mes bagages, dit-elle avec amertume.

— Tu viens juste d'arriver, Larak? commença Brian, essayant de se rattraper.

Il avait l'impression d'être revenu à l'époque où la Rowane était impossible sans que personne sache pourquoi.

— En effet, dit Larak, entrant vivement dans le jeu de Brian. Je n'ai même pas encore vu ma mère. J'ai rencontré Damia, et elle m'a dit que je devais avoir faim.

Il regarda Ackerman avec un sourire candide.

— Il y a une affectation pour moi dans ce paquet?

Brian feuilleta ses papiers.

— En fait, oui, dit-il, sortant une feuille de la liasse. Tu es affecté ici pour six mois. Tu travailleras avec Afra...

— Ainsi, il a fallu qu'il commence par se débarrasser de moi? demanda Damia d'un ton morne.

— Afra n'a rien à voir avec les affectations, dit Brian, perplexe devant son attitude.

Après tout, elle suivait Afra comme un de ses chatcoons quand elle était petite. Ackerman branla du chef.

— Il ne sait même pas que les affectations sont arrivées, et encore moins qui a été affecté et où. D'ailleurs, je crois que ça ne va pas lui plaire.

Ackerman consulta sa montre et se leva.

— Je ferais bien de retourner au boulot. Je vous revois tout à l'heure tous les deux?

— D'accord, lui cria Larak.

Le soir, Afra connaissait la nouvelle et elle ne lui plaisait pas. Quand il retrouva Gren chez Luciano, il attaqua sans préambule.

— Qu'est-ce que c'est que cette idée d'envoyer Damia sur Altaïr?

— Elle a besoin de l'expérience, dit simplement Gollee, appelant un serveur. Allez dire à Luce qu'Afra est ici, je vous prie.

Le serveur hésita.

— Afra?

Il regarda le Capellien qui le salua poliment de la tête.

— Afra de la Tour de Callisto, précisa Gren. Luce saura quoi faire.

— Le chef Luciano est un homme très occupé...

— Qui sera retourné si je suis obligé d'aller le prévenir moi-même, dit Gollee, posant sa serviette et se levant.

— Je vais le prévenir, dit le serveur, détalant précipitamment.

— C'est un nouveau, dit Gollee, fronçant les sourcils. Il apprendra.

Afra secoua la tête.

— Je ne suis pas venu souvent ici ces derniers temps.

— Parle-moi de tes raisons! grogna Gren.

— Parle-moi d'Altaïr, rétorqua Afra.

— Il lui faut beaucoup plus d'expérience pour la préparer à gouverner sa propre Tour, dit Gren.

Il se tut, laissant Afra assimiler les implications.

– Une *nouvelle* Tour ? Où ?

Avec de plus en plus de nouveaux systèmes rejoignant la Ligue des Neuf Étoiles – qui comportait maintenant beaucoup plus de Neuf Étoiles –, les TTF subissaient de fortes pressions pour étendre leur réseau.

– Aurigae, dit Gollee, faisant la grimace. Ils ont des minerais que tous les systèmes achèteront. Ils ont déjà des crédits à pleines capsules. Ils veulent un D-1 à partir d'hier. Mais Jeff ne veut pas la surmener avant d'être sûr qu'elle est prête à exercer une telle responsabilité.

– Elle a les capacités.

– Elle n'a pas de self-contrôle, dit Gren, les yeux lourds de désapprobation.

Afra leva un sourcil, puis haussa les épaules en soupirant.

– C'est aussi à cause de cet incident...

– Jeff n'est pas au courant, non ?

– Pas de mon fait en tout cas, l'assura Gollee. Et je ne crois pas qu'il le sache. Amr suit une thérapie, et le pronostic est bon, mais il ne sera jamais Chef de Station. Il n'a aucune idée de l'identité de Damia. Alors, quand Jeff se demandait où l'envoyer, j'avoue avoir suggéré Altaïr, avec un œil sur Aurigae. C'est mieux que si elle était à Blundell.

– Hum, oui ; elle a fréquenté ce garçon pendant six mois. Ils ont beaucoup dansé en boîte. Si elle se mettait à aller et venir sur la Terre, quelqu'un finirait fatalement par la reconnaître.

– Et je crois aussi que ça lui fera du bien de travailler avec Torshan et Saggoner. Jeff est objectif, mais pas la Rowane.

Afra hocha la tête, avec une moue dubitative.

– Oui, c'est aussi un facteur à considérer. Damia a toujours été la croix de la Rowane. L'atmosphère a souvent été électrique à la Tour pendant l'apprentissage de Damia. Je ne sais pas dans quelle mesure ça vient du heurt de leurs personnalités. Mais enfin, elle a besoin d'apprendre à se dominer.

– Pour ça oui. Il est prévu qu'elle aille sur Capella après Altaïr, dit Gollee avec un sourire malicieux. Elle sera bien obligée de se contrôler.

– Ne sois pas si dur avec cette petite, Gollee. Elle n'a que seize ans, et parvenir à contrôler sa passion, c'est difficile pour tout le monde.

– Nous, on y parvient ! protesta Gren.

Afra acquiesça d'un hochement de tête, ajoutant :

– Mais nous n'avons pas seize ans.

Puis il changea de conversation.

– Comment va Tanya ? Et les enfants ?

– Les enfants sont super !

– Et Tanya ?

Gren sourit, car il attendait Afra au tournant.

– Elle est mieux que super.

– Ta fille... elle a quoi, déjà? Douze ans?

Gren grogna.

– Treize, et déjà des problèmes de garçons.

Il soupira, pensif.

– En fait, j'ai eu une longue conversation avec elle après...

– Bonne idée, approuva vivement Afra.

– Je n'arrive pas à comprendre comment la Rowane a pu négliger... commença Gren, indigné.

– Je ne crois pas que ce soit de la négligence. Je crois que Damia ne l'a pas entendue, tout simplement, intervint Afra. Cera n'a pas eu de problème.

– Cera est ultra-contrôlée, remarqua Gren. Peut-elle avoir des problèmes?

– La Rowane m'a dit que Cera a trouvé un copain. Un D-3 très sympa.

– Prolifération bourgeonnante de la famille Raven. Tu les couves tous, hein? dit Gollee, amusé. Mais Damia encore plus que les autres.

Afra haussa les épaules.

– Ça me vient naturellement; elle ressemble tellement à la Rowane.

Il fronça les sourcils et ajouta :

– Mais Aurigae? Cette Tour-là, elle sera dure à gouverner, non?

– Qui sait? Ta Damia se trouvera peut-être l'âme sœur avant d'y aller, dit Gollee avec entrain.

Leurs plats arrivèrent, accompagnés d'un Luciano extatique, et ils ne parlèrent plus de Damia ni d'Aurigae.

VII

Iota Aurigae était un embrasement au zénith, sur la gauche de Damia, sa lumière miroitant sur sa capsule personnelle. Au nadir, sur sa droite, pulsait la lumière blanc-bleu de Capella. Et le scintillement stellaire de la Voie lactée la baignait tout entière, mais le seul son perceptible était celui de sa respiration tandis qu'elle ouvrait tout grand son esprit au silence vertigineux de l'hyper-espace.

A mesure que se relaxait son grand corps svelte, elle avait l'impression de sentir chaque partie de son cerveau se détendre et s'épanouir. Elle se délectait de ces instants de détente mentale complète après le stress de la Tour d'Aurigae. Pourtant ces balades n'étaient pas seulement des vacances mentales pour elle, mais avaient un autre but plus important : elle devait s'assurer qu'aucun visiteur indésirable n'approchait la Ligue des Neuf Étoiles de l'hyper-espace au-delà d'Aurigae, la plus lointaine colonie de la Terre.

A la longue, la Ligue finirait par avoir suffisamment de balises pour entourer chaque planète membre. Le Réseau de Balises Avancées élaboré par la Flotte et l'Ingénierie commerciale était coûteux, long à fabriquer, et presque aussi long à installer, car chaque réseau devait être conçu pour le système qu'il devait protéger. Comme les Coléoptères avaient essayé par deux fois de pénétrer l'espace de Deneb, ce système avait été le premier pourvu de sentinelles héliopausales. Et bien que le système mère fût déjà festonné de capteurs et de détecteurs de sons sophistiqués disposés autour de chacune des planètes intérieures, et d'un gigantesque mécanisme d'écoute sur Neptune, la Terre avait bénéficié du second réseau.

Au cours des quinze années suivantes, les intrigues politiques, grèves, ultimatums et luttes d'influence des administrateurs nerveux des autres systèmes – Altaïr, Capella, Bételgeuse et Procyon – se multiplièrent, chaque Étoile bien déterminée à bénéficier du même système de protection contre des incursions extra-stellaires. Mais Aurigae, la dernière et la moins peuplée des colonies, n'avait pour toute protection que les reconnaissances hebdomadaires de Damia.

Ce qui convenait parfaitement et à Damia et aux Aurigaéens. C'est pour cela, peut-être, qu'elle aimait l'esprit indépendant et aventureux des Aurigaéens. Ils se souciaient comme d'une guigne des « dangers » de cette absence de protection. Ils affichaient une assurance arrogante en leurs ressources, et, de plus, Deneb n'était-elle pas diamétralement opposée à Aurigae dans la galaxie ? La plupart des colons énergiques et travailleurs n'avaient pas vraiment le temps de s'inquiéter de quelque chose qui « pourrait » arriver.

De plus, près de vingt ans s'étaient écoulés depuis la Pénétration de Deneb, et le souvenir s'en était estompé, relégué au rang de contes pour faire peur aux petits enfants. Damia se demandait souvent qui – à part tous les Dénébiens – se rappelait que la Ligue des Neuf Étoiles avait failli être anéantie par la race de l'Essaim. Certes, pendant son enfance sur Deneb, cette leçon lui avait été serinée sans relâche. Et régulièrement, la question de systèmes d'alerte adéquats tracassait encore la Flotte, les Sénateurs seniors de la Ligue des Neuf Étoiles, et tous les membres du Système de Télépathie et de Téléportation fédérées.

Tout en appréciant le mode de vie rude et rudimentaire d'Aurigae, Damia trouvait reposant le silence de l'hyper-espace après les exigences constantes que lui imposait son poste de Méta des TTF. Peu à peu, Aurigae commençait à produire les vivres qui lui étaient nécessaires, et même bien des pièces détachées indispensables à ses technologies, mais elle devait encore réceptionner de grandes quantités de nourriture et d'innombrables objets manufacturés pour lesquels Aurigae ne disposait ni de temps ni d'installations. De plus, elle devait expédier d'énormes quantités de minerais, minéraux et terres rares qui faisaient la richesse d'Aurigae, matières premières indispensables à la fabrication des radars à impulsions lentes entrant dans la composition des réseaux de balises avancées destinés aux autres systèmes.

Au départ, le Conseil colonial s'était fait tirer l'oreille pour accepter Damia, qui n'avait que dix-huit ans quand ses parents l'avaient jugée prête à exercer les responsabilités de Méta. Naturellement, Damia avait été furieuse de cette méfiance implicite de sa prétendue immaturité, elle, une Gwyn-Raven, d'une famille qui s'enorgueillissait déjà de quatre Métas. Pire, elle avait saisi une trace d'angoisse dans l'esprit de son père, qui craignait qu'elle ne fût trop instable pour le travail dur et monotone de Méta.

186

Elle leur avait donc fait la démonstration de ses capacités durant ses trois premiers mois à la Tour d'Aurigae. Houspillant et cajolant tour à tour, elle avait affirmé son autorité et forgé son équipe dès la première semaine, et n'avait jamais ni perdu ni endommagé un seul chargement, quel que fût son poids ou son volume. Cette constitution d'une équipe stable en si peu de temps représentait un petit triomphe personnel pour Damia, dont la propre mère avait jonglé pendant cinq ans avec son personnel de Tour avant de s'en déclarer satisfaite.

Pourtant, de temps en temps, même l'esprit résistant de Damia se ressentait du stress permanent et réclamait une interruption de l'incessant murmure mental des expéditions qui battait, battait, battait inexorablement dans sa tête. Ironiquement, parce qu'elle avait si bien réussi, les Aurigaéens avaient maintenant tendance à oublier ses exploits et à trouver naturel le service impeccable dont elle s'acquittait avec la gestalt des puissantes dynamos de la Tour.

D'un geste coléreux, Damia estompa la brillance de la lumière stellaire et ouvrit les yeux. Les points de lumière atténuée, gemmes éclatantes détachées sur le noir de l'espace, clignotèrent et pulsèrent à son adresse. Distraitement, elle identifia les constellations familières, ces amies silencieuses. Et les griefs mesquins qu'elle entretenait se dissipèrent, relativisés par l'impersonnalité majestueuse du néant glacé.

Même, elle en oublia un moment sa préoccupation présente : sa solitude. Comme elle enviait Larak, son épouse aimante et ravissante, et leur fils nouveau-né; comme elle enviait sa mère, qui avait la compagnie de son mari et de ses enfants; comme elle enviait Afra à la Rowane...

Afra! Quel droit avait-il de se mêler de ses affaires, de la réprimander! Ses reproches étaient encore cuisants.

– Tu t'es vraiment éclatée par procuration en espionnant Larak et Jenna. Tu as fait une peur bleue à ta belle-sœur en t'insinuant comme ça dans son esprit pendant son accouchement! Laisse-les tranquilles tous les deux!

Damia fut bien forcée d'admettre qu'une telle intrusion constituait une épouvantable entorse aux bonnes manières. Mais comment Afra l'avait-il su? Jenna n'en avait pris conscience qu'à la fraction de seconde où Damia avait senti, comme elle, le hurlement de l'enfant qui venait de naître. A moins que Larak ne l'ait perçue avant qu'elle ne se retire de l'esprit de Jenna et n'ait prévenu Afra. Elle soupira. Oui, Larak devait avoir surpris son indiscrétion. De tous ses frères et sœurs, Larak était le seul D-3, mais il avait toujours été extrêmement sensible à son contact mental. Combien de fois elle et Larak n'avaient-ils pas vaincu un groupe d'opposants, même quand Jeran et Cera se liguaient contre eux avec tous leurs Doués de cousins? Damia n'avait jamais analysé ce qu'elle faisait, mais elle devait passer à un niveau mental supérieur, doublant la capacité des esprits se trouvant dans son faisceau mental.

Les remontrances cuisantes d'Afra avaient constitué pour elle une profonde humiliation, une parmi beaucoup d'autres. Le pire, c'est qu'Afra avait toujours raison. Enfin, mieux valait avoir essuyé les reproches de ce D-3 capellien aux yeux jaunes et à la peau verte, que ceux de son père, agissant en sa qualité de Méta de la Terre. Elle espérait que Jeff ignorait encore cet incroyable manquement à l'étiquette des Doués.

Et depuis, Afra faisait le mort. Bizarre. Ça devait faire plus de six mois. Il avait écouté ses excuses à Larak et Jenna, puis, plus rien. Il ne pouvait quand même pas lui en vouloir encore. Mais peut-être que si. Son éducation méthodiste en faisait un vrai dragon sur les questions d'étiquette.

Damia écarta Afra de ses pensées et reprit son rituel de détente musculaire et mentale. Elle devait bientôt regagner la Tour. En un sens, le fait qu'elle arrivait à s'acquitter de ses devoirs de Méta sans autre assistance que celle d'une simple D-6 présentait certains désavantages. Son équipe de Tour ne pouvait s'occuper que du trafic planétaire de routine, et elle devait se charger personnellement de toutes les communications télépathiques et télékinésiques interstellaires.

Ce serait super d'avoir un D-2 ou même un D-3 pour l'assister, quelqu'un qui pourrait la comprendre. Non, pas *quelqu'un*... sois honnête avec toi-même, ici dans le vide de l'espace, Damia. Un *homme*. Sauf que tu fais peur aux hommes et qu'ils s'écartent de toi comme si tu avais la lèpre. Le seul autre Méta célibataire était son propre frère, Jeran. Et à propos de Jeran, la suffisance de son ton mental lors de leurs derniers échanges professionnels entre Deneb et Aurigae signifiait sans doute qu'il avait trouvé l'âme sœur, lui aussi. Quand les Dénébiens s'arrêtaient de faire travailler leurs muscles pour se servir de leur cervelle, ils découvraient parmi eux de nombreux Doués potentiels. Comme son père, Jeff Raven, ou, mieux encore, sa grand-mère Isthia, qui avait attendu d'avoir quarante ans passés pour utiliser son puissant Don latent.

Piètre consolation que sa mère – rare exemple de sollicitude maternelle – l'eût avertie de cette intense solitude dont elle avait tant souffert. Mais Jeff Raven était apparu, et avant, elle avait au moins la compagnie d'Afra...

Afra! Pourquoi en revenait-elle toujours à lui?

Damia réalisa qu'elle grinçait des dents. Elle reprit son rituel de relaxation, écartant résolument certaines pensées spécifiques, et laissa son esprit dériver. Et pendant cette errance mentale, une aura entra en contact avec sa conscience vagabonde. Stupéfaite – car rien ne pouvait venir de ce secteur de l'espace –, elle concentra son esprit en un étroit faisceau chercheur.

Une aura! A peine l'impression de la présence de quelque chose. De quelque chose... de non humain!

Non humain! Damia se ressaisit, afina encore son faisceau mental. Elle toucha l'aura. Réaction à son contact! Recul-retour!

Incontestablement, l'aura était non humaine, mais si faible qu'elle aurait douté de son existence – sauf que son esprit entraîné n'était pas sujet à l'erreur.

Une exultation forte comme le désir fit bourdonner son sang dans ses oreilles. Elle ne se trompait pas. La trace existait. Et ce n'étaient pas les Coléoptères!

Prenant une profonde inspiration, elle dirigea un étroit faisceau mental par-dessus les années-lumière, vers la Tour du Méta de la Terre, dans le complexe Blundell abritant le centre administratif du réseau de Télépathie et Téléportation fédérées.

– *Je viens de détecter quelque chose, Méta de la Terre.*

– *Méta d'Aurigae, contrôle-toi, bon sang. Contrôle-toi, ma fille!* répliqua Jeff, maintenant son propre rugissement mental dans des limites tolérables.

– *Désolée, mais j'émets directement sur toi,* répondit Damia, impénitente.

Son père était capable de dévier ses assauts les plus puissants.

– *Loués soient tous les dieux de cette attention. Qu'as-tu détecté? Précise!*

Le ton était officiel.

– *Je ne peux pas préciser davantage. L'aura non humaine est à peine détectable, venant de quatre années-lumière au nord-nord-est galactique, Secteur 2. J'ai ciblé la trace après le premier contact, et j'ai obtenu une réaction.*

– *Une réaction? A quatre années-lumière? Damia, où es-tu?*

Le ton était soupçonneux.

– *Un peu au-delà de l'héliopause d'Aurigae,* répondit-elle, espérant que son père n'avait aucun moyen de déterminer sa position. *Je me repose.*

– *A quelle distance es-tu de ta Tour, exactement?* insista Jeff, davantage en père exaspéré qu'en Méta de la Terre.

– *Seulement à une année-lumière.*

– *Laissant ta Tour à la garde d'une simple D-6? Je croyais t'avoir fait rentrer plus de bon sens dans la tête! Ne sois pas trop sûre de toi, Damia. Ces colons téméraires ont une mauvaise influence sur toi.*

Damia gloussa.

– *Et moi qui croyais que c'était le contraire et que ça se savait.*

Damia savait parfaitement que son père était au courant de ses ébats avec de jeunes ingénieurs et mineurs énergiques et machos, triés sur le volet. Mais aucun n'avait le moindre Don, de sorte que ses liaisons avec eux ne les avaient pas mutilés. Elle n'avait jamais pu oublier Amr Tusel. Et si certains de ses amants avaient pensé au départ obtenir des tours de faveur pour leurs expéditions, ils avaient bientôt été détrompés. Dans sa Tour, elle adhérait scrupuleusement aux règlements des TTF.

– *Au moins, tu es discrète*, reconnut Jeff. *Mais ne change pas la conversation. C'est très bien de te reposer, mais tu peux le faire aussi bien vers les lunes d'Aurigae qu'à une année-lumière, sans courir le risque de te perdre sans retour.*

A part elle, Damia fut obligée d'en convenir.

– *Je n'aurais pas détecté cette aura si je n'avais pas dépassé les lunes, papa. Et est-ce que je ne suis pas censée détecter les visiteurs –* elle ajouta un grand sourire à la description qu'elle projeta – *avant qu'ils n'atteignent l'héliopause ?*

– *D'accord, d'accord*, dit Jeff, mais Damia sut qu'elle ne l'avait pas convaincu. *Montre-moi*, ajouta-t-il, d'un ton réprobateur.

Elle laissa son esprit se joindre au sien, puis elle dirigea le faisceau mental droit sur la trace non humaine. L'aura était perceptible, mais si lointaine que seule la perception extraordinaire de deux esprits puissants pouvait la sentir.

– *Je détecte anticipation, curiosité, surprise*, dit Jeff à sa fille, pensif, se retirant de la fusion. *Et aussi de la prudence. Quoi que ce soit, cela approche de notre galaxie. Bon sang, pourquoi n'avons-nous pas quelques écrans d'alerte périphérique au-delà d'Aurigae ?*

– *Des appareils mécaniques ne serviraient à rien à cette distance*, déclara Damia, irritée du sous-entendu, à savoir que des appareils seraient plus sensibles qu'elle.

– *C'est vrai, et pourtant la procédure la plus normale est que les appareils informent les humains.*

– *J'ai damé le pion à ce Système de Balises Avancées tant vanté. Et je peux détecter bien plus de choses que lui.*

– *Sans te mettre personnellement en danger, Méta*, répliqua Jeff, colorant son inquiétude officielle de sollicitude paternelle.

– *Bien sûr que non*, rétorqua Damia, suprêmement confiante en ses capacités. *Mais si je peux établir une communication quelconque avec ces visiteurs, j'ai besoin de quelqu'un pour diriger la Tour à ma place. Comme Larak, par exemple.*

– *Je ne peux pas me passer de Larak pour le moment. Il entraîne un D-3 pour assister discrètement le vieux Guzman à la Tour de Procyon. Le pauvre vieux a tendance à s'endormir au boulot, et il faut beaucoup de tact pour éviter de l'irriter ou de l'humilier, toutes choses qui ne facilitent pas le travail de Procyon.*

– *Je croyais que tu avais une douzaine de D-2 en formation*, dit Damia, qui tenait à jour ses informations sur les Doués.

– *C'est vrai; mais je n'ai pas une seule équipe assez bien intégrée pour prendre la relève au pied levé. Je vais t'envoyer Afra. De toute façon, c'est le meilleur.*

– *Parce qu'Afra a vécu la Pénétration de Deneb ?* demanda Damia, légèrement pincée. *Tu crois que je ne reconnais pas la puanteur des Coléoptères après une enfance passée sur Deneb ?*

Jeff gloussa.

– *Si; ça aussi, tu dois l'avoir appris, je suppose.*

— *J'aimerais mieux attendre que Larak soit libre si ce n'est qu'une question de semaines. Je crois que nous avons le temps avant que l'astronef extra-galactique n'approche de l'héliopause d'Aurigae. Et tu sais que maman n'aime pas être privée d'Afra*, ajouta Damia, sans parvenir à effacer toute sa rancœur.

— *Damia!* crépita la voix de Jeff, réprobatrice. *Je croyais que tu avais dépassé cet enfantillage. De plus, je ne peux pas tolérer tant d'irrespect envers ta mère, et encore moins venant de toi.*

Il s'interrompit, ne laissant aucun doute à Damia sur sa colère, tension palpable entre eux malgré les énormes distances qui les séparaient.

— *Je devrais t'expédier un couple de D-2 et te laisser galérer pour les intégrer.*

— *Non, merci, papa. Pas en les circonstances présentes.*

Et Damia ne se donna pas la peine de dissimuler sa consternation à cette suggestion.

— *Malheureusement, les deux plus compétents sont jumeaux, et comme tu ne t'es jamais habituée à la façon de travailler de Jeran et Cera, je doute que tu puisses établir de bons rapports avec eux.*

— *Il y a des moments où j'ai l'impression que tu ne m'aimes pas, papa.*

— *Bien sûr que je t'aime, Damia*, et une onde d'amour, de tendresse et d'approbation déferla sur elle, *en tant que* père. *Mais*, et ici la voix de Jeff se fit cocasse, *en ma qualité de Méta de la Terre, j'ai conscience de tes forces et de tes faiblesses. Tu opères plus efficacement avec des personnes de niveau D-3 ou inférieur. Il se trouve que je n'ai aucun D-3 à part ton frère.*

Il y avait dans la voix une vague nuance de regret que Damia, à la fois amusée et chagrine, ne comprit que trop bien.

— *Tes projets dynastiques ont de meilleures chances de réussir avec Jeran. Il est incroyablement suffisant, ces temps-ci. Mais ne le laisse pas prendre moins qu'une D-4.*

Silence stupéfait de Jeff, qui fit sourire Damia.

— *Tu n'as pas recommencé tes indiscrétions mentales, Damia?*

Damia para cette surprise d'un rapide :

— *Après l'engueulade d'Afra? Peu probable.*

— *Ah, ainsi, c'était Afra. Ta mère croyait que c'était Isthia. Ta grand-mère avait un Don rare pour détecter les bêtises de ses enfants.*

— *L'embêtant avec les télépathes, c'est qu'ils pensent souvent trop*, dit Damia, acide, furieuse de réaliser que sa mère était au courant de l'incident, elle aussi.

— *Damia!* Le ton était d'une exceptionnelle sévérité. *Mieux que personne dans cette galaxie, ta mère comprend ton isolement.*

— *C'est pour ça qu'elle m'a envoyée passer mon enfance sur Deneb?* rétorqua Damia du tac au tac.

— *Pour te donner un environnement sûr, alors que ta maudite précocité t'empêchait d'évaluer les dangers du Dôme de Callisto. Tu*

191

te souviens, je le sais, qu'Afra t'a sortie d'un paquebot une fraction de seconde avant que ta mère ne l'expédie sur Altaïr?

Damia se souvenait, elle aussi, mais elle n'aimait pas qu'on le lui rappelle, et elle en voulut à son père.

– *De plus* – et elle serra les dents en entendant son père continuer dans la même veine –, *quand est-ce que j'arriverai à faire entrer dans ta tête de bois que c'est moi qui ai insisté pour que tu ailles chez ta grand-mère sur Deneb, et pas ta mère? Et c'est à Afra que tu te cramponnais comme une huître avant de monter dans la capsule.*

Damia n'apprécia pas spécialement ce rappel, pas après le silence d'Afra qui durait depuis sept mois. Son père soupira, interrompant brusquement le sermon familier.

– *Vous vous ressemblez tellement, toi et ta mère.*

Damia émit un grognement dédaigneux. Elle n'était pas du tout comme sa mère. Il n'y avait absolument aucune ressemblance entre elles. Elle était fille de Jeff, par sa sveltesse, ses cheveux noirs et ses yeux bleu vif. Jeran, oui, et Ezro aussi, tenaient de la Rowane. Mais pas elle. Bien sûr, sa mère avait un Don psionique extrêmement fort et diversifié, sinon elle n'aurait pas été Méta de Callisto, mais Damia se trouvait tout aussi puissante, et elle avait l'avantage supplémentaire de cette capacité catalytique.

– *Enfin*, dit Jeff d'un ton résigné, *tu comprendras un jour, et pour ma part, j'en serai très soulagé. Ta mère et moi, nous t'aimons très fort et nous sommes très fiers de ta gestion de la Tour d'Aurigae. Sur le plan professionnel, je n'ai rien à te reprocher.*

Damia se délecta des compliments de son père. Il n'en faisait pas à la légère.

– *Je vais t'envoyer Afra tout de suite*, ajouta-t-il, gâchant son plaisir. *Je peux me fier à son impartialité.*

Et il gloussa, à la stupéfaction de Damia.

Elle sonda son esprit pour découvrir la raison de sa gaieté, mais ne rencontra que le vide car son père s'était déjà tourné vers un autre problème.

– Impartial? Afra?

Le son de sa voix dans la capsule exiguë la fit sursauter.

Bon sang, qu'est-ce que ça pouvait bien vouloir dire? Pourquoi l'impartialité d'Afra était-elle plus fiable que la sienne pour l'identification d'une aura extra-galactique?

Mais Afra allait arriver sur Aurigae.

Après avoir rompu le contact avec Damia, Jeff ne se tourna pas immédiatement vers d'autres problèmes. Il rumina les facettes les plus subtiles de cet entretien avec sa fille. L'esprit de Damia brillait aussi vivement que Iota Aurigae, embrasé d'excitation par ce contact. Il désapprouvait sa témérité, mais, en la circonstance, il ne pouvait que se féliciter qu'elle eût été en position de détecter cette aura.

Curieuse, cette rancune persistante d'avoir été confiée à Isthia. Plus curieuse encore cette insistance à nier qu'elle se cramponnait à Afra, et non à sa mère. Jeff savait pertinemment qu'une fois habituée à sa grand-mère et à ses cousins elle avait été très heureuse et avait beaucoup bénéficié de l'École spéciale pour les Doués créée par Isthia. Jeff soupira. La décision d'envoyer Damia chez Isthia avait été l'une des plus dures qu'il eût jamais à prendre, sur les plans à la fois professionnel et personnel. Elle avait utilisé très tôt ses extraordinaires pouvoirs mentaux, effrayant toute la Station par ses inventions et l'usage extrêmement dangereux qu'elle faisait de la télékinésie. Afra seul avait un certain contrôle sur elle, et même sa patience n'avait pas résisté au coup de la capsule.

Sous la direction calme et imperturbable d'Isthia, avec toute une planète à explorer et une myriade de cousins pour la surveiller, Damia avait appris à utiliser son Don sans en abuser, et sans dommage pour elle ou pour les autres. Elle s'était sincèrement attachée à sa grand-mère et lui obéissait au doigt et à l'œil alors qu'elle discutait la moindre requête de ses parents, surtout de sa mère. Curieux que ce fût la Rowane qu'elle blâmait de cet heureux exil.

– *Rowane.*

Jeff appela la Tour de Callisto et sentit que sa femme se reposait pendant que les nacelles de fret se remplissaient du côté Terre.

Elle unit son esprit au sien, heureuse comme s'ils n'avaient pas déjeuné ensemble quelques heures plus tôt.

– *J'ai un message d'une extrême importance pour toi, mon amour. Ouvre-toi.*

– *Damia a contacté une aura extra-galactique?*

La fugitive inquiétude maternelle fut bientôt supplantée par la curiosité professionnelle, quand elle se mit à scruter la récente expérience de Jeff au-delà d'Aurigae.

– *Bien sûr qu'Afra ira. Je ne vois personne de plus compétent.*

Le ton était légèrement ironique jusqu'au moment où elle capta la pensée que Jeff tentait de lui dissimuler.

– *Mais pourquoi diable Damia pense-t-elle que tu ne peux pas affecter Afra où il est le plus nécessaire? Je ne comprends pas. Je ne comprends pas cette enfant. Je prendrai deux des D-2 en formation jusqu'à son retour. Des jumeaux, hein? Bon. Mauli et Mick ont toujours composé une équipe hors ligne, et Jeran et Cera m'ont habituée au langage fraternel. Il me manquera,* ajouta-t-elle en soupirant.

– *Il te manque toujours,* la taquina Jeff, pour l'empêcher de sonder trop profond sa récente conversation avec Damia. *Heureusement que j'ai confiance en ce Capellien aux yeux jaunes...*

— *Jeff Raven, il n'y a jamais eu ne serait-ce qu'une pensée déplacée entre moi et Afra même avant que tu débarques de Deneb à la hussarde...*

Jeff éclata de rire, et elle en bredouilla d'indignation.

— *En fait*, reprit-elle, *ce sera un soulagement de le savoir avec Damia. J'ai vraiment peur qu'elle ne s'entiche d'un de ces Aurigaéens basanés avec lesquels elle s'amuse.*

— *La dernière chose que fera Afra, c'est bien d'interférer avec ses plaisirs.*

La Rowane eut un soupir exaspéré.

— *Mais ces plaisirs n'atténuent en rien sa solitude. Parfois...*

— *Je sais*, dit son mari avec compréhension, puis son ton se durcit. *Elle ne serait pas si seule si elle n'avait pas été aussi impossible avec tous les jeunes Doués supérieurs...*

— *Elle nous en veut de nos tentatives de marieurs, autant que j'en voulais des siennes à Reidinger...*

— *Il n'est pas garanti qu'elle ne trouve pas un Dénébien, elle aussi*, répliqua Jeff, avec des intonations si lascives que la Rowane feignit l'effarement. *Quand peux-tu te passer d'Afra pour faire ton travail ?*

— *Afra ? Pour faire mon travail ? Attends de rentrer à la maison.*

Elle fit semblant d'ignorer la réponse de Jeff à cette menace.

— *Afra ? Jeff a à te parler.*

Jeff la caressa d'une tendre pensée avant de sentir le contact mental d'Afra.

— *Tu es sûr que tu n'es que D-3 ?* demanda-t-il, surpris de la force de ce contact.

— *Je suis en gestalt, après tout*, répondit Afra, avec l'équivalent mental d'un haussement d'épaule devant son étonnement. *Quoi de plus naturel après avoir fréquenté une vingtaine d'années deux des Doués les plus puissants de l'univers connu ? Pas étonnant que j'aie appris de vous une ou deux petites choses. A la tête de Rowane, je crois comprendre que vous venez de parler de Damia. Alors, qu'est-ce qu'elle mijote ?*

Damia venait de rentrer sur Aurigae quand elle entendit la Rowane donner l'avertissement officiel du lancement d'une capsule personnelle.

— *Afra !* s'écria-t-elle, suivant le contact de sa mère jusqu'à Callisto.

— *Damia !* lança Afra d'un ton sévère, mais trop tard.

Sans attendre que la Rowane lance la capsule vers Aurigae, Damia l'arracha joyeusement à la Tour de Callisto, ignorant la stupéfaction et la colère de sa mère devant ces mauvaises manières.

Damia regretta tout de suite cette action impulsive. Mais la capsule d'Afra s'ouvrait déjà et il en descendait tranquillement. Elle aurait perçu sa désapprobation cinglante même si elle n'avait été que D-15. Sévère, il la regardait de tout son haut, bien qu'elle fût assez grande pour regarder la plupart des hommes en face, aussi imperturbable que jamais. Aussi distant et réservé que jamais. Il ne changeait donc pas ? Il ne donnait jamais libre cours à ses sentiments ? Et en avait-il seulement ? C'était injuste, car elle savait bien qu'il en avait – même s'il semblait les réserver essentiellement aux chadbords et aux chatcoons. Elle n'aurait vraiment pas dû arracher sa capsule à sa mère ; c'était enfantin. Et elle qui avait tellement envie de lui montrer comme elle gérait bien sa Tour avec un minimum de Doués et un maximum d'efficacité ! Elle soupira, sachant très bien qu'elle ne l'avait pas du tout impressionné.

Instinctivement, elle se redressa, comme pour minimiser la différence de taille. Même ainsi, elle ne lui arrivait qu'à l'épaule.

– Tu vas t'excuser auprès de ta mère, Damia, dit Afra, de sa voix harmonieuse de ténor qui était comme l'écho de son calme mental. Isthia t'a pourtant appris les bonnes manières, même si nous n'y sommes jamais parvenus.

– Pourtant, tu t'y es essayé il n'y a pas si longtemps, non ?

La riposte jaillit avant qu'elle ait pu l'arrêter. Pourquoi agissait-elle toujours comme une enfant prise en faute en présence d'Afra ? Même quand elle n'avait rien fait ?

Il pencha la tête et la considéra longuement. Elle lança un bref coup de sonde, qu'il dévia facilement.

– Tu affolais Jenna sans nécessité, Damia. Elle a fait appel à moi parce qu'elle ne voulait pas mettre Jeff au courant de ton indiscrétion.

– Elle a bien choisi.

Le ton était si acerbe qu'elle en fut atterrée et lui tendit la main pour s'excuser.

Elle le sentit remonter ses écrans mentaux, et, une seconde, elle se demanda s'il allait refuser ce qui, après tout, constituait le comble de la familiarité entre deux télépathes. Mais la main d'Afra, tiède et légère, saisit la sienne, lui communiquant la sécurité confortable-fraîche-verte qui constituait sa double marque physique et mentale.

Puis, avec un sourire en coin, il s'inclina, montrant qu'il était flatté du compliment que constituait ce contact, mais permettant à une image de Damia en couche-culotte de traverser son esprit.

Elle lui fit la grimace et substitua à son image celle du fils de Larak. Afra la « posa » illico à côté de son neveu.

– D'accord, dit-elle en riant. Je serai sage.

– Il serait temps, dit-il avec un sourire affable. Maintenant, présente tes excuses à ta mère.

Damia refit la grimace, mais projeta un message suffisamment contrit à la Rowane, qui l'accepta avec le minimum de réprobation. Cela fait, elle vit Afra regarder autour de lui. Il avait déjà vu Aurigae par ses projections personnelles et celles de Keylarion, sa D-6.

La Tour se dressait sur une hauteur, au-delà des limites de la ville coloniale construite au bord du fleuve se jetant à quelques kilomètres de là dans la mer méridionale d'Aurigae. Une route rectiligne reliait la Tour à la ville, mais, en ce début de soirée, on y voyait peu de véhicules.

Contrairement aux autres Tours, celle d'Aurigae ne comportait pas un Complexe résidentiel, la plupart des Doués préférant habiter en ville. A cette heure, il n'y avait même plus de véhicules de surface au voisinage de la Tour, et seulement deux capsules dans les nacelles. Une douce brise soufflant des hautes montagnes neigeuses leur apporta humidité et parfum, et l'air très oxygéné était revigorant. Afra prit une profonde inspiration puis vida ses poumons.

— Belle planète que la tienne, Damia.

Elle lui sourit, les yeux brillants sous ses longs cils noirs.

— Oui, je trouve aussi. Jeune et vigoureuse. Viens voir où j'habite. Et viens voir aussi comme les chatcoons se sont bien adaptés à Aurigae.

Elle le précéda du débarcadère à sa villa.

La maison, construite sur plusieurs niveaux, était perchée sur le plateau dominant la bruyante métropole. Toute neuve et pleine de fantaisie, elle avait une vitalité qui manquait à l'ordre planifié de la Terre et de sa Capella natale. Afra trouva son aspect stimulant.

— Tu trouves aussi? acquiesça Damia, suivant ses pensées superficielles.

Puis elle dirigea son esprit sur la découverte du jour, lui communiquant l'expérience telle qu'elle l'avait vécue.

— Et le contact ne ressemble à rien de ce que j'ai connu jusqu'à présent.

— Tu ne t'attendais pas à un contact familier, quand même? demanda Afra, amusé.

— Ce n'est pas parce qu'ils viennent d'une autre galaxie qu'ils ne peuvent pas être humanoïdes ou avoir quelque chose de familier.

— Rêveuse, va...

Attaquant la courte volée de marches menant à l'entrée principale, ils entendirent des miaulements excités. Par-dessus son épaule elle sourit à Afra.

— Ils savent que tu es là, dit-elle, tandis qu'un fouillis de corps aux fourrures éclatantes sortait de la chatière pour se séparer en cinq entités distinctes.

Miaulant et piaulant de bonheur, ils grimpèrent aux longues

jambes d'Afra – un chatcoon sautant directement de la plus haute marche sur sa poitrine. Afra leva la main pour empêcher l'audacieuse Praline de glisser sur l'étoffe lisse de sa tunique. Pendant ce temps, Arfur lui grimpait sur l'épaule et lui enroulait sa queue autour du cou, juste comme Grâce atterrissait sur l'autre épaule et que Prisme et Bataille se disputaient son bras droit. Dégoûtée, Grâce sauta sur l'épaule de Damia, grondant impartialement tous ses enfants, et enroulant sa queue au cou de Damia d'un air possessif.

– Sur Aurigae, ils ont complètement oublié leur dressage, remarqua Afra, emportant sa charge miaulante et gesticulante dans la maison, mais souriant pour adoucir ses paroles. Je suis certain que Praline et Arfur ont pris plusieurs kilos depuis qu'ils ont quitté Callisto.

– Ils se sont bien rembourrés, c'est sûr. La chasse est bonne, dit Damia.

– Ils chassent? dit Afra, à la fois surpris et content.

Les chatcoons étaient infiniment adaptables, raison pour laquelle ils prospéraient partout. Cette portée était née sur Callisto – sous le lit de Damia, si Afra se rappelait bien. Ils avaient toujours appartenu à Damia, mais ils incluaient Afra dans leur affection exubérante.

– Tous les jours, ou plutôt, toutes les nuits. Et ce qu'ils ne mangent pas, ils le déposent soigneusement dans ma baignoire – et c'est très facile à nettoyer, dit Damia avec une grimace. Tu as faim? J'ai sans doute perturbé ta journée normale.

– Oh, ne te dérange pas pour moi, dit-il, s'installant sur le long et profond divan du séjour et continuant à caresser les chatcoons qui présentaient leur doux ventre blanc à son attention.

– Ça ne me dérange pas, répondit Damia.

Malicieuse, elle démarra kinétiquement plusieurs préparations culinaires à la fois – rien que les plats préférés d'Afra. Pendant quelques minutes, casseroles, condiments et ingrédients divers valsèrent dans la cuisine.

– Toujours l'hôtesse prévenante, dit-il, inclinant aimablement la tête. A quelle vitesse ces extra-galactiques approchent-ils d'Aurigae?

– Oh, laisse-moi souffler, Afra! Je sais seulement qu'il y a quelque chose! Comment veux-tu que je détermine leur vitesse relative? Il me faut d'abord un cadre de référence.

– C'est que tu as toujours été si précoce!

Il baissa la tête pour esquiver une épluchure qu'elle lui jeta, piquée. Il la téléporta dans la poubelle.

– Sérieusement, Damia, combien de temps te faudra-t-il, à peu près?

Calmée par cette requête raisonnable, elle réfléchit.

– Je devrais avoir une idée de la vitesse relative dans environ une semaine. Peut-être plus tôt, mais j'en doute.

Caressant distraitement les douces fourrures des chatcoons, il la regarda terminer le ballet kinétique des victuailles et se mettre à goûter les plats, rectifiant les assaisonnements et ajoutant la touche finale. Comme la plupart des D-1, elle aimait les activités manuelles et tenait sa maison sans le secours des mécaniques que presque toutes les familles considéraient comme indispensables. En un clin d'œil, elle eut préparé un repas cuit à point et agréablement présenté sur lequel il jeta un regard distrait, répugnant apparemment à arracher ses mains aux dents et pattes joyeuses des chatcoons.

– Sauvez-vous, les enfants, dit Damia, séparant les petits animaux de leur victime consentante.

Avec des miaulements indignés, ils désertèrent le divan pour des positions diverses d'où ils la foudroyèrent en proférant des imprécations félines. Afra la regarda, haussant un sourcil doucement réprobateur.

– Ils se sont bien amusés avec toi, dit-elle, mais je me suis donné du mal pour te préparer un repas présentable, et je n'aime pas me fatiguer pour rien.

Elle s'assit en face de lui, son assiette à la main.

– Tu n'auras pas perdu ta peine, dit-il, plantant sa fourchette dans le poulet au gingembre, garni de mange-tout. Pas mal.

Damia lui fit la grimace.

– Pas mal ? fit-elle du même ton. Je n'arriverai donc jamais à t'impressionner ? dit-elle, mi-caustique, mi-attristée.

– Pourquoi vouloir m'impressionner, depuis le temps ? demanda-t-il aimablement. Je n'ai jamais oublié ton premier arrosage, ajouta-t-il avec un grand sourire.

– Oh, ça !

Comme toujours, ce souvenir la fit rougir.

– Ce n'est pas juste de remettre ça tout le temps sur le tapis. Je ne savais pas ce que je faisais, d'accord ? J'étais née depuis une heure !

– Ma chère Damia, gloussa-t-il, tu as toujours su quel effet tu faisais sur la galerie.

Il inclina la tête.

– Mais occupons-nous de l'affaire du jour. Comment puis-je t'aider ? Tu veux que je me charge du trafic afin de te libérer pour la surveillance ?

– Je crois qu'on ne pourra pas faire autrement. Quand je suis rentrée de ma balade, et avant que maman t'envoie, les Mines et Filons fédérés m'ont notifié leur intention d'expédier neuf conteneurs sur la raffinerie d'une planète extérieure de Bételgeuse.

– Neuf ? Ça ne devrait pas présenter de problème avec David pour les réceptionner, répondit Afra.

Damia leva les yeux au ciel.

– Ce sont tous des mastodontes, pas de ces petits conteneurs interstellaires avec lesquels vous faites joujou, maman et toi.

— Les grands? dit Afra, la regardant avec inquiétude. Et ils te laissent lancer de telles masses avec une seule D-6 pour assistante?

Damia sourit de satisfaction à sa réaction.

— Je me suis toujours débrouillée jusqu'à présent, tu sais, dit-elle avec fierté.

— Tu continues à donner un coup de pouce aux Dons des autres?

— Il n'y a pas de mal à ça, Afra, si ça m'aide à assumer ce qu'on attend de moi.

Afra se pencha vers elle et lui toucha la main du bout du doigt.

— La fierté excessive, ça existe, Damia. Et tu risques de griller ta D-6. Y as-tu pensé?

— Oui, j'y ai pensé, mais Keylarion est vigoureuse. Elle n'a pas beaucoup de finesse. Elle se carre sur les talons et elle pousse.

Damia eut un petit rire.

— Il nous faudra sans doute d'autres générateurs si ce trafic de mastodontes continue.

— Le Méta de la Terre a le droit de savoir si l'on exploite son personnel.

Damia chercha à éluder le regard pénétrant d'Afra.

— J'en aurais parlé si ce trafic de mastodontes devait continuer, Afra. J'avais pensé à demander le conditionnement en chapelets de conteneurs que tu as inauguré, mais c'est plutôt une question de masse que de commodité. Jusqu'à ce qu'un abruti imagine ces conteneurs-mastodontes, Keylarion et moi, on suffisait à la tâche.

— Au moins, tu as eu le bon sens de demander de l'aide aujourd'hui, dit Afra, brandissant l'index en une feinte réprobation. Je crois que je recommanderai qu'on t'accorde un D-4... Ah, ah, Damia, poursuivit-il avec sérieux, c'est moi qui ferai la recommandation si je le juge utile. Et tu n'auras pas à dire que tu es incapable d'assumer la situation.

— Je suis capable de l'assumer, dit-elle, avançant un menton belliqueux.

— Bien sûr, mais pas si tu dois aussi jouer les sentinelles. J'imagine que ton personnel poussera un soupir collectif de soulagement en apprenant l'arrivée des renforts.

Baissant les yeux sur son assiette pour arranger artistement ses légumes, elle s'avoua que la supposition d'Afra était juste, comme d'habitude. Du bout du doigt, il lui releva le menton et l'obligea à le regarder dans les yeux. Son contact mental était si plein de sympathie et de compréhension qu'elle sourit, l'air penaud.

— Je n'ai pas une grande équipe, condéda-t-elle, ajoutant vivement : mais nous travaillons en bonne harmonie. Et je n'ai jamais entendu personne se plaindre de surmenage.

— Alors, tu as une équipe loyale et dévouée, et ils seront tous contents que je vienne vous aider, toi et les autres, à balancer ces projectiles éléphantesques. Après quoi, il paraîtra normal que tu te retires dans ta capsule pour un repos bien mérité. Exact ?

– Comme toujours, Afra.

Il scruta son visage avec attention.

– Est-ce si difficile à accepter de moi, Damia ?

Elle écrasa ses légumes du bout de sa fourchette et répondit honnêtement.

– Venant de toi, non, Afra. Venant de toi, jamais. Tu ne changes pas, ajouta-t-elle, plus acerbe qu'elle n'aurait voulu.

Il lui sourit.

– Bon vieux Afra, si fiable, constant et prévisible.

Elle fronça le nez, avec un petit pincement de regret pour cette autodescription désinvolte.

– Tu n'es pas si vieux que ça.

– Non, c'est vrai, dit-il en se resservant.

Cela lui fit plaisir et elle retrouva son appétit. Qu'Afra recommande ce qu'elle n'avait pas voulu demander elle-même lui rendit son assurance. Elle était très contente qu'Afra soit avec elle, pas seulement pour l'aider à expédier des charges qui commençaient à mettre sa force à l'épreuve, mais aussi parce qu'elle n'avait pas encore assimilé les effets du contact avec l'aura extra-galactique. De plus, elle exultait à l'idée qu'elle, Damia Gwyn-Raven, avait établi ce premier contact. Un peu comme si elle y était prédestinée – bien qu'elle n'eût jamais succombé à la tentation d'interroger les clairvoyants sur son avenir, comme le faisaient beaucoup de Doués mineurs.

– Tu sais, dit-elle, voulant remettre les choses complètement à plat entre eux, tu avais raison de me rappeler à l'ordre pour mon indiscrétion envers Larak et Jenna. Je voulais sentir par moi-même ce que c'est qu'un amour durable. Pour le reconnaître quand ça m'arrivera. Et ce que c'est que de mettre un enfant au monde.

Afra haussa un sourcil interrogateur.

– Et...

– A part la souffrance, je crois que c'est assez gratifiant.

– Tu n'as pas l'air trop sûre.

Damia pencha la tête et promena machinalement son index sur la table.

– Je suppose que l'expérience personnelle est plus intense, quelle que soit la profondeur du sondage.

Une pensée fugitive suscitée par son observation filtra à travers ses écrans et déclencha un éclair d'appréhension chez Afra, qu'il eut peine à voiler. Elle censurait inconsciemment, et cela avait quelque chose à voir avec l'aura extra-galactique et son propre désir de maternité. Mais l'impression, aguichante, terrifiante, n'avait duré qu'une nano-seconde.

– Tu es encore jeune, Damia, dit-il d'un ton léger, et il est important que tu consolides tes capacités de Méta avant de t'embarquer dans des situations conflictuelles. Tu sais comme ta mère a eu du mal à concilier ses devoirs de Méta avec la maternité.

Damia lui lança un regard noir.

— Je t'en prie, fais-moi grâce du sermon rituel, dit-elle dégoûtée. C'est déjà assez dur venant de maman et d'Isthia, alors, si tu t'y mets aussi! Et pourquoi est-ce que ça affecte les femmes plus que les hommes? Regarde Larak : il a Jenna et il a deux ans et demi de moins que moi!

— Cera n'a pas trouvé l'âme sœur...

— Mais si, même si l'élu n'est pas un Doué supérieur. Tu ne le savais pas?

Ravie de sa surprise, elle se leva comme l'éclair, dispersant les chatcoons vautrés dans les fauteuils.

— Cera n'a jamais été bavarde, répondit Afra.

— Pourquoi la vie est-elle si dure pour les Métas, Afra? Nous pouvons faire bien davantage que...

Elle s'interrompit, car l'un des préceptes les plus stricts de son éducation lui interdisait l'orgueil de sa supériorité.

— Compensation, dit Afra, du ton languissant qu'il réservait à ces crises. Certaines expériences valent bien de patienter un peu.

Elle pivota vers lui, sourcils froncés, plus ravissante que jamais.

— Alors, je devrais attendre tranquillement dans ma Tour? Comme maman? Passive?

Afra partit d'un éclat de rire, véritable rugissement qui fit sursauter Damia et les chatcoons. Il en avait les larmes aux yeux.

— Ma chère Damia, tu n'as absolument rien de passif! Ou aurais-tu oublié la façon expéditive dont tu as congédié le jeune Nicolos?

— Nico! Cet adolescent perturbé!

— C'est un excellent D-5, très fiable, et remarquable second de Bételgeuse.

— David peut le garder, grand bien lui fasse! dit Damia, ses yeux bleus lançant des éclairs.

— Ce qu'il te faut, mon petit, c'est une main ferme...

— Ooooh! Une main ferme... Je vais t'en montrer, une main ferme! dit Damia, levant la main droite.

Connaissant sa tendance à dramatiser, Afra déposa Praline dans sa paume ouverte. Praline battit des paupières et miaula de saisissement.

— Ah, je me suis trompé, dit Afra, comme elle refermait des doigts rassurants sur le chatcoon et le serrait sur son cœur. C'est toi qui as la main ferme.

Elle le regarda d'un air sombre, lèvres pincées, tapant du pied.

C'était devenu une seconde nature chez lui, se dit Afra, de manipuler les humeurs de Damia. Certes, elles étaient devenues plus complexes depuis qu'elle se souciait du sexe opposé – ou, plus précisément, du manque de partenaires, dotés ou non d'une main ferme. Ces crises mettaient sa résolution à l'épreuve, même si ses diversions étaient généralement efficaces. Un jour, il pourrait peut-être abandonner l'attitude avunculaire qu'il avait adoptée, pour donner libre cours au désir enfoui au plus profond de lui-même. Mais, dès que la puberté imminente de Damia l'avait forcé à réaliser ce qu'elle signifiait pour lui, il avait beaucoup réfléchi à sa situation et conclu qu'il ne pouvait qu'attendre. C'était dur. Aussi dur que ce l'était pour Damia de voir les autres se marier et atteindre à cette intimité totale des télépathes qu'elle attendait avec tant d'impatience. Son intelligence et sa beauté mêmes effrayaient certains jeunes mâles par ailleurs intéressés – Nicolos n'étant que le dernier d'une longue série. Au moins, la tragédie d'Amr ne s'était jamais répétée. Généralement, elle arrivait à se persuader elle-même de renoncer à ces humeurs libidineuses, mais ce soir, Afra sentait chez elle une pulsation nouvelle, d'une intensité dangereuse.

– C'est pour ça que tu attends les extra-galactiques avec tant d'impatience, dit-il d'une voix traînante, volontairement dépourvue de toute émotion. Pour le cas extrêmement improbable où ils seraient biologiquement compatibles ? Tu imagines l'âme sœur fendant l'espace à grands coups d'ailes pour venir te rejoindre ?

Ses yeux se dilatèrent de colère, et la main qui caressait Praline s'immobilisa.

– Ce n'est pas digne de toi, Afra, dit-elle d'une voix rauque.

Il le savait, mais mieux valait exprimer l'idée au grand jour que la laisser s'envenimer dans son esprit. Il inclina la tête en guise d'excuse.

– On ferait mieux d'aller se coucher, Damia. Demain, tes mastodontes nous attendent, dit-il doucement, la poussant mentalement vers sa chambre.

Elle fronça les sourcils toujours contrariée de sa remarque facétieuse, mais se laissa faire.

– Bon, tu sais comme je suis romanesque, Afra, dit-elle avec un sourire mélancolique, remontant Praline sur son épaule où le chatcoon ronronnait, blotti contre son cou. Et j'ai vraiment besoin de dormir. Ce contact était exaltant. Mais il n'y a pas d'action sans réaction, ajouta-t-elle, philosophe, avec un sourire dont la tristesse émut profondément Afra.

Il hocha la tête, compréhensif, contrôlant strictement ses émotions. Et de nouveau, il saisit cette censure incontestable et inconsciente dans le maelström de ses sentiments.

Damia se retourna, fit un grand geste aux autres chatcoons, et, avec des miaulements ravis, ils bondirent hors des fauteuils et la suivirent.

Afra ne voulait pas se détendre avant d'être certain que Damia s'était endormie. Alors, il desservit la table, remplit d'eau et de boulettes déshydratées les plats des chatcoons, puis regarda le soleil couchant colorer le plateau de toutes les nuances de l'orange avant de disparaître à l'ouest. Ruminant la conversation de la soirée, il attendit que le tourbillon mental de Damia ait fait place à la pulsion régulière du sommeil. Alors, seulement, il alla se coucher lui aussi.

A sa grande surprise et à son non moins grand ravissement, Arfur et Bataille parurent dans sa chambre et s'installèrent sur son lit, apparemment bien décidés à lui tenir compagnie pour la nuit. Touché de leur présence, il se coucha rapidement, sans oublier les caresses rituelles quand ils se furent blottis contre lui. C'étaient des créatures réconfortantes. Pas exactement ce qu'il aurait désiré, mais quand même mieux que rien. Avant de sombrer dans le sommeil, il renforça prudemment ses écrans mentaux, afin que son profond désir pour Damia ne filtre pas à l'extérieur. Et, dans cet infime intervalle entre la veille et le rêve, il se demanda s'il aurait la force de tenir tête à une troisième génération de ces femmes hors du commun.

VIII

Le lendemain, Damia présenta Afra à son équipe de Tour; Keylarion fut visiblement soulagée de le voir, car il avait été son instructeur sur Callisto. Comment Damia arrivait à s'acquitter de ses tâches avec une équipe de sept personnes, toutes au-dessous du niveau D-8 à part Keylarion, Afra ne parvenait pas à l'imaginer. Et pourtant, ils assumaient : il n'y avait eu aucune plainte du Management d'Aurigae. Qui, d'ailleurs, étant une colonie très récente, n'aurait pas pu payer les hauts salaires que beaucoup de Doués supérieurs recevaient des TTF.

Il sentit que Damia était aimée de ses collaborateurs, mâles et femelles. Herault, le Chef de Station D-9, était amoureux d'elle, ce dont Damia était parfaitement inconsciente, mais qu'Afra perçut immédiatement. Mais il ne connaissait que trop bien les symptômes. Il remarqua aussi qu'aucun ne réalisait que le Don catalytique de Damia élevait leurs capacités au-dessus de leur niveau officiel. Il fut soulagé qu'elle eût enfin appris à ne pas révéler cet aspect de son Don. Il lui avait fallu longtemps pour faire entrer cette idée dans son crâne de Douée.

— J'ai les bordereaux pour les mastodontes, Damia, dit Herault, branlant du chef. Et ils nous demandent encore de les prendre à la mine.

Damia hocha sèchement la tête avec une moue de contrariété, jetant un coup d'œil sur les consoles des générateurs où Xexo monitorait l'exécution.

— Encore dix minutes pour la puissance maximale. Il y en a deux qui vont avoir besoin de réparations bientôt, Damia, dit l'ingénieur D-8, branlant du chef à cette nécessité importune.

— Bon sang! s'écria Damia, donnant libre cours à sa colère.

Afra la comprenait. Avec ce qu'elle avait à téléporter, il lui fallait quatre générateurs en parfait état.

– Et ils sont trop fauchés pour m'en acheter un de rechange.

– Attends, dit Afra, levant la main. Tu dis que tu dois prendre les conteneurs à la mine ?

– Je suis bien obligée, dit Damia haussant les épaules avec un sourire enfantin. Ils n'ont pas de véhicules de surface assez puissants pour les transporter, même sur la courte distance entre ici et la mine.

– Mon œil ! dit sèchement Filomena, l'expéditrice D-9. Ils ne veulent pas creuser des ornières dans leurs routes neuves, qu'ils n'ont pas faites assez solides pour supporter les lourdes charges dont ils auraient dû savoir qu'ils auraient à les transporter. Parce que c'est une planète minière !

Afra regarda sévèrement Damia.

– Ils tournent le règlement des TTF...

– Je sais, répondit Damia, acide, ajoutant avec un soupir : j'essaye de leur rendre service et d'éviter des tas de complications, que le transport par...

– Ne parlons pas de la fatigue imposée à toi et à ton équipe...

– Afra ! *C'est ma Tour, et je la dirige comme je veux.*

Afra prit une profonde inspiration. Contester une Méta dans sa propre Tour, ça ne se faisait pas. Il vida ses poumons, levant les mains en un geste d'excuse.

– J'espère seulement qu'Aurigae t'apprécie à ta juste valeur. Et toute ton équipe.

Au même instant, Damia et Afra entendirent les générateurs atteindre leur pleine puissance.

– Allons, les enfants, expédions les mastodontes tant que nous sommes encore frais et dispos. Et comme c'est le matin sur Bételgeuse, David pourra les réceptionner sans problème. Afra ?

Et elle le précéda dans la Tour.

A sa grande surprise, un second siège-coquille se dressait près du premier, avec son terminal, son tableau de bord et ses écrans.

– Merci, dit-il en s'installant.

– Tu ne mérites pas moins, dit-elle, suave, et il dut réprimer le désir de « voir » ce qu'elle mijotait. Prêt au lancement ?

Les deux écrans affichèrent les énormes conteneurs sur le carreau de la Mine, si grands qu'ils rapetissaient les hommes s'agitant tout autour, et même les immenses grues et les fardiers nécessaires à leur déplacement. Au-dessous de l'image s'affichèrent les coordonnées pour la livraison sur une planète extérieure de Bételgeuse.

– *Tour de Bételgeuse, ici Aurigae*, dit-elle, selon le protocole.

– *Damia ? Bonjour*, répondit David de Bételgeuse. *Les raffineries demandent ce chargement à cor et à cri.*

– *Tu vas sans doute attraper une hernie en les réceptionnant*, dit Damia.

— *Trop lourd pour toi, ma chérie?* demanda David, ironique.

Afra savait que le vieux Méta adorait taquiner Damia.

— *Pas pour moi*, rétorqua-t-elle, lui projetant un grand sourire. *Prêt?*

— *Damia!* Afra projeta son avertissement sur faisceau étroit, ayant déjà entendu ce ton chez sa mère.

— *Non, Afra! Tu vas me gâcher mon plaisir!* rétorqua Damia commençant à soulever la charge.

Prévenu par son ton mental, Afra était prêt à suivre son esprit jusqu'aux immenses conteneurs de la Mine, et se sentit fortifié par l'incroyable lien catalytique qu'elle pouvait établir. Sans effort, ils téléportèrent le premier mastodonte vers sa destination.

— *Qu'est-ce qu'ils essayent de prouver, ces Aurigaéens, bon sang?* s'écria David, et tous deux l'entendirent peiner à la réception.

— *Tes patrons réclamaient le chargement à cor et à cri, non?* dit Damia, d'une voix suave de satisfaction. *Prêt pour le numéro deux?*

— *Prêt quand tu le seras*, dit David d'un ton résolu.

A la neuvième expédition, Afra commençait à se fatiguer et s'émerveilla de l'énergie que Damia continuait à rayonner.

— *C'est le dernier mastodonte que j'accepte d'Aurigae*, dit David. *Et je vais porter plainte auprès du Méta de la Terre. Je ne comprends pas que tu ne l'aies pas déjà fait, Damia. Je veux bien me montrer coopératif avec l'industrie et le management, mais neuf charges pareilles, ça nous épuise, toi et moi. N'accepte plus, je répète, n'accepte plus de tels monstres à l'avenir. J'expédierais plus facilement une flotte de guerre.*

Le sourire de Damia, satisfaite d'avoir irrité David, disparut et elle se rembrunit. Afra sentit sa soudaine appréhension.

— *Remarque en l'air, et ça ne change pas le poids de ces mastodontes. Tu t'es bien amusée, restes-en là*, lui lança Afra. *Tu as du café ici, non?* ajouta-t-il, regardant autour de lui.

Deux tasses fumantes parurent, suivies d'une assiette de biscuits énergétiques. Une tasse se dirigea vers Afra, escortée des biscuits.

— Tu es mon invité, dit-elle avec un sourire impénitent. Je n'ai pas assez de personnel pour respecter strictement le protocole.

Revigorés, ils furent bientôt prêts à réceptionner les arrivages, dont aucun n'approchait du poids des mastodontes du matin. Damia travaillait sans affectation, constata Afra avec satisfaction, en Méta parfaitement maîtresse de sa technique. Toute l'équipe vivait en parfaite harmonie. Aurigae était un terrain d'essai plus que suffisant pour Damia. Afra se demanda si on l'avait informée qu'elle succéderait au vieux Guzman sur Procyon, quand on aurait enfin persuadé le vieux Méta de prendre sa retraite. Malgré sa jeunesse, les TTF auraient insisté pour qu'il lui laisse la place, si elles avaient connu la faiblesse du vieillard, mais Jeff Raven et

206

d'autres complotaient pour tromper l'Administration. Et ils continueraient aussi longtemps que ce serait nécessaire.

Bientôt tous les arrivages furent réceptionnés dans les nacelles, et ils procédèrent aux légères expéditions de l'après-midi. Damia, les yeux pétillants de malice, se leva de son siège-coquille et fit signe à Afra de prendre sa place. Le foyer de la gestalt passa d'elle à lui, les pulsations de la Tour d'Aurigae n'enregistrèrent aucun fléchissement. Damia sortit directement par la porte de la Tour pour rejoindre sa capsule et informa Afra de son départ. Il réduisit la gestalt le temps qu'elle s'y installe, puis la téléporta. Elle disparut trop vite pour qu'il puisse conserver le plus infime contact avec elle.

Tant pis pour ce projet. Pourtant, son absence permettrait à Afra d'utiliser la gestalt pour communiquer avec Jeff, le cas échéant. Le travail de la Tour continua sans à-coups. En fait, il y eut davantage de trafic que Damia ne l'avait prévu, mais plus aucun mastodonte, malgré quelques conteneurs moyens de produits raffinés à expédier dans toutes les directions. De temps en temps, il fallait réceptionner un arrivage, mais rien qui dépassât les forces d'un D-3 expérimenté. Pourtant, le générateur numéro deux battait de l'aile, et cela inquiéta Afra. Xexo le bricolait chaque fois qu'il pouvait, mais ça ne suffirait pas longtemps. Heureusement, Damia n'aurait pas besoin de toute la puissance de la Station dans ses allées et venues, alors, la journée terminée, Xexo pourrait commencer à démonter la machine.

En termes de distances extra-galactiques, les étrangers approchaient à une vitesse d'escargot, mais en termes de distances interstellaires, ils approchaient incroyablement vite. Un tel exploit annonçait une race hautement sophistiquée sur le plan technique. Le soir du huitième jour, Damia revint de sa reconnaissance débordante de nouvelles. Elle se téléporta directement de sa capsule dans le salon où Afra s'amusait avec les chatcoons.

— J'ai réalisé le contact individuel! s'écria-t-elle. Et quel esprit!

Trop excitée, elle ne remarqua pas la réaction appréhensive d'Afra. Il se dit que c'était simplement la nature mélodramatique de Damia.

— Et quelle surprise je lui ai faite, poursuivit-elle.

Au premier mot, Afra avait compris qu'il s'agissait d'un esprit masculin.

— Vraiment? fit-il, injectant une nuance d'intérêt dans sa remarque. Du niveau Méta?

— Je ne peux pas évaluer ses capacités. Il est tellement... différent, s'exclama-t-elle, les yeux brillants et l'aura mentale scintillante. Il s'estompe et revient. La distance est encore immense, bien sûr, et la définition des pensées n'est pas très nette. Nous ne pouvons communiquer qu'en abstractions.

Elle eut un rire las.

– Selon le conseil des scientifiques, j'ai commencé par réciter le tableau périodique des éléments et les structures atomiques de base pour établir un minimum de communication.

– Mais un vaisseau extra-galactique doit utiliser une propulsion plus sophistiquée que la nucléaire, non ?

– Sans aucun doute, pour couvrir des distances pareilles, dit Damia, se jetant sur le canapé, et repoussant ses longs cheveux en arrière avant de laisser retomber mollement sa main. Mais à ce stade, je ne peux pas m'embarrasser de détails mineurs.

– Détails mineurs ?

– Oh, ne pinaille pas, Afra, dit-elle avec irritation. Étant donné que tous nos experts en voyage spatial postulent l'existence de propulsions aussi éloignées de la fusion que la roue l'est du moteur à explosion, nous pouvons avancer qu'ils ont dû développer une propulsion efficace. Au moins, j'ai pu projeter des abstractions mutuellement comprises. Je suis épuisée. Je ne m'étais plus fatiguée autant depuis le jour où j'avais fait équipe avec Larak pour battre tous les cousins à l'esquive-balle. Permets-moi d'aller faire une petite sieste avant de contacter papa.

– Xexo met des rustines au générateur malade.

Damia fronça les sourcils devant cette nouvelle complication, puis haussa les épaules.

– Raison de plus pour aller ronfler une heure.

– Tu ne ronfles pas, dit Afra avec fermeté, feignant l'indignation.

Elle sourit de cette loyale dénégation.

Afra attendit qu'elle s'endorme, puis, mettant l'éthique de côté, essaya de sonder ses expériences, au-dessous du niveau émotionnel, mais il se trouva submergé par le subjectif. Damia s'abandonnait à une débauche émotionnelle ! Il avouait qu'elle avait des raisons d'être fière d'elle, après avoir établi ce rapport avec un extra-galactique, mais il avait peur pour elle, d'une peur plus profonde que toutes celles qu'ils avaient vécues personnellement ou par personne interposée. Afra se retira, troublé. Praline et Grâce vinrent se coucher sur lui en miaulant, comme si elles sentaient son inquiétude. En les caressant, il parvint à se défaire de son pressentiment.

Il la laissa se réveiller naturellement, et constata avec fierté qu'elle avait l'esprit calme et équilibré. Quand elle appela Jeff, elle était redevenue Méta jusqu'au bout des ongles, faisant un rapport professionnel et réfléchi sur le contact. Pas trace de l'excitation détectée par Afra dans ses pensées. Lorsqu'elle eut terminé, Jeff inséra une question à la seule intention d'Afra, qui ne put que confirmer les paroles de Damia. Inutile de mentionner son vague pressentiment, mais en revanche, il mentionna le surpoids des mastodontes. Jeff avait reçu une plainte en bonne et due forme de David de Bételgeuse, et les TTF allaient adresser une protestation officielle aux Mineurs d'Aurigae.

208

Le lendemain, Damia balança rapidement ses quelques charges vivantes, puis partit pour sa surveillance. Et Afra réprima ses pressentiments. Elle rentra de sa seconde séance de communication, si radieuse qu'Afra dut imposer une discipline de fer à ses réactions mentales.

— Nous faisons de grands progrès dans les conceptualisations, lui dit-elle, pirouettant avec abandon dans le séjour et se jetant sur le canapé, les yeux étincelants.

Une longue mèche, mi-noire, mi-blanche, tomba en travers de son visage rose d'excitation.

— Telles que ? s'enquit-il poliment, l'air intéressé.

Elle était si absorbée par ses exploits qu'elle ne remarqua pas l'ironie.

— Une fois dépassés les simples poids atomiques, nous sommes...

Le pronom, détail insignifiant en lui-même, hérissa Afra.

— ... passés à nos systèmes solaires. Le sien a douze planètes et deux ceintures d'astéroïdes.

— Quel genre de planète habite sa race ?

Damia lui lança un bref regard, puis rit avec embarras.

— C'est étrange. Nous n'avons pas abordé ce problème.

— Et comment as-tu répondu à ses questions sur Aurigae ?

Plus vigilante maintenant, elle le regarda avec méfiance. Puis elle sourit crânement.

— Je lui ai communiqué les mêmes détails qu'il m'a donnés. Sans révéler, cher Af'a — l'usage de la prononciation enfantine soulignait son impudence — autre chose que le nombre des planètes, des lunes, et cætera. Je ne suis pas une imbécile!

Elle se redressa un peu sur le canapé et rejeta ses cheveux en arrière avec panache.

— Tu n'as jamais été une imbécile, Damia, répondit Afra, très calme. Et je ne te fais pas la morale. J'ai préparé le dîner.

— Vraiment? dit-elle, soulagée de ce changement de conversation. Tu es meilleur cuisinier qu'aucun homme de ma connaissance.

Afra décida qu'elle avait racheté son « Af'a » par ce compliment spontané. Un jour, peut-être, ils se conduiraient en adultes l'un envers l'autre... Sans pitié, il supprima l'*eros* et le remplaça par la *philia*. Et il se mit à lui servir un repas bien mérité.

Trois jours plus tard, Damia travaillait avec tant de hâte à la Tour de Contrôle qu'Afra fut contraint de la réprimander. Elle se corrigea gaiement, répondant avec désinvolture. Puis elle se propulsa vers son rendez-vous. Le soir, quand elle revint, si épuisée qu'elle entra en titubant dans le salon, Afra prit les choses en main.

— Demain, je viendrai avec toi, Damia, dit-il avec fermeté.

— Pour quoi faire? dit-elle, le foudroyant du canapé où elle s'était effondrée. Je reconnaîtrais n'importe où le pinz-zing des Coléoptères. Et il n'y a pas trace de ça chez Sodan.

– Sodan?

Damia rougit au crépitement de sa voix, mais ne chercha pas à éluder son regard.

– C'est ainsi qu'il s'identifie. De plus, j'ai insinué le concept d'autres formes de vie intelligentes, et il a nié en connaître aucune.

Afra décida de ne pas contester cette information.

– Qu'est-ce que ça veut dire, le ping-zing des Coléoptères? La Pénétration de Deneb a eu lieu avant même que tu sois conçue.

Elle se leva et vint s'asseoir au bar où Afra préparait leurs assiettes. Elle haussa les épaules.

– Quand nous explorions les environs de la ferme de grand-mère, nous trouvions souvent des bouts de métal des Coléoptères. Oncle Rhodri nous les achetait au poids. C'était un supplément appréciable à l'argent de poche que nous donnait grand-mère, dit-elle avec un sourire taquin. Larak et moi, nous avions décidé qu'il y avait un ping...

Elle humecta son index et le frotta sur le bar, qui rendit un son voisin de « ping ».

– ... dans le métal des Coléoptères. Il n'y a pas de ping-zing chez Sodan.

Le ton était d'une assurance totale.

Cela troubla Afra d'apprendre que cette entité avait un nom. Cela rendait l'extra-galactique aimable, fréquentable. Et Afra détesta le zézaiement inusité avec lequel Damia le prononçait.

– Logique, dit Afra, avec une indifférence qu'il ne ressentait pas, en lui passant son assiette. Mais ce n'est pas l'absence de ping-zing qui va rassurer le Méta de la Terre. Demain, emmène-moi. Inutile de me présenter. Tout ce qu'il me faut, c'est confirmer ton jugement sur l'aura. Je ne voudrais pas compromettre les rapports que tu es parvenue à établir. Il ne s'apercevra même pas que je suis venu.

Il bâilla.

– Quoi, tu es fatigué?

– Je n'ai pas arrêté d'officier de toute la journée, dit-il avec un sourire malicieux.

– Comment? Pourquoi? demanda-t-elle, indignée. Il n'y avait rien d'urgent de prévu quand je suis partie.

– Non, mais il y a eu un petit désastre minier où la Tour pouvait donner un coup de main. Puis un arrivage retardataire de pièces détachées, en provenance de Procyon, et un paquebot contenant des produits périssables et un convoi de candidats colons.

– Qu'ils aillent au diable! Ils abusent de toi, Afra! Les Tours ont un protocole pour éviter les collisions et les désordres. Surtout quand il s'agit d'arrivées. Des chargements imprévus...

Elle s'interrompit, car il souriait jusqu'aux oreilles. Elle poussa un profond soupir.

– Je sais, ce sont des phrases de maman, dit-elle avec un geste irrité. Mais...

Afra la menaça de l'index.

– C'est toi qui as établi un précédent à la Tour d'Aurigae, en te montrant tellement arrangeante que mineurs et expéditeurs s'imaginent que tu es à leur entière disposition.

– Quelle odeur divine, dit-elle plantant sa fourchette dans son assiette.

– Ah! dit Afra, refusant la diversion.

– C'est pourtant vrai, dit-elle la bouche pleine. L'assaisonnement est parfait.

– Merci. Au fait, ton équipe est vraiment excellente. Même le générateur a été sage. Prends un peu de fruits rafraîchis. Ça adoucit le poivron.

Ils mangèrent, dans une atmosphère amicale et détendue; pourtant l'appétit de Damia semblait affecté par sa fatigue, car généralement elle se resservait quand il faisait la cuisine. Elle lui demanda les détails de l'incident minier – une rangée de wagonnets de minerai s'étaient détachés de leur câble, causant un embouteillage dans la galerie qu'Afra et l'équipe de Tour eurent bientôt dégagée, évitant une grosse perte de temps. Mais comme il lui demandait ce qu'elle avait discuté d'autre avec Sodan, elle eut du mal à formuler ses phrases, malgré la résurgence de son animation sur le sujet.

– Ne fais pas de cérémonie avec moi, Damia, dit enfin Afra, voyant qu'elle n'avait pas l'énergie de toiletter Grâce qui lui apportait la brosse. Je vais m'occuper d'elle. Toi, va te coucher. Bonne nuit.

La voir dans cet état d'épuisement alors qu'elle était d'une énergie indomptable, cela l'inquiétait encore plus que son attachement émotionnel à ce Sodan. Peu importait maintenant qu'il fût parfaitement étranger à la race qui avait attaqué Deneb; il constituait une menace en lui-même.

Le lendemain, après avoir expédié des conteneurs moyens de minerais, Damia dit à Keylarion d'informer tout correspondant éventuel que la Tour était fermée pour réparations du générateur que Xexo jugeait indispensables. Puis elle et Afra s'installèrent dans leurs capsules personnelles. Afra suivit la poussée de Damia et garda le silence quand elle atteignit le secteur où elle pouvait contacter l'aura de Sodan. A son grand soulagement, elle accepta sans hésitation qu'Afra établisse un lien léger dans son cerveau, et elle les emporta jusqu'au vaisseau extra-galactique. Dès qu'Afra eut contacté l'entité, beaucoup de choses s'éclaircirent pour lui. Beaucoup de choses vues, et, pire, beaucoup de choses non vues.

Ce que Damia ne pouvait pas voir, ne voulait pas voir et ne

voyait pas, justifiait le lancinant pressentiment de danger d'Afra. Hors l'esprit de Sodan, rien n'était visible, et rien n'était accessible au-delà de son esprit public. L'extra-galactique avait un puissant mental. Confiné dans son rôle d'espion, Afra ne pouvait pas le sonder, mais il dilata sa sensibilité jusqu'à ses limites extrêmes, et il capta des impressions qui confirmèrent et accrurent son intuition d'un danger imminent.

Il n'y avait absolument aucune comparaison entre Sodan et les envahisseurs de Deneb. Damia avait raison sur ce point. Une impression qui surprit Afra fut celle d'un voyage interminable. Et une sensation d'excitation à en voir enfin le bout. Afra ne comprenait pas comment il arrivait à appréhender ce concept d'un esprit qui ne parlait dans aucune langue connue. Et pourtant, le fait était là.

Damia ne pensait sans doute pas qu'Afra s'attarderait une fois atteint son but avoué. Pourtant, fasciné par le contact, il s'attarda quand même, découvrant d'autres aspects troublants de Sodan. Son esprit, brillant sans conteste, était néanmoins gonflé. Afra n'arrivait pas à déterminer si Sodan était le foyer d'autres esprits présents dans l'astronef, ou s'il était en gestalt avec la source d'énergie du vaisseau. Tendant ses nerfs et ses sens à leurs extrêmes limites, sans révéler sa présence, Afra tenta de percer l'écran visuel ou, au moins, l'écran auditif. Il ne perçut, dans les graves, que le bourdonnement stéréo d'activités mécaniques, et la combustion d'éléments lourds, cette dernière constatation assez perturbante. Comment une espèce dépourvue de facultés visuelles pouvait-elle fonctionner à un niveau aussi sophistiqué ? Certes, les antennes de nombreuses espèces transmettaient d'immenses quantités d'informations à des esprits intelligents : des capteurs optiques pouvaient imiter la vision, mais c'était le scintillement des étoiles qui avait aiguillonné l'Humanité à s'élancer dans l'espace. Quel était l'aiguillon qui avait poussé cette entité à traverser l'espace extra-galactique ?

Inquiet et frustré, Afra se retira, laissant Damia et Sodan échanger des abstractions qui, à son avis, étaient également des stratagèmes pour susciter l'attraction émotionnelle. Il retourna sur Aurigae et s'allongea dans son siège-coquille. Cette brève balade l'avait complètement vidé. En soi, c'était préoccupant. Il avait prévu de contacter Larak sur Procyon sans recourir à la gestalt. Mais crevé comme il l'était, c'était impossible. D'un ton désinvolte à dessein, il demanda à Keylarion d'activer un générateur.

— Je peux en activer trois si tu veux, dit-elle, obligeante.

— Non, un seul suffira.

Afra l'espérait bien. Normalement, pour un T-3, un générateur devait suffire. Il se passa la main sur le visage tout en surveillant la jauge. Ce n'était pas, se dit-il, que Damia ait délibérément

212

caché quelque chose dans ses rapports, à Jeff ou à lui; elle ne s'apercevait pas que ses perceptions, généralement très aiguisées, étaient brouillées et déformées par la fatigue que provoquait le contact avec cet extra-galactique. Et Damia avait passé des heures à échanger des abstractions avec Sodan! Il soupira bruyamment et se demanda si un café le remettrait. Mais l'aiguille atteignit le niveau requis à l'instant où Keylarion vérifiait s'il était prêt. Même avec le secours de la gestalt, il dut faire un effort pour contacter Larak.

— *Larak*, cria-t-il, s'appuyant lourdement sur la gestalt et projetant sa propre conception physique/mentale de Larak pour faciliter le contact avec le jeune homme.

— *Tu es crevé, mon vieux*, répondit Larak. Contact net, clair, vert.

— *Larak, transmets à Jeff que ce Sodan...*

— *Parce que ça a un nom?*

— *Pas seulement ça, et Damia y réagit au niveau émotionnel.* Afra poussa un profond soupir. *Cette entité n'a aucune ressemblance avec la race de la Pénétration de Deneb. Pas de ping-zing ici...*

— *Quoi? Ah oui, je me rappelle.*

Larak projeta un sourire, curieusement réconfortant pour Afra.

— *Mais il y a quelque chose de très insidieux chez ce Sodan. Quelques instants en sa compagnie, et je suis tellement vanné que j'ai dû faire appel à la gestalt pour te contacter.*

— *Toi?* La voix de Larak n'avait plus rien d'enjoué.

— *S'il te plaît, informe Jeff que je considère la situation comme extrêmement volatile — et potentiellement dangereuse. Je veux que tu viennes me rejoindre aussi vite que possible, sous n'importe quel prétexte, pour pouvoir contacter le Méta de la Terre sans recourir à Damia ou à la gestalt. Et...*

Afra fit une pause pour donner plus de force à la requête suivante.

— *Demande à Jeff et à la Rowane d'être disponibles pour moi en permanence.*

— *Qu'est-ce que ma chère sœur a encore trouvé cette fois?* répondit Larak, sifflant entre ses dents, impressionné.

— *Sois sympa, Larak; dis à Mauli et Mick de te pousser jusqu'ici dès que tu auras relayé mon message!*

— *J'arrive!* répondit Larak sans hésitation.

Afra se renversa dans le siège-coquille et éteignit le générateur. La conversation n'avait pas duré plus de trente secondes, trop peu pour que Keylarion la remarque et la note dans les archives. Non que Damia aille consulter les archives à son retour; elle serait trop crevée, pensa-t-il sombrement. Pourquoi cette entité provoquait-elle un tel affaiblissement? Pourquoi? ruminait Afra. Peut-être que sa sensibilité était à vif parce que Damia était fascinée par ce contact. Quand Jeff lui avait demandé de venir sur Auri-gae, il espérait à moitié avoir une chance d'attirer Damia comme il le désirait depuis si longtemps. Peut-être était-ce prématuré de faire venir Larak immédiatement. Peut-être qu'il aurait pu se débrouiller tout seul avec ce Sodan.

Non, se dit honnêtement Afra, pas alors que tu es réduit à l'état de lavette après un bref contact par personne interposée. Et pas avec la rivalité que lui opposait Sodan.

— *Dis donc, Afra, qu'est-ce qu'il faut faire pour attirer ton atten-tion ?* s'écria joyeusement Larak, montant les marches de la Tour.

Son énergie sembla presque obscène au T-3 épuisé.

— Frappe deux fois! répliqua Afra, mais c'est avec un sourire reconnaissant qu'il tendit la main à son visiteur.

Son énergie rayonnante le réconforta autant que son sourire contagieux. Larak et sa sœur se ressemblaient beaucoup, jusqu'à la mèche blanche des Gwyn au milieu de leurs cheveux noirs. Larak était un peu plus petit que sa sœur, laquelle était nettement plus grande que la moyenne, et il n'était pas aussi costaud que ses frères, mais il avait hérité de tout le charme Raven, et Afra trouva quand même la force de lui retourner son sourire.

Leurs mains en contact, Afra lui transmit une impression qu'il n'avait pas incluse dans leur conversation télépathique.

— *Damia s'est énamourée de cet extra-galactique super dange-reux ?* murmura Larak, étonné, regardant Afra dans les yeux.

— *On aurait pu prévoir qu'elle aurait des goûts exotiques et extra-vagants,* dit-il avec une moue de sympathie. *Elle ne pourrait pas se contenter d'un indigène maison comme tout le monde ?*

Il regarda Afra, penchant la tête.

Afra jugea opportun d'ignorer cette remarque.

— Et malheureusement, un extra-galactique très dangereux. Tu te rappelles sa vieille histoire de mangeurs d'âmes?

Larak roula les yeux au ciel.

— Tu parles! Damia m'avait tellement terrorisé avec ça que j'avais allumé un incendie de forêt pour faire de la lumière. Mais attends. Tu penses que cette entité est un mangeur d'âme? dit Larak, presque indigné. Dis donc, Afra, c'était une histoire de mômes.

— Je ne trouve aucune autre analogie. Je n'ai pas passé plus de dix à quinze secondes dans un léger contact secondaire, et j'ai dû recourir à la gestalt pour te contacter sur Procyon.

— Mauvais, dit Larak. Très mauvais. Qu'est-ce qui ne va pas chez Damia? Elle ne réalise donc pas... Non, à l'évidence, elle ne se rend pas compte.

Larak s'allongea sur l'autre siège-coquille, battant des pau-pières au rythme de ses pensées surgies et rejetées.

— Damia a parlé des sensations résiduelles captées dans les arte-facts des Coléoptères. Il y a quelque chose de comparable à votre ping-zing à bord de l'astronef de Sodan. Et ça met mal à l'aise.

— Des matières fissiles ? demanda Larak.

Afra secoua la tête.

— C'est de nature totalement étrangère. Je n'arrive pas à le défi-nir.

— Et Damia ?

Afra fit la grimace.

— Elle s'occupe de traduire des abstractions.

— Ça nous fera une belle jambe s'il a l'intention de nous pulvé-riser ! dit Larak, tendu. Qu'est-ce qu'elle lui a dit de nous ? de la Ligue ?

— D'après elle, elle a été très discrète.

— Encore heureux.

Malgré la désinvolture de Larak, Afra détectait chez lui la même inquiétude qu'il ressentait pour Damia. Larak avait tou-jours été très proche d'elle.

— Ce qu'ils discutent, passe encore, mais Sodan la laisse complètement épuisée.

— Arme d'un nouveau genre, affaiblissement total avant l'anni-hilation ?

— Ce n'est pas aussi extravagant que tu penses, dit sombrement Afra. Il y a une source d'énergie fantastique dans l'astronef...

— C'est normal, pour se propulser entre des galaxies...

— Mais c'est tout ce que j'ai pu capter. Au-delà de l'esprit public, j'ai rencontré un mur impénétrable. D'accord, Damia est beaucoup plus puissante que moi...

— Mais elle n'a pas essayé ?

Afra fronça les sourcils, et se leva, arpentant nerveusement la petite salle de la Tour.

Larak soutint son regard, et soupira.

— Mais il n'y a pas eu d'acte d'agression caractérisé ?

— Tout dépend de ce que tu appelles « agression ». Je crois que ce Sodan essaye subtilement de détruire Damia au cours de cet échange pacifique de culture et d'informations. Dans mon dic-tionnaire, miner ses capacités mentales représente une agression, avec intention de mutiler ou tuer.

Il vit que cette remarque avait réveillé l'inquiétude fraternelle et l'instinct protecteur de Larak.

— Ma réaction est peut-être disproportionnée. Je ne suis pas précog, mais il y a des situations où on n'a pas besoin de l'être pour deviner des intentions. Tu jugeras par toi-même quand elle rentrera ce soir.

Larak ne se donna pas la peine de voiler sa colère.

— Compte sur moi. Mais je ne t'ai jamais vu avoir des réactions disproportionnées, Afra. Mis à part le danger que court ma sœur, à quelle distance d'Aurigae se trouve encore ce Sodan ? Assez près pour déterminer que les émissions de Damia partent de ce système ?

Afra parvint à former un sourire ironique.

— Tu es un vrai homme des TTF, Lar.

Larak eut un sourire sans joie.

— Gwyn-Raven de la tête aux pieds et jusqu'au bout des doigts.

— Logiquement, reprit Afra, nous devons lui accorder la même sophistication dans les appareils de repérage que dans les capacités de propulsion. Il paraît donc certain qu'il détectera suffisamment d'activité pour attirer...

Afra fit une pause pour chercher le terme approprié.

— ... son attention. Et puisque les sociétés de haute technologie avalent minerais, minéraux et terres rares en quantités phénoménales, il est raisonnable de présumer qu'il vient dans notre galaxie pour trouver de nouvelles sources d'approvisionnement.

— Sommes-nous en train d'imaginer une agression là où il n'y en a pas ? demanda Larak, jouant l'avocat du diable.

Afra réfléchit.

— C'est possible. Les Coléoptères n'avaient rien caché de leurs intentions, mais ils étaient peut-être l'exception à la règle de l'exploration pacifique. Sauf que je n'arrive pas à m'ôter de la tête que ce Sodan mine délibérément l'énergie de Damia pour réduire ses possibilités de défense. Et je n'ai jamais eu un tel pressentiment de danger — pas même quand j'ai participé à l'egofusion avec la Rowane pendant la Pénétration de Deneb.

— Si nous devons anéantir la menace que nous pose ce Sodan, je dirais qu'il vaudrait mieux le faire tout de suite que plus tard, quand il sera plus près de notre système, répondit Larak avec une moue soucieuse. Faut-il appeler la Flotte en renfort ?

— Ah ! Sodan serait en orbite autour d'Aurigae avant que la Flotte n'ait commencé à se remuer pour passer à l'action, répliqua Afra avec dérision.

— Surtout en ce moment, dit Larak avec un sourire amusé, où ils sont absorbés par leur enquête sur les titillements subis par le réseau d'alerte périphérique de Procyon, dit Larak avec un sourire amusé.

— Quoi ?

Afra fixa Larak, horrifié à la perspective de plusieurs Sodan convergeant vers la Ligue des Neuf Étoiles.

Larak fut ravi de son effet.

— Simple mission d'information pour le moment, mais ne t'en fais pas. Actuellement, ça se limite à des contacts infimes et non identifiables, dit Larak, secouant vigoureusement la tête pour rassurer le Capellien. Et ni les vedettes de reconnaissance ni le réseau de détection n'ont pu capter la moindre impression d'hostilité. Et ces sentinelles sont assez sensibles pour détecter des

comètes ou des épaves spatiales. En revanche, le *modus operandi*
de ce Sodan semble tout différent. Nous autres Doués, nous avons
détruit les Coléoptères pratiquement par nous-mêmes, et je crois
que nous pouvons vaincre ce géant mental.

Afra eut un rire sans joie.

— Dans ce cas, nous aurons de la veine.

Il hocha vigoureusement la tête devant le regard surpris de
Larak.

— Eh oui, cet esprit est incroyablement puissant. Pas du tout
comme les Coléoptères, chez qui il n'y avait que seize esprits-
directeurs à dévier. Et s'il a insidieusement réduit les forces de
Damia ou percé ses écrans...

Afra fit une pause et ajouta très bas, le regard voilé :

— Il pourrait bien nous détruire.

— Il faut tout de suite prévenir maman et papa, dit brusquement Larak.

Ensemble, ils présentèrent leurs conclusions à Jeff et à la
Rowane.

— *Si vous étiez un extra-galactique contacté par un mental puissant, sûrement que vous ne révéleriez des détails qu'avec la plus
grande prudence, non ?* dit la Rowane. *C'est ce que je ferais, si je
rencontrais un esprit dans l'espace.*

— *Tu en as rencontré un, et j'ai été tout ce qu'il y a de plus amical,*
lui rappela Jeff.

— *Jeff !*

— *Si ce Sodan mine les forces de Damia, il ne lui veut pas de bien,
ni à nous non plus,* poursuivit Jeff d'un ton officiel. *Nous savons
tous qu'Afra ne crie pas au loup sans raison, alors nous devons
suivre ses recommandations, et maintenant, avant que cette entité ne
soit assez proche pour enquêter sur le système d'Aurigae. Et surtout
avant qu'il ne découvre le système d'Aurigae et ses richesses
minières. Et j'ai aussi une conscience aiguë du peu de défenses que
possède Iota Aurigae contre une attaque spatiale.*

— *Tu penses donc avec Afra qu'il prospecte de nouvelles sources de
matières premières ?* demanda Jeff, d'un ton dubitatif.

— *C'est notre principale raison de chercher de nouvelles planètes,
non ?* dit Larak.

— *Si Damia est aussi épuisée que tu le dis, Afra, comment pouvons-nous en faire le foyer d'une egofusion ? Et d'abord, il y a peu de
chances qu'elle accepte une action agressive contre une entité qu'elle
considère comme amicale.*

La Rowane parlait en mère de Damia, non en Méta de Callisto.

— *Non, en effet,* dit Afra, acide.

— *Et pourtant, nous devons utiliser son lien avec Sodan pour établir le contact. Et si nous découvrons et lui prouvons que ce Sodan est
vraiment dangereux, pour elle, pour Aurigae, pour nous, il est également possible que nous ayons besoin de son Don catalytique pour
augmenter notre puissance,* dit Jeff, assez réticent à cette idée.

— *Chaque jour, Damia revient un peu plus fatiguée que la veille*, dit lentement Afra. *J'ai été vidé après quelques secondes de contact. Ça ne m'était jamais arrivé avant.*

— *Je trouve qu'Afra a raison de l'avoir baptisé mangeur d'âme*, intervint Larak.

— *Les mangeurs d'âmes, ça n'existe pas*, dit sèchement la Rowane.

— *Je ne vois pas d'autre terme qui convienne mieux*, dit Afra. *Ou qui décrive aussi bien l'effet qu'il a sur elle.*

— *En tout cas, je trouve très préoccupante cette diminution de son immense énergie vitale*, dit Jeff avec fermeté.

— *Et c'est tellement incroyable!* dit la Rowane, hérissée d'indignation.

— *Concluons rapidement*, les avertit Larak. *Damia revient et... Ouah! Elle est sur les genoux!*

Afra réprima un mouvement de contrariété à l'avantage que le curieux lien entre le frère et la sœur, et qui remontait à leur enfance, donnait à Larak pour sentir le retour de Damia. Mais quand Afra projeta son esprit, il rencontra une aura très faible. Il se concentra sur le débat éclair de Jeff, Larak et la Rowane, pour arrêter décisions et stratégie, un instant avant l'atterrissage de la capsule de Damia.

— Larak, j'ai senti ton contact, mais je n'arrivais pas à y croire! s'écria-t-elle joyeusement en voyant son frère, assis au bord de la console, image de la relaxation incarnée.

— Tu peux le croire, sœurette, ton frérot préféré est bien là, dit-il, se levant pour l'embrasser. On peut dire que cette aura extra-galactique t'a mise à ses pieds, si j'ose dire. Grandeur et décadence des puissants!

Damia rougit, et Larak hurla de rire.

— Je n'ai pas encore rencontré le mec qui fera cet effet à ma sœur.

— Vraiment, Larak, ce que tu es puéril! Tu n'as aucune idée de l'importance de la situation. J'ai toujours été persuadée que j'avais reçu des capacités et des forces au-dessus de la moyenne pour une raison spéciale, dit Damia, les yeux brillants. Et maintenant, je la connais!

— Et toute la planète va la connaître immédiatement si tu ne réduis pas tes émissions, dit sèchement Afra, donnant le temps à Larak de se remettre du choc de cette remarque extraordinaire.

Avec quelque rancœur, Damia réduisit ses émissions émotionnelles.

— Je suppose que tu arrives avec un appétit de cheval, dit-elle, résignée.

Larak prit l'air de l'innocence outragée.

— Je suis encore en pleine croissance, et pendant que tu vas flirter, Afra est de plus en plus surmené, maigre et affamé.

Damia regarda Afra, l'air coupable.

— C'est vrai que tu as l'air fatigué, dit-elle avec inquiétude. Poussons-nous jusqu'à la maison pour dîner. Larak, qu'est-ce qui t'amène ?

— Oh, papa voudrait qu'Afra vienne donner un coup de main sur Procyon. Les deux Doués qui assistent Guzman ont attrapé un virus local, et les retards s'amoncellent. Tu sais qu'on est obligés de renforcer Guzzie, car il n'a plus beaucoup de résistance. Il se plaint que je suis trop jeune pour de telles responsabilités, ajouta-t-il avec un sourire de pure malice. Dis donc, à quoi il ressemble ton astronef extra-galactique ? Il y a un équipage ou tout est automatisé pour le grand saut dans le vide ?

La main levée sur les boutons de sa cuisine, Damia hésita et regarda son frère, le visage vide.

— Ah, les hommes, vous êtes bien tous pareils ! Des détails, toujours des détails !

— Des détails qui t'ennuient peut-être, ma chère sœur, mais qui me fascinent. Pourtant, si tu préfères continuer à te consacrer aux abstractions, permets-moi d'aller découvrir ces détails terre à terre par moi-même.

— Tu n'as pas une portée assez grande.

— Alors, laisse-moi venir avec toi demain.

Larak attrapa un bâtonnet de légume dans un plat et feignit de s'intéresser plus à son goût qu'à la réponse de sa sœur.

Damia hésita, consultant du regard Afra qui haussa les épaules, l'air de dire « pourquoi pas ? » tout en suivant l'exemple de Larak en croquant une racine blanche au goût anisé. Elle lança un bref coup de sonde, mais ne tira rien d'autre de l'esprit d'Afra, ni, il en était certain, de celui de Larak quand elle sonda son frère. Même à cette courte distance, son coup de sonde n'était qu'une pauvre imitation de sa vigueur habituelle.

— Allons, sœurette, ne sois pas si timide !

— Je ne suis pas timide !

Son irritation retomba tout de suite, et elle reprit :

— C'est simplement que... que... nous sommes à un stade très délicat dans l'établissement des rapports...

— Stade délicat ? Des rapports ? bredouilla Larak, la regardant comme s'il n'en croyait pas ses oreilles. Il s'agit d'un premier contact, pas d'un premier rendez-vous ! Enfin, en admettant qu'il soit même marginalement humanoïde.

— C'est un esprit véritable, brillant et puissant, dit-elle avec hauteur. La forme est immatérielle.

— Tiens ?

Le doute se peignit sur le visage mobile de Larak.

— Je n'aurais jamais pensé que tu en pincerais pour le type cérébral, Damia. Pas avec tes avantages.

Il la lorgna, non en frère mais en mâle aguiché.

Damia rougit, mi-furieuse, mi-embarrassée à la plaisanterie de son frère.

— Depuis que vous avez engendré un héritier, toi et Jenna, tu es devenu insupportable ! Et si je n'étais pas sortie, nous n'aurions pas été avertis.

— Avertis ? dit Afra, relevant le choix du mot.

Peut-être qu'elle n'était pas aussi aveuglée qu'ils le pensaient.

— De cet événement capital, poursuivit-elle, inconsciente des implications. Tu as contacté Sodan, Afra. Tu ne trouves pas que cette venue d'une autre galaxie est un événement capital ?

— Oui, en effet, dit Afra avec tact. Seul un esprit brillant a pu accomplir un tel exploit.

Damia saisit une nuance qu'il ne réprima pas assez vite.

— Oh, toi ! Tu es jaloux ! Jaloux ?

Damia le scruta avec attention, déconcertée par cette découverte chez son plus ancien allié.

— Et toi, tu laisses le dîner brûler, dit Larak, montrant une poêle grésillante.

— Vous ne savez donc pas qu'il ne faut jamais distraire la cuisinière avec des questions stupides ? demanda-t-elle, remuant vivement sa poêle. On a de la chance, rien n'est brûlé.

Elle les servit, irritée que son dîner ne fût pas aussi parfait que d'habitude, et les deux hommes ne trouvèrent rien pour rompre le silence embarrassé, et d'autant moins qu'ils devaient se concentrer pour entretenir dans leur esprit un niveau convaincant de pensées superficielles. Mais le subterfuge n'était pas nécessaire, car Damia, plongée dans sa rêverie personnelle, les ignora totalement.

Finalement, Larak repoussa son assiette, après l'avoir parfaitement nettoyée, de même que tous les plats.

— Même avec l'esprit à moitié ailleurs, tu es une cuisinière formidable, dit Larak, s'essuyant la bouche avec un soupir repu. Alors, l'entité-Sodan n'est pas un nouvel appareil de reconnaissance des Coléoptères ?

Larak regarda Damia, puis Afra qui secoua vivement la tête.

— C'est hors de question, répondit Afra. Véhicule et mentalité totalement différents.

Il ignora le grognement dédaigneux de Damia.

— J'ai eu l'impression d'immenses distances traversées, bien plus longues que les vingt ans écoulés depuis l'attaque de Deneb.

Larak émit un sifflement connaisseur, comme s'il entendait la nouvelle pour la première fois.

— Tu n'aurais pas, par hasard, capté certains détails sur la propulsion et l'énergie que ma douce sœur n'aurait pas daigné remarquer ?

— Non ; en fait, il n'y avait pas d'images visuelles à capter, et je me concentrais uniquement sur l'identification. A l'évidence, cette entité n'est pas un Coléoptère.

– Arrêtez d'appeler Sodan une « entité », dit Damia. C'est impoli. Et il a des yeux, ajouta-t-elle, sur la défensive. Nous avons discuté du concept de « vision ». Vous ne devez pas perdre de vue qu'il pilote l'astronef, et qu'il faut une énergie énorme pour me contacter tout en continuant à gouverner le vaisseau et l'équipage. En tout cas, moi, je dépense une énergie énorme.

– Ouais. Ta beauté se trouverait bien d'un bon sommeil réparateur, dit Larak.

– Je te remercie, dit-elle, hérissée.

– Arrêtez, les enfants! intervint Afra machinalement.

Larak et Damia se foudroyèrent, mais la longue habitude d'obéissance à Afra prévalut.

– Allez vous coucher tous les deux, ajouta-t-il. C'est l'exemple le plus consternant de chamaille fraternelle depuis que vous avez quitté la tutelle d'Isthia.

Il ajouta, sévère et réprobateur :

– Je me demande comment ton père a pu te nommer Méta d'Aurigae.

– S'il y a quelque chose qui m'énerve plus que l'attitude fraternelle de Larak, c'est ton attitude avunculaire, Afra, dit-elle froidement, ayant maîtrisé son irritation.

Afra haussa les épaules, soulagé que sa diversion ait réussi avant que Larak ne dévoile par inadvertance pourquoi il posait ces questions à Damia.

– Au moins, cette entité avunculaire a le bon sens d'aller se coucher tant qu'elle tient encore debout, murmura-t-il.

Passant près de Larak, le jeune homme lui fit un clin d'œil.

Le lendemain au déjeuner, aucun n'avait l'air particulièrement reposé. Afra entretenait un bourdonnement confus dans son esprit pour masquer sa tension et son anxiété. Larak débita un monologue ininterrompu sur l'intelligence naissante de son fils et les charmes maternels de Jenna. Damia, elle aussi, avait remonté ses écrans. Quand ils arrivèrent à la Tour, Damia jeta un rapide coup d'œil sur le travail du jour, remarquant qu'il n'y avait que des conteneurs légers et des messages standard.

– Je peux t'emmener en reconnaissance tout de suite, Larak, comme ça, tu seras libre pour effectuer les expéditions de l'après-midi.

– Parfait. Papa voudrait Afra sur Procyon dès que j'aurai pris sa relève ici.

Damia hésita, puis avança un menton belliqueux.

– Je suppose que tu veux venir aussi, lança-t-elle avec défi à Afra, qui se contenta de hausser les épaules.

– Je jetterais bien un autre petit coup d'œil. Quel esprit fascinant, dit-il avec désinvolture.

Il lui fut immensément reconnaissant du caprice qui l'avait poussée à faire cette proposition. Il avait pensé les suivre subrepticement. Mais à ces distances, il avait peur de perdre le contact, même le contact combiné de leurs deux esprits.

– Installez-vous. Je peux suivre si Damia conduit, dit Afra, fouettant les générateurs à leur maximum.

Xexo avait réparé le générateur patraque, ce dont Afra lui fut très reconnaissant.

Quand Damia et Larak eurent quitté la Tour pour leurs capsules, il contacta Jeff et la Rowane, leur demandant de rester à l'écoute, puis s'installa dans sa capsule, rassuré par leur présence dans son esprit.

– *Y a-t-il encore une chance que nous nous trompions sur les intentions de Sodan ou sur la profondeur de l'engagement émotionnel de Damia?* demanda la Rowane avec espoir.

– *De moins en moins,* répondit sombrement Afra. *Nous serons bientôt fixés. Larak l'a asticotée hier soir. Elle va être obligée de vérifier pour s'assurer qu'il se trompe sur Sodan.*

Puis il toucha Damia et Larak, et tous trois franchirent la demi-année-lumière les séparant du contact avec le vaisseau, et Sodan.

– *Vous vous êtes bien reposée et vous êtes forte aujourd'hui,* la salua-t-il, très cool, après un flash de bienvenue.

Damia se couvrit instinctivement contre la découverte de ses compagnons, mais la salutation lui resta en mémoire. Elle ne put s'empêcher de penser que Sodan semblait contrarié de sa force, et pourtant un soupçon de soulagement vint colorer cette pensée embryonnaire.

– *Vous vous rapprochez tous les jours davantage du contact physique avec nous,* commença-t-elle.

– *Avec nous?* s'enquit Sodan.

– *Ma planète, mon peuple... moi.*

– *Vous seule m'intéressez,* répliqua-t-il.

Damia ne parvint pas à censurer sa satisfaction, que Larak et Afra captèrent aisément.

– *Cela, c'est entre vous et moi, mais mon peuple s'intéressera à vous,* dit-elle adroitement.

– *Combien d'habitants y a-t-il sur vos planètes?*

– *Sur ma planète.*

– *Votre soleil n'a-t-il pas plusieurs satellites habités?*

– *C'est pourquoi j'ai besoin d'en savoir davantage sur vos nécessités corporelles, Sodan. Ma planète n'a peut-être pas l'atmosphère qui vous convient.*

– *Mes nécessités corporelles sont admirablement satisfaites par mon vaisseau,* dit Sodan avec brusquerie, soulignant légèrement le mot « corporelles ».

Ce fut la Rowane qui repéra l'infime fissure dans ses écrans mentaux, et, ensemble, les quatre esprits s'y engouffrèrent pour l'élargir. Sodan, déchiré par cette invasion redoutable, contra d'un coup rageur dirigé sur Damia, responsable, pensait-il, de cet assaut.

— *Non! Non! Ce n'est pas moi, Sodan*, hurla-t-elle, éperdue. *Larak, qu'est-ce que tu fais ?*

Afra tenta désespérément de se faire le foyer des esprits concentrés, mais se retrouva prisonnier de l'esprit de Larak, en compagnie de ceux de Jeff et la Rowane, à l'instant où le curieux lien entre le frère et la sœur se reforma de lui-même.

— *Il faut le détruire avant qu'il nous détruise, Damia*, dit la Fusion-Larak, teintant sa décision inexorable d'un regret sincère.

— *Non, je l'aime. C'est un esprit si brillant*, s'écria Damia, opposant sa force à celle des siens pour défendre son amant.

La Fusion-Larak vacilla, incapable de poursuivre son attaque contre une telle alliance.

— *Damia, ce n'est qu'un esprit désincarné !*

Comme assommée, Damia hésita, et la Fusion-Larak revint à l'attaque, martelant les écrans de Sodan.

— *Un esprit désincarné ?* dit-elle en un souffle, espérant follement une dénégation de Sodan.

— *Pourquoi pas d'images ? Pourquoi pas de sons ? Ce n'est qu'un cerveau, dépourvu de tout à l'exception de ses émotions fossiles. Il mine lentement tes forces pour être libre d'attaquer ce système dont tu es la seule défense. Tu ne t'en rendais donc pas compte ? Tu ne sentais pas les substances dangereuses que transporte son vaisseau ? Est-ce normal pour une exploration pacifique ?*

— *Vous êtes tous contre moi. Personne ne veut que je sois heureuse*, s'écria Damia, prenant soudain conscience de son aveugle amour. *Il m'aime. Je l'aime.*

— *S'il n'a rien à cacher, il révélera les raisons de son interminable voyage*, dit la Fusion-Larak, implacable. *Est-il véritablement pacifique ? Ou est-il conquérant ? Nous-mêmes, pourquoi colonisons-nous des mondes nouveaux ? Ou encore, sa galaxie est-elle tellement appauvrie qu'il doive chercher ailleurs les métaux rares nécessaires à la construction d'autres vaisseaux comme le sien ?*

— *Rassurez-moi, Sodan*, supplia Damia, désespérée. *Dites-moi que vous venez en messager de paix ! Pour trouver d'autres êtres doués d'intelligence ! Pour établir des relations d'amitié !*

Pendant ce qui leur sembla une éternité, Sodan hésita.

— *Si je le pouvais, je vous le dirais*, dit-il doucement, sincèrement contristé.

Comme une lame vengeresse, Damia se libéra de l'amour aveugle que Sodan lui avait habilement inspiré, et, fortifiée par sa juste indignation, elle se jeta avec les autres sur l'agresseur. Car maintenant, Damia comprenait les desseins de Sodan et connaissait son état désincarné. La bataille se livra dans l'éternité séparant deux battements de cœur. Sodan, l'esprit fortifié par l'énergie inconnue de son astronef, était plus fort que leurs estimations raisonnables. Presque négligemment, il tint en respect la Fusion-Larak, riant de ce qu'il considérait comme des efforts dérisoires.

Puis, déchiré le voile de ses illusions romanesques, Damia accrut sa pression et s'aligna sur la Fusion-Larak. Sodan renouvela son énergie par la gestalt. L'éclair brûlant que canalisa l'esprit résurgent et catalytique de Damia fulgura, le dénuda totalement, et, continuant sur sa lancée, déstabilisa la structure métallique du vaisseau. Involontairement, et pendant une microseconde, la Fusion-Larak vit ce que Sodan avait été.

Autrefois, des générations plus tôt, il avait un corps étrange qu'il promenait sur des routes étranges, et il respirait un air étrange ; jusqu'au jour où son esprit avait été choisi pour franchir les espaces extra-galactiques.

— *A ma façon, je vous aimais*, cria-t-il à Damia dont il sentit l'esprit chercher la source d'énergie du vaisseau. *Mais vous, vous ne m'avez jamais vraiment aimé*, ajouta-t-il avec une intense stupéfaction, car son esprit, vulnérable au moment de cette attaque massive, lui était grand ouvert. *Mais il ne vous aura pas non plus !*

Rassemblant ses dernières forces, Sodan émit un dernier éclair mental à l'instant même où le vaisseau explosait.

Alors même que Damia se sentait sombrer dans l'inconscience, elle tenta désespérément de dévier le faisceau mental.

Comme une quille renverse toutes celles qui la suivent, ainsi la dernière décharge de Sodan, canalisée par la Fusion-Larak, déclencha une onde d'agonie mentale qui reflua jusqu'à Aurigae, où tous les collaborateurs de Damia se prirent la tête dans les mains tandis que les générateurs disjonctaient, jusqu'à la Terre et Callisto où les Doués gémirent de douleur, et jusqu'à Procyon où le noble cœur du vieux Guzman s'arrêta. Leurs équipes horrifiées trouvèrent Jeff et la Rowane inconscients dans leurs sièges-coquilles, et convoquèrent immédiatement Elizara et ses assistants. Sur Deneb, Jeran avait certainement capté un incroyable choc en retour psionique. Il fut illico convoqué sur la Terre car le commandement des TTF lui revenait en cas d'urgence. Jeran prit le temps de s'assurer que ses parents se remettraient avec du repos, puis il informa officiellement la Ligue des Neuf Étoiles de l'événement. On lui demanda de rejoindre Aurigae et d'y téléporter une escadre de la Flotte. Par ailleurs, il contacte sa grand-mère, lui demandant de venir avec les spécialistes qu'elle avait formés aux techniques de réanimation des Doués sur-stressés. Avec l'aide d'Elizara, lui et Isthia parvinrent à extraire doucement de l'esprit de Jeff la position des trois capsules.

L'escadre de la Flotte approcha bientôt des coordonnées spatiales, mais Jeran et Isthia, à bord du vaisseau amiral, n'« entendirent » rien. Puis les capteurs de l'appareil localisèrent les trois capsules.

— *Il est possible qu'ils soient tous les trois en état de choc*, dit Isthia, essayant de rester positive en l'absence de toute aura mentale émanant des habitacles. *La puissance de la dernière décharge de Damia!*

– *Damia ne peut pas être morte*, dit Jeran, s'accordant le luxe de croire à l'optimisme de sa grand-mère. *Nous ne pouvons pas la perdre!* Il s'était préparé à d'autres pertes. *Sodan était peut-être puissant, mais y a-t-il un Doué dans la galaxie qui n'ait pas senti le dernier assaut de Damia?*

– *Ah!*

Isthia ravala brusquement son air.

– *Je les ai.*

Et, faisant signe à Jeran et à son équipe de l'assister, elle se brancha sur l'énergie du vaisseau pour téléporter les capsules à bord.

– Damia est vivante! s'écria Jeran, soulagé, car c'était son premier souci. *Je croyais les avoir tous sentis mourir.*

– Afra est vivant aussi, mais sa vie ne tient qu'à un fil. Larak... Sa voix mourut.

– *Pourquoi a-t-il fallu qu'il soit le foyer de la fusion?*

Ils ouvrirent la capsule d'Afra la première, et soupirèrent de pitié devant le long corps inanimé roulé en position fœtale. Jeran eut l'impression que son cœur se brisait, au souvenir de cet homme plein de vie qui, au même titre que ses parents, avait fait partie intégrante de son enfance et de son éducation.

– Il est grièvement blessé, Isthia. Pouvons-nous le sauver... *Devons-nous le sauver... s'il perd ses facultés psioniques?* ajouta-t-il sur le canal le plus étroit possible.

Isthia haussa les sourcils, cinglante réprobation de cette suggestion.

– J'ai ramené des esprits bien plus affectés que le sien, Jeran Gwyn-Raven. Pousse-toi.

D'une main exercée et délicate, elle toucha les tempes d'Afra. Jeran vit ses yeux s'embrumer d'anxiété.

Elle soupira, un instant déprimée par son examen.

– Son désir dominant est la mort. Ce qui est si contraire à sa nature que je n'en tiendrai pas compte. Je n'ai pas l'intention de le laisser succomber. Mais son énergie vitale est très basse et doit être ranimée avec prudence.

Rapidement, elle donna mentalement des ordres aux médecins présents, et, quelques secondes plus tard, Afra recevait des injections d'urgence et deux praticiens métamorphiques commençaient à lui dispenser les soins qui avaient autrefois sauvé son fils Jeff.

– *Jeran, Afra a besoin d'encouragements subtils pour surmonter ce désir de mort. Distancie-toi de tes émotions*, lui dit sèchement Isthia. *Pose tes doigts sur les miens. Aide-moi à l'atteindre. Il faut inverser ce désir avant qu'il ne se réalise.*

Jeran se secoua vigoureusement, et, retenant son souffle, posa légèrement ses doigts sur ceux d'Isthia aux tempes d'Afra.

Il laissa Isthia guider son esprit dans un sondage délicat, ignorant l'angoisse qu'ils ressentaient au contact de ce mental si profondément meurtri. Une pensée, qu'il avait partagée avec Larak, prédominait chez Afra : la dernière attaque fulgurante de Sodan, que Damia, au bord de l'inconscience, cherchait à dévier.

– *Il la tuera! Il la tuera!*

Tel était le cri terrorisé, curieux mélange de Larak et d'Afra, tourbillonnant dans l'esprit douloureux d'Afra.

– *Non, Damia! N'essaye pas! J'ai attendu trop longtemps! Non, Damia! Tu seras tuée! Tu dois vivre! Pourquoi avoir attendu si longtemps? Trop longtemps. Non, Damia. N'essaye pas*, répétait-il inlassablement.

– Damia est vivante! Damia est vivante!

Isthia comprit qu'Afra ne s'intéresserait plus à la vie s'il croyait que Damia était morte. Mais Damia était vivante, et elle devait l'en convaincre. Elle pressa Jeran de renforcer le message. De son baryton mental, il seconda le soprano d'Isthia.

– *Damia est vivante. Damia est vivante, Afra. Damia est vivante!*

– *Damia est vivante? Damia est vivante, Damia est vivante*, vint enfin la réponse, murmure imperceptible émanant d'un mental épuisé.

Isthia regarda Jeran avec espoir.

– *Oui, c'est exactement ce qu'il doit savoir. Renforçons le message.* Ensemble, ils reprirent leur litanie.

– *Afra, Damia est vivante. Elle se repose. Elle t'attend. Damia est vivante, Afra. Elle t'attend.*

– *Dors, Afra*, ajouta Isthia, doucement pressante. *Dors. Damia est vivante.*

– *Damia est vivante? Damia est vivante!*

Le corps parcouru d'un violent frisson, le subconscient d'Afra accepta enfin cette pensée apaisante. Abandonnant sa position fœtale, il se détendit. Pendant une seconde angoissante, il retomba dans une immobilité parfaite. Retenant son souffle, Isthia sonda en profondeur son esprit soudain pacifié, puis elle réalisa qu'Afra avait simplement sombré dans un profond sommeil.

– Il est grièvement blessé, avoua Isthia avec tristesse, regardant les infirmiers le rouler dans une chambre aux écrans imperméables où aucun bruit mental ne pouvait pénétrer. Mais il vivra.

Jeran n'essaya pas de lire en elle si elle conservait des réserves.

Ils ouvrirent ensemble la capsule de Damia. Elle gisait sur le flanc, le visage très jeune, mais marqué des séquelles de ce combat d'esprits, la lèvre inférieure mordue jusqu'au sang, dont un mince filet dégoulinait sur son menton. Les joues étaient inondées de larmes. Elle avait serré les poings si fort que les ongles étaient entrés dans la chair. De profonds cernes noirs entouraient ses yeux clos.

Étreinte d'une immense compassion, Isthia la roula sur le dos et lui posa légèrement les mains sur les tempes.

— *Je ne peux pas les atteindre. Je ne peux pas arriver à temps. Ça fait mal. Est-ce que je vais les perdre tous les deux ?*

Isthia entendit ces paroles, imperceptible pensée filtrant des profondeurs d'un esprit foudroyé.

Isthia se redressa, soupirant de soulagement.

— *Elle est grillée ?* demanda anxieusement Jeran, resté en dehors du contact mais conscient qu'il avait eu lieu.

— *Surmenée, dévastée et profondément meurtrie*, répondit Isthia avec tristesse. *Damia a été affaiblie dans le seul domaine qui peut diminuer les êtres de grande intelligence et de grande assurance.*

— *Diminuée ?* s'étonna Jeran, à la fois frère et Méta en cet instant.

— *Dans son orgueil et dans sa confiance en soi*, expliqua Isthia avec tristesse. *Son Don est bien trop robuste pour avoir souffert des dommages irréversibles. Mais ce n'est pas le cas de son ego. Elle n'oubliera jamais qu'elle a sous-estimé le danger potentiel de Sodan parce qu'elle s'était énamourée de la perception qu'elle en recevait.*

— *Malgré tout, si elle ne l'avait pas contacté la première, où en serions-nous avec cette menace fondant sur nous de l'espace ?*

— *Là, c'est le Méta qui parle*, dit Isthia, mais d'un ton plutôt flatteur. *Pourtant, espérons que Damia finira par considérer cet incident sous cet angle. Pour le moment, elle est terriblement affligée parce que son manque de jugement a causé la mort de Larak et grièvement invalidé Afra.*

— *Mais, Isthia, une fois mise en route l'attaque de Sodan, rien n'aurait pu sauver Larak qui était le foyer de la Fusion. La mort est bien plus clémente que l'annihilation psionique. Elle n'a rien à se reprocher.*

Isthia secoua tristement la tête.

— *Elle ne verra jamais les choses sous cet angle. Mais j'espère ardemment qu'elle ne réalisera jamais qu'au dernier moment l'instinct a dominé la raison et que c'est Afra qu'elle a tenté de sauver.*

— *Afra ? Pas possible !*

Jeran la regarda, abasourdi, avant de suivre sa pensée jusqu'à sa conclusion.

— *Sodan a essayé de tuer Afra ? Il ne visait pas la Fusion dans son entier ?*

— *Pas d'après ce que j'ai pu recueillir dans les esprits de Jeff et la Rowane.*

Isthia fit signe aux médecins d'administrer à Damia de puissants somnifères et des aliments intraveineux.

Puis, avec une grande répugnance, ils se tournèrent vers la capsule de Larak. Parce qu'il le fallait, ils l'ouvrirent, et constatèrent avec soulagement que le jeune visage ne portait aucune marque de mort violente. Un sourire étonné s'attardait sur ses lèvres.

Isthia se détourna, en pleurs, et Jeran, trop accablé par la tragédie pour manifester sa douleur, l'entoura de son bras pour l'éloigner de ce spectacle.

— Méta, dit avec respect le capitaine du vaisseau quand ils entrèrent dans la salle de contrôle, nous avons localisé les épaves du vaisseau extra-galactique. Je demande la permission de les récupérer.

— Permission accordée. Isthia et moi, nous rentrerons à la Tour. Prévenez quand vous serez prêts à être téléportés, capitaine.

— Très bien, Méta, dit le capitaine, avec un salut impeccable.

Ce salut militaire et les larmes qu'il ne cherchait pas à retenir exprimèrent sans paroles sa sympathie et sa douleur.

Luttant contre une volonté déterminée à la maintenir dans le sommeil, Damia émergea à une demi-conscience.

— Je n'arrive pas à l'endormir. Elle résiste, résonna une voix lointaine et cristalline.

Pour distante qu'elle fût, lointain écho répercuté dans une grotte souterraine, chaque syllabe semblait marteler sauvagement ses nerfs à vif. Damia se débattit pour fuir cette agonie et retrouver sa raison et sa connaissance. Elle ne parvint pas à déclencher les réflexes analgésiques, et un effort pour appeler Afra au secours se solda non seulement par un surcroît de douleur mais par un plongeon dans les ténèbres. Son esprit était raide comme du fer, chaque pensée comme magnétisée à sa place.

— Damia, ne projette pas ton esprit. N'utilise pas ton mental, dit une voix douce à son oreille.

Elle reconnut la voix pour celle d'Isthia, et la présence de sa grand-mère stabilisa sa raison chancelante. Elle sentit les mains fraîches d'Isthia sur son front.

Damia ouvrit les yeux et essaya d'accommoder sur le visage penché au-dessus d'elle. Ses mains faibles et tremblantes pressèrent les doigts d'Isthia sur ses tempes, en une supplication inconsciente de guérison.

— Qu'est-ce qui s'est passé? Je ne peux pas contrôler mon esprit; pourquoi? s'écria Damia, le visage inondé de larmes.

— Tu as outrepassé tes limites en détruisant Sodan, dit Isthia. Mais tu l'as anéanti.

— Je ne me rappelle pas, dit Damia, battant des paupières pour s'éclaircir la vue.

— Tous les Doués des TTF se rappellent.

— Oh, ma tête! Ma tête est vide, et pourtant, il y a quelque chose que je dois faire, Isthia.

Damia essaya de se lever, mais, bien qu'Isthia n'eût exercé sur elle qu'une infime pression, elle retomba sur ses oreillers, sans force.

— Il y a quelque chose que *je dois* faire, mais je ne me rappelle pas ce que c'est.

— Tu as fait ce que tu devais, ma chérie, tu peux en être sûre. Mais tu as enduré un terrible traumatisme, et tu dois te reposer, dit Isthia, de la voix roucoulante dont elle apaisait ses révoltes enfantines.

Des mains fraîches caressèrent son visage, soulageant la brûlure de ses joues enfiévrées. Chaque caresse semblait atténuer la douleur terrible qui faisait rage à l'intérieur de son crâne.

— Je vais te rendormir, ma chérie.

Et Damia sentit un liquide frais pénétrer dans son bras.

— Nous sommes très fiers de toi, mais il faut que tu dormes. Seul le sommeil pourra guérir ton esprit.

Pourtant, au bout d'un laps de temps négligeable, la même préoccupation lancinante la ramena inexorablement à la conscience.

— Je n'y comprends rien, lui parvint la voix d'Isthia.

Cette fois, elle ne résonna pas dans la tête de Damia comme un tambour dans un placard.

— Cette dernière dose aurait suffi à endormir toute une cité.

— Elle est rongée d'une inquiétude quelconque, et ne dormira sans doute pas tant qu'elle n'aura pas trouvé ce que c'est. Réveillons-la pour en avoir le cœur net.

La deuxième voix était masculine et sonnait vaguement familière, et aussi vaguement contrariée. Avec un sourire reconnaissant, elle l'étiqueta « papa ». Elle sentit une petite claque sur sa joue, et, ouvrant les yeux, elle vit le visage de son père flottant sur un fond indistinct.

— Papa, supplia-t-elle, non à cause de la claque, mais par ce qu'elle devait lui faire comprendre.

— Chère Damia, dit-il, d'un ton si fier et aimant qu'elle faillit perdre le fil ténu de sa pensée.

Elle banda tous ses muscles dans l'effort de projeter son esprit à quelques pouces, elle qui avait franchi allègrement des années-lumière, mais elle parvint enfin à formuler son crime.

— *Larak et Afra!* Ils me devançaient dans la Fusion. Je les ai tués quand j'ai dû détruire Sodan. Je dois les avoir tués puisque je suis encore vivante!

Derrière elle, elle entendit sa mère pleurer et Isthia se récrier.

— Non, non, dit doucement Jeff en secouant la tête.

Il lui posa les mains sur le front pour qu'elle perçoive la sincérité de sa dénégation.

— Tu n'es pas en faute, ma chérie. Oui, tu as tiré de l'énergie de la Fusion-Larak pour détruire Sodan, et tu as réussi. Toi seule étais capable de cette décharge fantastique! De plus, sans toi qui nous avais mis sur le qui-vive, Sodan aurait détruit tous les Métas des TTF. Et c'est une vérité que ta mère peut confirmer.

Damia entendit la Rowane approuver d'un murmure.

— Mais je n'entends plus rien.

Malgré elle, Damia sentit son menton trembler et des larmes de terreur ruisseler sur ses joues.

— Est-ce que j'ai perdu mon Don ?

— Bien sûr que non, dit la Rowane, repoussant Jeff pour s'agenouiller près de sa fille et lui caressant tendrement les cheveux. Tu nous as tous sauvés, tu sais.

Isthia, douce mais ferme, obligea la Rowane à s'écarter.

— Je veux qu'on me dise ce qui s'est passé, demanda Damia d'un ton impérieux.

Un vestige de souvenir lui traversa l'esprit et elle s'y raccrocha.

— Je me rappelle. Sodan a lancé une dernière décharge contre nous.

Elle ferma les yeux à ce rappel douloureux, se souvenant du même coup qu'elle avait cherché à la dévier.

— Et Larak est mort, dit-elle d'une voix blanche. Et Afra aussi. Je n'ai pas pu les protéger à temps.

— Afra est vivant, dit la Rowane d'une voix ferme.

— Mais pas Larak. Pourquoi Larak ? demanda Damia, s'efforçant désespérément de découvrir ce qu'ils lui cachaient, elle le sentait.

— Ton frère était le foyer, Damia, dit doucement la Rowane, sachant pourtant que Damia ne se pardonnerait jamais la mort de son frère. Afra était censé être le foyer, étant le plus expérimenté, mais l'ancien lien entre toi et Larak s'est reformé de lui-même. Tu as essayé de couvrir Larak, mais ça n'a pas suffi. Ton père et moi, nous avons aussi essayé de le soutenir, mais il était le foyer. Sans toi pour nous aider, nous n'aurions même pas pu atténuer à temps le choc dirigé sur Afra. L'esprit de Sodan était d'une puissance redoutable.

Damia regarda alternativement sa mère et son père, et sut qu'ils disaient la vérité. Mais une certaine réserve demeurait dans leur regard et leur attitude.

— Vous ne m'avez pas tout dit, dit-elle, luttant contre les somnifères et contre une immense fatigue.

— D'accord, sceptique, dit Jeff, la soulevant dans ses bras. Tu n'as pourtant rien aux oreilles, alors je me demande pourquoi tu n'entends pas ses ronflements, parce que nous, nous mettons tous des bouchons de cire dans nos oreilles, ajouta-t-il, la transportant à l'autre bout du couloir.

S'arrêtant devant une porte ouverte, il la tourna pour lui permettre de voir dans la chambre. Une veilleuse allumée près du lit éclairait le visage endormi d'Afra, sillonné de rides de fatigue et de douleur. Niant encore l'évidence, Damia projeta son esprit, juste assez pour se convaincre par le contact du bourdonnement mental qu'Afra habitait encore son corps.

— Damia! Ne fais pas ça! rugit Jeff, la remportant précipitamment dans sa chambre.

— Je ne le ferai plus, mais je n'ai pas pu m'en empêcher, sanglota-t-elle, la tête martelée d'élancements douloureux.

— Et on y veillera, tant que ton esprit ne sera pas complètement guéri. Allez ouste!

Et elle se trouva impuissante contre les trois esprits qui la replongèrent dans le bienheureux oubli du sommeil.

Un murmure insistant titillait sa conscience et tira Damia de son sommeil réparateur. Grimaçant d'avance à la douleur qui l'attendait, elle fut surprise de ne ressentir qu'un vague malaise. Elle l'explora expérimentalement, et le malaise disparut à son tour. Ravie de ce succès, elle s'assit dans son lit. Il faisait nuit, et la douce brise lui apportait des senteurs dénébiennes. Elle s'étira à s'en donner un point de côté.

« *Bon sang, on ne m'a pas remuée depuis des mois?* » se dit-elle, remarquant la fermeté de son ton mental.

Elle se rallongea pour réfléchir.

« *Pauvre Damia, se dit-elle avec dérision, depuis cette rencontre avec ce redoutable esprit extra-galactique, tu es réduite au niveau de D-4. D-9?D-3?* »

Elle passa en revue les différents classements, puis les écarta tous, de même que ses jérémiades.

« *Imbécile! Tu ne le sauras pas tant que tu n'auras pas essayé.* »

Pour se mettre à l'épreuve, et sans effort apparent, elle projeta son esprit et sentit le pouls d'un autre – non, de deux autres dormeurs. Afra était le plus faible. Mais, réalisa Damia triomphante, il *était* là. Ce qui la confronta brutalement au second fait.

Elle se leva et s'approcha de la fenêtre. A un certain moment de sa dernière période d'inconscience, elle – et Afra – avaient été transportés sur Deneb, dans la retraite forestière de sa grand-mère. Cette chambre donnait sur le fond de la clairière où se dressait la maison. Son regard se porta au-delà de la pelouse, au-delà de la rive, jusqu'à l'orée de la forêt. Et s'arrêta sur un ovale blanc. Son instinct lui dit que c'était la tombe de Larak, et l'idée que leur lien fraternel était rompu à jamais la brisa. Elle pleura, se mordant les poings et resserrant les bras sur sa poitrine pour étouffer ses sanglots.

Sortant de la nuit, sortant du silence, le murmure qui l'avait réveillée reparut. Elle réprima ses larmes pour écouter, cherchant à identifier le bruit imperceptible. Il s'estompa avant qu'elle n'y soit parvenue.

Résolument maintenant, elle enfouit sa douleur au plus profond de son âme, à jamais unie avec son frère tout en en étant séparée à jamais. Quoi que puissent dire Jeff et la Rowane, elle avait tué Larak et mutilé Afra. Moins égocentrique, elle ne se serait pas laissé éblouir par l'illusion que Sodan était son Prince charmant, son chevalier en armure cylindrique.

Elle s'était conduite en enfant gâtée : égoïste, arrogante, orgueilleuse, pleine d'exigences injustifiées, jouissant de privilèges immérités, de récompenses qu'elle était trop immature pour apprécier...

De nouveau ce murmure, plus faible mais plus sûr de soi. Étouffant un cri de joie, Damia pivota sur elle-même et enfila le couloir en courant. Freinant sa course en s'accrochant au chambranle, elle hésita sur le seuil.

Retenant son souffle, elle réalisa qu'Afra s'asseyait dans son lit. Il la regardait avec un sourire incrédule.

— C'est *toi* qui m'appelais, dit-elle, mi-question, mi-constatation.

— Si on veut, répondit-il avec un sourire ironique. J'ai l'impression de ne pas me projeter plus loin que le bord de mon lit.

— N'essaye pas. Ça fait mal, dit-elle vivement, entrant et s'arrêtant timidement au pied du lit.

Afra grimaça en se frictionnant les tempes.

— Je sais que ça fait mal, mais je n'arrive pas à trouver un équilibre dans ma tête, avoua-t-il d'une voix inquiète, mal assurée. Même petit, je n'ai jamais connu ça.

— Tu permets ? demanda-t-elle, cérémonieuse, avec une timidité inattendue.

Afra acquiesça de la tête en fermant les yeux.

S'asseyant avec précaution, comme si sa mince silhouette pouvait secouer le lit, Damia lui posa légèrement les mains sur les tempes et contacta son esprit aussi délicatement qu'elle put. Afra se raidit de souffrance, et elle installa vivement un blocage, sans ménager ses forces récemment retrouvées. Elle parvint à extraire la douleur, déposant dans les endroits sensibles un anesthésique mental. Avec un pincement de jalousie, elle constata que quelqu'un l'avait soigné avant elle.

— *Isthia... a... un... toucher... délicat... aussi.*

Il projeta cette pensée avec une prudente lenteur.

— Oh, Afra, s'écria-t-elle devant la souffrance que provoqua cette simple phrase. Tu n'es pas grillé ! Ton cerveau n'est pas paralysé. Je ne le permettrais pas ! Tu redeviendras aussi fort qu'avant. Je t'aiderai.

Afra se pencha, son visage à quelques pouces de celui de Damia, ses yeux jaunes flamboyants.

— Toi, tu m'aideras ? demanda-t-il d'une voix grave et tendue en scrutant son visage. Comment, Damia ?

Elle tripota nerveusement la couverture sans pouvoir détourner les yeux d'Afra, qui avait beaucoup changé. Damia essaya d'analyser ce changement étonnant survenu dans les traits familiers.

232

Dans l'impossibilité de recourir au contact mental, elle vit Afra pour la première fois avec ses yeux physiques. Et soudain il lui parut très différent! Très viril! C'était ça. Tout d'un coup, Afra lui apparut comme étonnamment viril.

Elle était atterrée à l'idée d'avoir si longtemps tâtonné à l'aveuglette, à la recherche d'un esprit supérieur au sien, d'un esprit qu'elle pourrait admirer et respecter, d'un esprit qui pourrait la guider et la soutenir par sa compréhension et son empathie. Et cet esprit avait toujours été disponible! Chaque fois qu'elle avait eu besoin de lui – sur Deneb, sur Callisto, partout où elle était allée. Sauf qu'elle ne l'avait pas regardé.

– Damia? Réduite au silence? la taquina Afra d'une tendre voix de ténor.

Elle hocha violemment la tête en sentant ses doigts tièdes se refermer sur la main qui continuait à tripoter la couverture, et ressentit immédiatement une profonde empathie sensuelle.

– Mais tu me désirais déjà sur Callisto, quand tu m'as rejetée? C'est bien ça? Tu attendais... et attendais? Qu'est-ce que tu attendais? J'ai toujours eu besoin de toi, Afra. Toujours! Pourquoi crois-tu que je me sentais si seule?

Avec un rire grave et triomphant, Afra l'attira dans ses bras, et, lui posant doucement la tête sur son épaule, la berça contre son cœur.

– La familiarité engendre le mépris? la railla-t-il doucement en citant ses propres paroles.

– Et comment as-tu fait... toi, un T-3... pour masquer... reprit-elle avec indignation.

– La familiarité engendre aussi certaines capacités, Damia, gloussa-t-il, la retenant fermement malgré ses efforts pour se dégager.

Mais il était plus fort qu'elle ne l'imaginait, et cela aussi l'enchanta.

– Toi et tes airs distants! Quand tu m'as rejetée sur Callisto, j'étais sûre que c'était parce que tu aimais... maman...

– Ta mère n'a jamais plus compté pour moi que Sodan pour toi, dit sévèrement Afra comme elle le fixait, déconcertée par la dureté du ton.

Son expression changea une fois de plus, il l'étreignit avec force, et, penchant la tête, il l'embrassa avec une avidité insatiable.

– Sodan t'aimait peut-être à sa façon, Damia, lui dit-il à l'oreille, mais la mienne sera beaucoup plus satisfaisante pour toi.

Toute tremblante, Damia lui ouvrit son esprit sans la moindre réserve. De nouveau, leurs lèvres s'unirent, et leur étreinte devient bientôt tout autre chose qu'une simple union spirituelle.

IX

Le lendemain, au réveil, la première idée de Damia fut qu'elle avait bien dormi. Puis, elle se sentit plus reposée, détendue et épanouie que d'habitude. Cela bien établi, elle prit brusquement conscience de ce qui avait transpiré la nuit précédente. Et elle s'assit dans son lit.

En chien de fusil près d'elle Afra dormait encore, ses longs bras pendant par-dessus le rebord du lit. Elle ne voyait pas son visage, mais un contact mental ultra-bref la rassura : son tonus mental s'était nettement amélioré depuis la veille.

— *C'est peut être un avantage secondaire de l'amour, tu sais*, lui murmura la voix mentale d'Isthia.

— *Grand-mère !*

Tout en se hérissant au ton amusé d'Isthia, Damia remarqua qu'elle recevait sans aucune souffrance le message transmis avec une prudente douceur.

— *Il aurait fallu que je sois sourde pour ne pas entendre vos vibrations à tous les deux.*

La « voix » d'Isthia restait discrète, mais Damia ne put faire autrement que d'en remarquer le ton amusé.

— *A tous les deux ? Alors, Afra émettait aussi ?*

— *Bon, disons simplement que certaines émotions se diffusent d'elles-mêmes. Laisse-le retrouver son équilibre tout seul.*

Isthia parut à la porte, une tasse dans chaque main, entra sans bruit, en tendit une à Damia, puis contourna le lit pour scruter le visage endormi d'Afra. Damia se hérissa, possessive.

— *On se calme, ma fille*, dit Isthia avec un sourire ironique. *Je suis de votre côté. J'ai toujours eu des sentiments tout spéciaux pour Afra, pour des raisons très différentes.*

Damia aurait bien voulu les connaître, mais Isthia la menaça de l'index dès qu'elle sentit la pression de Damia sur son esprit.

— *Pas de ça, Damia. Contente-toi de savoir que je suis de votre côté.*

Damia changea de tactique.

— *Alors, qu'est-ce que ça voulait dire « laisse-le retrouver son équilibre tout seul »?*

Le visage d'Isthia se rembrunit.

— *Je n'ai pas pu faire autrement qu'entendre la proposition que tu lui as faite hier soir. Mais ce ne sera pas nécessaire. Et pas question non plus de te sacrifier pour le guérir. Ne monte pas sur tes ergots. Professionnellement, j'ai toutes les raisons de croire qu'il se remettra très bien avec du temps et du repos. C'est pourquoi j'ai convaincu tes parents de me laisser vous emporter sur Deneb. Callisto est un endroit beaucoup trop trépidant pour une convalescence mentale.*

N'importe quelle Tour le serait, pensa Damia, sirotant son breuvage fumant, tout en considérant sa grand-mère d'un œil pensif.

— *Alors, qu'est-ce que ça veut dire « je suis de votre côté »?*

Isthia la regarda, l'air exagérément incrédule.

— *Alors tu crois pouvoir sauter d'un béguin pour ce Sodan à une liaison avec Afra sans en prévoir aucune répercussion?*

— *Ce n'est pas une liaison. C'est un lien durable!* dit Damia d'un ton sans réplique. *Tu devrais le savoir...*

Isthia leva la main en signe de dénégation.

— *J'ai fermé mon esprit quand j'ai réalisé dans quelle direction... euh... soudain découvert où vous alliez en venir. Je pratique la discrétion aussi bien que le métamorphisme, tu sais.*

— *Maman fera des objections.*

Damia serra les dents. Pendant les ébats passionnés de la nuit, elle n'avait certes pas eu le temps de penser aux « répercussions ».

— *Elle bénéficie du soutien d'Afra depuis si longtemps qu'elle sera contrariée d'avoir à le remplacer, mais je prévois que ton père aura des objections plus puissantes.*

— *Papa? Pourquoi? Il pensera plustôt qu'Afra est exactement l'influence stabilisatrice dont j'ai besoin!*

— *Possible.*

Damia fronça les sourcils et regarda sa grand-mère avec appréhension.

— *Qu'est-ce qu'ils pourraient reprocher à Afra? Ils le connaissent si bien tous les deux. Et il a le niveau D-3.*

— *Il a aussi près d'un quart de siècle de plus que toi.*

— *Ne parle pas comme ça, Isthia. Ce n'est pas comme si l'âge comptait beaucoup entre Doués!*

Damia était ouvertement dédaigneuse.

— *Mais je sais que ça déplaira à maman.*

Isthia, perchée sur la commode basse, buvait à petites gorgées.

— *Sottises! Mais tu entendras peut-être des mots tels que « choc en retour », « volonté de martyre », « autosacrifice », et « compensation ». Tu renforceras ta position si tu adoptes une attitude totalement dépourvue de culpabilité et du moindre désir de réparation pour le désastre Sodan.*

Damia grimaça à ce souvenir douloureux.

— *Désolée, ma chérie*, lui lança Isthia, sincèrement contrite.

— *Est-ce qu'ils me haïssent? De n'avoir pas sauvé Larak?*

Glissant à bas de la commode, Isthia la prit tendrement dans ses bras.

— *Non, ma chérie. Personne ne te hait et personne ne te blâme. Rien n'aurait pu sauver Larak. Malheureusement!*

— *Jamais, jamais, jamais plus je ne laisserai quelqu'un être le foyer d'une Fusion!*

— *L'esprit-foyer est toujours en danger dans une Fusion, Damia chérie. Et « jamais », c'est très long. Ne te prépare pas des remords à usage différé.*

Afra remua et Isthia se leva.

— *Sors-le-moi de ce lit et amène-le à ma table. Il n'a presque rien mangé depuis son arrivée. Et il va falloir commencer à vous remuer un peu. Mais attention! Pas d'acrobaties mentales avant que je donne le feu vert!* dit Isthia, renforçant sa défense d'un air sévère et d'un regard perçant.

Et la force du ton qu'elle employa, délaissant les murmures, fit pulser la tête de Damia, démonstration irréfutable de son invalidité actuelle. Puis le murmure revint.

— *Je n'aurais même pas dû communiquer ainsi ce matin, mais tu es capable d'émettre et recevoir à courte distance, et je voulais que notre conversation reste secrète*, ajouta-t-elle en quittant la chambre.

Ruminant les paroles d'Isthia, Damia regarda son amant se retourner sur le dos et lancer un bras autour de sa taille. Cela le réveilla tout à fait, et il s'assit dans son lit, ses yeux anxieux cherchant les siens, avec ce sourire hésitant et timide qui avait tant séduit Damia la veille. Elle s'aperçut qu'elle rougissait et détourna les yeux. Puis, se secouant vigoureusement, elle releva la tête et le regarda en face.

— *Damia qui rougit?* la taquina-t-il, laissant une main caressante s'attarder sur sa joue.

— Tu n'es pas censé émettre, Afra, le gronda-t-elle, surtout parce que son ton était si faible comparé à son tonus mental habituel.

Le visage d'Afra changea subtilement, et sa main se posa sur l'épaule de Damia.

— *Mon amour, je ferai ce que je pourrai avec ce que j'ai*, la réprimanda-t-il doucement. *Et ce que j'ai est bien plus prometteur ce matin*. Merci! ajouta-t-il tout haut, et, lui levant le menton, il baisa ses lèvres boudeuses.

Ce contact électrisa Damia et balaya toutes ses bonnes résolutions de prudence au voisinage d'Isthia.

– *Retarde le petit dej*, parvint-elle à lui transmettre sur canal privé.

Ce gloussement assourdi dans sa tête, c'était Afra ravi de son empressement, ou Isthia amusée du délai?

– En fait, il s'agit du déjeuner de midi, leur dit Isthia quand ils parurent enfin dans la cuisine.

C'était une pièce très agréable, orientée au sud, avec fenêtre sur la route serpentant à travers la forêt jusqu'à la grand-route menant à Port-Deneb. Isthia aimait savoir qui approchait de sa retraite pour s'éclipser au besoin. Quand elle avait commencé l'étude approfondie des traitements métamorphiques, ce refuge lui était indispensable. Ses plus proches voisins habitaient à soixante kilomètres, et ils n'avaient pas le moindre Don.

Avec la courtoisie devenue chez lui une seconde nature, Afra installa Damia devant la longue table qui servait à la fois aux repas et au travail, puis il s'assit à califourchon sur sa chaise, les bras croisés sur le dossier. Il n'avait pas l'air d'observer Isthia, mais Damia savait qu'il n'en était rien. De la conversation du matin, Damia lui avait dit seulement qu'Isthia était de leur côté. Un de ses sourcils avait frémi, ses lèvres avaient un peu tremblé, mais il n'avait pas fait de commentaires. Après l'interdiction formelle d'Isthia, Damia n'osa pas essayer d'« entendre » quelles pensées lui passaient par la tête.

Pendant qu'Isthia leur servait le café, Damia se demanda comment son père et sa mère avaient géré cet aspect intime de leur vie commune. Elle savait qu'ils restaient toujours légèrement en rapport mental. Mais être sans arrêt dans l'esprit l'un de l'autre? Bien sûr, pour le moment, le lien le plus délicat risquait d'aggraver leur état. Mais elle pouvait le regarder, apprendre toutes les nuances de son langage corporel. Afra avait-il toujours eu ce visage expressif? Humoristique, cocasse, pensif, observateur? Tout en écoutant Isthia, il lui adressa un clin d'œil.

– Je crois que vous êtes maintenant capables de gérer votre convalescence, disait Isthia, distribuant une soupe épaisse dans des bols.

Damia voulut se lever, mais elle la fit rasseoir d'un geste impérieux.

– J'ai accumulé suffisamment de provisions, et tu ne dois absolument rien téléporter, Damia. Sers-toi de l'unit-comm.

Elle sourit en montrant l'appareil discret dans un coin de la pièce.

– C'est prosaïque, je sais, et moins rapide que la téléportation, mais si je vous prends à téléporter quoi que ce soit, je vous rendors immédiatement. Vos esprits ont besoin de repos pour récupérer, ils doivent être libres de la pulsation des autres esprits. Vous ne serez pas dérangés par des visites inattendues, parce que cette propriété est interdite et que j'ai déclaré bien haut mon intention d'écorcher vif quiconque viendra vous déranger. Et l'on peut faire livrer tout ce dont vous pourriez avoir besoin, dit-elle, d'un ton suggérant qu'elle serait étonnée de n'avoir pas pensé à tout.

Afra hocha la tête, regardant Damia pour voir si elle acceptait ces consignes.

— Ce que je ne sais pas, dit Afra, c'est le temps que durera cette convalescence. Je n'ai aucune idée du temps qui s'est écoulé.

Damia grimaça à ce discret rappel des événements, et, l'appétit brusquement coupé, elle posa sa cuillère.

Isthia eut un grognement évasif.

— Le sommeil, dit-elle, le visage sévère, était le meilleur remède. Nous vous avons fait dormir, quand nous y arrivions, ajouta-t-elle avec un regard exaspéré à Damia, pendant seize jours.

— Oh!

Isthia posa une main apaisante sur la tête de Damia avant de s'asseoir près d'elle pour manger sa soupe.

Afra émit un curieux gloussement.

— Pas étonnant que j'aie les jambes en caoutchouc.

— Mais étonnant que tu aies été capable de quoi que ce soit! dit Isthia, fronçant le nez.

Il refusa de mordre à l'hameçon.

— Et maman et papa? demanda Damia, irritée d'y penser seulement.

— Je les ai fait dormir quatre jours. Tu as dévié l'essentiel de cette décharge finale, Damia, et tu leur as épargné le pire. Et c'est vrai, tu peux me croire, ajouta-t-elle, voyant Damia s'affaisser sur elle-même au souvenir de celui qu'elle n'avait pas pu sauver.

— Et qui a géré les TTF pendant ce temps? demanda Afra avec entrain. Jeran?

Isthia acquiesça de la tête.

— Avec Cera. Ils font une équipe formidable.

— Ça ne m'étonne pas, gloussa Afra. Tant qu'ils n'améliorent pas notablement ce que font Jeff et la Rowane.

— Certains mauvais esprits trouvent que les Gwyn-Raven ont beaucoup trop d'influence dans la ditection des TTF, les informa Isthia avec un reniflement dédaigneux.

— Alors, qu'ils engendrent leurs propres Métas, dit Afra avec brusquerie. En attendant, ils devraient remercier Jeff d'avoir pensé à tout. Qui travaille à Callisto avec la Rowane? Gollee?

Isthia hocha la tête et il haussa les épaules.

— Dans ce cas, j'ai tout le temps devant moi. Franchement, mis à part un week-end de temps en temps, ce seront mes premières vacances depuis que j'ai eu le culot d'écrire à la Rowane il y a vingt-huit ans.

Damia le regarda, atterrée.

— Vingt-huit ans?

Afra la regarda dans les yeux.

— C'est exact, mon amour. Voilà plus d'un quart de siècle que je suis « enTouré ». Non que je le regrette, car je n'avais rien d'autre à faire.

— Rien? demanda Isthia, sardonique.

— Rien qui compte, dit-il sans ciller. Contrairement à vous autres dilettantes, nous autres personnel de Tour, nous sommes tout dévoués à notre tâche.

— Je dirais plutôt que vous en êtes esclaves, dit Isthia, le regardant de travers.

— C'est inséparable des besoins et des avantages de notre Tour particulière.

— Qui gère Aurigae en ce moment? demanda Damia, prise de remords.

Isthia gloussa, les yeux brillants.

— Ils vont t'apprécier quand tu reviendras, Damia!

— Ils veulent encore de moi? J'y retournerai?

Jusque-là, elle n'avait pas osé poser la question.

— Comme ils sont obligés de calibrer leurs exportations sur les capacités d'un jeune D-4...

— Qui? demanda Damia, soudain jalouse que quelqu'un la remplace, même brièvement.

— Oh, Capella leur a prêté un apprenti prometteur, l'aîné de tes neveux, Afra, le fils de ta sœur Goswina.

— Veswind? fit Afra, un peu surpris. Oui, je suppose qu'il est assez grand pour une telle responsabilité. Gossie doit être contente. Je me demande pourquoi elle ne m'en a pas parlé.

— Ça lui aurait été difficile, non? dit Isthia, légèrement acerbe.

— A la réflexion, oui, répondit Afra, essuyant son bol avec un bout de pain.

— A partir de quand?

— A partir de quand quoi?

— A partir de quand pourrai-je me remettre au travail?

Haussant un sourcil ironique, Isthia gratifia sa petite-fille d'un long regard pénétrant, puis lança un coup de sonde qui la fit grimacer de douleur.

— Quand tu n'auras plus ce genre de réaction, très chère. Je répète, puisque vous semblez avoir du mal à assimiler l'information, que vous retrouverez tous les deux vos facultés, sans réduction de potentiel. Mais il y faudra du temps, du repos, et pas d'imprudences.

Isthia brandit l'index à l'intention de Damia.

— Est-ce clair?

Damia déglutit avec effort, la tête traversée d'élancements douloureux.

— Parfaitement clair.

Immédiatement, la pression mentale diminua, et avec elle, ses douleurs crâniennes.

— Est-ce clair pour toi aussi, Afra ? demanda-t-elle, se tournant vers le Capellien qui avait pâli. Oui, je vois que tu as compris. Et maintenant, allez-vous manger ma bonne soupe au lieu de vous tourmenter pour le sort de la galaxie ? Après tant de pulvérisations nutritives, vos estomacs ont besoin de se réhabituer aux aliments solides. Je vous ai préparé une liste de menus que vous suivrez scrupuleusement.

Ils hochèrent la tête, dociles, et elle poursuivit :

— Je partirai demain, un tiers n'étant pas nécessaire entre vous. Tu es assez grand, et assez raisonnable, Afra, pour admettre tes incapacités physique et mentale temporaires et agir en conséquence. Et pour vous raser mutuellement en l'absence de toute autre compagnie. Rien de tel pour tester la compatibilité d'humeur.

— Grand-mère ! protesta Damia, sachant qu'il s'agissait d'un lien indissoluble entre elle et Afra.

— Damia, arrête de bêtifier et mange ta soupe. Je vais t'en resservir un bol, Afra, dit-elle changeant brusquement d'humeur comme à son habitude. Quand vous aurez fini, je vous conseille une petite promenade dans la maison, ce qui suffira pour aujourd'hui en guise d'exercice. Après, continua-t-elle, leur brandissant l'index sous le nez, vous ferez la sieste dans les hamacs de la véranda, comme ça, je serai sûre que vous vous reposez.

— Motion acceptée, dit Afra d'un ton cocasse, avec un sourire d'excuse à Damia.

— Tu entends, Damia ? Donne-lui le temps de reconstituer ses forces !

— Grand-mère !

— Pas de grand-mère avec moi, mon petit. Apprends les joies de l'attente !

D'un petit signe de tête, Afra réprima sa réaction véhémente, mais son regard chaleureux l'assura qu'elle ne perdait rien pour attendre.

— Comme c'est paisible ! dit Afra pendant la promenade prescrite.

Il avait enlacé ses longs doigts à ceux de Damia, et ce contact tactile était étonnamment rassurant et curieusement satisfaisant. Presque aussi bon que le serait le lien mental actuellement prohibé. Et d'autant plus que le toucher d'Afra avait pris une autre dimension – plus seulement frais-vert-confortable-rassurant : le

« frais-vert » pulsait de vibrations vitales, le « confortable » avait pris des nuances alanguies et sensuelles, et le « rassurant » constituait maintenant une fondation profondément enracinée et inattaquable. De temps en temps, la longue cuisse d'Afra effleurait sa jambe, et leurs corps oscillaient à l'unisson, se touchant à la hanche tandis que l'épaule de Damia rencontrait souvent son bras.

Damia fit peu attention au décor pendant cette balade, concentrée sur le contact purement physique avec un Afra subtilement transformé. Elle ne comprenait toujours pas sa bêtise. Mais Afra avait *toujours* fait partie de sa vie; comment aurait-elle pu savoir qu'il jouerait un rôle si important pendant le reste de son existence? Elle refusa d'analyser ce problème. Rien ne devait gâcher la sérénité de ces instants.

Ils tournèrent le coin de la maison et attaquèrent la courte volée de marches menant à la véranda où deux hamacs se balançaient paresseusement à la brise, exercice qui causa à Damia une fatigue inattendue. Elle pensa aux mastodontes qu'elle déplaçait autrefois sans effort. Elle recommencerait bientôt! Elle haletait un peu en arrivant sur la véranda. Afra aussi, ce qui lui évita de se sentir trop décrépite. Mais c'était un endroit rêvé pour la sieste, bien abrité des rayons du soleil.

Afra immobilisa les montants du hamac pendant qu'elle s'y allongeait, puis il se pencha, et, au dernier moment, modifiant sa cible, il l'embrassa sur la joue.

— Ta bouche est beaucoup trop tentante, mon amour, dit-il avec un rire de gorge, imprimant un léger balancement au hamac.

— Les hamacs sont trop loin l'un de l'autre! Je voudrais garder le contact! dit-elle, tendant le bras vers lui.

Il rit en s'allongeant à son tour, et commença à se balancer doucement.

— Nous devons nous reposer, n'oublie pas, mon amour! Et comme je ne désire rien autant que le repos...

Il eut un rire de gorge, rauque et suggestif.

— ... j'obéis, conclut-il.

A la surprise de Damia, Afra se mit à fredonner une berceuse qu'elle reconnut vaguement. Et, tout en l'écoutant, elle s'endormit profondément.

Afra avait failli rater sa tentative pour faire appel à cet ancien conditionnement, car il avait du mal à rire et chanter en même temps, mais quand il entendit la respiration lente et régulière de Damia, il fut à la fois étonné et content que ce vieux truc ait encore marché.

La berceuse terminée, il contempla le visage de Damia, encore marqué par ses épreuves et ses souffrances. Il souffrait aussi de la voir si mince, mais le régime imposé par Isthia devrait bientôt tout arranger. Il regrettait de ne pas pouvoir la guérir aussi facilement qu'il l'avait endormie. Il soupira, croisant les mains derrière sa tête, laissant son regard errer sur le paysage d'une sérénité incroyable. Peu à peu, il perçut des bruits discrets : Isthia vaquant dans la maison, chants d'oiseaux et frôlements d'insectes dans les arbres ; soupirs de la brise. Il jouissait aussi d'un grand calme intérieur, pour la première fois depuis des années ; peut-être, rectifiat-il, pour la première fois de sa vie d'adulte. Et certainement pour la première fois depuis que la sexualité naissante de Damia l'avait subjugué – il y avait... seulement sept ans ?

La nuit d'amour de la veille était totalement inattendue, faveur qu'il n'aurait jamais osé espérer – faveur qui lui causerait peut-être plus d'angoisses qu'il n'en avait enduré jusqu'à présent. Et pourtant, cette fois, Afra Lyon n'avait absolument pas l'intention de rester spectateur passif et de se laisser arracher l'incroyable faculté d'aimer que possédait Damia.

N'était-elle pas venue à lui de son plein gré ? Ne l'avait-elle pas vu avec des yeux soudain dessillés et libérés de la malédiction de la « familiarité » ? Et cette généreuse idée farfelue de partager son Don avec lui ? Bon, il verrait si ça devenait jamais nécessaire ! Il espérait ardemment que le pronostic d'Isthia se vérifierait ! Car, pour rester au niveau de Damia, Afra Lyon devrait tenir la forme olympique.

D'autre part, elle s'était peut-être tournée vers lui pour qu'il la console de son erreur catastrophique sur Sodan et de la perte de Larak. Ils étaient si proches, ces deux-là ! N'avait-elle recherché qu'une consolation chez son meilleur et plus vieil ami ? Non, se répondit Afra, il ne s'était pas mépris sur l'expression de son visage, de son regard quand elle l'avait *vraiment* regardé, lui, Afra Lyon. Et ses caresses avaient été une révélation pour tous deux. Il s'était opéré chez elle un recentrage des sens, une translation de ses idées préconçues d'une portée considérable. Qu'il fût passé du statut de vieil ami à celui d'amant potentiel depuis bien des années, c'était sans importance ; ce qui comptait, c'était le changement survenu en elle, et qui lui avait enfin permis d'accepter l'amour fidèle et silencieux qu'il lui portait.

Il l'avait stupéfiée par le rappel de ses vingt-huit ans de Tour. Mais son amour ne pouvait pas se dissimuler qu'il avait vingt-quatre ans de plus qu'elle. La Rowane le relèverait, et Jeff aussi, peut-être. Il se demandait comment ils recevraient la nouvelle. Il entendait d'ici les rugissements de la Rowane – elle serait obligée de former un nouvel assistant... à moins qu'elle n'arrive à persuader Gollee de rester. Ou alors, Veswind ? Mais voudrait-elle un autre membre de la famille Lyon ?

Afra sourit au souvenir des nombreuses taquineries de Jeff l'engageant à fonder sa propre famille. Jeff n'avait jamais pensé à Damia pour lui, mais ferait-il beaucoup d'objections ? Damia avait plus de deux décennies de moins que lui, certes, mais est-ce que cela compterait beaucoup ?

Et surtout maintenant que Damia venait de subir cette crise qui l'avait assagie et mûrie. Afra le voyait à la tristesse persistante de son regard, l'entendait dans sa voix subtilement altérée, le sentait dans son abandon à la passion. Il regrettait qu'elle n'eût été soumise à un rite de passage si dur et implacable. Il regrettait que la transition n'eût pas été plus douce – mais la Rowane et Jeff ne pourraient pas manquer de constater sa nouvelle maturité. Afra se retourna nerveusement, ses pensées dérivant vers la victime inattendue. Cher, cher Larak ! Charmant garçon aimant et plein de vie, anéanti dans un éclair de colère extra-galactique. Afra se força à revenir à ce moment terrible, ne serait-ce que pour dissiper sa charge émotionnelle, mais son esprit n'arrivait pas à se concentrer. En fait, ses douleurs crâniennes reprirent...

Afra, l'admonesta Isthia, *ne pense pas à ça en ce moment. Tu ne peux pas modifier le passé.*

Il n'essaya pas de la contacter télépathiquement, mais laissa sa réponse à la surface de son esprit public.

– *Il faut pourtant que je regarde les faits en face et que je les analyse pour ma paix intérieure.*

– *Pas maintenant, pas aujourd'hui, et pas dans les prochaines semaines*, répliqua Isthia.

Après quoi, Afra ne sut jamais ce qu'elle fit, mais un profond sommeil le terrassa. Pour favoriser la guérison de ses patients, Isthia n'était pas femme à reculer devant quelques suggestions irrésistibles de son cru.

– Demain, vous pourrez pêcher les vôtres, leur dit Isthia, leur servant un dîner composé de poissons, petits légumes et salade. Et cueillir vos légumes au jardin. Je vous demande seulement de consommer tout ce que vous pêchez et cueillez. Tu connais la devise de Deneb, Damia.

– Quand on ne gaspille rien, on ne manque de rien, chantonna docilement Damia, à qui l'odeur du poisson frit mit l'eau à la bouche. Le poisson est bon pour le cerveau, Afra, ajouta-t-elle avec pédantisme. Forte teneur en protéines, faible teneur en graisses. Il y a une limite aux prises quotidiennes ?

Isthia eut un petit grognement dédaigneux.

– Bien sûr que non. J'ai repeuplé le lac moi-même, alors, il ne fait pas partie des ressources officielles.

Damia se pencha vers Afra, les yeux pétillants de malice.

– Ce qui signifie qu'Isthia se réserve tous les droits de pêche. Deneb ne peut pas s'en servir en cas de famine.

– Deneb n'a pas connu la famine, non ? dit Afra, qui, dans son étonnement, cessa de manger.

243

— Bien sûr que non, dit Damia.

— La famine et la catastrophe planétaire.

— Comme les Coléoptères ? dit Afra.

— Exactement, dit Isthia, rembrunie. D'abord, ils ont rempli nos lacs de produits polluants, puis ils les ont asséchés par des explosions. Il a fallu des années pour les reconstituer. De sorte qu'un lac poissonneux peut être considéré comme une ressource naturelle et être ajouté aux réserves alimentaires planétaires. Heureusement, je me suis assuré quelques privilèges.

— Dont cette retraite isolée ? demanda Afra.

— J'ai mis près d'un an à trouver le terrain qui me convenait après qu'on m'eut accordé une donation, dit Isthia. Mais ça vaut bien la peine que j'ai prise.

— La peine ? Après tout ce que tu as fait pour Deneb ? dit Damia, indignée.

— Justement, répondit Isthia.

Et elle leur raconta ses luttes contre les administrations centrale et locale, les promoteurs immobiliers, les naturalistes et les médecins, qui, tous, voulaient qu'elle reste au voisinage des grands centres de population.

— Pendant deux ans de plus, ils m'ont mis des bâtons dans les roues sur des points de détail. Mais j'ai quand même eu la propriété que je voulais, là où je voulais, et personne ne peut révoquer mes droits ni ceux de mes héritiers.

— Qu'est-ce qu'on y pêche, dans ce lac ? demanda Afra.

— La truite arc-en-ciel, répondit Isthia. Appâtez votre hameçon, jetez-le dans l'eau, et le poisson finit par s'y intéresser.

— Pêcher son dîner, c'est une idée neuve, dit Afra.

— Mais rien ne t'en empêche, non ? Les Capelliens ne sont pas contre ? demanda Damia, réalisant qu'elle savait très peu de chose sur lui.

— Non, l'assura-t-il avec un grand sourire. Rien dans mon éducation ne m'interdit de pêcher pour me nourrir.

— Je vous montrerai le lac après le dîner. Il fera encore assez jour, dit Isthia. Et les couchers de soleil y sont souvent spectaculaires.

Et ce soir-là, Deneb se surpassa. On accédait au lac par un étroit sentier serpentant à travers un petit bois. Le lac, en forme de goutte, était d'une grandeur trompeuse, car ils eurent tôt fait d'être à l'autre extrémité, la plus étroite, qui recevait un ruisseau descendu des montagnes, sur leur droite.

— J'ai construit un perchoir, dit Isthia, longeant la rive sur la gauche, où plusieurs grosses pierres formaient un banc de fortune.

Des insectes aux grêles pattes de faucheux glissaient sur le lac, et, de temps en temps, un habitant des eaux rompait la surface et happait le coureur aquatique. Ils s'assirent, dans le silence paisible ponctué de chants d'oiseaux et de frôlements d'insectes.

Afra posa sa veste sur les épaules de Damia, car il faisait plus frais au bord de l'eau qu'au voisinage de la maison. Elle s'appuya sur lui, avide d'un contact physique. Il lui entoura les épaules de son bras et la serra contre lui, avec un naturel qu'on aurait dit né d'une longue habitude. Afra n'avait aucun mal, pensa-t-elle, à entrer dans leurs nouveaux rapports. Les doigts d'Afra pressant son bras, elle le regarda, soupçonneuse, craignant qu'il ne désobéisse aux ordres d'Isthia.

— Un contact est un contact, mon amour, alors, on se calme. Comme toi, et même encore moins que toi, je ne peux pas me permettre le luxe de compromettre le processus de guérison.

Damia lança un bref regard à sa grand-mère, assise, avec la discrétion d'une duègne, à l'autre bout du banc, l'air de les ignorer. Ce qui, se dit Damia, était sans doute le cas. Isthia devait avoir le cœur gros de quitter cet endroit et sa solitude assurée. Il ne fallait pas oublier de la remercier de ce sacrifice.

Sacrifice, pensa Damia, le cœur lourd. Tant de petites choses lui rappelaient Larak. Afra lui serra le bras, et elle chassa ces pensées lugubres.

— Regardez! dit Isthia, montrant les nuages que le soleil déclinant colorait de délicates nuances pêche.

Alors, ils regardèrent, subjugués par la beauté, le silence des bois et du lac autour d'eux, pleins de révérence pour le spectacle et la nuit proche. Quand les derniers reflets se furent éteints, Isthia se leva avec un soupir de satisfaction.

— Ne restez pas trop longtemps. Le fond de l'air est frais leur dit-elle, sortant une torche électrique pour elle et leur en tendant une autre.

Puis elle partit, éclairant le sentier devant elle.

Pour Damia, qui avait toujours été très remuante, cette inactivité était toute nouvelle, et pourtant, elle n'y aurait renoncé pour rien de ce qu'elle avait connu dans aucun des mondes qu'elle avait visités. Plus étonnant encore : elle partageait — elle partageait vraiment — cette sérénité magique avec Afra. Elle le regarda du coin de l'œil, et, aux dernières lueurs crépusculaires, elle vit qu'il jouissait de la même tranquillité. Pourquoi n'avait-elle jamais remarqué son profil vigoureux, avec ce front haut, ce nez droit, cette bouche large et bien dessinée, ces mâchoires carrées et ce menton ferme? Il avait de jolies oreilles, aussi. Mais il y avait quelques fils blanc indéniables dans ses cheveux blonds. Peu nombreux mais notables.

Elle repoussa avec embarras la mèche blanche qui lui tombait toujours en travers du visage.

— J'ai plus de cheveux blancs que toi, remarqua-t-elle.

— Mais pas dans le même nombre d'années, mon amour, répondit-il d'une voix égale.

— Est-ce que ça comptera? demanda-t-elle, anxieuse.

Il la regarda, souriant de son inquiétude.

— Ça ne devrait pas compter, mais la question se posera. Est-ce que mon âge te dérange ?

— Pour moi, tu es toujours Afra, dit-elle, surprise de tant s'identifier à lui intérieurement.

Il gloussa.

— Pour moi, tu as toujours été l'inimitable Damia. Tu le savais ? Je t'ai entendue protester à ta naissance.

— Ce n'est pas juste !

Elle n'aimait pas qu'il lui rappelle des moments semblables.

— A quel moment ce « juste » intervient-il dans un amour ? Disons plutôt que je te connais depuis ton premier souffle, et, curieusement, tu ne m'en es que plus chère.

Le regard de ses yeux jaunes, la tendresse de sa bouche, l'appel même qu'elle reconnut dans ses épaules penchées vers elle, et Damia s'avoua qu'elle n'avait aucune objection à ce qu'il y avait derrière cette douce déclaration.

— Oh, Afra, pourquoi as-tu attendu si longtemps ?

Ses lèvres se retroussèrent, ses yeux pétillèrent.

— Il le fallait. Jusqu'à ce que tu sois prête à *regarder* Afra.

Avec sa bouche et ses yeux rieurs, il y avait en lui quelque chose de si juvénile que toute idée d'âge fut oubliée.

Larak était à peine sorti de l'adolescence à sa mort. Sans qu'elle le veuille, la comparaison lui avait traversé la tête.

Instantanément, la main d'Afra se posa sur la sienne.

— Je vois que tu es encore triste, mon amour. Qu'est-ce que c'est cette fois ? Dis-le-moi.

Damia le regarda avec un sourire penaud.

— Comme je te racontais toutes mes petites misères ?

— Je suis capable d'assumer les grandes, maintenant.

— Je n'arrête pas de penser...

Sa voix mourut.

— A Larak, dit Afra, lui caressant doucement la main. Moi aussi, je pense souvent à lui.

Damia cacha son visage contre son épaule, lui passant un bras autour du cou comme elle le faisait si souvent dans son enfance. Mais aujourd'hui, ce n'était pas en petite fille qu'elle se blottissait contre lui.

— On dit que le temps apaise toutes les douleurs, dit-il avec douceur, et sa mort est encore trop proche.

Dana se redressa brusquement.

— Qui s'occupe de Jenna en ce moment ?

Elle semblait désemparée car elle n'avait jusque-là pensé qu'à sa douleur personnelle.

— Isthia pourra nous le dire... non, ne te projette pas, dit-il, et Damia poussa un soupir exaspéré. Allons le lui demander.

— C'est dur de s'habituer à ces limitations, dit-elle, caustique.

— C'est pour la bonne cause.

Il se leva d'un mouvement souple, et, lui prenant les mains, l'aida à se remettre sur pied.

— Jenna? fit Isthia, surprise, quand ils rentrèrent à la maison. Jeran lui a dépêché Ezro, mais elle a une grande famille, et ils sont tous assez Doués pour la soutenir dans cette épreuve.

Elle ajouta, l'air amusé :

— Et elle n'a pas seulement un fils, mais un autre enfant en route.

Damia regarda sa grand-mère, stupéfaite.

— Oh! s'écria-t-elle, indignée. Larak n'avait pas... Enfin, il... Elle s'arrêta net.

— Bon, étant donné les circonstances, j'en suis plutôt contente. Mais Seigneur, ce que les Gwyn-Raven sont prolifiques!

— Ne m'en parle pas, dit Isthia, partant d'un grand éclat de rire. N'oubliez pas, vous faites chambre à part ce soir. Je ne veux pas avoir à expliquer *ça* à tes parents, en plus!

Quand Isthia arriva à la Tour de Deneb, son petit-fils Jeran venait de réceptionner le dernier arrivage.

— Comment vont-ils? demanda-t-il d'un ton pressant, quittant son siège-coquille pour l'embrasser.

Elle aimait l'étreinte de ses jeunes bras vigoureux : cela lui rappelait Jerry.

— Ils guériront complètement tous les deux. Si on les laisse récupérer à leur rythme, ajouta-t-elle avec un regard sévère. Pas de visites inattendues, pas de coups de sonde interrogateurs, pas d'exercices de télépathie ou téléportation!

— Comment Damia prend-elle ces restrictions? demanda Jeran, haussant les sourcils.

Isthia réfléchit, masquant soigneusement ses dernières conclusions à son brillant Méta de petit-fils.

— Mieux qu'on ne pouvait l'espérer, répondit-elle. Naturellement, quand elle aura recouvré la santé...

— Quoi? s'exclama Jeran, sincèrement alarmé.

— Oh, elle est très éprouvée, physiquement et psychiquement, Jeran. Et sincèrement désespérée de la mort de Larak. Il faudra du temps...

Jeran fronça les sourcils.

— Combien? dit-il, le Méta des TTF prenant le pas sur le frère.

— Le temps qu'il faudra, dit Isthia, haussant les épaules. J'aimerais rassurer Jeff et la Rowane, dit-elle, montrant la console.

— Certainement, dit Jeran, s'écartant de son siège-coquille. De toute façon, c'est l'heure de la pause. Tu rentres tout de suite?

— Grand Dieu, non, s'écria Isthia en s'installant. Quand je t'ai dit qu'il ne leur fallait aucune fatigue mentale, ça voulait dire absolument aucune, y compris mes théories métamorphiques que je risque de diffuser inconsciemment. Physiquement, ils peuvent se débrouiller.

Elle branla du chef, se disant que c'était bien vrai et s'efforçant de ne pas glousser intérieurement.

– Une fois de plus, tu vas m'avoir sur les bras.

– Ce n'est pas un problème, grand-mère. Je suis toujours content de t'avoir à la maison.

Isthia émit un grognement incrédule, sachant parfaitement que Jeran se demandait déjà comment poursuivre ses amours actuelles avec sa grand-mère dans la maison.

– Ou alors, je peux aller m'installer chez Kantria. Oui, c'est mieux, et elle n'habite pas en plein centre. Mais sois poli et demande-lui d'abord, Jeran.

Elle rit du mouvement de contrariété, vite réprimé, qu'elle saisit chez Jeran avant que ne se referme sur lui la porte protégée. Cela devrait suffisamment lui occuper l'esprit pour l'empêcher de faire des spéculations sur Damia et Afra.

Puis elle s'allongea dans le siège-coquille, se mit en gestalt avec les générateurs, et projeta son esprit à travers l'infini de l'espace, vers Callisto.

– *Isthia?*

La Rowane la reçut immédiatement, et ne chercha pas à dissimuler son angoisse. La pensée de Damia ne la quittait pas.

– *Ils vont bien et ils guériront complètement tous les deux, Rowane.*

– *Maman?*

Instantanément, l'esprit de Jeff les rejoignit.

– *Sans séquelles?*

L'état d'Afra l'inquiétait plus que celui de Damia, mais seulement parce qu'il sentait qu'Afra avait été plus exposé que sa fille.

– *Je ne prévois aucune diminution des facultés chez l'un et chez l'autre. Comme je te l'ai déjà dit, solitude, repos mental et beaucoup de sommeil suffiront à les guérir.*

Isthia sentit leur soulagement, onde puissante qui reflua aussitôt.

– *Tu as une idée de la longueur de la convalescence?* demanda Jeff, non plus le père, mais le Méta.

– *Pas la moindre idée*, les assura Isthia, ressentant leur inquiétude. *C'est la première fois que j'ai à traiter des esprits aussi surmenés. Métamorphiquement, Damia a atténué le coup porté à Afra, et vous deux avez protégé Damia quand elle a bloqué et détruit Sodan.*

Court silence.

– *Est-ce qu'elle se reproche de ne pas avoir sauvé...*

La Rowane fut incapable de terminer.

– *Oui, mais c'était inévitable, et nous ne pouvons pas lui épargner cette douleur. Vous serez surpris quand vous la verrez.*

Isthia se félicita qu'il n'y eût personne dans la Tour pour voir son sourire. Elle aimait et admirait la femme de son fils. Ce n'était pas la faute d'Angharad si elle avait surprotégé ses enfants, en souvenir de son enfance solitaire.

– *Surpris ?* fit Jeff.

– *Agréablement*, répondit Isthia. Autant les préparer à ce qui les attendait. *L'incident a mûri Damia.*

– *Comme un rite de passage, alors ?* dit Jeff.

– *Rite de passage tumultueux et douloureux, mais étant donné son caractère, seule une épreuve de cette nature pouvait l'assagir.*

– *Tu n'es pas trop dure avec Damia ?* commença la Rowane.

– *Simplement objective, je t'assure. Tu devrais remercier le ciel de sa résistance et de sa force d'âme. Elle aurait pu être grillée, anéantie.*

– *Mais est-ce qu'elle va bien ? Est-ce qu'elle guérira ?*

– *Avec le temps. Et toi, Angharad, plus de migraines, de pertes de concentration ?* demanda Isthia, aiguillant habilement la conversation sur un autre sujet.

– *Non, parce que j'ai réduit le trafic*, répondit Jeff avec brusquerie. *Parfois, les TTF en demandent trop à leurs Métas. Tous les deux, nous laissons les chargements inanimés à nos assistants. Ça leur donne de l'importance, et à nous, ça nous donne un peu de répit. Et Aurigae s'est fait frictionner les oreilles à cause des mastodontes qu'on faisait téléporter à Damia. Ça n'arrivera plus. Tu m'as dit qu'Afra guérirait complètement, lui aussi ?*

Isthia gloussa.

– *Oh, tu verras qu'il a changé, lui aussi. Et en bien.*

Et, avant que sa jubilation intérieure ne filtre au-dehors, elle rompit brusquement le contact.

– *Au revoir. Jeran a besoin de son siège. Je vous tiens au courant.*

X

Parce qu'ils vivaient dans l'isolement, et parce qu'ils avaient pris l'habitude de rester grands ouverts l'un à l'autre, Damia et Afra reçurent ensemble les premiers titillements interrogateurs.

Damia censura l'incident. Afra l'ignora. Aucun n'en parla, Damia parce qu'elle ne voulait pas se faire piéger une deuxième fois, Afra parce qu'il n'avait pas repris confiance en son esprit.

Isthia ne s'était pas contentée de leur laisser une liste de menus – d'abord, des nourritures de digestion facile, évoluant graduellement vers des combinaisons plus exotiques – mais leur avait également dressé une liste de petits travaux. Comme son message le leur rappelait, la maison n'était pas automatisée.

« Rien qui puisse épuiser votre énergie, mais de petits travaux qui vous permettront de conserver la maison en état de marche et de combattre l'ennui. »

– Je ne suis pas sûre d'être d'accord avec elle sur la façon de combattre l'ennui, remarqua Damia, lisant la feuille.

Les yeux d'Afra pétillèrent de malice, mais il lui caressa doucement la joue pour adoucir sa réplique :

– Nous connaissons tous deux notre Damia, vif-argent, curieuse, et remuante...

– J'ai besoin de repos, dit Damia, prenant un air hautain, et comme je viens d'être victime d'une overdose de curiosité, je n'ai pas envie de recommencer tout de suite. Je végéterai à ton côté, Afra Lyon !

– On ne végète pas exactement, mon amour, dit Afra, lui démontrant immédiatement sa pensée.

Pourtant, ils exécutaient scrupuleusement les diverses tâches qu'Isthia leur avait assignées : ranger et nettoyer la maison, s'occuper du jardin, désherber le potager, renforcer la clôture pour empêcher les bêtes de la forêt de venir brouter les jeunes plantes, et pêcher. Le lac abritait bien des variétés savoureuses.

Damia aimait pêcher, elle aimait ce prétexte à rester assise près d'Afra, épaule contre épaule, cuisse contre cuisse, en attendant que mordent les truites. Cette oisiveté forcée permettait à Damia de satisfaire sa curiosité insatiable sur toutes les facettes de l'enfance et de l'adolescence de son bien-aimé, tout en en dénonçant l'austérité avec indignation.

— Je suppose que j'ai eu plus de chance avec mes parents que je ne m'en rendais compte, reconnut Damia quand il eut terminé le récit de ses épreuves enfantines.

— Même quand on t'a envoyée sur Deneb à trois ans ? demanda Afra, guettant sa réaction.

Elle fit la grimace.

— J'étais un vrai poison, non ?

— Et un poison violent.

— Tu n'es pas obligé d'opiner !

— Pourquoi pas ? J'ai toujours su ce que tu reconnais maintenant.

— Mais tu n'es pas forcé d'être d'accord !

Afra gloussa.

— Pourquoi pas, si c'est vrai ? C'est la perspective qui compte, mon amour. Ce n'est pas que j'ignore tes défauts — comme j'ai essayé d'admettre les miens —, c'est que je t'aime encore davantage à cause d'eux.

— Tu m'aimes pour mes défauts ? C'est idiot !

— Devrais-je les ignorer parce que je t'aime ?

— Euh...

— Sottises ! Ce sont justement ces caprices fantasques qui te rendent séduisante, et non ces qualités stellaires que je respecte et admire. Mais qui pourraient devenir fatigantes...

— Tu veux dire « ennuyeuses » ? suggéra Damia, le lorgnant d'un œil spéculatif.

— Non, fatigantes, parce que alors je serais obligé de surveiller tout ce que je dis et que je fais, pour essayer d'être aussi respectable et admirable.

— Mais tu es respecté et admiré, protesta Damia.

— Par toi ? dit-il d'un ton câlin qui la fit fondre.

— Je crois, dit-elle avec conviction, jouant avec les longs doigts qui retenaient sa main prisonnière, que je t'ai toujours respecté et admiré, Afra. Tu m'as toujours *écoutée*, même quand j'étais tout bébé. Tu m'as toujours donné l'impression que tu n'avais du temps pour personne d'autre à la Tour.

— Ce qui est assez vrai, mon amour.

— Tu m'aimais déjà quand j'étais petite ? demanda-t-elle avec espoir.

– Je t'aimais déjà bébé, comme un homme peut aimer une enfant adorable. Et maintenant, je t'aime comme un homme aime une jeune femme vibrante, talentueuse, sexuellement séduisante.

– Alors, aime-moi.

A mesure qu'ils recouvraient leurs forces, ils élargirent le cercle de leurs explorations, en partie pour répondre aux exigences d'Isthia. Elle surveillait le développement de plusieurs espèces terrestres judicieusement introduites sur Deneb, dont certains rapaces reproducteurs qu'on avait établis dans les montagnes voisines. Isthia voulait connaître l'état des nids et de la reproduction. Rassemblant cartes, provisions et matériel de camping, ils profitèrent d'une belle matinée ensoleillée pour s'acquitter de cette tâche.

– Tu as vraiment de belles jambes, dit Damia d'un ton admiratif, considérant ses jambes longues, fuselées, musclées, bronzées. Et de jolis genoux.

– Je peux dire la même chose des tiennes, mon amour, répondit-il d'un ton égal.

– Je n'arriverai donc jamais à t'exciter ?

– Oh, mais si, tu m'excites, dit-il avec malice.

– Ce n'est pas ce que je voulais dire! Tu n'as jamais envie de te mettre en colère, ou c'est ton éducation méthodiste ?

– Se mettre en colère pour une vétille serait très mal élevé, répondit-il.

– Peut-être que c'est moi qui aurais dû être élevée par tes parents, dit-elle, exaspérée.

– Oh non, mon amour, non! répondit-il avec tant de ferveur qu'elle se retourna pour le regarder et se cogna dans un arbre.

– Tu t'es fait mal ?

– Avec ce petit choc? demanda-t-elle, contrariée de sa maladresse.

Le tronc de l'arbrisseau l'avait meurtrie de la joue à la cuisse. Elle se frictionna vigoureusement, et termina par une tape sur le tronc.

– Il a sans doute eu plus mal que moi. Regarde, j'ai arraché toutes ses nouvelles pousses!

– Humm, c'est vrai. Espérons qu'Isthia ne connaît pas intimement chacun des arbres qu'elle a plantés.

Après quoi, Damia regarda où elle marchait, se demandant comment allaient évoluer ses contusions. Mais elle les oublia bientôt pour s'intéresser au magnifique paysage, car ils avaient quitté les pentes boisées et débouché sur les crêtes rocheuses, sautant de motte herbeuse en roc, ou traversant une sorte de maquis dont la végétation, écrasée sous leurs bottes, émettait des senteurs fortes et astringentes.

Ils se reposaient souvent, par égard pour leur convalescence et leurs muscles fatigués, mais vers midi, ils arrivèrent en vue des rocs escarpés où nichaient les rapaces. Armé de puissantes jumelles, Afra localisa sans peine le premier nid dans la falaise de droite.

— Pas d'oiseaux, pas de coquilles d'œufs. Est-ce bon signe? Il lui passa les jumelles.

— On devrait inspecter la base de la falaise, dit-elle après un examen attentif. Il me semble que les rapaces expulsent tous les débris de leurs nids.

Ils durent monter une pente escarpée pour atteindre leur objectif, mais ne trouvèrent rien, à part quelques fragments de coquilles et d'os, dont beaucoup cassés pour en extraire la moelle.

Ils reprirent leur marche pour examiner les quatre autres nids signalés par Isthia, et en trouvèrent deux avant d'arriver devant un torrent où ils décidèrent de déjeuner. Pleins d'appétit, ils mangèrent toutes leurs provisions, arrosées de la bonne eau claire du torrent. Puis ils se remirent à grimper la pente escarpée. Quand ils arrivèrent enfin au sommet, Damia s'arrêta, et, la main en visière sur les yeux, se tourna lentement pour inspecter le panorama.

— C'est à couper le souffle, dit Afra. J'avais oublié qu'on pouvait voir de telles étendues d'une hauteur.

— C'est bien mieux que Callisto, c'est sûr, répondit Damia. Et pourtant, ajouta-t-elle, fidèle à sa Station, j'aime cette lune. Je n'ai rien connu d'autre avant...

Elle s'interrompit et fronça les sourcils.

— Qu'est-ce qu'il y a?

Elle regardait un sommet à droite du col où ils se trouvaient. Elle se mordit les lèvres, perplexe, haussant nerveusement les épaules.

— Il ne devrait plus y en avoir! Plus du tout!

— Plus de quoi?

— Il faut que j'aille voir, dit-elle, énigmatique.

— Voir quoi, Damia? Je ne peux pas lire en toi, tu sais bien.

— Tu n'en as pas vraiment envie, Afra, mais tu ferais bien de venir quand même.

Elle se mit à escalader la falaise, lui faisant signe de la suivre.

— Qu'est-ce que je dois chercher? demanda-t-il, prudent.

— Tu devrais le *sentir*, répliqua-t-elle, irritée. Métal des Coléoptères. Tu ne *sens* pas le...

— Ping-zing? demanda-t-il, amusé.

— Oui, dit-elle avec colère, le ping-zing. Il est assourdissant.

Afra s'arrêta, cherchant à sentir ce qu'elle sentait.

— J'entends des bourdonnements d'insectes.

— Non, tu entends le métal des Coléoptères. Regarde autour de toi. Tu vois des insectes à cette altitude?

Effectivement, il n'en vit pas. Elle continua à monter à un train d'enfer, et il eut du mal à la suivre. Quand ils arrivèrent au som-

253

met, il regarda autour de lui, sans conviction, mais Damia se tourna vers la droite, scruta la pente voisine, et son regard s'arrêta brusquement sur une sorte de gouttière creusée dans le granit – une gouttière qui n'était pas naturelle et dont saillait une hampe métallique déchiquetée. Le bruit qu'Afra avait pris pour un bourdonnement d'insectes était plus fort, et l'air qu'il respirait avait une forte senteur métallique.

– Ping-zing, ça dit bien ce que ça veut dire, dit-il, baissant les yeux sur l'artefact.

Puis, longeant le site de l'impact à grands pas, il le mesura approximativement.

– Quinze mètres visibles.

Il s'agenouilla et tâta la surface la plus proche d'un doigt prudent.

– Partie de coque?

– On dirait, répondit Damia, de plus en plus intéressée. Très corrodée. Je croyais qu'il ne restait plus rien à trouver. Oncle Rhodri a passé les neuf dernières années de sa vie à récupérer tout ce qu'il pouvait.

– Cet endroit est assez inaccessible, remarqua Afra.

Damia soupira.

– Bon, on ferait bien de redescendre pour signaler la trouvaille.

– Pourquoi? Ça fait une vingtaine d'années...

– On signale toujours les trouvailles de ce genre. Et en plus, elle est très proche du quatrième nid de rapaces.

– Ça pose problème?

Damia lui lança un regard irrité.

– Tu ne le sens pas dans l'air que tu respires? Tu ne le sens pas dans tes nerfs? Alors imagine l'effet que ça peut avoir sur des oisillons!

– Parce qu'il y a un effet? dit-il, réprimant son irritation croissante à ces remarques énigmatiques. J'ai participé à l'annihilation des Coléoptères, c'est vrai, mais le contact était à très, très longue distance.

– Eh bien, ce n'est pas à longue distance que ce métal m'affecte, répliqua-t-elle, acide, attaquant la descente. Il faut filer en vitesse! Partons!

Le ton était désespéré.

Il ravala une remarque coléreuse sur son empressement à grimper pour trouver l'artefact. Damia ne ralentit pas sa marche avant d'arriver au torrent, la respiration saccadée et inondée de sueur.

– Je crois qu'on est assez loin, haleta-t-elle, se jetant à plat ventre pour s'asperger le visage et le cou d'eau fraîche.

Puis, retrouvant sa bonne humeur, elle lui sourit. Ils burent tous les deux à longs traits, pour se débarrasser de cet arrière-goût métallique qu'ils avaient dans la bouche.

– Pourquoi m'as-tu laissé manger toutes les provisions tout à l'heure? dit-elle. Je meurs de faim.

– J'ai vu des baies dans les buissons, proposa Afra.

– Hum, bonne idée. Excuse ma colère, Afra, mais le métal des Coléoptères me met les nerfs en pelote.

– L'étonnant, c'est qu'il ait conservé cet effet si longtemps.

Damia sourit.

– Oncle Rhodri voulait à toute force découvrir pourquoi. Il ne savait pas exactement s'il s'agissait d'émanations des Coléoptères, ou de vibrations induites par eux pour leur défense. Il penchait plutôt pour la deuxième hypothèse, car de telles vibrations rendraient très difficile l'approche de tout vaisseau au sol.

– Et sa conclusion finale ?

– Il est mort avant d'y arriver. Le Haut Commandement a repris son projet. Ils y travaillent toujours. C'est eux que je vais appeler en rentrant à la maison. Viens.

Afra suivit son train d'enfer sans protester, mais ils étaient épuisés au retour. Afra s'arrêta à la cuisine le temps de se désaltérer, mais Damia alla droit à l'unité-comm et composa un numéro.

– Damia Raven-Lyon, dit-elle, à la surprise et au ravissement d'Afra. J'ai découvert un artefact enterré dans la montagne au-dessus de la maison d'Isthia Raven.

Elle leur donna les coordonnées relevées sur la carte d'Isthia.

– Il y a toujours des émanations. J'ai dû quitter le site le plus vite possible. Vous pourrez atterrir en VTOL dans un col tout proche. Oui, à peu près quinze mètres de long, peut-être plus. Ça s'est enterré dans le granit. On dirait une coque.

Elle fit la grimace.

– J'ai senti une coque. Oui, bien sûr, je serai là.

Elle raccrocha et Afra lui tendit un jus de fruits bien frais.

– Damia Raven-Lyon ? dit-il doucement en la prenant dans ses bras.

– Ça me paraît évident !

Un officier appela, demandant l'autorisation d'atterrir dans la clairière. Sortis sur la véranda pour l'accueillir, Damia et Afra virent l'immense hélicoptère de transport – sous lequel le fragment de coque déchiqueté se balançait au bout d'énormes câbles – se diriger d'un vol lourd vers les laboratoires de recherche de la Marine. Un véhicule escorteur s'en sépara et atterrit.

– C'est une trouvaille extraordinaire, dit le lieutenant-colonel, avec un sourire jusqu'aux oreilles après s'être présenté avec un salut impeccable. Nous pensions avoir récupéré toutes les épaves. Ne manquez pas de nous prévenir si vous trouvez autre chose, n'est-ce pas ?

Damia sentit un frisson convulsif remonter de ses reins à son cou.

– Vous pouvez en être sûr. Je ne veux pas la moindre miette de ce matériau dans les parages.

– Comment faites-vous pour atténuer ces émanations, colonel ? demanda Afra.

– Quelles émanations ? dit-il surpris. Ah, alors vous devez être Doués. Nous, ça ne nous affecte pas du tout, ajouta-t-il, avec un sourire légèrement condescendant. Mais il paraît que l'effet est assez puissant sur les sensitifs.

Heureusement, il se retourna et repartit au petit trot vers son aérocar.

– Quel culot... commença Damia. Assez puissant sur les sensitifs ! Je te crois !

Afra gloussa.

– Au moins, on sait qu'on est redevenus sensitifs.

Damia battit des paupières.

– Je n'avais pas pensé à ça.

Puis, son visage s'éclaira.

– A ton avis, ça veut dire qu'on est guéris ?

– En bonne voie, en tout cas.

Les rêves commencèrent le soir même. Et d'abord, Damia les attribua au métal des Coléoptères. Ce n'étaient pas des cauchemars, mais plutôt des images imposées à son esprit, un kaléidoscope d'images. Au réveil, elle ne ressentit aucun malaise et se rappela avec précision les fantasmagories de la nuit.

Elle contacta Isthia, mentionnant sa trouvaille et ses effets sur eux.

– Je dirais que la guérison se passe bien. Mais ne précipitez rien, Damia. Les enjeux sont trop importants.

– Mais nous sommes là depuis sept semaines.

– Vous vous ennuyez déjà ?

– Grand-mère ! Je ne m'ennuie pas. Tu veux qu'on y retourne pour voir l'effet du métal des Coléoptères sur le dernier nid de ta liste ?

– Hmmm. Oui, ça pourrait poser des problèmes. Attends les prochaines pluies, qui devraient entraîner les émanations résiduelles. A ce stade de la guérison, il vaut mieux vous éviter toute pollution extra-galactique.

– Il te tarde tellement de retourner dans une Tour, Damia ? demanda Afra quand elle coupa la communication.

Elle gloussa.

– Non. Et je ne m'ennuie pas. Isthia dit...

– J'ai entendu...

– Afra ! s'écria-t-elle, inquiète, le secouant par l'épaule.

– Je ne suis pas sourd, et Isthia était parfaitement audible sans assistance « sensitive »...

Après deux semaines de rêves nocturnes, Damia commença à s'inquiéter. Son oncle n'était jamais parvenu à expliquer les émanations persistantes du métal des Coléoptères, mais il avait insisté pour qu'on enferme tous les fragments dans des bunkers aux murs de plasbéton de six pieds d'épaisseur. Et il avait conseillé d'interdire le site à tout individu peu ou prou Doué. Mais elle ne percevait ni malveillance ni menace dans ses rêves. En fait, ils semblaient se répéter selon une certaine séquence, assez insolite en soi, mais qui devint graduellement si prévisible que Damia passait de l'une à l'autre... comme si elle tournait les pages d'un livre.

Un matin, Damia se leva très tôt, se glissa dans la cuisine et appela Isthia. Sa grand-mère était une lève-tôt. Le contact s'établit à la troisième sonnerie.

– Grand-mère, est-ce que l'Oncle Rhodri a jamais découvert une contamination à long terme émanant du métal des Coléoptères ?

– Qu'est-ce que tu veux dire, exactement ?

Malgré le ton détaché, Damia sentit Isthia instantanément en alerte, et, mettant ses hésitations de côté, l'informa du phénomène.

– Je fais des rêves depuis deux semaines, depuis qu'on a trouvé ce fragment de coque. Sauf que ce ne sont pas des rêves malveillants ou menaçants, ou particulièrement inquiétants. Ils répètent tout le temps les mêmes images.

– Quelles images ?

De nouveau, le ton détaché de la question fit penser à Damia que le phénomène ne se limitait peut-être pas uniquement à elle.

– Je vois un cadre agréable, puis des silhouettes – trop distantes et trop floues pour être décrites – montent une longue route en direction d'un autre groupe de six personnes. Les deux groupes s'asseyent. L'atmosphère est paisible et semble le rester pendant la conversation qui s'amorce entre les deux groupes. Puis les visiteurs, car c'est l'impression qu'ils me donnent, s'en retournent par le même chemin vers ce qui me paraît être un vaisseau quelconque.

– De quel genre ?

– Je n'arrive pas à le distinguer, Isthia. Je vois juste un véhicule. Une ouverture apparaît, et les visiteurs y disparaissent. Puis tout recommence. Et maintenant, dis-moi s'il y en a d'autres qui ont fait le même rêve.

– Moi, dit Afra, entré sans bruit dans la cuisine.

– Afra dit qu'il fait les mêmes rêves.

– Ça ne m'étonne pas, Damia. Ce qui m'étonne, c'est que vous fassiez partie tous les deux des personnes contactées.

– Les personnes contactées ? Il y en a combien ? demanda Damia, mi-soulagée, mi-contrariée.

257

Isthia gloussa.

– Cette fois, ce n'est pas seulement les femelles qui sont concernées.

– Quoi ?

Damia fit signe à Afra de s'approcher pour entendre Isthia.

– Eh bien, ton oncle Ian, Rakella et Besseva ont eu le même genre de visitations nocturnes. Les tiennes sont les plus nettes.

– Tu as employé le mot « contact » il y a une minute.

– C'est vrai, et je crois bien qu'il s'agit d'un contact, maintenant que tu as amplifié ce que les autres ne faisaient que pressentir.

– Je ne sais pas trop si ça me plaît, dit Damia, remarquant que sa main s'était mise à trembler.

Afra la prit par la taille et lui posa l'autre main sur l'épaule pour la soutenir. Elle s'appuya contre lui.

– Et Jeran, qu'est-ce qu'il en dit ?

– Rien. Jeran ne fait pas partie des élus, dit Isthia. D'ailleurs, il passe la plus grande partie de ses loisirs à faire la cour à une blonde.

– C'est sérieux ?

– Je crois. Et une fois que Jeran a pris une décision, elle est irrévocable.

– Tu lui as demandé d'essayer ?

– Pour rêver, il faut dormir, lui fit remarquer Isthia.

Afra étouffa un éclat de rire dans la chevelure de Damia, pressant son visage contre son cou qu'il se mit à mordiller. Elle secoua son épaule, l'air faussement courroucé, mais Afra, impénitent, continua.

– Alors, qu'est-ce qu'on va faire ? Tu en as parlé à mes parents ?

– Non, pas encore. C'était trop nébuleux.

– J'entends d'ici ce que Jeff et la Rowane vont dire d'une troisième Pénétration dénébienne, dit Afra, projetant sa voix pour se faire entendre d'Isthia.

– Ce n'est pas une pénétration, firent en chœur Isthia et Damia.

– Vraiment ?

Afra regarda sa bien-aimée avec un intérêt redoublé.

– Réaction intéressante.

– C'est incontestablement provoqué, ajouta Isthia. Écoutez, puisque vous avez reçu ces visitations nocturnes, et plus claires que celles des autres, j'ai envie de venir vous rejoindre si ça ne vous fait rien...

– Si je ne vous ennuie pas... dit Damia, incapable de résister à la taquinerie.

– Ma chérie, l'ennui a un certain charme pour quelqu'un qui n'a jamais su ce que c'était. Maintenant, allez me pêcher du poisson pour le déjeuner.

Elle coupa le contact.

– Je crois que je n'aime pas ça, dit Damia, reposant le combiné.

– Pourquoi ?

Afra la tourna dans ses bras, dos à lui, et la berça doucement.

– Je n'ai pas eu l'impression d'un danger ou d'une menace. Comme toi, j'ai eu le sentiment d'une visitation pacifique.

Damia se laissa aller contre le corps de son amant, cherchant inconsciemment un réconfort qu'il ne lui ménagea pas.

– Un nouveau visiteur ? Je ne sais pas si je serai à la hauteur, dit-elle sombrement, avec un frisson convulsif. Le dernier nous a coûté trop cher.

– Quoi ? Ma vaillante Damia esquiverait un défi ?

– Ta prudente Damia n'a pas envie de se jeter dans l'aventure tête la première, dit-elle, sardonique.

– Voyons ce qu'en dira Isthia. En attendant, je propose un bon café, et peut-être même un solide petit déjeuner avant d'aller pêcher.

– Tu essayes de traiter ça par-dessous la jambe, l'accusa Damia en se dégageant.

– Loin de là ! La prudence exige d'examiner la séquence des rêves avec objectivité...

– Si on nous le permet...

Distraitement, Damia se mit à préparer le café et les autres constituants du petit déjeuner.

– Il le faudra bien, si c'est nous qui avons fait les rêves les plus nets...

– Mais ils ont commencé le soir où nous avons trouvé l'artefact des Coléoptères...

– C'est pourtant vrai.

Afra fronça les sourcils, inquiet de la coïncidence, et, lui prenant la poêle des mains, il se mit à faire frire les œufs.

– Et on ferait bien aussi de désherber la plate-bande de devant, ou Isthia va nous accuser de négligence.

Damia se défoula à arracher les herbes et retourner la terre pour extraire les racines. Mais, malgré le plaisir qu'elle prenait à la pêche, ce ne fut ce jour-là qu'un moyen de tuer le temps jusqu'à l'arrivée d'Isthia. Comme il arrive souvent quand on se moque des prises, le poisson mordit bien et ils avaient ramené dix belles truites avant même de réaliser qu'ils en avaient plus qu'il n'en fallait. Mais comme Isthia arriva accompagnée de Ian et Rakella, ils en eurent finalement juste assez.

Afra n'avait pas vu Ian depuis des années et s'étonna de sa ressemblance avec son grand frère. Sans en avoir la forte personnalité, il avait tout le charme inimitable des Raven.

– Ma chère nièce, tu as tellement embelli que j'ai failli ne pas te reconnaître, dit-il, posant son sac pour embrasser Damia.

Après l'avoir serrée dans ses bras à lui casser les côtes, il tendit la main à Afra. Ses yeux étaient d'un bleu plus pâle que ceux de Jeff, mais aussi pleins de vitalité, de bonne humeur, et de plaisir de les revoir.

— Moi non plus, renchérit Rakella, embrassant Damia. Tu étais dans un état lamentable en arrivant, et j'ai aidé à te soigner. A moins qu'Isthia ne te l'ait pas dit?

Elle ne ressemblait guère à sa sœur aînée, Isthia, mais ses yeux profondément enfoncés dans les orbites et sa bouche généreuse attestaient de son appartenance à la famille.

— Je t'en remercie de tout mon cœur, dit Damia, car je ne me rappelle plus rien à part des migraines épouvantables.

Isthia frappa quatre ou cinq fois dans ses mains — qui résonnèrent dans la tête de Damia — pour les faire passer à table. Damia remarqua aussi qu'elle inspectait rapidement les lieux en les introduisant dans la salle à manger.

— Tu veux des gants blancs, grand-mère?

— Pas besoin, répliqua-t-elle avec entrain. Tenez, Ian a fait quelques croquis. Regardez si vous reconnaissez quelque chose.

— Ils sont assez vagues, dit Ian, ouvrant docilement sa serviette.

Il en sortit des croquis au crayon, qu'il glissa sur la table, de façon à en placer certains face à Afra, d'autres face à Damia.

— Je ne dessine pas toujours mes rêves, mais à la quatrième ou cinquième répétition, je m'y suis senti obligé.

Damia en prit un, représentant la longue route et les deux groupes de silhouettes.

— C'est exactement ce que je vois, sauf qu'il y a vingt silhouettes qui approchent sur la route, et six qui les attendent.

— Six? dit Isthia, l'air satisfait. C'est nous, en comptant Besseva qui n'a pas pu venir aujourd'hui.

— Et nous sommes tous des Doués supérieurs, non? dit Damia, regardant sa grand-mère pour se rassurer.

D'un geste dédaigneux, Isthia écarta les doutes de Damia.

— Pourquoi Jeran n'est-il pas affecté? demanda Ian.

Puis, voyant Isthia étouffer un éclat de rire, il ajouta:

— Oh, je suppose que ses amours doivent affecter son jugement, sinon sa réceptivité.

— Alors, de quoi s'agit-il exactement? demanda Damia, presque agressive.

— Est-ce que ça a quelque chose à voir avec les titillements du Réseau de Balises Avancées de Procyon? demanda Afra.

Damia sursauta à ces paroles.

— Quels titillements?

Afra la considéra quelques instants.

— Larak m'en avait parlé. La Flotte est allée enquêter mais n'a rien trouvé.

— De Procyon à Deneb, ça fait loin, dit Ian, pensif.

Damia retenait son souffle.

— Exact, mais des distances plus grandes ont été franchies récemment, réplique Afra, et Isthia acquiesça de la tête.

— Et avec des résultats dévastateurs, ajouta Damia, sentant la colère monter en elle.

— Est-ce un tort de supposer que tous... euh... les visiteurs ne sont pas hostiles ? demanda Afra, très calme, posant une main apaisante sur la cuisse de Damia.

— Nous en avons eu davantage d'agressifs que d'amicaux, répondit doucement Isthia. Et j'aimerais mieux que Deneb n'en soit pas toujours la cible.

— Ce n'était pas le cas la dernière fois, dit Damia d'une voix dure.

— Deux sur trois, ça ne fait pas des probabilités favorables, dit Rakella, ironique, mais savons-nous seulement ce que signifient ces rêves ? Qu'il y a une race quelconque, là-haut, qui nous demande un droit de visite ?

Isthia gratifia sa sœur d'un regard pénétrant.

— C'est comme ça que tu expliquerais ces rêves ?

— Je crois que oui, dit Rakella après mûre réflexion. Les rêves ne sont pas menaçants. Ils sont bizarres. Oui, bizarres, c'est le mot. Un peu comme des voisins qui ne voudraient pas être indiscrets mais voudraient bien se faire des amis.

— Je suis tout à fait d'accord avec ça, dit Afra.

— Moi aussi, dit Ian.

Damia étudiait le croquis, les silhouettes montant la pente vers le sommet où l'autre groupe attendait. Elle agita le dessin.

— Je ne suis pas sûre d'avoir envie de comprendre. Je crois que j'ai peur de ce que nous pourrons découvrir.

— Ça au moins, c'est franc, dit Isthia, l'air approbateur.

— Il n'y a que les imbéciles pour ne pas tirer la leçon de leurs fautes, dit Damia avec amertume, et Afra resserra sa main sur sa cuisse. Nous devrions la mettre à profit maintenant.

Eux aussi, ils ont l'air d'avoir quelque chose à nous proposer.

— Au contraire, Damia, Sodan ne proposait rien. Et – subtilement et brutalement – il avait pris tes forces, ton énergie et tes perceptions, dit Afra, la suppliant du regard de lui pardonner sa franchise.

Elle se raidit, la respiration bloquée, puis elle reçut les ondes d'amour, compréhension et encouragement refluant vers elle de tous les côtés de la table. Afra lui enfonça les doigts dans la cuisse pour la tirer de son apathie.

— Et mon frère, ajouta-t-elle. Pourquoi penser que ce... cet intrus sera différent ?

— Eh bien, pour commencer, ces êtres, quels qu'ils soient, ont eu le courage de *demander* leur admission dans ce système, dit Isthia. Car c'est ainsi que j'interprète ces rêves.

— Qui... sont-ils ? Qu'est-ce qu'ils sont ? demanda Damia avec brusquerie.

– Nous aimerions tous être rassurés sur ce point, dit Isthia. En venant, j'ai échafaudé un plan avec Ian et Rakella. Ian accepte de servir de sujet, tandis que Rakella et moi nous implanterons dans son esprit une réponse aux rêves qui devrait donner à nos visiteurs – car je ne crois pas que ce soient des envahisseurs – la réponse à leur question.

Damia regarda son jeune oncle avec admiration et un peu de consternation. Il était loin d'avoir un Don aussi puissant que le sien, et il n'avait pas consacré beaucoup de temps à développer ses capacités. Mais elle s'abstint de protester. Elle n'avait pas envie de tenter la répétition de l'affaire Sodan. Elle considéra longuement Isthia, inquiète.

– Est-ce que nous ne devrions pas informer le Méta de la Terre ?

– J'aimerais mieux avoir autre chose à lui proposer qu'une séquence de rêves nébuleux, dit Isthia. Jeff est encore occupé à calmer tout le monde, et, ajouta-t-elle en riant, à aider Cera que Procyon trouve trop jeune pour avoir la responsabilité de ce système...

– Cera est la plus responsable de nous tous, dit Damia, indignée.

– Exactement, dit Isthia, souriant à sa petite-fille. Mais vous comprenez pourquoi nous devons faire preuve de circonspection en présence de ce dernier...

Elle agita la main, ne trouvant pas le mot propre.

– Épisode ? proposa Afra.

– Oui, épisode. Nous ne sommes que six à avoir fait ces rêves. Si d'autres les avaient reçus aussi – ne serait-ce que Jeran...

– Ce bon vieux Jeran prosaïque, dit Ian, légèrement dédaigneux, et Damia réprima un éclat de rire.

– Eh oui, dit Isthia, suave. Bref, jusqu'à ce que nous ayons assez de preuves pour demander le déclenchement d'une alerte, je propose de garder tout cela pour nous.

Elle promena un regard interrogateur autour de la table.

– Alors, c'est parfait. Nous appliquerons le Plan A. Eh bien, quand est-ce qu'on déjeune ?

Le soir du même jour, c'est Ian qui semblait le plus détendu de tous ; il se soumit docilement à la séance d'hypnose, se réveilla, plaisanta qu'il ne se rappelait absolument rien, mangea comme un ogre, but presque toute une bouteille d'un précieux vin d'Isthia, millésime pré-Coléoptères, avant d'aller se coucher. Pendant l'après-midi, Afra et Damia avaient apporté deux fauteuils confortables dans sa chambre, pour qu'Isthia et Rakella puissent le veiller confortablement.

Damia n'avait pas lésiné sur le vin au dîner, mais elle ne parvint pas à se détendre après s'être couchée. Elle essaya subrepticement plusieurs positions pour ne pas réveiller Afra, mais sans jamais trouver la bonne.

– Je n'arrive pas à dormir non plus, dit Afra à voix basse, qui la fit quand même sursauter dans le noir.

Il la tourna sur le dos et la prit dans ses bras.

– Tu veux que je te chante une berceuse?

– Je ne suis plus un bébé pour m'endormir d'une berceuse, protesta-t-elle, mais elle ne résista pas à sa tendresse et posa sa tête sur sa poitrine.

A sa grande surprise, non seulement il se mit à fredonner doucement mais il la berça contre lui. Et, avant qu'elle ait eu le temps de protester contre cet enfantillage, ses paupières s'alourdirent, ses yeux se fermèrent, et le noir se fit dans son esprit.

Cette fois, elle eut l'impression d'être éveillée pendant la séquence de rêve. Et les dessins de Ian y étaient intégrés – partie intégrante des rêves, dilatés par les rêves, interprétés dans les rêves. La longue route montante était sombre et longeait un cours d'eau sans fin sous un ciel constellé d'étoiles. Un petit globe apparut, et les visiteurs arrêtèrent brusquement leur montée. Puis, avec d'infinies précautions, plusieurs d'entre eux prirent le globe et le mirent de côté, comme s'il gênait leur progression. Enfin, la file se scinda en vingt entités distinctes: longues, minces, propulsées par des segments antérieurs arachnéens, et des sortes d'antennes qu'ils tendaient en avant en un geste suppliant. Le rêve parut sans fin à Damia endormie, et elle se sentait épuisée par sa longueur, espérant ardemment passer à l'action. Les visiteurs atteignirent le sommet et rejoignirent les six autres. Les six avaient, eux aussi, des membres extrêmement longs, mais, tout en s'avançant vers les visiteurs, il semblait qu'aucun progrès réel ne les eût rapprochés du contact.

– *Contact!*

Damia se réveilla en sursaut et s'assit brusquement dans son lit.

– *Qu'est-ce qu'il y a, Damia?* demanda Afra en même temps qu'Isthia.

– *Nous n'établissons pas le contact. Ils désirent établir le contact.*

Elle enfouit son visage dans ses mains et posa sa tête sur ses genoux relevés, agitée de violents frissons. Elle sentit Afra l'entourer de son bras et se blottit contre lui.

– Tout va bien, Damia, dit Isthia, entrant sans bruit dans la chambre.

– Qu'a rêvé Ian? Votre plan a marché? demanda Afra.

– Je ne sais pas encore, dit-elle, s'asseyant au pied du lit et caressant les cheveux de sa petite-fille. Tout va bien, mon bébé.

– Je ne suis plus un bébé, grand-mère, dit Damia avec un dernier frisson avant de relever la tête.

– Afra, c'est le contact qu'ils recherchent?

Afra secoua la tête.

– Je ne sais pas. Je n'ai rêvé que la séquence habituelle.

Quand Ian se réveilla finalement le lendemain matin, il n'en savait pas plus.

– J'ai essayé, maman, dit-il, penaud. Toute la nuit, j'ai su que j'avais quelque chose à leur dire, mais je n'arrivais pas à faire passer un mot.

Damia était au bord de la panique, et cela dut se voir car Afra et Isthia la touchèrent pour la rassurer.

– Je ne veux pas de tout ça, leur dit-elle. Je ne veux pas participer à ça.

Puis, pour ne pas voir la pitié qui se peignait sur leurs visages, elle sortit en claquant la porte et s'engagea sur le sentier du lac.

Elle resta un long moment seule sur son banc avant qu'Afra la rejoigne. Elle le sentit venir, « entendit » son angoisse.

– Je suis lâche, Afra, murmura-t-elle.

Il s'assit près d'elle et interposa sa « sollicitude » comme un écran entre elle et la réalité qu'elle fuyait.

– Non, mais tu es prudente, et c'est bien compréhensible. Je crois que nous devrions prévenir Jeff, surtout si tu as reçu une réponse si précise.

– C'est Ian qui était censé la recevoir. Et j'aurais préféré ça. Je n'ai pas tellement bien manœuvré la dernière fois.

– Isthia ne veut pas que tu participes du tout à cette expérience, dit Afra, d'un ton légèrement amusé.

Elle le regarda, étonnée.

– Et ?

– Malgré ce que tu penses de ta première tentative pour établir le contact avec une forme de vie extra-galactique, tu as, au contraire, extrêmement bien manœuvré.

– C'est toi qui as le culot de me dire ça ?

Choquée, elle le regarda, comme si elle n'avait rien appris de lui au cours des deux derniers mois.

– Dire la vérité n'exige aucun courage, mon amour, dit-il avec un petit rire. Le problème résidait en Sodan et en ses plans à long terme, non dans ton comportement.

– Je ne te crois pas.

– Tu devrais, dit carrément Afra. Tu avais établi une communication et un cadre de référence. Tu en as toujours eu le Don. Regarde comme tu t'entends bien avec les chadbords, les chatcoons, ton poney. Sans parler de tes Dons pédagogiques. Ou aurais-tu oublié Teval Rieseman ?

– Les amis ne se lancent pas des pierres !

– Ceux-ci sont peut-être des amis. Et tu dois apprendre leur langage pour traduire leur message.

Damia prit une profonde inspiration, retint son souffle, à la recherche de son assurance passée. Sodan l'avait mutilée davantage qu'elle ne l'avait réalisé.

– Il t'a certainement dépouillée de ton assurance et de ton amour-propre, dit Afra. Et j'enrage de penser qu'il a gagné dans ce domaine vital.

Elle le considéra, lui, son bien-aimé avec qui elle avait partagé tant de choses, cet Afra si prudent qui lui conseillait maintenant de...

– Tu es la seule d'entre nous capable d'établir le contact qu'ils désirent.

– Mais...

– Je parle sérieusement, Damia, dit Afra d'un ton pressant. Toi seule es capable de réussir.

– Seulement si tu restes avec moi...

Cette prière lui échappa avant qu'elle ait pu la retenir.

– J'insiste pour participer à la tentative.

– *Moi aussi*, dit Isthia.

– *Tu nous rends la permission de penser ?*

– *J'applaudis.*

– *Ah, c'était ça tes claquements de mains !* dit Afra, regardant Damia d'un air entendu.

Pour toute réponse, ils entendirent le rire d'Isthia.

– *Il fallait que je sois certaine que vous obéiriez à mes ordres, alors, j'ai dû ajouter une mesure de dissuasion. S'il vous plaît, rentrez tous les deux.*

Le ton ne contenait pas la moindre nuance de commandement.

Soupirant à l'inévitable, Damia se leva, et, les longs doigts d'Afra enlacés aux siens, revint lentement vers la maison.

– Alors, on avertit le Méta de la Terre, maintenant ? demanda Damia quand ils rejoignirent Isthia dans la cuisine où ni Ian ni Rakella n'étaient présents.

– Non, pas encore.

– Est-ce bien sage, Isthia ? demanda Afra.

Isthia se pencha sur la table, encore jonchée des croquis de Ian.

– Écoutez-moi bien tous les deux. J'ai survécu à deux attaques d'une race hautement agressive, déterminée à nous annihiler totalement, et je crois pouvoir distinguer la différence avec des... euh... visiteurs qui viennent dans un esprit de paix.

– Même en gardant à l'idée que la raison principale de la plupart des colonisations stellaires est la recherche des minerais pour les explorateurs ? demanda Damia, cynique.

– Je n'ai pas un grand Don précognitif, dit-elle, à leur surprise commune, mais le peu que je possède est entraîné à effectuer ce contact. Le rêve qu'a fait Ian la nuit dernière a eu au moins un résultat positif, si vous remarquez les étoiles, dit-elle, tournant les croquis vers eux.

Damia approcha la feuille, fronçant les sourcils, car la distribution apparemment aléatoire des étoiles prit peu à peu des contours familiers.

— Ce sont les constellations qui brillent au-dessus de Deneb!

— Exactement. Et ce globe a des protubérances qui ressemblent singulièrement aux capteurs du Réseau de Balises Avancées au-delà de l'héliopause.

— Oh! fit Damia, terminant son exclamation par un soupir.

— Ce n'est pas trop loin pour y aller en capsule personnelle non? demanda doucement Isthia.

— Non, répondit Afra d'une voix égale. Damia est allée bien au-delà de l'héliopause pour contacter ce Sodan.

— Je ne suis pas sûre que je devrais aller si loin, dit Damia, espaçant soigneusement ses mots.

— Mais tu n'iras pas seule, ma chérie, dit Isthia, rassurante.

— Je ne devrais pas y aller du tout.

— Et c'est pour ça que tu dois y aller, dit Afra, lui posant doucement l'index au creux du bras.

Elle sentit non seulement la vibration frais-vert, mais une résolution qu'elle ne pouvait combattre. Elle s'était terriblement trompée la première fois, et Afra en avait souffert. Afra et Larak. Maintenant, elle devait faire confiance à Afra, puisqu'il était si convaincu.

Isthia secouait lentement la tête.

— Je regrette que nous n'ayons pas d'autre moyen de transmettre une réponse.

— Que veux-tu dire, Isthia? demanda Afra.

— J'envoie un message par Ian, et c'est Damia qui reçoit la réponse.

— Alors, envoyez la question par Damia.

— Si Damia est d'accord...

Isthia regarda sa petite-fille avec espoir, et Damia accepta de bonne grâce.

— Alors, nous essaierons ce soir.

— Pourquoi attendre ce soir? demanda Afra.

— Le sommeil semble être le vecteur, dit Isthia.

Afra gloussa.

— Damia n'a qu'à dormir tout de suite.

— Quoi?

Afra se leva, prit Damia par la main, et, sous le regard perplexe d'Isthia qui les avait suivis, sortit sur la véranda où les hamacs se balançaient doucement à la brise. Afra assit Damia dans l'un d'eux, lui souleva les pieds et lui fit signe de s'installer confortablement tandis qu'il imprimait un léger balancement au hamac.

— Je peux faire dormir Damia n'importe quand, dit-il avec un grand sourire.

— Une minute...

Mais Afra se mit à fredonner la berceuse de la veille, coupant court à ses protestations. Pourtant, une dernière pensée furibonde l'avertit qu'elle réglerait cette affaire avec lui au réveil.

La séquence commença instantanément. Sauf que, cette fois, Damia prit le commandement des opérations et sépara une silhouette du groupe des six et la fit descendre vers les visiteurs. Elle l'arrêta à la hauteur du globe. Puis, avec de grands gestes, elle leur fit signe de la suivre jusqu'en haut de la montée. Elle se retrouva alors au début de son rêve, répéta ses pensées rassurantes, mais fut renvoyée au début, à ce stade, elle fut contrariée qu'ils n'arrivent pas à comprendre un message si simple.

Elle se réveilla de mauvaise humeur, la tête lourde de sommeil.

– Afra Lyon, tu vas arrêter de me faire ça, tu m'entends? dit-elle, le menaçant de l'index.

– Pourtant, ça marche, non? dit-il, impénitent.

– Comment? demanda Isthia, perplexe, le regardant avec respect.

– Ça remonte à l'époque où Damia n'arrivait pas à dormir la nuit. Avec la complicité de la Douée puéricultrice, j'ai implanté dans son esprit une légère suggestion post-hypnotique, et, avec l'aide de quelques notes d'une comptine et un petit bercement, Damia s'endormait immédiatement, au grand bénéfice de sa mère.

– Et ça a duré si longtemps? dit Damia, incrédule.

– Je te l'ai prouvé. Et je regrette de ne pas avoir été si prévoyant en d'autres domaines, dit Afra d'un ton taquin.

– J'aime mieux pas, dit Damia, lugubre.

Il l'aida à sortir du hamac et la serra dans ses bras.

– Alors, dis-nous ce qui s'est passé? demanda Isthia, revenant à leur problème.

– Je leur ai fixé rendez-vous au Réseau de Balises Avancées et j'ai précisé qu'ils seraient les bienvenus. C'est bien ce que tu voulais, non?

Isthia hocha la tête avec enthousiasme.

– Maintenant, demanderons-nous son aide à Jeran?

– Il faudrait tout expliquer, dit Damia avec un gémissement exaspéré. Tu connais Jeran. Il faut toujours lui mettre les points sur les « i ».

– Damia, tu t'es sentie menacée par le rêve? demanda Afra avec le plus grand sérieux.

– Non. J'aimerais croire que l'intuition d'Isthia est correcte.

– Tu aimerais croire? répéta Isthia.

Afra leva la main.

– C'est normal, Isthia.

– Je suppose. Eh bien, allons prévenir Ian et Rakella. Nous aurons besoin de leur aide.

A la Tour de Deneb, le seul véhicule capable de contenir trois longs corps était une capsule de sauvetage équipée de quatre sièges conformables. Sans doute abandonnée par un paquebot, car elle n'avait plus de moteur, mais elle avait conservé ses boosters directionnels. Ils remplirent les réservoirs d'oxygène, époussetèrent la console, plutôt satisfaits d'avoir un véhicule pourvu de communications standard, d'un grand hublot avant et de capteurs externes. Jeran n'était pas de service, ce qui ne posa pas de problèmes vu que Ian et Rakella savaient allumer les générateurs. Damia avait les mains moites et l'estomac noué quand elle s'installa sur son siège, avec Isthia d'un côté et Afra juste derrière elle.

— Je me charge du levage, dit Isthia, calant bien ses hanches dans son fauteuil. Tu es guérie, Damia, mais il vaut mieux conserver tes forces pour le contact.

Damia eut un instant de panique à l'énoncé de cette décision, mais Isthia ne lui avait jamais menti et ne mentait sans doute pas en ce moment. C'est seulement que ça l'aurait rassurée de pousser comme elle le faisait si facilement naguère.

— *Tu pourrais pousser maintenant, mon amour*, lui dit Afra sur canal privé, lui serrant tendrement l'épaule. *Relaxe!*

Elle tremblait d'énervement, et se força à se détendre. Mais elle sentit les générateurs grimper dans l'aigu, sentit la tension d'Isthia qui attendait exactement le bon mo...

Elle les lança, d'une vigoureuse poussée que Damia put admirer objectivement. C'était bon de se retrouver dans l'espace profond. Puis l'alarme de proximité de la capsule se mit à biper doucement.

— Remonte l'écran, Damia, dit Afra, se penchant pour regarder par-dessus son épaule.

— C'est là! dit Isthia, joignant inutilement le geste à la parole, le visage exultant.

Ce n'était pas un grand vaisseau, ce qui encouragea Damia à croire à des motifs amicaux. C'était aussi un vaisseau uniquement destiné à l'espace, et affectant les formes fantaisistes des appareils non prévus pour atterrir. Il possédait pourtant ce qui ressemblait bien à un système d'armes : de larges orifices calcinés par d'anciennes décharges et de longs museaux pointant vers l'extérieur, qui avaient l'air très efficaces.

— *Ian, coupe les écrans d'alerte périphérique*, dit Isthia. *Il ne faudrait pas que la Flotte débarque et pulvérise nos visiteurs. Oui, cette batterie de manettes sous le panneau bordé de rouge. Baisse-les toutes. La coupure ne sera pas détectable avant une heure ou deux, et, d'ici là, nous serons fixés.*

— Je crois qu'il faudrait que je redorme, dit Damia, ironique. Tu crois que ta chanson suffira, Afra? Ces sièges ne sont pas prévus pour bercer.

— Je pourrais imprimer un balancement à la capsule, proposa Isthia.

— Merci, on va essayer sans ça, dit Afra.

Et, une main sur l'épaule de Damia, il se mit à chanter la berceuse.

Damia eut conscience de dodeliner de la tête alors même qu'elle s'abandonnait au sommeil.

La séquence avait disparu. Maintenant, elle se trouvait dans l'autre vaisseau d'où elle regardait leur minuscule capsule. Cette fois, des silhouettes étaient clairement visibles, incontestablement non humaines. Pourtant, malgré leur apparence insolite, Damia ne détectait aucun danger, rien de « lourd », simplement une impression de soulagement. Les « visiteurs » lui parurent de haute taille, bien qu'elle n'eût pas d'échelle de référence, à part leurs équipements volumineux. Ils se tenaient debout sur trois appendices postérieurs, sortes de jambes courtes et trapues terminées par des pieds camards à trois « orteils ». Les membres supérieurs avaient cinq longs doigts de chaque côté d'une « paume » massive, et trois autres à la partie supérieure. Les têtes étaient longues, s'amincissant progressivement en ce qui ressemblait à un museau, mais elle ne vit pas de bouche. Un œil de nature composite couronnait cette grosse « tête ». Ils semblaient avoir des crêtes dorsales le long de la colonne vertébrale. Peut-être que l'une des trois jambes était en fait un appendice caudal. Leur peau ou pelage – elle ne distinguait pas bien – était lisse et multicolore, allant du gris au vert et au brun en passant par le bleu ardoise.

Certains étaient considérablement plus grands que d'autres, mais elle n'eut pas l'impression que les plus petits étaient immatures ou d'un autre sexe.

Instantanément, le moi de son rêve se tourna vers une surface plate un peu plus loin au-dessus du pont. Cette surface s'éclaira brusquement et des images commencèrent à se former. D'autres individus de cette race entraient en courant dans ce qu'elle identifia comme des navettes qui s'élancèrent dans l'espace et elle les vit s'attacher à des vaisseaux semblables à celui sur lequel elle rêvait, mais plus grands. En formation serrée, cette flotte quitta son orbite, à l'évidence prête au combat.

Elle vit alors leur objectif et en éprouva un grand choc : une Sphère-Ruche des Coléoptères. Elle regarda la bataille, vit « ses » vaisseaux détruits, vit la Sphère-Ruche cracher ses combattants, les vit détruire, puis avec un immense soulagement, vit la Sphère-Ruche exploser tout d'un coup, expédiant de gros fragments de coques dans toutes les directions, qui parfois entraient en collision avec « ses » vaisseaux et les détruisaient.

Brusquement, ces scènes se scindèrent en gros fragments qui se mirent à tourner, tête-bêche contre... soudain, le décor changea et ce fut le système de Deneb dont s'échappaient les débris tordus.

Nouveau changement de perspective, et elle se retrouva dans sa capsule, sanglotante.

– Ils connaissent les Coléoptères. Je les ai vus détruire une

Ruche. Puis il y avait des tas de détritus qui tourbillonnaient dans l'espace en s'éloignant de Deneb.

– Alors, ils veulent nous avertir ? demanda Isthia.

– Non, ils savent que nous avons été attaqués et vainqueurs, comme ils ont survécu eux-mêmes, dit Damia, choisissant soigneusement ses mots.

– Alors, qu'est-ce qu'ils veulent de nous ? s'enquit Isthia.

– En tout cas, ne me refaites pas dormir tout de suite, déclara Damia avec force en se frictionnant les tempes.

– C'est pourtant un admirable moyen de communication entre espèces étrangères, la taquina Afra, tout en lui tapotant le bras d'une main rassurante.

– L'univers n'est pas forcément peuplé uniquement de races hostiles, dit Isthia. Peut-être que ce peuple cherche des alliés contre les Coléoptères. Nous avons survécu à une attaque, et nous serions pour eux des alliés précieux.

– En tout cas, ils se sont donné du mal pour communiquer, remarqua Damia.

Elle commençait à croire qu'Isthia avait peut-être raison. Son esprit n'avait pas été accablé ou brutalisé au cours de cette rencontre. Et ils étaient parvenus à lui communiquer des informations vitales.

– Isthia, tu peux me plonger dans un sommeil hypnotique ? demanda Afra. J'ai participé aux deux Fusions mentales : la première dont la Rowane était le foyer, puis la Fusion-Raven qui a projeté la Ruche dans le soleil. Je pourrais au moins leur transmettre le récit de la bataille.

Puis il s'installa dans le siège conformable et croisa les mains sur sa taille.

Damia voulut protester, mais Isthia détacha son harnais de sécurité et se laissa dériver vers Afra, se tenant d'une main au bras du fauteuil tandis qu'elle lui posait l'autre sur la tempe gauche. Afra coula comme une pierre dans le sommeil.

Elle se retourna pour regarder le vaisseau des visiteurs, remarquant seulement sa surface criblée d'impacts et les symboles calcinés, à demi effacés à ce qui semblait être la proue. Il y avait d'autres idéogrammes en d'autres endroits, plus ou moins lisibles. Cette écriture se composait de points et de traits, avec, de temps en temps, un trait barré formant croix. Pas aussi complexe que certaines écritures orientales terrestres, si toutefois il s'agissait bien d'une écriture.

– J'ai dormi combien de temps cette fois, Isthia ?

– Environ une demi-heure. Je n'ai pas pensé à regarder, dit-elle flottant jusqu'à son fauteuil. Fascinant. Absolument fascinant.

Elle poussa un profond soupir.

– Je prévois que mon fils sera très contrarié des initiatives de sa vieille mère, dit-elle, tournant vers Damia un regard impénitent. J'aurais vraiment dû m'entraîner beaucoup plus tôt. J'aurais pu être la Méta de Deneb.

Damia regarda sa grand-mère avec émerveillement.

— Nous avons toujours tendance à ne pas utiliser nos capacités à plein, poursuivit-elle.

Tendant la main, elle toucha légèrement le bras de Damia.

— Tire le maximum des tiennes, ma chère enfant. Mais c'est ce que tu fais, n'est-ce pas ?

— Tu crois que ce sont des émissaires d'une espèce altruiste ?

— J'aime à le penser, dit placidement Isthia. Je regrette de n'avoir rien apporté à manger.

Damia éclata de rire.

— C'est qu'on s'est décidés précipitamment. Ohhooo !

Sa gorge se serra, et elle ne put que montrer le vaisseau qui venait maintenant vers elles.

— Ôtons-nous de son chemin, dit Isthia, prenant vivement la main de Damia.

Damia, suivant la pensée d'Isthia, poussa la capsule en arrière, si fort que le vaisseau ne fut plus qu'une tache floue.

— Pas si loin.

— Il nous suit, déclara Damia après quelques instants d'observation. Qu'est-ce qu'Afra a bien pu leur dire ?

— Viens chez moi, y a du feu ! répliqua Isthia, facétieuse. Ce doit être la bonne méthode.

— Je le pensais aussi la dernière fois.

— Cette fois, c'est la bonne, Damia.

— Oui, c'est la bonne, dit Afra, l'élocution un peu embarrassée. Au moins, je leur ai transmis une invitation. Je n'ai pas de point de référence pour me guider, mais ils ont paru étonnés de la façon dont nous livrons nos batailles. Je crois que ça leur a fait bonne impression.

— Et maintenant, qu'est-ce qu'on fait ? demanda Damia, regardant le vaisseau non humain qui continuait à se rapprocher.

— Maintenant, nous allons informer le Méta de la Terre que nous avons engagé des pourparlers préliminaires avec une espèce non humaine, dit Afra, si calme que Damia comprit qu'il était très nerveux.

XI

Hurlant de toute la force de ses poumons et de son esprit, Jeran, Méta de Deneb, leur donna un aperçu prolongé de ce que leur réservait sans doute le Méta de la Terre. Le commandant de la Flotte locale se présenta à la Tour, frisant l'apoplexie, car on avait détecté un vaisseau inconnu en orbite autour de la planète, alors que le Réseau de Balises Avancées n'avait pas émis le moindre « bip ».

JE T'AI EXPLIQUÉ POURQUOI IL EST NÉCESSAIRE DE POURSUIVRE DANS CETTE VOIE, rugit Afra avec une véhémence qui stupéfia Isthia et Damia. Interrompu dans sa diatribe par cette sortie inattendue, Jeran foudroya le Capellien.

— Vous n'aviez aucune autorité pour agir ainsi, dit Jeran d'un ton tranchant, soulignant son indignation par l'attitude et la mimique.

— Il m'a obéi, dit Isthia avec calme, s'installant dans le fauteuil confortable.

Fuyant la fureur de Jeran, Ian et Rakella avaient battu en retraite dans un coin.

Assez surprise, Damia constata qu'elle considérait la scène avec un détachement objectif, ou peut-être, rectifia-t-elle mentalement, était-elle encore trop assommée par les événements pour réagir.

Jeran se tourna vers Isthia.

— Grand-mère... commença-t-il.

— As-tu seulement pris le temps de prévenir Jeff, ou étais-tu trop absorbé par cet exercice de vitupération ?

Isthia avait toujours eu le don de remettre les gens à leur place.

— Il faut d'abord que j'évalue ce qui a transpiré avant de trans-

272

mettre un rapport rationnel, dit Jeran d'une voix forte, articulant avec soin.

Montrant de la tête son oncle et sa grand-tante, il poursuivit :

– Ils m'ont raconté des balivernes sur des rêves et un prétendu appel. Des rêves...

Son mépris cinglant aurait paralysé toute autre qu'Isthia.

– Des rêves ne constituent pas une raison valable d'admettre des étrangers à l'intérieur de notre périmètre de défense.

– Les rêves constituent un contact permettant de contourner intelligemment la barrière linguistique, répondit Afra, et ils nous ont fourni suffisamment d'informations pour désirer une enquête plus approfondie, jusqu'à et y compris la confrontation personnelle.

Jeran le regarda, narines palpitantes, serrant les poings et tapant du pied, s'efforçant de maîtriser sa colère.

– Entre Isthia, Afra, et moi-même, dit Damia, très cool, et plutôt ravie de voir son frère sortir de son flegme habituel, tu dois reconnaître, Jeran, que nous avons de l'expérience dans la détection des menaces. Or, cette espèce n'en pose pas. En fait, rien n'est plus éloigné de leur pensée que l'hostilité. Leurs mondes ont souffert des attaques des Coléoptères. Ils désirent ardemment savoir comment nous avons repoussé le Leviathan.

– Et comme je faisais partie de cet assaut, je leur ai expliqué comment nous avons fait, dit Afra d'un ton détaché. Les Mrdinis ont été très impressionnés que nous n'ayons pas eu besoin de recourir aux armements pour le détruire.

Jeran leva les yeux au ciel, notant l'air bouleversé du commandant.

– C'était encore plus stupide, Afra. Donner des informations sur nos défenses! C'est la pire atteinte à la sécurité qui... que...

Les mots lui manquèrent.

– On arrive.

Les paroles de Jeff résonnèrent dans toutes les têtes, Damia battit des paupières, parce que le rugissement de son père ne l'avait pas affecté. Elle regarda anxieusement Afra, qui lui adressa un clin d'œil rassurant.

– *Vous voyez, je peux même recevoir les rugissements de mon fils sans ciller,* leur dit Isthia sur faisceau étroit. *J'ai pourtant fait une petite erreur.*

Et Damia et Afra se tournèrent vers elle, dont le visage exprimait quelque regret.

– *J'avais installé dans vos esprits un blocage à l'émission, pour que vous ne puissiez pas émettre par inadvertance, mais j'avais oublié d'inhiber la réception. Je ne pensais pas que vous auriez quoi que ce soit à recevoir. Tout le monde savait qu'il ne fallait pas vous contacter télépathiquement avant que je donne le feu vert.*

— *C'est pour ça que nous avons pu recevoir les rêves des Mrdinis,* dit Damia, dissimulant un sourire derrière sa main. *Comme c'est rassurant de savoir que tu n'es pas infaillible, grand-mère.*

— *Le contraire t'aurait rendue insupportable,* ajouta Afra sans rancune.

— Je n'arrive pas à comprendre votre raisonnement à vous tous, disait Jeran. Et surtout le tien, Damia, vu que tu as failli...

— On ne parle plus de ça, Jeran! tonitrua Jeff, et Jeran baissa la tête, fronçant les sourcils en regardant la porte, la salle, tout sauf sa sœur.

Jeran n'avait pas besoin d'exprimer sa pensée tout haut, se dit Damia, désolée, mais elle fut reconnaissante à son père de l'avoir interrompu.

— *Les Mrdinis, c'est une affaire complètement différente,* dit doucement Isthia.

— *Complètement,* renchérit Afra, enlaçant ses doigts à ceux de sa bien-aimée.

Damia s'agita nerveusement, sachant que Jeran ne serait pas le dernier à lui rappeler la stupide affaire Sodan. Puis Afra se plaça légèrement devant elle, et elle devina ses intentions. Ce ne serait pas la première fois qu'il la protégerait de la colère de son père, mais cette fois, elle voulait en assumer sa juste part, et elle vint se placer à côté de lui.

Brusquement, la plus grande nacelle de l'aire d'expédition réceptionna la navette-courrier la plus rapide de la Flotte, et les alarmes orbitales signalèrent l'émergence de quatre grands vaisseaux dans l'espace au-dessus d'eux.

— Ils sont retournés, dit Isthia avec un grand sourire.

Damia envia à sa grand-mère sa suprême assurance, mais, curieusement, elle commença à considérer de façon plus positive le rôle qu'elle avait joué dans cette rencontre.

Fronçant férocement les sourcils, Jeff se téléporta directement dans la Tour, la Rowane à son côté. Pendant les secondes qui suivirent, crépita un feu croisé d'accusations, réfutations, explications, tant et si bien que Rakella, Douée mineure, se blottit contre Ian en gémissant.

— On se calme, Jeff, dit Isthia avec autorité, ses yeux bleus lançant des éclairs. Je veux absolument que toi et la Rowane participiez dorénavant aux discussions avec les Mrdinis. C'est pour ça qu'ils sont là. Afra et Damia pensent avec moi que ce sont des alliés potentiels, non des agresseurs. Nous nous sommes donné des preuves mutuelles de bonne foi, et nous les avons invités à l'intérieur de nos défenses.

— C'est ça qui me fait rager, papa. Laisser des non-humains

entrer dans le ciel de Deneb, c'est totalement irrationnel! s'exclama Jeran avec des gestes désordonnés. Nous n'avons pas encore surmonté les séquelles psychiques de la Pénétration des Coléoptères, et voilà que ma grand-mère...

— Un seul vaisseau désarmé? Un petit vaisseau désarmé ne constitue pas une menace. En général, on considère ça comme un émissaire, répliqua Isthia qui commençait à perdre patience. Sois raisonnable, Jeff.

— Ce qui est raisonnable, c'est d'utiliser les canaux et procédures réglementaires prévus pour des événements de cette sorte, maman, commença Jeff, qui avait du mal à se contenir.

— Attends un peu, Jeff, dit pensivement la Rowane. Isthia a peut-être agi impulsivement, mais je sens les Mrdinis. Ils sont très ouverts. Je ne capte pas la moindre hostilité dans leurs esprits, ni rien de « lourd » dans leur vaisseau.

Son regard se porta sur Damia puis revint sur Jeff.

— Je le saurais, ajouta-t-elle doucement, posant la main sur le bras de Jeff pour amplifier par le contact les impressions glanées par son coup de sonde.

Jeff regarda longuement sa femme, puis sa colère sembla s'évaporer. Il fit signe à Jeran de se détendre, puis adressa un sourire rassurant à Rakella, livide, qui s'appuyait sur Ian pour ne pas tomber.

— Qui a établi le premier contact? demanda-t-il, regardant sa mère, puis Afra, puis Damia, sur laquelle s'attarda son regard.

— Nous avons tous eu un contact, mais celui de Damia était le plus net.

Jeff hocha la tête, acceptant sa déclaration sans discuter.

— Je leur avais imposé un blocage pour les empêcher d'émettre, reprit Isthia, d'un air d'excuse, mais j'avais oublié d'inhiber la réception. Et bien sûr, Damia était plus réceptive et plus vulnérable pendant sa convalescence.

Isthia haussa les épaules.

— Au bout de deux semaines de séquences de rêves, je me suis rendue à l'évidence : il ne s'agissait pas de rêves aléatoires, mais imposés. Je n'arrivais pas à en déterminer la source. Et j'ai été plus qu'étonnée quand d'abord Rakella, Besseva et Ian, et finalement Damia et Afra, m'ont informée qu'ils recevaient des émissions similaires.

Jeff se retourna vers Jeran, l'air interrogateur, mais son fils aîné secoua la tête.

— Je ne comprends pas que Jeran n'ait rien reçu, dit Isthia d'un ton cocasse. Mais c'est un fait. Nous nous sommes rassemblés tous les six pour comparer nos impressions, et nous avons tenté d'imaginer une réponse à ce qui nous semblait être une ouverture amicale. Damia s'est portée volontaire.

La Rowane eut une grimace d'appréhension, et Isthia leva la main en un geste d'apaisement.

– Je n'aurais pas risqué le patient travail de plusieurs mois, Angharad. Connaissant l'esprit guerrier, j'ai décidé de sonder aussi profondément que nous le pouvions. La Flotte est si longue à mobiliser, non ? Nous avons donc établi le contact visuel, établi des communications, et invité les émissaires. Et maintenant, c'est à vous, la Flotte et la Ligue, de poursuivre les négociations.

Elle se leva avec un soupir.

– Bon, ces dernières heures ont été éprouvantes et je n'aspire qu'à un sommeil déstructuré. Venez, Damia et Afra ! Nous nous reposerons mieux à la maison. Je ne veux pas vous exposer aux tempêtes émotionnelles qui ne vont pas tarder à se déchaîner ici.

Puis, se tournant vers Ian et Rakella :

– Venez aussi. Vous avez l'air aussi crevé que moi. A plus tard, mes enfants, dit-elle en agitant la main à l'adresse de Jeff et la Rowane. Allons ! ajouta-t-elle avec un geste impérieux à sa petite troupe.

Dès qu'Isthia avait avoué sa fatigue, Damia avait ressenti la sienne. Pas catastrophique, mais l'informant simplement que ce serait une bonne idée de se reposer. Elle sentit la pensée d'Afra, totalement d'accord sur ce point, et ils se téléportèrent directement dans le séjour de la maison. Plus prudents, Isthia, Rakella et Ian atterrirent sur la pelouse avant de les rejoindre à l'intérieur.

– Vous devez être complètement guéris pour vous téléporter si bien, dit-elle, approbatrice. Bon, qu'est-ce qu'on va faire pour le déjeuner ?

Dans la soirée, Jeff et la Rowane demandèrent la permission de les rejoindre.

– Damia, Afra, il faut improviser un repas en vitesse, dit Isthia, se mettant tout de suite au travail. Je me demande s'il nous reste quelque chose après les montagnes de nourriture que Ian et Rakella ont englouties à midi.

Damia passa rapidement la cuisine en revue, rassemblant tout ce qui restait, sachant que son père n'était jamais de mauvaise humeur, sauf quand il avait faim. Il leur avait peut-être pardonné leur impulsivité à entrer en contact avec les Mrdinis, mais elle était certaine qu'il restait certains comptes à régler.

Jeff n'est pas rancunier, mon amour, murmura Afra avec un clin d'œil. Est-ce que je débouche une bouteille de ton excellent blanc de montagne, Isthia ?

– Bonne idée, Afra, sourit Isthia.

Cinq minutes plus tard, les deux Métas atterrissaient sur la pelouse. Audacieuse, Damia « tâta » leur humeur. Ils étaient fatigués tous les deux, mais leurs esprits publics se coloraient d'une satisfaction frisant le triomphal.

– Alors ? dit Isthia, leur tendant un verre de vin glacé dès qu'ils arrivèrent sur la véranda.

Elle leur fit signe de s'asseoir, et Damia leur offrit de petits beignets qu'elle avait eu le temps de préparer.

Jeff goûta une gorgée de vin, sourit et hocha la tête en connaisseur.

— Un de ces jours, Isthia Raven, tu vas te mettre dans un pétrin dont je n'arriverai pas à te sortir, dit-il, puis il se radoucit.

Isthia prit un air suffisant.

— Je vous avais bien dit qu'ils n'étaient pas hostiles. Avez-vous fait de beaux rêves ? ajouta-t-elle sournoisement.

Jeff éclata de rire et même la Rowane ne put s'empêcher de sourire.

— C'est un moyen de communication nouveau mais efficace. Et je vais t'étonner, maman, mais nous avons même pu faire participer le commandant Curran à une de nos conférences... la Rowane se chargeant du lien hypnotique.

La Rowane gloussa.

— Je ne sais pas qui était le plus surpris, lui, moi ou eux. Mais cette conversation a éliminé une fois pour toutes les « si » et les « mais ».

— Vous êtes donc d'accord avec nous sur leurs intentions pacifiques ? demanda Isthia.

— Incontestablement, dit Jeff, se renversant dans son fauteuil. Le commandant Curran informera le Haut Commandement en ce sens, avec une demande de conférence prioritaire.

Puis il considéra Damia d'un œil pénétrant. Damia soutint son regard, contrôlant fermement ses émotions et ses pensées tumultueuses.

— Ils ont demandé ta participation, Damia.

— C'est encore trop tôt... commença la Rowane.

— Non, pas du tout, dit Isthia, souriant pour adoucir la contradiction. Son esprit a totalement récupéré, je t'assure. Elle est complètement guérie. Et Afra aussi, ajouta-t-elle avec un sourire entendu.

Damia foudroya sa grand-mère.

— J'en suis soulagée... commença de nouveau la Rowane, puis elle s'interrompit, fixant sa fille avec attention.

Damia sentit la légère « poussée » mentale de sa mère pour vérifier les assertions d'Isthia, sentit son impuissance à pénétrer ses écrans, « entendit » la contrariété de sa mère évoluer vers l'irritation.

— Alors, tu seras sans doute également soulagée d'apprendre, dit Afra, s'avançant derrière Damia et lui posant légèrement les mains sur les épaules, que nous avons réalisé une totale union spirituelle, Damia et moi.

Damia sentit l'intensité de ses émotions et sut qu'il ouvrait tout grands son esprit et son cœur aux deux Métas.

La Rowane pâlit et les regarda, les mains crispées sur ses accoudoirs. Damia reçut une onde de dénégation, colorée d'une impression de trahison, avant que la Rowane ne remonte ses écrans. Son père n'eut pas une réaction si violente, mais elle perçut de la surprise et de la consternation avant qu'il ne se ferme.

— Et l'union est absolument parfaite, poursuivit Afra de sa voix calme.

Seule Damia sut qu'il tremblait, au contact de ses mains sur ses épaules. Naguère, elle aurait été révoltée et blessée que ses parents lui ferment leurs esprits.

— Je connaissais mon cœur depuis le retour de Damia sur Deneb, mais je ne pouvais rien faire avant qu'elle ne m'accepte comme prétendant.

— Je ne me sens plus seule, maman, dit Damia avec une douce intensité. Essaye de me comprendre, s'il te plaît. Tu es la mieux placée pour ça!

— Mais avec Afra! s'écria la Rowane.

A la stupéfaction de tous, Jeff se mit à glousser en se frictionnant la joue. Puis il se détendit et il fut secoué d'un grand rire.

— Ma chérie, combien de fois n'avons-nous pas dit à Afra qu'il devrait se marier? Combien de fois n'avons-nous pas essayé de lui trouver l'âme sœur? Sans parler de toutes nos tentatives pour dénicher à Damia un jeune Doué compatible. Allons, mon amour, poursuivit-il, se penchant vers la Rowane, c'est une surprise, c'est même un choc, mais qui serait mieux qu'Afra? Si tu réfléchis objectivement?

Jeff se leva et s'approcha du couple. Il embrassa sa fille avec la plus grande bonté – tout en la soumettant à un sondage intensif. Puis il les prit tous les deux dans ses bras, ses yeux pétillant d'un mélange d'amusement, de surprise et, remarqua Damia avec une intense gratitude, d'acceptation.

— Maman? demanda-t-elle, tendant timidement la main à la Rowane.

— Je ne comprends pas, c'est tout, dit la Rowane sans regarder personne en particulier. Je connais Afra depuis vingt-huit ans et il ne m'était jamais passé par la tête...

Elle s'interrompit, et, avec un énorme soupir, elle les regarda.

— Afra, tu es notre meilleur ami, tu as toujours fait partie de la famille, mais il me faudra un peu de temps pour m'habituer à te considérer comme mon gendre.

— N'en fais pas toute une histoire, Angharad, dit Isthia, trouvant que son silence discret avait duré assez longtemps. Tu sais bien qu'Afra n'est pas homme à agir sans réfléchir...

— Oh, mais si, et ça lui est déjà arrivé, répliqua la Rowane, avançant un menton belliqueux et rappelant à Afra comment il était arrivé à la Tour de Callisto.

Puis, elle haussa les épaules et commença à se détendre.

— Ça me prendra du temps quand même.

Elle fronça les sourcils, l'air contrarié, et ajouta :

— Et je vais avoir à former un nouvel assistant. Je ne suis pas sûre de te le pardonner, Damia.

— J'avais pensé à Gollee Gren qui travaille bien avec toi, dit Afra.

— Oui, assez bien, mais il n'est pas toi ! dit la Rowane, écartant l'idée d'un geste impatienté.

— Je pourrais rester à Callisto, proposa Afra.

Damia retint son souffle, la solution n'étant pas de son goût, pour des raisons qu'elle ne parvenait pas à identifier.

— Non, non, dit Jeff, qui se mit à arpenter la véranda. Afra et Damia doivent rester ici avec les Mrdinis, de sorte qu'il ne pourrait pas revenir tout de suite sur Callisto de toute façon ; du moins, pas tant que des communications verbales n'auront pas été établies entre nos deux espèces. Tu travailles beaucoup mieux avec Gollee que tu n'en as l'impression, mon amour. Dès que tu auras accepté l'idée d'une collaboration permanente, tu te détendras et vous ferez une fine équipe. Tu as encore des beignets, Damia ? Je meurs de faim. Je n'aurais jamais cru que dormir la moitié de la journée me donnerait de l'appétit.

Il gratifia chacun impartialement de son sourire charismatique.

— Oh, toi ! dit sa femme, exaspérée et désarmée.

L'excellent repas qui suivit connut quelques moments de tension, mais Isthia sut toujours habilement ramener la conversation sur les Mrdinis et les moyens d'améliorer les communications avec eux.

— En supposant qu'on ne me chasse pas de ma Tour pour ça, dit Jeff.

— Ils ne peuvent pas, non ? dit Damia, atterrée.

— Peu probable, dit Isthia, caustique. Ils ont trop besoin de lui, et de vous tous.

— Considérant sa première réaction à la Tour de Deneb, c'est un avantage certain d'avoir mis le commandant Curran de notre côté, répondit Jeff. Il y aura les habituels délais bureaucratiques, valse-hésitation, toussotements, un pas en avant, un pas en arrière et le reste, poursuivit-il, s'écartant de la table et inclinant sa chaise sur ses deux pieds arrière, indifférent au regard furibond d'Isthia. Pourtant, en dernière analyse, ils seront obligés de reconnaître que trouver un allié puissant en la personne de Mrdinis compense largement quelques excentricités initiales.

— N'oublie pas de mentionner, dit Isthia avec un de ses sourires énigmatiques, que les Mrdinis ont établi le contact les premiers. Et au fait, tu as découvert pourquoi les Mrdinis ont contacté le système de Deneb ?

— Oui, répondit Jeff, s'éclairant d'un grand sourire. Vous vous rappelez la première bataille, où nous avions renvoyé un vaisseau d'où il venait ? En guise d'avertissement ? Eh bien, les Mrdinis monitoraient le Leviathan, pour être sûrs qu'il ne se dirigeait pas vers leurs colonies – ils ont été très francs sur leur nombre et les systèmes qu'ils ont explorés – ils ont donc vu le vaisseau revenir, ce qui, en général, n'est pas le cas.

– De sorte que les Mrdinis se sont beaucoup intéressés aux auteurs de cet exploit, dit la Rowane, reprenant le récit, les yeux brillants. Ils firent le point de sa position et déterminèrent sa trajectoire, mais ils étaient obligés de rentrer chez eux pour demander de nouvelles instructions et prendre les dispositions nécessaires. Les instructions prirent plus de temps à définir que les mesures. Je soupçonne, ajouta-t-elle avec un sourire malicieux, qu'ils éprouvaient aussi une répugnance compréhensible à contrarier une race capable de renvoyer un vaisseau de reconnaissance des Coléoptères comme une balle de tennis.

– Et c'est aussi la raison pour laquelle ils sont restés au-delà de l'héliopause quand ils ont rencontré le Réseau de Balises Avancées, reprit Jeff. Et au premier abord, ils n'étaient pas sûrs d'avoir trouvé le bon endroit, parce qu'ils ne discernaient pas trace du Leviathan. Dans leur vocabulaire, les sphères-Ruches sont invariablement victorieuses.

Il se tourna vers Damia et Afra.

– Mais ils ont été convaincus grâce à votre découverte du fragment de coque et à son transport ultérieur en ville, que leurs instruments ont enregistrés. Ils ont sondé toutes les planètes du système : sondages généralement trop discrets pour être enregistrés par notre Réseau de Balises Avancées, mais assez sensibles pour relever toute trace du métal des Coléoptères.

– Et c'est ce maudit artefact qui a provoqué les rêves, dit Damia.

– Exactement. Les Mrdinis ont donc commencé à émettre vers ce secteur, espérant contacter les esprits qui étaient, selon eux, à la fois sensibles et hostiles au métal des Coléoptères.

– Nous avons quand même eu de la chance d'arriver à détourner ce Leviathan de Deneb, dit la Rowane, branlant du chef à ce souvenir, car ils l'avaient échappé belle.

– Nous le préciserons clairement lors des discussions avec la Ligue, reprit Jeff. Les Mrdinis nous ont tuyautés à fond, documents à l'appui, sur la méthode de colonisation des Coléoptères : brutale. Si nous n'avions pas tenu le coup...

Il caressa les cheveux argent de la Rowane d'une main reconnaissante et affectueuse.

– Les Coléoptères sont des conquérants enragés, poussés par le fait que les reines tendent à se massacrer mutuellement, la gagnante dévorant les œufs de la perdante. Pour les en empêcher, des Vaisseaux-Ruches quittent le monde natal que les Mrdinis essayent encore de localiser à la recherche de mondes habitables pour eux. D'abord, une avant-garde part localiser des planètes.

Quand ils en ont trouvé une, ils envoient des vaisseaux pour « préparer » la planète à l'occupation, c'est-à-dire anéantir tout ce qui y vit. Fondamentalement, les Coléoptères sont végétariens. L'avant-garde débarque et commence à creuser des grottes pour les œufs de la mère. Quand le Vaisseau-Ruche arrive, ils transfèrent les œufs dans les grottes; puis ils répètent le processus autant qu'ils veulent. Quand le nombre des Ruches dépasse les possibilités de la planète, le Vaisseau-Mère embarque les techniciens appropriés et ils repartent en exploration. D'après les Mrdinis, il y a beaucoup trop de Vaisseaux-Mères en circulation dans l'espace. Et, pour eux, l'incroyable c'est que les Coléoptères n'aient fait que deux incursions dans la Ligue des Neuf Étoiles.

— Ce n'est pas une bonne nouvelle, dit Isthia.

— Non, dit Jeff. Nous nous sommes trop reposés sur nos lauriers, et notre chance pourrait tourner d'un instant à l'autre. C'est la raison pour laquelle les Mrdinis ont désespérément essayé de nous avertir, malgré leur appréhension de nos capacités. Le Réseau de Balises Avancées, c'est très bien, disent-ils, mais nous savons tous que les systèmes de la Ligue n'en sont pas pourvus.

Il fronça les sourcils, réfléchissant.

— Damia et Afra, il n'y a pas de raison que vous ne travailliez pas avec leurs linguistes aussi bien sur Aurigae qu'ici, sur Deneb, vous savez...

— D'abord, il faut obtenir l'autorisation de la Ligue, Jeff, lui rappela la Rowane.

Il écarta l'objection du geste.

— Il suffit de faire coucher quelques sénateurs Doués avec les Mrdinis, et après, l'action ne tardera pas.

— Des sénateurs?

Isthia regarda son fils, bouche bée, les yeux pétillants.

— Coucher avec les Mrdinis? Jeff, tu es absolument impayable!

— Tant que je suis quand même payé je trouve que la fin justifie les moyens. Mais nous ne pouvons pas nous permettre d'avoir un maillon faible dans notre chaîne de défense, et un T-4 n'est pas suffisant pour défendre Aurigae.

— Tu te rappelles ce titillement du Réseau de Balises Avancées de Procyon? C'étaient les Mrdinis? demanda Afra.

— Je ne l'ai pas encore établi, Afra, répondit Jeff, mais en tout cas, ce n'étaient pas les Coléoptères. Car ça signifierait qu'ils venaient de rentrer dans notre système.

— Papa, commença Damia avec hésitation, y a-t-il une chance que le Leviathan ait pu faire parvenir un message aux autres Ruches quand vous l'avez détruit, maman et toi?

Jeff secoua la tête avec un rire cynique.

— Quelque chose comme : « N'approchez pas — mauvaises vibrations »?

Elle opina, et la Rowane secoua la tête.

— Non, nous avions paralysé leurs esprits et aucune émission n'a quitté le Leviathan quand la Fusion-Raven l'a plongé dans le soleil. Les Mrdinis croient que les Coléoptères ne connaissent pas la peur. Et ils sont également très nombreux, termina-t-elle, l'air sombre.

— Leur motivation fondamentale, c'est la propagation de l'espèce, rien de plus, reprit Jeff, se tournant vers Afra. Ton récit de notre défense les a terriblement impressionnés et a renforcé leur désir d'une alliance avec nous.

— Ah ?

— Ils combattent les incursions des Coléoptères depuis très longtemps, combien ? nous ne l'avons pas encore déterminé, mais en tout cas, depuis très longtemps. Jusqu'à présent, ils n'ont trouvé qu'un seul moyen efficace de détruire un Leviathan, répondit Jeff, et au prix de nombreuses vies. Il s'agit de missions-suicides, où des croiseurs plongent sur une Ruche et la font exploser. Ils doivent envoyer jusqu'à quarante de ces vaisseaux dans l'espoir qu'un seul survivra pour pénétrer la Ruche-Mère. C'est pourquoi ils ont tellement envie de savoir comment nous avons fait.

Jeff eut un grand sourire.

— Oui, ça a bien marché cette fois-là, commença Afra.

— Et ça marchera encore si ça devient nécessaire, dit Jeff. Les Coléoptères n'ont pas d'imagination. Ils répètent sans se lasser ce qu'ils ont déjà fait.

— Rien ne réussit comme la réussite ? remarqua Isthia, cocasse.

— La leur ou la nôtre ? demanda la Rowane. Mais réussite ou pas, je n'aimerais pas avoir à faire carrière dans des Fusions si épuisantes.

— Maintenant, ce ne serait plus épuisant, mon amour, dit Jeff d'un ton désinvolte. Nous avons trois fois plus de Doués supérieurs qu'à l'époque. On pourrait balayer autant de Leviathans qu'on voudrait. Comme ça, termina-t-il en faisant claquer ses doigts.

— Jeff ! s'écria la Rowane avec reproche.

— Question pouvoir mental, les Mrdinis se situent où ? demanda Afra, curieux.

— Ils comprennent ce que c'est, mais je ne pense pas qu'il soit assez développé chez eux pour une Fusion ou un foyer, dit Jeff. Ils ont réussi à établir des communications par le rêve avec une ou deux autres espèces. Il semble que nous soyons la plus avancée. Autre raison de leur jubilation. Et, franchement, de la mienne aussi. J'accueille à bras ouverts cette occasion d'établir un contact avec une race non humaine.

Son regard se posa sur Damia, et elle sentit sa compassion.

— Je recommanderai à la Ligue, sans aucune réserve, de conclure au plus vite une alliance avec eux. Nous avons conscience du danger que posent les Coléoptères, et nous ne pouvons pas nous endormir derrière notre Réseau de Balises Avancées.

Il laissa les deux pieds avant de sa chaise reprendre bruyamment contact avec le sol, et, à travers la table, tendit la main à Damia.

— On a besoin de toi à Aurigae, ma fille. De plus, il sera très facile d'y envoyer une délégation de linguistes Mrdinis. Et, termina-t-il avec un grand sourire, je n'ai pas le cœur aussi dur que ce vieux schnock de Reidinger. Afra pourra te tenir compagnie.

— Mon père, commença cérémonieusement Damia en se redressant, pourquoi la Ligue me ferait-elle de nouveau confiance en me nommant à Aurigae ?

Jeff Raven cligna des yeux de stupéfaction.

— Pourquoi pas ? Les mineurs n'arrêtent pas de râler et demandent ton retour à cor et à cri, ajouta-t-il avec un sourire en coin.

Damia sentit le contact de sa mère, doux mais autoritaire.

— Je crois que Damia s'inquiète du rapport sur Sodan, Jeff, dit la Rowane.

— Oh, répondit Jeff, le regard brumeux et le visage impassible, le Méta de la Terre a informé la Ligue des Neuf Étoiles que la Méta d'Aurigae avait contacté un vaisseau extra-galactique, et qu'après avoir découvert ses intentions hostiles elle avait requis l'assistance d'autres Métas pour détruire l'intrus, action qui avait coûté la vie à Larak Gwyn-Raven...

Il fit une pause, et son regard se porta, avec celui de la Rowane, vers le lieu paisible où reposait leur fils.

— ... et au cours de laquelle Damia Gwyn-Raven et Afra Lyon avaient été grièvement blessés.

Changeant brusquement d'humeur, Jeff regarda sa fille avec son charme habituel.

— Pourquoi ?

Damia se troubla, à la fois parce qu'elle souffrait de la perte de Larak et parce qu'elle ne voulait pas reconnaître à quel point l'avait affectée la remarque de Jeran à la Tour.

— Jeran, dit la Rowane, énigmatique, et Jeff comprit.

— Vous n'avez jamais digéré vos querelles enfantines, hein ? Eh bien, Jeran est seulement humain...

Isthia leva les yeux au ciel.

— *C'est contestable...*

— Mais toi, dit carrément la Rowane, tu as foulé aux pieds son autorité en contactant les Mrdinis sans le lui notifier.

— Nous ne savions pas où il était, dit Isthia, madrée.

— Tiens ? fit Jeff.

Le bleu de ses yeux s'aviva et il la transperça du regard.

Avec un grand sourire, elle le menaça de l'index.

— Pas de ça avec ta mère, très cher.

Jeff rejeta la tête en arrière et éclata de rire.

— Je ne devrais pas, hein ?

— Tu es presque aussi impudent et arrogant que l'était Reidinger, Jeff Raven, poursuivit Isthia.

— Non, protesta la Rowane, loyale.

— Non, pas avec moi, dit Isthia.

— *Méta de la Terre*, commença cérémonieusement Jeran, et son appel fut entendu de tous les télépathes. *Votre présence est instamment requise à la Tour de Deneb. Des représentants de la Flotte et de la Ligue demandent leur transfert d'urgence sur Deneb pour discuter des non-humains.*

Jeff se leva en soupirant, tendant la main à la Rowane.

— Pas de repos pour le Méta de la Terre, impudent ou arrogant, dit-il, prenant un air de martyr et laissant ses épaules s'affaisser comme sous un fardeau insupportable. Serez-vous prêts tous les deux à rentrer demain sur Aurigae ? demanda-t-il, reprenant son sérieux.

— Oui, bien sûr, dit Damia, hochant la tête, tandis qu'Afra, murmurait son acquiescement en lui serrant la main.

— Parfait.

Jeff embrassa sa fille, puis il donna une grande claque sur l'épaule d'Afra, avec la même affection que toujours.

— Ça caressera les gens dans le sens du poil : les Gwyn-Raven répondent noblement aux demandes de leur Ligue !

Avant de partir, la Rowane effleura doucement la joue de Damia, l'air pensif.

— Il me faudra du temps, tu sais, dit-elle, fronçant les sourcils de contrariété.

Puis, se tournant vers Afra :

— Tu comprends, Gollee est bien, mais il n'a pas ta subtilité. Enfin, je m'arrangerai, soupira-t-elle.

Jeff éclata de rire, embrassa fougueusement sa mère, puis, prenant sa femme dans ses bras, se téléporta avec elle hors de la cuisine.

— M'as-tu-vu ! grommela Isthia avant de tourner un regard spéculatif sur Damia et Afra.

— Vous vous en tirez bien, non ? Rien de tel qu'une urgence pour qu'une famille serre les coudes !

— Isthia ! dit Afra avec reproche, l'air amusé. Si Jeff est impudent et arrogant, qu'est-ce que tu es, toi ?

— Une mater familias qui fourre son nez partout, rétorqua Isthia, avec un sourire impénitent. Je vais tout ranger. Vous deux, vous avez pas mal de choses à organiser avant demain matin, et en plus il faudra vous réserver une bonne nuit de sommeil.

— Je peux toujours essayer une berceuse, dit Afra, et il esquiva la claque que Damia lui lançait, seulement à moitié par plaisanterie.

Il sortit de la cuisine et enfila le couloir menant à leur chambre, Damia sur les talons.

– Afra, y a-t-il un moyen d'annuler cette maudite suggestion post-hypnotique? demanda-t-elle. Ça pourrait devenir très gênant.

– Pourquoi, demanda Afra, les yeux pétillants d'amusement. Ça s'est révélé bien utile ces temps-ci.

Puis, après un rapide coup de sonde auquel Damia, rieuse, ne résista pas, son visage changea soudain, étonné et ravi. Revenant vers elle, il la prit d'un bras par la taille et posa son autre main sur son ventre.

– Ça alors! Je ne m'en étais pas aperçu!

Elle leva les yeux vers lui, avec un sourire timide.

– Trop de berceuses!

Suprêmement heureuse, elle se blottit contre lui. Ils étaient tournés vers la fenêtre, d'où ils voyaient la tombe de Larak.

– Pourrons-nous l'appeler Laria? demanda-t-elle doucement.

Afra la serra plus fort, lui ouvrant son esprit aussi totalement qu'elle lui avait ouvert le sien en cet instant extraordinaire, et elle connut son désir lancinant d'un enfant à lui – d'un enfant à elle; la joie éclatante qu'il ressentait à ce don de son amour, à cette vie nouvelle qui croissait en elle, à la fin de sa solitude, à ce bonheur nouveau et inattendu, et à la confirmation du lien si fort qui les unissait. Et il se sentit prêt à élever une troisième génération de femme du calibre de la Rowane.

– Je suis contente que nos esprits soient également d'accord en ce domaine, murmura-t-elle.

Et parce qu'elle perçut son désir en ce moment merveilleux, leur accord s'exprima bientôt de toute autre manière, immensément satisfaisante pour tous deux.

Cet ouvrage a été composé et réalisé par la
SOCIÉTÉ NOUVELLE FIRMIN-DIDOT (Mesnil-sur-l'Estrée)
pour le compte de LA LIBRAIRIE PLON
76, rue Bonaparte, 75006 Paris

Achevé d'imprimer le 6 mai 1993

Imprimé en France
Nº d'impression : 23768 – Nº d'édition : 12292
Dépôt légal : mai 1993